악녀의 정의 I

악녀의 정의
주해온 장편소설
I
D&C BOOKS

차 례

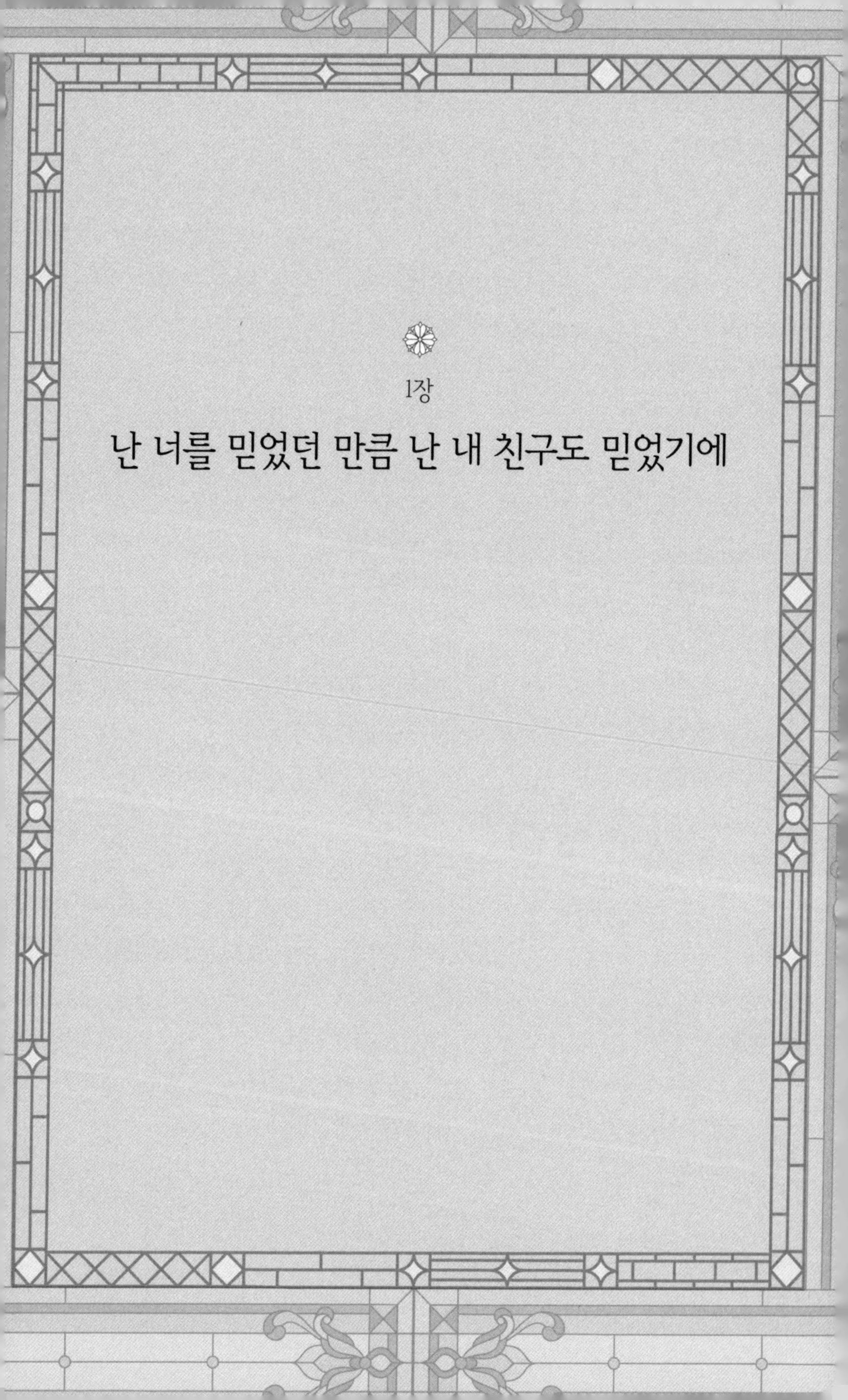

1장

난 너를 믿었던 만큼 난 내 친구도 믿었기에

난 너를 믿었던 만큼 난 내 친구도 믿었기에

"미안해. 나 소정이랑 사귀기로 했어. 우리 그만하자."

남자 친구가 말했다. 마치 뒤통수를 한 대 얻어맞은 것처럼 머리가 멍했다. 사귀기로 했다니? 한소정을 좋아한다는 것도 아니고 이미 사귄다는 거야?

그는 그 말만 남기고 멀어졌다. 한소정이 그에게 안겨 들었다. 망연히 그 뒷모습을 바라보는데 한소정이 날 돌아봤다. 그리고 웃었다.

나는 한동안 그 자리에 멍하니 서 있었다. 황당하고 어이가 없어 헛웃음도 안 나왔다. 곧 천천히 속에서 열이 끓어올랐다.

박태준과 헤어질 거라고는 상상도 못했다.

그가 날 무려 1년이나 쫓아다니며 구애한 것은 과를 넘어서 전교에 모르는 사람이 없을 만큼 유명했다. 오죽했으면 경영학과 명물이라고 불렸을까.

그런데 그 박태준이 바람을 피웠단다. 그것도 내 친구랑.

하필이면 한소정이라니!

순진하게 웃던 얼굴과 아까의 미소가 번갈아 가며 떠올랐다. 모든 게 다 박태준을 차지하기 위한 연기였어?!

울 것 같진 않았다. 하지만 정신을 차리니 이미 익숙한 상경대 화장실 칸에 들어와 있었다. 심호흡을 해 봤지만 좁은 공간 안에 혼자 있으니 머리가 더 복잡해졌다.

내가 한소정보다 못한 게 뭐지? 날 사랑한다고 했던 건 다 거짓이었나? 대체 언제부터 그랬을까?

나는 진흙처럼 질퍽거리는 생각을 애써 떨쳤다. 이럴 때가 아니다. 땅속으로 파고 내려가기 전에 나가자. 한숨을 삼키고 문고리를 잡았다.

익숙한 목소리가 들린 건 그때였다.

"와, 대박. 한소정이랑 박태준 사귄대."

"헐. 그럼 유화영은?"

"깨졌겠지. 아, 어떻게 깨졌는지 궁금하긴 하다. 이따 만나자고 할까?"

목소리에 짙게 배인 웃음기에 몸이 딱딱하게 굳었다. 문고리를 잡은 손이 잘게 떨렸다.

"술 마시자고 하자. 걔 내가 남친이랑 깨졌을 때 술 마시고 우니까 니가 찼으면서 왜 우냐고 했잖아. 걔도 당해 봐야 해."

"걔 좀 공감 능력 떨어지잖아."

"맞아, 맞아."

깔깔 비웃는 높은 웃음소리가 화장실 벽에 이리저리 반사되어 크게 울렸다. 당장에라도 문을 열어젖히고 그게 무슨 소리냐며 따지고 싶었지만 몸이 망부석처럼 꼼짝도 안 했다.

"한소정 여우 짓 하는 거 다들 뭐라 그럴 때 혼자 감싸더니. 이런 말 하긴 그렇지만 좀 고소하지 않냐?"

"야, 우리 화영이 불쌍하게 왜 그래."

그렇게 말하는 목소리는 꾸며 낸 것처럼 과장되어 있었다. 아무리 봐도 놀리는 걸로밖에 안 보였다.

"근데 한소정이 박태준 빽을 생각인 줄은 몰랐다. 걔도 참 대단해."

"내 말이! 이거 아무도 몰랐을걸? 한소정이 유화영한테 오죽 잘했어야지. 차별 쩔었는데."

"한소정도 짜증 나지만 유화영도 좀 그렇지 않냐?"

"맞아. 잘난 척 너무 심해."

"솔직히 걔가 잘난 게 뭐 있냐?"

"얼굴?"

"그것도 성형 아냐?"

"설마."

짓궂은 웃음이 내 뺨을 사정없이 때렸다. 폭력과도 같은 비소는 또각거리는 하이힐 소리와 함께 점점 멀어졌다.

"……."

도저히 움직일 수가 없었다. 막혔던 숨이 거칠게 터져 나오고서야 내가 숨도 못 쉰 채 부들부들 떨고 있었다는 것을 깨달았다.

질 나쁜 호기심과 흥미 본위에 내 불행은 난도질당했다. 겨우겨우 화장실 밖으로 나오니 여자 세 명이 과방으로 들어가고 있었다. 한때 친구라고 생각했었다. 상대는 그렇지 않다는 걸 이런 식으로 깨닫고 싶지 않았다.

쾅, 문 닫히는 소리가 텅 빈 복도에 공허하게 울려 퍼졌다.

소주를 새로 깠다. 이걸로 벌써 세 병째. 먹은 것도 없는데 소주가 잘만 넘어갔다. 알코올은 배 속에서 불로 변했다. 강바람이 매섭게 온몸을 할퀴었지만 그 덕에 하나도 춥지 않았다.

검게 일렁이는 한강 물이 내 마음 같았다. 물그림자 위로 박태준과 한소정이 보였다. 이가 뿌득뿌득 갈렸다.

박태준도 한소정도 나에게 이럴 순 없다. 오늘 낮까지만 해도 둘은 내 남자 친구와 절친이었다.

주량을 훨씬 넘어섰는데도 취하지 않았다. 눈앞이 핑핑 돌지도 속이 울렁이지도 않았다.

모든 것이 멀쩡했다. 그래서 더 화가 났다. 술에 취해 발광을 하든 미친년이 되든 순간이나마 모든 것을 잊어버리든…… 뭐라도 좋으니 멀쩡하고 싶지 않았다.

두 사람의 뒷모습을 이렇게 멀쩡하게 떠올리고 싶지 않다.

주머니에서 핸드폰이 진동했지만 확인하지 않았다. 어차피 무슨 내용일지 뻔했다.

낮에 왔던 뒷담화 삼인방의 연락이 떠올랐다. 아무것도 모르는 척 애쓴 티가 팍팍 나는 카톡에 헛웃음만 나왔다. 차라리 헤어졌냐고 묻는 눈치 없는 연락이 나왔다.

오늘 하루 그 어느 때보다 카톡이 많이 왔었다. 어쩌면 걱정하는 사람이 있을지도 모른다. 하지만 누구도 믿을 수 없었다.

들끓는 회한에 눈을 감았다. 과 내엔 소문이 빨리 돌았다. 안 좋은 소문은 더 빨랐다. 그 속에서 나 홀로 자유로울 거라고 믿진 않았다. 그래도 정도는 지킬 거라고 생각했다.

난 내 성격을 잘 알고 있다. 딱히 나쁜 건 아니지만 그렇다고 편한 성격도 아니다. 똑 부러진다, 객관적이다, 냉정하다. 면전에선 이런 말이 오갔지만 등 뒤로 가면 잘난 척하는 중립병 환자에 이해심이 없다는 말로 바뀌었다.

그리 생각할 수도 있다고 여겼다. 사람과 사람이 지내는데 불만이 없을 순 없다. 하지만 애인과 친구에게 배신당한 상황에까지 그렇게 말할 줄은 몰랐다.

'내가 그렇게 잘못했나?'

공정한 게 좋은 거라고 생각했다. 솔직한 것 역시 마찬가지였다. 자존심이 세긴 했지만 더 센 사람은 널렸다. 누구한테나 사랑받을 성격은 아니지만 이렇게 욕먹을 정도는 아니지 않나?

모든 것이 서러웠다. 나는 쭈그려 앉은 그대로 무릎을 안았다. 눈앞에는 한강의 검은 물결이 주홍빛으로 물든 채 잔잔히 흔들리고 있었다. 한참을 흘러가는 강물만 바라보았다.

뒷담화 삼인방도 한소정도 모두 강물 따라 흘러갔다. 모든 것이 떠내려간 자리에 오직 박태준만이 단단한 바위처럼 머물러 있었다.

"나쁜 놈……."

슬픔을 분노로 바꿔 보려 했지만 계속해서 박태준의 얼굴만 떠올랐다. 헤어지자던 얼굴이나 다툴 때 화내던 얼굴이면 그나마 나을 텐데, 눈앞에 아른거리는 건 '화영아!' 하고 부르며 다정히 웃는 얼굴이었다.

결국 참았던 눈물이 흘러내렸다. 태준이 내 이름을 부를 때, 그 부드럽고 따뜻한 울림을 다시 들을 수 없다는 생각만으로도 가슴이 타들어 갔다.

얼굴을 무릎에 묻고 어린애처럼 엉엉 울었다. 나 생각보다 그 개자식을 좋아했구나. 그것도 훨씬. 뒤늦은 깨달음이 후회처럼 찾아왔다.

외로웠다. 싸늘한 한기에 팔을 감싸 보지만 역부족이었다. 춥다고 하면 항상 태준이 곁에서 품을 내주었는데. 하지만 이제 더는 식은 몸을 감싸 줄 사람이 없다.

추위도, 고독도, 적막도 온전히 홀로 감당해야 했다.

겨우 울음을 그친 건 그로부터 오랜 시간이 지난 후였다.

여전히 태준이 미우면서도 그리웠다. 그와 한소정뿐만 아니라 다른 사람들한테 받은 상처도 여전히 아팠다. 그래도 아까보다는 훨씬 마음이 가벼웠다. 실컷 울어 본 게 대체 몇 년 만인지 모르겠다.

해결된 건 아무것도 없다. 하지만 막연하게 오늘보단 내일이, 내일보단 모레가 조금 더 나을 거란 생각이 들었다.

"박태준 이 개자식! 나 없이 얼마나 잘 사나 보자!"

시원하게 소리를 지르고 나니 더 가뿐해졌다. 나는 자리에서 일어났다. 이제 우울한 생각 없이 기분 좋게 잠들 수 있을 것 같았다.

그 순간 다리가 휘청했다.

순식간에 무게중심을 잃은 몸이 강으로 쏠렸다. 팔을 휘저어 보았지만 역부족이었다. 나는 그대로 강물에 빠졌다.

좀 전에 느꼈던 추위와 비교도 안 되는 추위가 전신을 날카롭게 파고들었다. 얼음장 같은 강물에 온몸이 저리고 아팠다. 당황한 입과 코에 물이 잔뜩 들어갔다. 숨이 막혔다.

열심히 팔다리를 움직이자 수면 위로 얼굴이 떠올랐다. 하지만 공기를 잔뜩 들이마시기 무섭게 몸이 가라앉았다. 다시 파닥여 보지만 물 위로 떠오르는 시간은 더 짧아졌다.

공포가 온몸을 잠식했다. 몸에 힘이 들어가 사지가 뻣뻣하게 굳었다. 아무리 팔다리를 움직여도 몸은 점점 가라앉았다.

워낙 야심한 시각인 데다가 혼자 술 마시며 추태를 부릴 생각에 인적이 드문 곳에 자리 잡았다. 도움을 기대할 수는 없었다.

그럼에도 나는 계속 빌었다. 제발, 누가, 누가 좀 도와주세요. 제발!

하지만 내 기도는 물살에 흩어져 그 누구에게도 닿지 않았다. 시커먼 물속에서 나는 점점 아래로 떠내려갔다.

격렬하게 움직이던 팔다리가 서서히 둔해졌다. 움직임이 완전히 멈췄을 때, 눈이 감겼다. 마지막 숨이 파랗게 질린 입에서 새어 나와 위로, 더 위로 올라갔다.

나 홀로 찬 강물 바닥에 남겨 둔 채.

2장

내가 악녀라니!

내가 악녀라니!

몸이 무겁다. 내쉬는 숨결이 뜨거워 마치 불에 델 것 같은데 동시에 너무 춥다. 나는 손으로 무릎을 감싸고 웅크렸다. 전신이 축축했다.

'더는 싫어.'

그냥 빨리 죽었으면 좋겠다. 이렇게 홀로 컴컴한 어둠 속에서 추위에 떨고 싶지 않았다. 익사는 아마 죽는 방법 중에 최악일 것이다. 아무도 없는 칠흑 속에서 혼자 떠는 것은 비참하고 쓸쓸하다.

산소가 부족해 정신이 혼미한 와중에도 외로움이 칼날처럼 깊게 심장을 찔렀다. 날 혼자 두지 마. 날 홀로 죽게 하지 마.

하지만 난 혼자였다.

흐느낌이 절로 새어 나왔다. 눈가를 문질렀다.

'어? 물속인데 목소리가 나오다니?'

물론 소리야 낼 수 있지만 입안으로 물이 들어차는 느낌도, 목소리가 멍멍하게 울리는 느낌도 없었다. 꼭 공기 중에 있는 것처럼.

자각한 순간 색색대는 숨소리가 귀를 할퀴었다. 나는 숨을 깊게 내쉬고 들이마셨다. 폐가 한껏 부풀며 공기가 들어차는 게 느껴졌다. 무의식중에 숨결이 뜨겁다고 생각했으면서 정작 지금까지 숨을 쉰다는 자각은 없었다.

온몸이 미끄럽고 축축했지만 몸을 감싸는 건 물이 아니라 천이었다. 아마도 침대 위. 물에 빠졌을 때의 충격 때문인지 외부 상황이 뒤늦게야 머릿속에 들어왔다.

'아…… 나 살았구나.'

기쁨도 슬픔도 아닌 애매한 탄식이 먼저 나왔다. 실감이 나지 않았기 때문이다.

그러나 한번 인식하자 곧 생존에의 환희가 온몸을 휘감았다.

'살았어! 살았다고!'

무거운 몸은 잘 움직여지지 않았다. 그저 눈물만 흘렀다. 하지만 아까와는 전혀 다른 눈물이었다. 여전히 사위가 컴컴하고 추웠지만 더 이상 먼 곳에 홀로 남겨진 듯한 외로움은 없었다.

나는 이불을 끌어안았다. 몸이 축축한 건 식은땀 때문이었는지 마른 이불에 닿은 부분이 보송보송했다.

'병원인가…….'

안심되니 몸이 나른해졌다. 열이 나고 머리가 아팠지만 이 정도는 곧 나을 수 있을 것이다. 병원이니까.

나는 다시 눈을 감았다. 어둠도, 추위도 더는 무섭지 않았다.

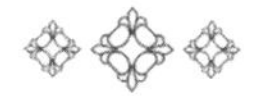

다시 눈을 떴을 때 내가 가장 먼저 본 것은 화려한 장식이었다. 천장은 아니고, 저걸 뭐라고 불러야 하지? 캐노피 받침…… 님?

뭔지는 몰라도 존칭을 써야 할 것 같았다. 문외한인 내가 보기에도 예술적 가치가 뛰어난 것은 물론, 물질적 가치도 상당해 보였다.

한마디로 비싸 보였다. 그것도 엄청.

캐노피 받침님은 천장화를 중심으로 암술을 감싼 꽃잎처럼 장식되어 있었다. 양각된 장식을 보고 있자니 절로 혀가 내둘러졌다.

'저거 진짜 금은 아니겠지? 하다못해 도금일 거야.'

이 엄청난 부조물은 침대 위에 자리했고 그 가장자리로 커튼이 매달려 있었다. 캐노피라고 생각한 것은 이 때문이다.

커튼도 장난 아니게 화려했다. 내가 보고 있는 안쪽면은 차분한 녹색이었지만, 이따금 바람에 흔들리며 보이는 겉면에는 장미꽃이 화려하게 만발해 있었다. 이불과 같은 문양이었다.

나는 멍하니 날 둘러싼 풍경을 바라보았다. 고작 침대뿐인데도 어쩜 이렇게 볼 게 많을까.

확실한 건 여기가 병원은 아니라는 거다. 병원 특실이 아무리 좋다고 해도 이런…… 음, 비싸신 침대님—달리 어떻게 표현해야 할지 모르겠다—은 없을 테니까. 여긴 병원보다 호텔에 가까웠다.

아직 몸을 일으키긴 힘들었다. 나는 커튼이 살짝 열린 틈을 응시했다. 각도 때문에 잘 안 보이지만 그림자가 졌다 사라지며 누군가가 부산스레 움직였다.

아무런 기척도 없어서 나 혼자인 줄 알았는데 사람이 있었다니. 저렇게 움직여도 자그만 소리 하나 나지 않는 게 신기했다.

우선 깨어났다고 알려야겠다. 감사 인사도 하고 여기가 어디인지도 물어봐야지.

그러나 내가 미처 입을 열기도 전에 커튼을 비집고 사람이 나타났다.

'외국인?'

생각지도 못한 외국인의 등장에 깜짝 놀랐다. 그런 나를 보고 그녀 역시 눈을 크게 떴다. 안 그래도 외국인이라 눈이 큰데 눈알이 튀어나올 것 같았다.

일단 영어로 말을 해야 하나? 학습된 혓바닥이 본능적으로 '헬로 하우아유암파인땡큐앤쥬'를 외치려 했다.

가까스로 주입식 교육의 폐해를 이겨 내는데, 외국인 아줌마가 비명 지르듯 외쳤다.

"아가씨!"

그러더니 갑자기 풀썩 무릎을 꿇었다. 아, 진짜 놀랐다. 나는 인사도 잊고 멍하니 그녀를 쳐다봤다. 올려다보는 얼굴에서 아까의 놀란 기색은 찾아볼 수 없었다. 애잔함과 그리움 그리고 뭔지 모를 대견함이 주름진 얼굴에 어려 있었다.

나는 눈을 깜빡였다. 모르는 사람의 목숨을 구해 준 것치고는 너무 지나친 반응이었다. 살짝 불안해졌다.

이 격한 반응은 뭐지? 〈미저리〉를 찍게 되는 건 아니겠지? 기회를 노린 감금! 비뚤어진 사랑!

하지만 난 유명한 소설가도 아니고 하물며 연예인은 더더욱 아니었다. 그냥 평범한 대학생일 뿐이다. 저 아줌마가 날 감금하며 스토킹할 일은 없다.

스스로를 안심시키는 사이, 아줌마는 감격에 찬 목소리로 말을 이었다.

"깨어나셨군요! 전 아가씨께서 깨어나실 줄 알고 있었습니다! 그간 병치레 한 번 없으셨던걸요. 암요, 이렇게 건강하게 자리를 털고 일어나실 줄 믿고 있었습니다."

나는 미간을 찌푸렸다. 대체 무슨 말인지 알아들을 수가 없었다.

눈앞의 아줌마는 마치 날 아는 것처럼 말하고 있었다. 하지만 기억을 더듬어 볼 것도 없이 초면이었다. 저런 외국인이라면 한 번 보고 잊을 수 없을 테니까.

게다가 아가씨라니. 뭐, 미혼의 여성이니 따지고 보면 아가씨가 맞긴 하지만 그렇게 불린 적이 없어 낯간지러웠다.

가장 이상한 것은 아줌마의 말을 모국어처럼 알아듣는 나였다. 아무리 생각해도 발음이며 구조며 한국어가 아닌데 태어날 때부터 써 온 말처럼 자연스러웠다.

"저, 누구……."

말을 끝맺기도 전에 아줌마에 대한 정보가 뇌리에 스쳤다. 그녀는 내 유모였다.

뭐지? 언제부터 나한테 그런 부르주아의 산물 같은 게 존재했지? 굳이 거울을 보지 않아도 내 동공이 신명 나게 탭댄스를 추고 있으리라.

나는 평범한 집안의 평범한 딸이었다. 이 '평범'의 범주에서 굳이 따지자면 가난한 편이었다. 밥을 굶고 겨울에 연탄을 땔 정도는 아니어도 항상 아껴 가며 빠듯하게 살아야 했다.

유모라는 건 내게 아주 먼 단어였다. 그것도 외국인 유모라니. 내가 지금 꿈을 꾸나?

"아가씨?"

아줌마가 날 의아하게 봤지만 나는 입질하는 금붕어처럼 입만 끔뻑댔다. 그녀에게 묻고 싶은 게 많았으나 물으려는 족족 정보가 떠올랐다. 꼭 머릿속에 사전이 하나 들어 있는 것 같았다.

"아무것도 아니에요."

꿈인가 보지. 나는 아주 간단하고도 합리적인 결론을 내렸다.

"아가씨, 말씀을 낮추세요. 어찌 그러십니까."

나는 어색하게 웃었다. 머리에 떠오른 정보로 항상 하대를 해 왔다는 건 알겠는데…… 그걸 직접 하는 것은 또 별개였다. 유모는 엄마뻘의 중년이었다. 그런데 자연스레 반말을 하라니.

계속해서 날 감격에 찬 눈으로 바라보는 그녀가 부담스러웠다. 정보 덕에 왜 이렇게 감격스러워하는지는 알겠지만 내겐 그냥 처음 보는 아줌마일 뿐이다.

자꾸 〈미저리〉가 떠올랐다. 이 꿈이 언제 서스펜스물로 바뀔지 모른다.

"저기, 목이 마른데…… 요."

역시 반말은 못하겠다. 어설프게 말끝에 존댓말을 붙이고 멋쩍게 웃었다. 유모는 화들짝 놀라 일어났다.

"내 정신 좀 봐! 당장 마실 걸 가져오겠습니다. 간단한 요기거리도요. 그리고 마님께도 알려야겠어요."

아무래도 좋다. 나는 고개를 끄덕였다. 유모는 허리를 숙여 인사하고는 커튼 밖으로 사라졌다. 곧 하녀들을 부르는 소리가 났다.

오, 꽤 사는 집안 자제인가 보네. 이왕 꾸는 꿈, 구질구질하게 사는 것보다야 잘사는 게 좋았다.

나는 천천히 몸을 일으켰다. 기력이 쇠한 몸은 앉는 것만으로도 힘이 들었다. 상체가 들리며 찰랑거리는 머리카락이 가슴팍과 허벅지를 스쳤다. 반짝거리는 백금발이었다. 길이도 색도 매우 낯설었다.

어색하게 머리카락을 만졌다. 손마저 희고 보드라웠다. 아마 섬섬옥수라는 말은 이런 손을 보고 만들어진 게 아닐까?

거울을 보고 싶었지만 침대 밖으로 나가기엔 몸 상태가 너무 안 좋았다. 굳이 보지 않아도 어떻게 생겼는지는 머릿속에 이미 들어 있었다.

아름답게 변한 내 모습을 즐기고 싶은 마음이 없는 것은 아니지만 꿈은 꿈이다.

무심코 웃음이 피식 터져 나오는 것은 어쩔 수 없었다. 항상 지나치게 현실적이라는 소리를 들었다. 냉정하다는 평과 같은 맥락이었다.

그런데 무의식중에는 이런 공주풍의 메르헨을 꿈꾸고 있었다니. 하긴, 부자에 아름다운 외모를 꿈꾸지 않는 여자가 어디 있을까.

나는 눈을 깜빡였다. 이제 꿈에서 깰 시간이다. 모든 것이 꿈일 게 분명하다. 내가 이런 낯선 곳에서 깨어난 것도, 물에 빠진 것도.

……태준과 헤어진 것도.

박태준이 유화영을 두고 딴 여자랑 놀아날 리 없다. 잠에서 깨

꿈에 대해 말해 주면 태준은 그게 무슨 개꿈이냐며 웃을 것이다.

그걸 떠올리니 이 예쁜 외모도 화려한 방도 즐길 생각이 싹 가셨다. 지금 내게 가장 필요한 것은 태준의 너른 가슴이었다. 날 꼭 감싸 줄, 혼자 추위에 떨게 내버려 두지 않을 태준의 너른 가슴.

자각몽은 마음만 먹으면 바로 깰 수 있다. 다시 눈을 뜨면 이 화려한 방이 아니라 익숙한 자취방 천장이 보일 것이다. 크림색의, 아무런 장식도 없는 밋밋한 벽지로 도배된, 이곳에 비하면 한없이 낡고 초라한 천장. 그래도 좋았다.

그러나 아무리 시간이 지나도, 몇 번이고 눈을 깜빡여도 눈앞에는 여전히 화려한 커튼만이 휘날리고 있었다.

그사이 하녀가 와 물을 건네주고 난생처음 보는 '엄마'와 '아빠'가 찾아와 날 끌어안았다. 내 어깨를 축축이 적시는 눈물을 느끼며 그제야 이게 꿈이 아닐지도 모른다는 생각이 들었다.

엄마가 애타게 부르며 사랑한다고 속삭이는 이름은 내 이름이 아니었다.

샤르티아나. 낯선, 그러나 머릿속에 각인되어 있는 이름.

뒤늦은 불안이 내 몸을 잠식했다.

꼬박 하루를 소비한 끝에 나는 현재 처한 상황을 이해하고 온전히 받아들였다.

유화영은 그날 한강에 빠져 죽었고, 육신을 벗어난 영혼이 다른 몸에 안착했다.

이게 얼마나 미친 소리같이 들릴지 잘 안다. 영화 소재로도 식상하다고 퇴짜 맞을 거다. 그러나 이것은 꿈이 아니고 현실이다. 이 사실에 돌아 버릴 것 같았다.

현실. 그러니까 내가 그날 한강에 빠져 익사한 것도 현실이란 말이 된다.

나는 벌써 3일째 이불에 하이킥을 날리고 베개를 주먹으로 팡팡 치고 있다. 두꺼운 비단 이불은 아무리 차도 구멍 나지 않았다.

솔직히 말해 다른 몸을 빌려서나마 이렇게 살아 움직이고 있으니 죽었다는 실감은 나지 않았다.

그런데 말입니다. 과연 유화영 씨의 죽음을 주변인들이 어떻게 받아들였을까요?

생각만 해도 쪽팔려서 죽을 것 같았다—이미 죽었지만—. 기껏 남의 몸에 들어간 영혼이 금방이라도 다시 튀어나올 것 같았다.

여기 영혼 탈곡하는 소리 좀 안 나게 해라!

하지만 침대 위를 이리 구르고 저리 굴러도 이미 끝난 일이었다. 전생—이라고 해야 하나—의 유화영은 친구와 바람난 남친한테 차였고, 이를 비관해서 술 마시고 자살한 거였다.

뭐 이런 강아지 같은 일이! 푹신한 솜을 퍽퍽 내려치며 숨겨 왔던 나의 거친 폭력성을 모두 베개에 드러냈다. 눈앞에 뒷담화 삼인방과 한소정, 박태준의 모습이 스쳤다. 난 다시 이불을 찼다.

아, 진짜 쪽팔려서! 내가 박태준을 좀 좋아하긴 했지만 자살할 만큼은 아니었거든? 난 꽃 같은 인생을 잘살아 볼 생각이었다고.

거기에 박태준 따윈 필요 없어!

지금 당장 장례식장에 찾아가 진실 규명 기자회견이라도 열고 싶었다.

이게 다 악랄한 짓 하며 꼬리 친 한소정이랑 거기에 홀딱 넘어간 박태준 때문이야. 그 둘만 아니었으면 한강에서 술 마실 일도 없었고, 다리에 힘이 풀려 강물에 빠질 일도 없었다.

남의 남자를 탐낸 악녀 때문에 한 떨기 백합과도 같은 생명이 만개하기도 전에 저버렸다. 이래서 드라마에서든 영화에서든 소설에서든 악녀는 욕을 먹는다. 악녀 극혐!

주먹을 불끈 쥐고 침대 위에서 방방 뛰다 보니 흥분이 가라앉았다. 지금 와서 생각해 봤자 어쩔 수 없는 일이다. 쪽팔린 건 변함없지만 털어 내야 한다. 안 그러면 고통받는 건 나다.

그대로 쓰러지듯 누웠다. 마치 구름처럼 푹신하게 받쳐 오는 침대가 그나마 위안이었다.

그 난리를 쳤는데도 침대 스프링은 멀쩡했다. 빌려 쓰고 있는 몸이 야리야리 가늘긴 하지만 깃털은 아닐 텐데. 끼익 하는 소리도 안 나고 심지어 별로 흔들리지도 않는다.

나중에 알게 된 사실이지만 이 침대는 마법의 산물이었다. 침대는 과학이 아닙니다. 침대는 마법입니다. 흔들리지 않는 편안함, 최고!

한바탕 쪽팔림을 해소하고 나니 가족들이 떠올랐다. 지방에 계신 부모님과 남동생.

절로 한숨이 나왔다. 부모보다 먼저 가는 것이 최악의 불효라던데, 이렇게 어이없이 불효를 저지르게 될 줄이야.

씁쓸하긴 했지만 사무치도록 그립거나 슬프진 않았다. 어차피 1년에 한두 번 볼까 말까 한 가족이었다. 정이 아예 없는 것은 아니지만 그보다 가족에게 상처받은 게 더 컸다.

우리 집은 전형적으로 남아선호사상이 팽배한 가정이었다. 초등학교를 졸업한 후로 남동생과도 겸상하지 못했다.

혼자 부엌에 쭈그려 앉아 찬밥을 먹는데도 편식하면 혼났다. 결혼하면 남편이 남긴 반찬 살뜰히 걷어 먹어야 한다는 게 그 이유였다. 남동생은 소시지만 쏙쏙 골라 먹어도 잘 먹는다고 칭찬받는데.

자존심이 강해진 것은 내 자존감을 깎아 먹는 가족들에게서 스스로를 지켜 내기 위한 방편이었다.

가부장적인 분위기를 못 이기고 학업을 핑계 삼아 서울로 상경했다. 좋은 대학에 가서 나은 삶을 살고 싶은 마음도 물론 있었지만, 그보다는 가족과 떨어져 살고 싶은 마음이 더 절박했다. 계속 집에 있으면 스스로가 소중하지 않다고 생각할 것 같았다.

그렇게 시작된 서울 생활은 척박했다. 집에서 학비와 생활비를 대 줄 리 없었다. 손 벌리기도 싫었다.

나는 악착같이 공부하고 일했다. 그리고 집에서와 달리 날 소중히 여겨 주는 사람과 만났다. 아니, 만났다고 생각했다.

박태준에 대해 생각하지 않으려고 해도 자꾸만 그가 떠올랐다. 사귈 당시에는 그렇지 않았다. 나는 바빴고 그에게 내줄 수 있는 여유는 얼마 되지 않았다.

그래서 태준이 다른 사람을 바라보게 된 걸까?

나는 고개를 저었다. 이유야 어쨌든 그놈은 개자식이었다.

변심할 순 있다. 사랑이 식을 수도 있고 다른 사람이 눈에 들어

올 수도 있다. 나는 환상을 좇는 타입이 아니다. 영원한 사랑은 한없이 불가능에 가깝다는 걸 알고 있다. 다 이해할 수 있다.

하지만 한소정과 사귀는 지경까지 가면서 아무런 말도 안 한 건 개자식이라는 것 말고는 달리 설명할 수 없다. 아니, 개자식이라는 말이 아깝다. 개는 아무 죄도 없다!

조금 더 해로운 것. 그래, 이를테면 바퀴벌…… 아, 이건 풀네임을 생각하는 것만으로도 정신적인 타격이 온다. 눈앞에 더듬이를 움직이는 그것이 생생하게 떠올라 머리를 움켜쥐었다.

이게 다 박태준 때문이다. 이름을 말할 수 없는 벌레 같은 놈!

거칠게 쏟아붓고 나니 시원한 동시에 쓸쓸해졌다. 상처만 준 가족이었지만 막상 영원히 떨어진다고 생각하니 외로웠다. 부모님과 싸울 때면 항상 독립해서 집과 연을 완전히 끊겠다고 다짐했는데.

나는 픽, 웃었다. 이래서 사람은 어쩔 수 없다.

더 누워 있으면 땅을 파고 들어가기만 할 것 같아서 일어나 책상에 앉았다.

대리석으로 만든 책상은 뽀얗고 반질반질했다. 3일 내내 방 안에 틀어박혀 있었지만 도저히 이 환경엔 적응이 안 됐다. 모두 내 평생에 못 볼 화려한 가구들로만 이뤄져 있다.

과거는 과거일 뿐이라고 딱 잘라 버릴 순 없지만, 어쨌든 이 낯선 곳에서 생활해 나가야 한다. 과거를 지지부진하게 질질 끌고 있을 순 없다.

외로움이나 그리움 같은 건 나중에 생각하고, 일단 현재 상황을 정리하고 앞으로 어떻게 살지 고민하기로 했다.

나는 종이를 꺼내 들고 머릿속에 든 타인의 기억을 토대로 현재 상황을 정리했다.

몸의 주인 샤르티아나는 카일론 공작의 하나뿐인 딸이다.

그리고 아마도 죽은 것 같다.

내가 빙의하기 전 샤티는 병에 걸렸다. 며칠 동안 고열이 끓고 의식을 찾지 못했다. 그러다 가까스로 깨어난 것이다.

물론 깨어난 사람은 샤티가 아니라 그녀의 겉껍데기를 쓰고 있는 나였다. 꼭 빈 육신에 내 영혼이 깃든 것 같다.

제2의 생을 얻은 것을 기뻐해야 할지 슬퍼해야 할지 감이 잡히지 않았다. 이왕이면 아예 갓난아이부터 시작하면 좋았을 텐데. 샤티가 열여덟 살이니 회춘한 셈이긴 했다.

남의 인생을 이어 사는 게 어떨지 상상도 되지 않았다. 힘들 게 뻔했다.

그나마 다행인 것은 그녀의 기억을 어느 정도 볼 수 있어서 다행이다. 뇌가 바뀌진 않았으니 당연한 건가? 나는 고개를 갸웃했다.

기억을 더듬어 샤티가 겪은 일과 그녀의 감정을 알 수 있었지만 직접 겪은 것처럼 와 닿지는 않았다. 그냥 책을 읽는 느낌이었다.

뇌는 샤티의 뇌인데 스스로를 화영이라고 생각하는 게 좀 신기했다. 이게 바로 영혼이라는 건가.

난 상상력이 풍부한 편도 아니고 귀신 같은 것도 믿지 않았다. 영혼이니 뭐니 하는 것도 존재할 수야 있겠지만 딱히 깊게 생각해 본 적은 없다. 그런 불확실한 것을 고민하기에는 살아가는 것도 벅찼다.

영혼이 존재하고, 그래서 내가 나일 수 있는 것이라면 혹시 신도 존재할까? 지옥이나 천국도?

그렇다면 바로 죽지 않고 이렇게 남의 몸을 빌려서 다행인지도 모른다. 지옥에 떨어질 만큼 나쁘게 살진 않았지만 천국에 갈 정도로 착하게 살지도 않았다.

나는 종이 위에 '지금부터라도 덕을 쌓을 것!'이라고 적은 후 밑줄을 죄죄 긋고 별표를 쳤다.

무아지경으로 별을 그리는 손등 위에 모기가 앉았다. 희고 고운 살결에 꽂힌 주둥이를 보고 눈이 홱 돌아갔다.

이게 감히 어디다 빨대를 꽂아! 눈에는 눈! 이에는 이! 피에는 피! 피의 숙청이다! 나는 그대로 손등을 내리쳤다.

찰싹! 경쾌한 소리와 함께 모기는 유명을 달리했다. 나는 손등 위에 흐르는 피를 보며 혀를 찼다. 많이도 빨아 마셨네. 괘씸한 것.

그러고 보니 덕을 쌓기로 결심했는데…….

유난히 크게 쓴 '덕'이라는 글자가 날 비난하는 것 같았다. 결심한 지 아직 1분도 안 지났다.

"……."

아무래도 살생과 연관 없는 삶을 살긴 힘들 것 같다. 또 모기가 나타난다면 난 똑같이 피의 복수를 할 게 분명하다.

어쩔 수 없다. 이번 생은 글렀으니 이전에 샤티가 덕 있는 삶을 살았기를 바랄 뿐이다. 그럼 플러스마이너스 제로니까 지옥에 떨어지지는 않겠지. 그녀의 삶이 내 삶으로 인정될지는 모르겠지만.

나는 머릿속 사전을 펼쳐 샤티의 선행 항목을 찾았다. 그리고 깜짝 놀랐다.

하나도 없다.

다시 맹렬히 머리를 굴려 보았지만 스쳐 가는 에피소드는 하나같이 악행만이 가득했다.

아니, 어떻게 이럴 수가 있지? 생명을 살린다거나 하는 엄청난 일이 아니어도 자잘한 선행 하나쯤은 할 수 있잖아?! 하다못해 친구랑 초코바 하나라도 반 갈라 나눠 먹든가!

그러나 이 몸의 주인께오선 선행과 정반대쪽으로 비범도 하시었다. 나눠 먹기는커녕 남의 초코바를 갈취해 먹었다.

머릿속에 네 살짜리 샤티가 탐욕스레 초코바를 먹어치우는 모습이 스쳤다. 뭐, 인형 같은 외모 덕에 그 모습조차 귀여워 보이기는 한다만…….

그녀 옆에 있는 꼬마 남자애가 허망한 눈길로 순식간에 사라지는 초코바를 바라보는 게 마음에 걸렸다. 흔들리는 동공이, 초코바에 관한 트라우마라도 생길 것 같았다.

……선행을 하지 않았어도 이런 악독한 짓만 하지는 않았을 거야. 어렸을 땐 뭘 좀 몰라도 크고선 달라졌겠지.

나는 최근 기억을 살폈다.

다른 사람들을 막 대하는 건 예사요, 욕심도 많아 눈에 든 것은 다 가져야 만족했다.

완전 철부지였다. 떼쓰고 소리 지르고 화내고. 한결같이 이러기도 참 힘들 텐데. 나는 혀를 내둘렀다.

내 동생이었으면 한 대 쥐어박고 눈물 쏙 빠지도록 혼냈을 거다—물론 남동생 눈물 빼는 날이 곧 내가 부모님께 매를 버는 날이었지만—.

그러나 그게 다가 아니었다.

샤티는 무려 남의 남자를 눈독 들이고 있었다.

이 남의 남자는 무려 펠론 제국의 황태자로, 임자가 있음에도 그를 마음에 둔 여인들이 많았다.

문제는 샤티가 황태자의 연애를 실질적으로 훼방 놓았다는 거다. 그의 연인인 백작 영애 아이린을 정말 창의성 하나 없는 고전적인 방법으로 괴롭혔다.

물 끼얹기는 기본이요, 공개적으로 망신 주는 것은 물론이고—솔직히 망신을 줬다기보다는 주변에서 그녀를 불쌍히 여기게 만들었다— 황태자한테 알랑방귀를 뀌며 매달렸다.

마음씨 착한 백작 영애는 아무 말도 못하고 그저 슬픈 미소만 지었다.

한소정도 그렇고, 하여튼 어딜 가나 이런 악녀가 문제라니까! 나는 두 주먹을 불끈 쥐었다.

남의 것을 탐내는 악녀는 쓴맛을 봐야 해! 어떻게 가르쳐 줄까. 한소정 몫까지 챙겨 줘야지. 입맛을 다시며 입술을 핥는데—.

어, 잠깐만. 그 악녀가…… 나잖아?

타오르던 분노가 물 끼얹은 것보다 더 빠르게 푸시시 식었다.

내가 악녀라니……! 이게 무슨 말이오, 의사 양반!

그러나 의사 양반을 찾아봤자 정신병에 걸렸다고 할 것이 뻔했다.

'해리성 정체감 장애가 온 것 같습니다.' 차분한 얼굴로 이중인격 진단을 내리는 목소리가 선했다.

나는 의자에서 벌떡 일어났다. 그 기세에 '타도 악녀!'라고 갈겨 쓴 종이가 팔랑거리다 곧 얌전해졌다.

"샤티."

"샤티!"

"샤르티아나!"

어깨에 닿는 손길에 화들짝 놀라 뒤를 돌았다.

"아……."

"몇 번이나 불렀는데도 대답을 않더구나. 무슨 고민이라도 있는 게야?"

나는 가까이 다가온 미남의 얼굴에 순간적으로 몸을 뒤로 뺐다. 푸른 눈동자엔 걱정과 염려가 가득 들어차 있었다.

당황한 것도 잠시, 나는 작게 미소 지으며 고개를 저었다. 아직 이름에 적응되지 않아 나를 부르는 줄 몰랐을 뿐이다.

"아니에요."

"세상에, 정말 무슨 일 있는가 보구나."

차분한 대답에 카일론 공작의 안색이 되레 안 좋아졌다. 내가 아무렇지 않다는 듯 애써 웃음을 덧그렸지만 별로 도움이 되지 않았다.

한숨과 함께 공작이 말을 이었다. 조곤조곤 타이르는 말투였다.

"병상에서 털고 일어난 뒤로 얌전하고 조신…… 아니, 힘이 없구나. 아직 몸이 낫지 않아 그렇다고 생각했는데 이 정도면 꼭 사람이 바뀐 것 같아."

"사람이 바뀌다니요. 농담도."

하, 하, 하! 끊어 웃자 공작이 마주 웃었다. 이 어색한 웃음에도 잘 맞춰 주는 사람이라 다행이었다.

이곳에선 정신병자에 대한 취급이 별로 좋지 않았다. 정확히는 매우 나쁘다.

한국에서도 인식이 썩 좋진 않지만 여긴 심할 경우 죽이기까지 했다. 정신병이란 개념 자체가 없고 악마에 씌었다고 판단하기 때문이다. 이상한 제령 과정을 거친 뒤 유폐되거나 죽었다.

공작에게 솔직하게 말한다고 치자.

저기, 님 딸은 죽었고요, 전 다른 세계 사람인데 저도 죽었거든요? 어쩌다 제 영혼이 따님 몸에 빙의했어요. 님 딸 영혼은 어떻게 됐는지 저도 모름.

아무리 좋게 포장해도 이런 요지의 말을 과연 누가 믿어 줄지 모르겠다. 직접 겪은 당사자인 나조차도 황당한데. 미친 사람 취급 정도로 끝나면 다행이지.

근데 딸이 얌전하고 조신해졌다고 걱정하다니, 이 사람도 정신이 좀 아픈 것 같아…… 라고 하기엔 딸이 그 '샤르티아나'니까 어쩔 수 없구나.

나는 샤티의 행적을 상기하며 고개를 끄덕였다.

"이 아비한테 다 털어놓아 보렴. 전에 말한 스테나 백작 딸이라는 그 계집 때문이야? 걔가 또 괴롭혔어?"

아니요. 그 아가씨는 선량한 피해자고 괴롭힌 건 댁 따님인데요.

나는 차마 사실대로 말하지 못하고 눈을 굴렸다. 기억 속의 샤티는 응석꾸러기였다. 공작 내외는 딸에게 껌뻑 죽는 이들이라 그녀가 원하는 건 뭐든 다 들어줬다.

오냐오냐 키우다 보니 애가 그렇게 자란 거잖아요. 아저씨, 자식 농사 잘못 지었어요. 꼭 내 동생 같네. 나는 혀를 끌끌 차고 싶은 걸 애써 참았다.

"그런 건 아니고요. 그냥……."

뭐라 변명해야 할지 몰라서 애매하게 웃었다. 직설적인 성격 탓에 말을 돌리거나 얼버무리는 데 서툴었다.

공작은 그런 나를 안쓰럽게 바라보며 머리를 쓰다듬었다. 마치 착한 딸이 아이린에게 악독한 짓을 당하면서도 부모님께 걱정 끼치기 싫어 얼버무린다고 착각하는 것 같았다. 자기 딸을 그렇게 모르나.

낯선 아저씨의 친근한 손놀림에 어색하게 몸을 움츠렸다. 최대한 자연스레 몸을 뒤로 빼려고 했는데…….

주책이라고 생각하면서도 나는 그 손길을 거부하고 싶지 않았다. 정수리에 닿는 보드랍고 따뜻한 손바닥이 차분차분 움직였다. 누군가가 내 머리를 쓰다듬는 건 정말 오랜만이었다.

아주 어릴 적, 다른 기억 속에 묻혀 사라졌던 감각이 먼지를 닦아 낸 것처럼 생생해졌다. 천천히, 몇 번이고 반복되는 손길에 몸에서 힘이 빠졌다.

"무슨 일인지 모르지만 아빠는 항상 우리 딸 편이니까."

우리 딸.

"……고맙습니다."

조금 더 응석을 부리고 싶었지만 정작 나온 말은 생각보다 훨씬 딱딱했다. 습관은 어쩔 수 없는 모양이다.

공작의 눈빛이 슬프게 가라앉았다. 서운함까지 느껴지는 그 시선에 다른 말을 찾아보았지만 쉽게 입을 열지 못했다. 친부모님한테도 못 부려 봤던 응석을 갑자기 생긴 부모한테 부리는 건 무리였다.

"샤티."

"네?"

고개를 들자 눈이 마주쳤다. 애정을 가감 없이 드러내는 눈. 엄마도, 아빠도 그런 눈빛으로 나를 바라본 적은 없었다.

공작의 눈동자 속에 담긴 나를 보았다. 그건 내 모습이라기엔 지나치게 낯설었다. 높은 콧날과 음영이 짙은 눈. 호수처럼 깊은 눈동자는 자홍색으로 신비하게 젖어 있었다.

샤르티아나의 얼굴이다.

'저는 당신의 딸이 아니에요!'라고 소리치고 싶은 마음과 모르는 척 이 사랑에 기대고 싶은 마음이 가슴속에서 격렬하게 부딪쳤다.

하지만 머리에 닿는 손길이 너무 따뜻했다. 조금만, 조금만 더 기대도 되지 않을까. 어쩌면 부모의 사랑 한 번 양껏 받지 못한 내게 하늘이 준 선물이 아닐까.

샤르티아나는 죽었다. 그러니 그녀의 삶을 뺏는 것도 아닐 것이다. 그러니까, 그러니까 아주 조금만, 조금만 더…….

"깨어난 뒤로 한 번도 아빠를 부르지 않아서……. 혹시 아빠한테 서운한 거 있니?"

생각지도 못한 말에 눈을 크게 떴다.

아무래도 아빠라고 하기 어색해 차마 부르지 못하고 있었다. 내가 먼저 말 붙일 일이 없기도 했다. 그저 묻는 말에 대답만 했으니 딱히 부를 필요성도 못 느꼈다.

잔뜩 애교 부리던 딸이 한순간에 이리 데면데면하게 구니 부모로

서 걱정될 만도 했다. 공작 내외의 딸 사랑이 각별했던 만큼 더더욱.

하지만 머리로는 알고 있어도 막상 아빠라고 부르려니 입이 잘 떨어지지 않았다.

나는 유화영이고 내 가족은 한국에 있다. 이곳에서 몇 날 며칠을 가도 갈 수 없는, 멀리 떨어진 다른 차원, 다른 시대의 나라에.

그 순간 숨이 콱 막히며 가슴이 답답해졌다.

나는 앞으로 남은 평생을 샤르티아나 알티제 카일론으로 살아야 한다. 막연하던 사실이 절대적인 현실로 눈앞에 들이밀어졌다.

유화영은 죽었다. 이렇게 살아 움직여도, 죽었다는 실감이 나지 않아도 유화영은 죽었다.

"샤티?"

"아니에요. ……아빠."

공작을 아빠라고 부르는 것은 나에게 상당한 각오가 필요한 일이었다. 그러나 지금 당장 쫓기듯 결정해도, 오랜 숙고 끝에 결정해도 결국엔 그를 아버지라 불러야 할 터였다.

이제부터 난 카일론 공작의 딸 샤르티아나로서 인생을 살아야 하니까.

충분히 알고 있다. 내 결정이 시간적으로나 정신적으로나 경제적이라고 생각하는 반면 가슴이 답답했다.

내 입 밖으로 나온 아빠라는 단어는 깃털처럼 가볍게 날아 공작에게 닿았다. 내 마음도 그러면 좋으련만. 내 가슴은 알 수 없는 감정으로 끈적하게 뒤엉켰다. 빽빽하고 탁한 것들이 무지근하게 얹혔다.

'잘한 일이야. 씁쓸해할 필요 없어.'

그 순간 나를 감싸는 온기가 느껴졌다. 날 끌어안은 카일론 공작이 등을 토닥이며 말했다.

"사춘기가 와서 이 아비를 싫어하는 줄 알았단다."

"제가 아빠를 싫어할 리가요."

따뜻하고 포근한 품속에서 나는 눈을 감았다. 소란스럽던 마음이 잔잔하게 풀렸다. 다사롭고 편안하다. 이 안온함에 영원히 빠져 있고 싶었다.

이게 아빠의 품이라는 걸까. 절로 미소가 지어진다.

그래, 유화영의 인생에 미련은 없다. ……딱 한 가지, 죽음에 대한 오해만 빼고.

발끝부터 타고 올라오는 쪽팔림에 당장 베개와 이불이 절실해졌다. 마음껏 차고 발광을 해야 진정할 수 있을 것 같았다.

하지만 지금은 불가능한 일이다. 방에 돌아가는 즉시 이불에 처절한 폭력을 가하기로 결심하고 마음을 진정시켰다.

'아빠'의 품속에서 나는 숨을 들이켰다. 우아한 머스크 향 뒤로 시원한 내음이 밀려들어 왔다. 처음 맡은 향인데도 그리운 느낌이 났다.

이제 유화영이 아니라 샤르티아나로서 삶을 살아야 한다. 지금까지와는 전혀 다른 새로운 삶.

나는 품에 더 파고들며 아빠를 꽉 껴안았다. 이번에는 부모의 사랑을 잔뜩 받으며 행복해도 될까? 어리광도 부리고 떼도 쓰면서.

나는 가족과 함께하는 평화로운 미래를 꿈꿨다. 예전에 독립하기 위해 이를 악물고 공부했던 것과 사뭇 대비되는 꿈에 웃음이 나왔다. 이대로 효도하고 살면 좋을 것 같았다.

앞으로는 악녀 짓도 안 하고 조용히 지낼 테니 악명도 자연스레 사라지겠지. 황태자와 그 연인도 그들만의 깨알 같은 사랑을 할 테고.

그건 꽤 현실적인 미래로 머릿속에서 점점 구체화되었다. 여긴 노후 보장이 어떻게 되지? 보험이나 그런 것도 잘 들어 둬야 할 텐데, 실버보험이…….

“참, 아주 좋은 소식이 있단다. 사실 저녁 식사 때 말하려고 했는데…….”

좋은 소식? 새 인생의 시작이 좋은 소식과 함께라니. 나는 반짝반짝 기대에 찬 눈빛으로 아빠를 바라보았다.

이전 삶의 보상으로 새 삶이 주어진 게 틀림없다. 지금까지 진흙탕 속을 걸어왔다면 이제 내 앞길엔 장미꽃 길만 놓여 있으리라.

나는 바보같이 그렇게 생각했다. 인생이란 게 얼마나 통수 치기 좋아하는 녀석인지 전생을 통해 잘 알고 있으면서도.

인생은 그렇다. 넘어져서 짜증 내다가 ‘그래도 안 다친 게 어디야.’ 하고 긍정적인 마음을 먹는 순간 교통사고를 당한다.

“궁금하니?”

고개를 끄덕이자 아빠가 한쪽 뺨을 내밀었다. 샤티의 기억을 뒤질 필요도 없이 눈치만으로도 알아먹기 쉬운 보디랭귀지였다.

나는 떨떠름한 표정을 숨기지 못했다. 아무리 공작을 아빠라고 생각하기로 했다지만 이건 좀…… 부모님께 ‘볼 뽀뽀’는 내 전생에서도 없던 일이다. 적어도 기억하는 한도 내에선.

카일론 공작은 은발의 미남으로, 아이를 둘이나 둔 기혼자라곤 믿기지 않는 외모를 가지고 있었다. 섬세한 이목구비와 완벽한 비율은 그에게 인간을 초월하는 아름다움마저 깃들게 해, 일견 싸늘해 보이기도 했다.

실제 성격도 마찬가지이긴 했다. 가족에겐 항상 다정한 미소를 지어 주지만 다른 사람들이 본 그의 미소는 조소가 전부였다.

나는 복잡한 기분으로 입술을 움찔거렸다. 그런 그가 딸의 볼 뽀뽀를 받기 위해 이러는 걸 보니 민망하기도 하고 조금 뿌듯하기도 하고. 왠지 성희롱당하는 느낌을 넘어 내가 그를 희롱하는 것 같았다.

후후, 이 순진하고 잘생긴 아저씨는 자기 딸에게 뽀뽀받는 것을 기대하고 있겠지. 물론 난 당신 딸이야. 당신이 생각하는 그 딸은 아니지만 말이야. 쿠쿡.

농담으로 긴장을 완화해 보려 했지만 아무런 효과도 없었다.

이제부터 아빠라고 생각하리라 결심했어도, 풀 HD 화면으로 찍어도 모공 하나 보이지 않을 만큼 매끄러운 뺨과 그 옆의 날렵한 콧대를 보니 괜히 설레는 건 어쩔 수 없다.

시간이 흘러도 눈앞의 얼굴은 사라질 기미가 안 보였다. 에라, 모르겠다. 나는 눈을 꾹 감고 입술을 들이밀었다. 따뜻한 체온이 입술에 닿았다.

상상보다 훨씬 부드러운 피부의 감촉에 화들짝 놀라서 재빨리 입술을 뗐다. 어머, 아빠. 화장품 뭐 쓰세요?

아빠가 함박웃음을 지으며 날 끌어안았다. 아까와는 달리 강하게 끌어안는 팔에 숨이 막혔다.

나는 든든한 가슴팍에 얼굴을 묻은 채 한숨을 쉬었다. 낯선 아빠에게 입술을 내준 가슴이 두근거렸다. 하여간 아빠가 미남이어도 고생이다. 과연 응석은 부릴 수 있을까? 다짐한 지 얼마나 됐다고 벌써부터 막막해졌다.

하지만 언젠가 어리광도 부리고 애교도 피울 수 있을 것이다. 시간은 많으니까.

"이렇게 사랑스러운 우리 딸을 궁으로 보내야 한다니, 아빠는 벌써부터 가슴이 아프구나. 하지만 네가 그렇게나 원하던 것이었으니."

"네?"

궁이라니, 대체 무슨 소리지? 선뜻 이해되지 않았다. 샤티의 기억 속에서 무언가가 스멀스멀 기어 나왔다.

아빠는 복잡한 미소를 짓더니 아쉬움과 걱정, 뿌듯함이 뒤섞인 눈으로 날 응시했다.

"레지나로 간택되었단다."

레지나?

스멀거리던 기억이 곧장 실체를 가지고 내 등 뒤를 덮쳤다. 나는 아빠가 부정하길 바라며 멍청하게 되물었다.

"레지나요……?"

"그래."

아빠가 전한 '좋은 소식'에 온몸의 핏기가 싹 가셨다. 내 장미꽃길이 허리케인에 휩쓸려 갔다. 나는 망연자실하게 그 잔해를 바라보며 인생을 저주했다.

야, 잠깐만. 내가 새로운 인생 계획을 세운 게 5분 전이야. 이러기야, 진짜?

레지나는 예비 황후 같은 존재다.

명목상 황녀의 예동으로 입궐하지만 그 이면엔 미래의 황후를 미리 교육시킨다는 의도가 숨어 있다. 제국 역사 중 황후가 레지나 출신이 아니었던 경우는 손에 꼽는다.

실제로 레지나는 황녀보다 황태자나 다른 황자들과 더 자주 교류한다. 게다가 지금 황궁에 남아 있는 공주는 다섯 살짜리 어린아이로, 내가 친구로 삼기엔 턱없이 어렸다.

이 특이한 지위는 펠론 제국의 황위 계승법 때문에 생겨났다. 적자 여부보다는 능력을 우선시해 황태자 교체가 잦은 편인 데다가, 황위 우선권이 황태자의 자식보다 황제의 자식에게 있기 때문이다.

즉, 황태자 다음 계승권이 황태자의 형제자매들에게 주어진다.

그러니 구태여 황태자비를 들여 황손을 일찍 볼 필요가 없다. 폐태자의 자식은 불온의 싹이 될 가능성이 크기 때문이다.

정세가 꽤 안정된 지금이야 황태자 교체가 이전처럼 잦진 않지만, 이러한 황위 계승법 때문에 제국에는 황태자비라는 직책 자체가 없다.

합리적인 판단이긴 했다. 황태자가 폐위될 때마다 황태자비를 재간택하느니, 레지나라는 황태자와—적어도 겉으로 보기에는— 관계없는 여성을 뽑아 황후로 교육하는 것이 더 경제적이므로.

레지나가 제국의 황계 세습에서 얼마나 효율적인지는 나한테 별로 중요하지 않다. 문제는 그게 황태자의 예비 아내를 뜻한다는 거다. 그 자리에 내가 간택됐다니.

나는 엉망이 된 내 인생을 멍하니 응시했다. 이미 장미꽃은 흔적도 없고 여기저기 파헤쳐진 길목엔 흙더미와 자갈이 굴러다녔다.

야심이 있거나 대범한 사람이라면 '그래, 어차피 다시 주어진 인생, 황후가 돼 보는 거야!' 하고 결의를 다질지도 모른다.

이왕이면 크게 되고 싶다는 마음이 없는 건 아니지만, 나는 굳이 따지자면 소박한 편이었다. 공부를 열심히 한 것도 무언가 이루고

자 했던 게 아니라 그저 가족에게서 벗어나고 싶었기 때문이다.

지금도 마찬가지다. 제국의 주축인 공작가의 금지옥엽. 꿈을 크게 가지려면 얼마든지 크게 가질 수 있다. 황후가 아니어도 선택의 폭은 전생보다 훨씬 넓었다.

그러나 내가 꾼 꿈은 가족과 오순도순 사는 미래였다.

이 상황에서 레지나로 간택되어 봤자 전혀 기쁘지 않다. 게다가 황태자에겐 따로 연인이 있다.

"별로 기뻐 보이지 않는구나."

아빠의 말에 나는 가까스로 상념에서 벗어났다. 그가 날 보며 미간을 살포시 찌푸리고 있었다.

레지나가 되는 것은 샤티의 오랜 소원이었다. 레지나, 레지나 노래를 불렀지만 공작 내외는 반대했다. 품 안의 자식을 이런저런 암투가 많은 황궁에 보내는 것이 불안했기 때문이다.

자식 이기는 부모 없다는 게 여기서도 통하는지, 굶기까지 하는 딸아이에게 공작 부부는 결국 두 손 두 발을 들었다.

물론 공작이 허락한다고 해서 그녀가 레지나로 간택되는 것은 아니다. 그러나 가문도, 세력도, 미모도 겸비한 샤르티아나가 레지나가 못 되면 누가 되겠는가?

……성격은 논외로 치고.

"이 아빠가 야근까지 하며 열심히 얻어 낸 자리인데……."

시무룩한 미남, 아니 아빠의 얼굴을 보고 있자니 가슴이 아팠다. 눈치를 보아하니 정말로 간택 때문에 꽤 많은 노력을 했나 보다. 역경과 고난이 그의 얼굴 위로 스쳤다. 이건 의외다.

"야근이라니, 왜요?"

내 물음에 아빠는 난처한 미소를 지었다.

"그게, 우리 샤티를 질투한 누군가가 나쁜 소문을 퍼뜨렸나 보더구나. 황태자 전하께서 이상한 편견을 가지고 계셔서……. 너무 심려치 말거라. 원래 뛰어난 자일수록 말이 많아지는 법이야."

아뇨, 그 황태자 전하께오서는 아주 적절하고 객관적인 판단을 내리고 있는 것 같은데요. 나는 눈앞의 딸 바보를 암울한 눈으로 바라보았다.

이렇게 판단이 흐려서야 과연 제국의 재상이라 할 수 있겠는가. 샤티가 제 부모 앞에서 굳이 내숭을 떨지 않던 걸 생각하면 더 심했다.

카일론 공작에 대한 세간의 평은 꽤 훌륭했지만, 샤티의 기억에 의존한 정보니 진짜인지 알게 뭔가. 물론 이제 내 아빠이기도 하지만…….

이런 걸 보면 나를 중립병 환자라고 욕하던 애들이 이해됐다.

나는 객관적으로 판단할 뿐이라고 생각했지만, 팔이 안으로 굽는 게 정상이듯 자기 가족을 이리 생각하는 것은 정상이 아닐지도 모른다. 현재 내 부모는 이전의 내 부모와 달리 좋은 사람들인데.

나도 모르게 입술을 깨물었다. 주관이 뚜렷하다고 생각했는데 남의 말에 휩쓸리는 걸 보니 아무래도 전생의 마지막이 내 영혼에 깊은 상처를 남긴 것 같았다.

"정말 간택이 달갑지 않은가 보구나. 혹시 스테나가家의 소식을 들은 게냐?"

생각에 잠긴 내 표정이 굳어 있었는지, 아빠가 걱정스레 물었다. 나는 질겅질겅 씹던 입술을 놓고 어색하게 미소 지었다.

'그런데 스테나가라니?'

거긴 황태자의 연인인 아이린의 집안이다.

순간 짚이는 것이 있었다.

"……스테나 영애도 레지나로 간택되었나요?"

아빠의 한숨이 그 어떤 것보다 빠른 긍정이었다.

레지나는 보통 두세 명이 간택되니 당연하다면 당연했다. 가문이 조금 떨어지긴 하지만 최근 황태자와의 염문 덕에 세를 불리고 있었고, 무엇보다 황태자 본인이 아이린을 원하니까.

황후로는 부족해도 레지나로는 손색없다.

황제가 붕어하거나 황위를 선위할 때까지 스테나 백작이 세력을 확장하면 황후로 책봉될 때 큰 소란은 없을 것이다. 어쩌면 후작으로 승작할지도 모르지.

아이린은 미모는 물론이고 온화한 성품과 현명함으로 이름 높으니 황후로서도 제격이다.

문제는 낙동강 오리알 신세가 된 나다. 몇 년을 궁궐에서 썩는 것으로 모자라 이후에는 황비로 책봉될 게 분명하다.

황가의 사정을 깊게 아는 자를 다른 가문에 보낼 수 없기 때문에 레지나로 간택된 이상 궁궐에 뼈를 묻는 것은 자명했다.

간혹 드물게 다른 황자와 혼인하긴 하지만 글쎄, 그 황자가 날 끔찍이 사랑하지 않는 이상 불가능했다. 현실적으로 그럴 가능성은 전혀 없다.

결과적으로 나는 평생을 알콩달콩 잘 사귀고 있는 연인 사이에 끼여 살아야 한다는 거다. 아무도 안 궁금한 그들만의 깨알 같은 사랑 이야기를 강제 시청해야 하는 것은 물론, 관계상 삼각관계의 이물질이다.

그냥 그렇게 살아도 체할 것 같은데, 심지어 샤티가 그 연인 사이를 수도 없이 훼방 놓았다. 그들이 나를 어떻게 생각할지는 뻔했다.

진짜 뭐 같네. 절로 인상이 찌푸려졌다.

"그 계집 때문에 내키지 않는가 보구나."

"그게……."

아이린 때문이긴 하지만 아이린한테 문제가 있어서는 아닌데요. 나는 말하는 대신 침묵했다.

아빠, 사실 걔가 황태자랑 사귀는 거 보고 질투해서 좀 괴롭혔는데요. 정신 차리고 나니까 흑역사여서 이제 청산하려던 차였거든요? 근데 이렇게 꼬이니까 좀 그래요.

이런 말을 하기엔 너무 쪽팔렸다. 엄밀히 말해 저 흑역사는 내가 쌓은 것도 아니니 억울하기도 했다.

그리고 어찌 됐든 샤티는 그에게 사랑스러운 딸이다. 다른 사람도 아닌 내가 그녀의 흠을 까발리기엔 양심이 찔렸다. 아무리 샤티가 악녀라 해도, 이제 죽고 없다 해도 나는 그녀에게 신세를 지고 있다.

"고작 그 계집 때문에…… 아빤 우리 샤티를 위해서 노력했는데. 아픈 거 털고 일어나면 짠! 하고 말해 주려고 여기저기 다니면서 힘들게 노력했는데. 샤티가 원한다는 생각 하나로 야근도 버텼는데."

잘 벼린 칼날처럼 차가운 외모의 소유자가 눈썹을 내려뜨리고 울상을 지었다. 눈망울이 일렁이기까지 한다. 나는 기겁했다.

아니, 저기, 나이를 생각하셔야죠. 그 나이 먹고 이러시면 주책…… 은 무슨. 이래서 얼굴이 깡패라는 거구나.

미남의 투정은 퍽 심금을 울리는 것이라 나는 재빨리 고개를 저었다.

"아니에요, 아빠! 엄청 기뻐요!"

"정말?"

"그럼요!"

아빠가 환하게 웃었다. 아아, 꽃이로구나. 눈이 즐거워져 나는 현재 상황도 잊고 마주 웃었다. 이게 바로 애첩을 끼고 사는 황제의 희락이라는 건가.

그간 외모에 흔들리지 않는 삶을 살았는데, 주변에 이런 미모가 없어서 그랬나 보다. 역시 사람은 아름다운 것에 약한 거였어.

인간의 본성과 세상의 진리를 깨치고 있는데 아빠가 당당히 볼 한쪽을 내밀었다.

"……."

다시 고뇌의 시간이 찾아왔다. 아니, 내 나이가 몇인데 이걸 또 해야 해? 하지만 아빠의 빛나는 외모 앞에서 나는 패자였다. 쪽, 소리가 테라스에 울렸다.

입이 헤벌쭉 벌어진 아빠—이 표정으로도 잘생긴 게 신기했다—가 주먹을 불끈 쥐고 말했다.

"그럼 입궁 준비를 완벽히 하자꾸나. 널 괴롭히는 그 나쁜 계집이 혼쭐나게끔!"

지금이라도 늦지 않았으니 아빠의 오해를 바로잡아 드려야 하는 걸까, 고민하다가 그냥 고개를 끄덕였다.

왜 사냐건 웃지요. 그저 허허거리며 웃었다.

"새로 드레스를 맞추고 장신구도 사야지. 주말에 아빠랑 데이트할까?"

그 와중에 미남의 재롱만이 유일한 위안이었다.

레지나 간택은 황명이다. 거부한다고 해서 거부할 수 있는 게 아니다. 심할 경우 황명을 거역했다고 모반으로 몰릴 수도 있다. 더욱이 샤티의 억지로 인해 주변의 반대를 무릅쓰고 얻어 낸 자리다.

아무래도 악녀 탈출은 한동안 요원할 것 같다. 하지만 이대로 한소정 같은 년이 될 생각은 없었다.

절대로.

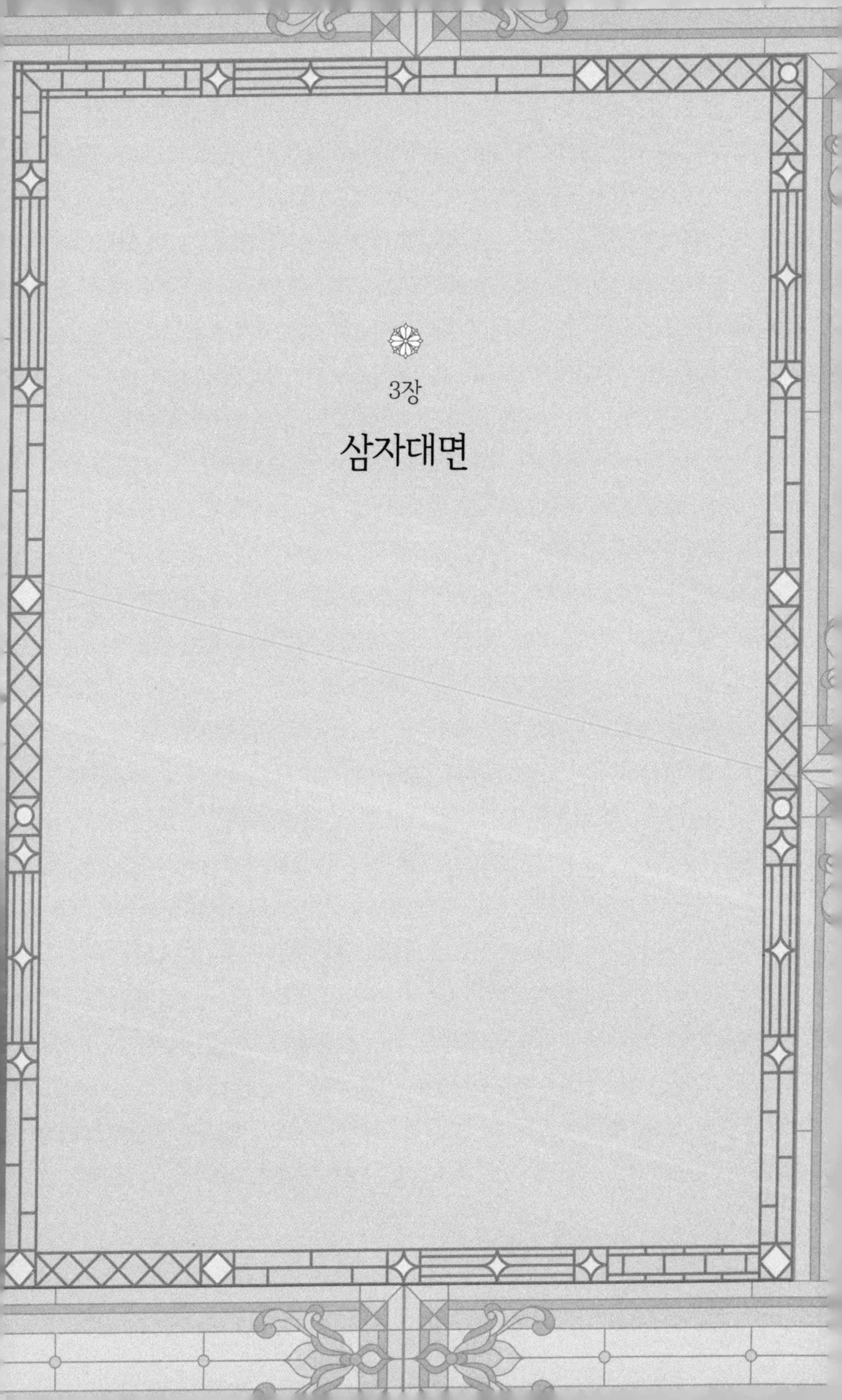

3장

삼자대면

삼자대면

입을 헤, 벌리고 거울을 쳐다봤다. 이 몸에 빙의하고 처음 거울을 봤을 때도 충격에 휩싸였는데, 본격적으로 꾸미니 이건 충격 정도가 아니었다.

나는 정신을 차리지 못하고 거울 속에 서 있는 미소녀를 훑었다. 잠시 성 정체성에 혼란이 왔다. 뭐지, 나 지금 설레고 있나?

등허리까지 나붓거리는 머리카락은 밝은 백금발로 만월의 밤, 새하얀 은방울꽃에 담긴 달빛을 모아 만든 것 같았다. 자홍색 눈동자는 맑고 투명해, 빛에 따라 수국처럼 청초하게 물들기도 하고 모란처럼 화려하게 빛나기도 했다.

와, 내가 생각해 놓고도 손발이 오글거리다 못해 사라질 표현인데 멈출 수가 없다. 무슨 방언이라도 터진 것처럼 찬사가 쏟아져 나왔다.

내가 눈을 깜빡일 때마다 이 엄청난 미소녀 역시 깜빡인다는 게 믿기지 않았다. 심지어 입을 쩍 벌린 멍청한 표정인데도 사랑스럽고 예뻤다.

카일론 공작가 딸 바보의 기원이 이해되는 순간이었다.

전생에서 딱히 스스로가 못생겼다고 생각한 적은 없다. 길쭉한 몸에 제법 예쁘장하게 생긴 얼굴은 그럭저럭 어디서 꿀리지 않을 정도는 되었다.

외모에 크게 신경 쓰는 타입이 아니었기에 그냥 그 정도로 족했다. 더 예뻐 봤자 연예인이 될 것도 아닌데 무슨 소용이겠는가.

연극영화과에 다닌다는 모 아이돌을 스쳐봤을 때도 예쁘다는 생각만 했지 딱히 부럽진 않았다. 눈 두 개에 코 하나, 입 하나. 사람 생긴 게 다 거기서 거기 아닌가?

그렇게 생각했던 적이 제게도 있었습니다.

거울 앞에서 나는 고해하는 신도의 마음가짐으로 두 손을 모았다.

20년이 넘도록 헛살았다. 사람 생긴 건 다 거기서 거기가 아니다. 과거의 내 얼굴과 새로 얻은 얼굴을 비교하면…… 음, 비교하기가 미안할 정도랄까. 상대성 오징어 이론은 시공간을 넘어서도 유효하다.

잠깐 자괴감에 빠질 뻔했지만 곧 이 얼굴과 이 몸매가 이젠 내 것이라는 걸 깨달았다. 그러자 알 수 없는 전투력이 상승하는 것 같았다.

얼굴도 얼굴이지만…….

시선을 살짝 내렸다. 봉긋하게 솟은 가슴은 도저히 열여덟 살짜리 여자애의 그것이라고 볼 수가 없었다.

아무리 코르셋 버프를 받고 있다고 해도 이건…… 몇 년 후가 기대되는 것이 아니라 두려울 정도였다.

팜므파탈이라도 되는 거 아냐? 웃음 한 자락에 나라가 기울고 눈물 한 방울에 황제가 바뀌고.

그동안 샤티의 인생을 돌아봐도 꽤 가능성 있는 이야기였다. 그녀는 안하무인이지만 쉽게 용서받았다. 아직까진 철부지 수준이었으나 될성부른 악녀 떡잎이었던 것이다.

뭐 하나 부족한 거 없는 애가 왜 남의 것을 빼앗지 못해 안달이었나 싶다가도 납득이 됐다.

집안도 좋고, 돈도 많고, 외모까지 완벽한데 뭐 하나쯤은 삐뚤어져야 하지 않겠는가. 성격이 그 모양이었던 건 어쩌면 세상의 균형을 맞추기 위한 신의 안배였을지도 모른다. 아님 말고.

실없는 생각에 웃음이 나왔다. 외모와 상관없이 사람을 대한다고 생각했는데…… 얼마 전 아빠 얼굴에 홀린 것도 그렇고 지금도 그렇고, 이제 이상형 물을 때 외모 안 본다는 말은 빼야겠다.

그간 무심했던 건 외모를 안 따져서가 아니라 미의 기준이 지나치게 높았기 때문일 수도 있겠다.

그런 거지. 우사인 볼트에겐 100미터 달리기 14초든 16초든 별 감흥이 없는데, 중학교에서 14초는 '너, 육상부로 와라!' 하고 러브콜을 받는 거.

"아가씨."

부름에 정신을 차렸다. 돌아보자 유모가 미소를 지으며 날 바라보고 있었다. 내 모습에 내가 넋을 잃었던 게 생각나 조금 쪽팔렸다.

"충분히 아름다우십니다. 오늘의 주인공은 아가씨 말고는 없을 정도로."

황태자의 연인인 아이린을 염두에 둔 말이었다. 대놓고 그녀를 무시한 것도 아니고, 날 향한 애정에서 나온 말이니 딱히 책할 수준은 아니었다.

그러나 충성 때문만이 아니라 여태 샤티가 했던 행동 때문에 나온 말이기도 하다. 나는 그녀와 다른 삶을 살기로 했다.

"레지나 간택을 축하하는 파티인걸. 나도 주인공이지만 스테나 영애도 마찬가지야."

유모가 눈을 둥그렇게 떴다. 하긴 샤티가 이런 말을 하는데 안 놀랄 사람은 없다.

사석에서 이년, 저년이 아니라 스테나 영애라고 지칭한 것도 충분히 놀라운데 그녀에 대해 좋게 말하기까지—그냥 사실을 말했을 뿐이지만— 하다니!

이내 유모는 잔잔한 미소를 지었다. 대견하다는 눈빛에 머쓱해졌다. 얼마나 기준치가 낮으면 이 한마디에 저런 표정을 지을까. 떨떠름했다.

"그럼요. 하지만 스테나 영애보다 우리 아가씨께서 훨씬 빛날 것입니다. 이만 가시지요. 다들 기다리고 계십니다."

"칭찬 고마워."

생긋 웃고 방을 나섰다. 황궁에서 열리는 파티. 샤티의 기억 속에 담긴 그 화려한 연회를 떠올렸다.

가슴이 떨렸다. 기대보다는 걱정으로 인한 전율이었다.

레지나 간택 축하 파티는 생각보다 훨씬 더 화려하고 웅장했다.

샤티의 기억 덕분에 대충 황궁에서 주최하는 파티가 어떤지 알고는 있었지만 그래도 놀라움의 연속이었다.

자꾸 벌어지려는 입 때문에 아까부터 턱관절을 그 어느 때보다 열심히 관리해야 했다. 그 때문에 표정이 굳었는지 엄마가 어깨를 감싸 쥐며 속삭였다.

“알테가 있었으면 좋았을 걸 그랬구나.”

알테는 알테미르의 애칭으로, 내 하나뿐인 오라버니를 말한다. 그는 지금 아카데미 도시인 팔레스트라에서 수학 중이다.

침묵으로 엄마 말에 긍정하긴 했지만 내심 그가 없어서 다행이라고 생각했다. 전생의 기억 때문에 남자 형제가 영 탐탁지 않았다. 게다가 알테는 샤티를 싫어했다. 경멸한다는 편이 옳으리라.

아무리 그래도 그렇지. 평생 잔병치레도 없던 동생이 죽을 정도로 앓아누웠는데 와 보지도 않다니, 너무한 거 아냐?

엄마의 말뜻을 모르는 건 아니다. 파티장에 들어설 때, 나는 가문의 기사인 브란트 경의 에스코트를 받았다.

브란트 경은 덕망 높은 기사였지만 평소 공·후작가의 영식이나 아버지인 카일론 공작의 에스코트를 받던 샤티 입장에서는 꽤 자존심이 상하는 일일 테다. 특히 오늘은 그녀의 인생 중 가장 중요한 파티였으니 더더욱.

그러나 레지나로 간택됐고 이를 알리는 파티에 다른 영식의 에스코트를 받을 순 없다. 이름이 어떻게 붙든 황태자비나 다름없으니까.

앞으로 나는 황태자를 비롯한 황자들이나 황실 기사의 에스코트만 받게 될 것이다.

몰려드는 사람들 때문에 대화는 오래 이어지지 않았다. 재상인 카일론 공작과 레지나로 간택된 그의 여식. 명실공히 제국의 실세였다. 주변에서 그냥 내버려 둘 리 없다.

아빠는 평소 집에서 딸 바보처럼 굴던 것과 달리 차갑고 냉철한 표정이었다. 알고 있긴 했지만 기분이 묘했다.

솔직히 나로선 이 모든 게 얼떨떨하고 낯설었다. 샤티의 기억을 뒤져 눈치껏 예법에 어긋나지 않게만 대답하는 게 전부였다.

사실 샤티의 기억은 큰 도움이 되지 않았다. 항상 새초롬하게 고개를 끄덕이며 콧대를 세우는 게 다였기 때문이다.

그럼에도 그녀의 주변엔 사람이 끊이지 않았다. 영식들에게 그녀의 오만한 성격은 장미의 가시 같은 것이었다. 가까이 다가가면 찔리지만 그렇기에 더 꺾고 싶은.

평소와 다른 얌전한 모습에 사람들이 더 친근하게 말을 붙였다. 그럴수록 난 더 어색해졌다.

예전의 샤티는 무리를 주도했었다. 그에 반해 초면인 사람들에게 최대한 구면인 척하는 게 내가 할 수 있는 최선이었다. 머릿속에 든 샤티 사전이 맹렬하게 펄럭였다.

어서 이 시간이 끝났으면. 점점 할 말이 떨어져서 대답도 벅찼다. 게다가 내겐 해야 할 일이 있었다. 하지만 이래서야 수다만 떨다가 돌아갈 것 같았다.

"호호, 우리 딸이 긴장했나 봐요."

초조함에 사로잡힌 날 구해 준 사람은 엄마였다. 그녀가 날 감싸며 화제를 이끌었다. 덕분에 숨을 돌릴 수 있었다.

"아무래도 날이 날이니까요."

"긴장 안 할 수가 없지요."

사람들이 주고받는 말을 한 귀로 흘리며 눈을 느릿하게 깜빡였다. 파티가 열리기 전까지 머릿속으로 열심히 시뮬레이션을 돌렸지만 실전은 달랐다. 나는 분위기에 완전히 압도당했다.

'정신 차리자.'

나에게는 할 일이 있다. 재빨리 회장 안을 살폈다. 아이린을 찾아 이야기를 나누기 위해서였다. 그러나 스테나 백작의 모습은 보여도 그녀를 찾을 수는 없었다.

스테나 백작 주변에도 사람이 많았다. 그는 의기양양한 표정을 지으며 사람들 틈에서 웃고 있었다.

샤티는 그걸 마땅찮아 했다. 마음에 품고 있던 황태자의 연심이 아이린을 향한 것에도 분노했지만, 동일 선상에조차 놓일 수 없었던 스테나 백작이 제 앞에서 떵떵거리는 것을 더 견디지 못했다.

딸이 황태자의 사랑을 받는데 목이 뻣뻣해지는 거야 당연했다. 권력과 상황에 따라 태도가 달라지는 것은 어디에서나, 누구나 마찬가지다.

딱히 스테나 백작이 나쁘게 보이진 않았다. 그는 그냥 평범한 남자였다. 그릇이 작을 뿐.

회장 안의 분위기는 어느새 셋으로 나뉘어 있었다. 카일론가에 줄을 서려는 사람들, 스테나가와 손을 잡으려는 사람들 그리고 이도 저도 결정 못하고 간을 보는 사람들.

한 번 더 주변을 살폈으나 아이린의 모습은 보이지 않았다. 휴게실에 있나? 굳이 쉬고 있는 사람을 찾아가야 할지, 아니면 조금 더 기다려야 할지 고민이 됐다.

그때였다.

"황태자 전하와 스테나 백작 영애께서 드십니다!"

커다란 외침과 함께 계단 위로 황태자와 아이린이 나타났다.

하늘하늘한 물빛 드레스를 입은 아이린이 황태자의 에스코트를 받으며 붉은 계단을 내려오는 모습은 한 폭의 그림 같았다.

나는 멍하니 두 사람을 바라보았다.

새삼스러울 일은 하나도 없었다. 그들은 파트너로 파티에 자주 참석했고, 샤티의 기억으로 그게 어떤 모습인지도 잘 알고 있었다.

그럼에도 나는 아주 커다란 충격을 받았다. 부드럽게 미소 짓는 황태자의 얼굴에서 눈을 뗄 수가 없었다.

샤티의 기억 속에 박제된 황태자는 너무 비현실적으로 잘생겨서, 난 그게 사랑에 빠진 소녀의 보정 효과가 들어간 게 틀림없다고 생각했다. 이제 보니 초상화를 그려도 될 정도로 정확했다.

그 완벽한 얼굴이 대뇌 주름 한구석에 처박혀 있는 것과 실제 눈앞에서 살아 움직이는 것에는 굉장한 차이가 있었다.

솔직히 저 좋다는 남자들도 많은데 왜 샤티가 남의 남자를 탐내는지 몰랐다.

단순히 남의 떡이 더 커 보이는 건가 싶었는데—커 보이는 게 아니라 실제로 크긴 했다. 그는 황태자니까— 그 모든 의문이 일시에 해소되었다.

"샤르티아나."

어느새 귀에 익은 이름에 반사적으로 고개를 들었다. 엄마가 내 손을 잡으며 부드럽게 웃었다. 아주 자상하고 인자한 미소였으나 내 손을 붙든 손엔 힘이 단단하게 들어가 있었다. 꼭 수모를 견디는 것처럼.

그제야 황태자의 얼굴에 홀렸던 정신이 현실로 돌아왔다. 그리고 그 순간 이 상황을 완전히 이해했다. 레지나로 간택된 두 영애. 이를 알리는 파티에 황태자가 그중 한 명의 파트너로 온 것이다.

황태자가 뜻하는 바는 자명했다. 소리 내어 말하지 않았을 뿐, 그는 분명하게 제 의사를 표명했다. 아이린 루폰 스테나를 차기 황후로 택할 것이라고. 더불어 샤르티아나 알티제 카일론에겐 겉치레라도 예의를 차리지 않겠다고.

전자는 확실하지만 후자는 내가 너무 나간 걸 수도 있다. 그러나 레지나 간택 축하연에 레지나 중 한 명을 파트너로 데려오는 것은 제국 역사상 한 번도 없던 일이다.

그 이유는 간단하다. 사작도 하기 전에 '난 이미 내 황후를 정했고, 넌 구색 맞추기용일 뿐이야.'라고 말하는 거나 다름없으니까.

게다가 지금은 내 세력이 가장 강할 때다. 황태자의 총애는 계속 아이린에게 향할 것이고, 그럴수록 앞으로 내 입지는 좁아질 것이다.

그렇기에 지금 황태자가 노리는 바는 분명했다. 내 세력이 얼마나 되어도 신경 쓰지 않겠다는 뜻을 공고히 한 거다. 가문의 힘으로 제게 압박을 넣지 말라는 경고였다.

아마 황태자의 의사를 무시하고 무리하게 나를 레지나로 간택시킨 파장일 테다. 그의 경고에 나는 씁쓸하게 웃었다.

자존심이 상하는 문제이긴 하나 내—정확히는 샤티의— 자업자득이라는 생각이 컸다. 어쩌겠는가. 나 스스로 그녀의 삶을 살기로 했으니. 이제 그녀의 업보를 짊어져야 했다.

나야 별 상관없지만 개국 공신이자 대대로 재상을 지내 온 카일론 공작가가 이를 얼마나 큰 모욕으로 느꼈을지는 또 다른 문제였다.

엄마는 여전히 내 손을 꽉 붙잡고 있었다. 엄마의 얼굴 위로는 어떠한 풍랑도 일지 않았으나 맞잡은 손은 바르르 떨렸다. 그것만으로도 그녀가 지금 가슴속에서 날뛰는 수많은 감정들을 얼마나 억누르고 있는지 알 수 있었다.

"아직 전하께서 널 제대로 보지 못해 그런 것이니 마음 쓰지 말렴."

그 수많은 감정을 뚫고 나온 염려에 울컥했다. 그녀는 자신이 당한 모욕보다 사랑하는 사람에게 무시당한 딸이 받았을 상처에 더 신경 썼다.

한국에 있는 부모는 내 감정보다 동네 체면에 더 전전긍긍했다. 20년 넘도록 친부모에게서도 받아 보지 못했던 사랑이 이런 것이구나. 가슴속에 기묘한 감정이 차올랐다. 어딘지 아릿하면서도 기뻤다.

"전 괜찮아요."

나는 정말로 괜찮았다. 황태자를 사랑하는 샤티였으면 상처받다 못해 질투로 무슨 일이라도 냈겠지만, 나는 황태자를 사랑하지 않는다.

솔직히 말해 황태자에 대한 내 감상은 아주 별로였다.

대체 샤티가 뭘 보고 저 남자한테 반한 건지 모르…… 진 않겠다. 저 멀리서도 단연 빛나는 황태자의 미모에 속으로 고개를 끄덕였다.

하지만 오늘의 행보만 봐도 그가 썩 좋아 보이진 않았다. 특히 제국의 황제가 될 재목으로는 안 보였다.

화려한 똥차. 그게 황태자에 대한 내 첫인상이었다.

그러니 내 마음에 걸리는 것은 그가 아이린과 다정한 한때를 보내는 것 자체가 아니라, 그로 인한 후폭풍이었다.

우리 가족 곁에 있는 사람들에게서 아까와 달리 긴장한 티가 났다. 황태자는 이미 차기 황제로서 입지를 견고히 다졌다. 그런 그가 날 푸대접하니 신경이 날카로워질 만도 했다.

황태자가 아이린을 흠모한다고는 하나 국혼에 사랑을 논하는 것이 어디 가당키나 한가. 그런 감정은 한철일 뿐이다. 그리 생각하고 있던 차에 황태자가 저리 강경하게 나온 것이다.

당황을 숨기고 있지만 나를 황후로 만들 계획이 그들의 머릿속에서 빠르게 굴러 가고 있으리라. 그 외에 우리 가문과 깊은 관계가 아닌 사람들은 알아서 발을 뺄 것이고.

주변에서 눈치 보며 어떻게든 대화에 끼어들 틈을 보던 사람들이 등 돌렸다. 그들이 향한 곳은 뻔했다. 스테나 백작이 이를 드러내며 환히 웃었다.

물론 아직까지는 움직이지 않는 이들이 더 많았다. 하지만 그것만으로도 이미 치욕이었다.

감히 저울질하는 것이다. 개국공신 가문이자 대대로 재상을 배출해 온 명가 카일론과 별다른 두각을 드러내지도 못하던 일개 백작가를.

순전히 나 하나 때문에.

게다가 그 저울은 스테나 백작 쪽으로 기울고 있었다. 굳이 샤티의 기억을 살피지 않아도 카일론가가 이렇게 괄시를 받는 것은 처음이리라.

죄스러운 마음으로 부모님을 바라봤지만 그들은 도리어 날 걱정했다. 따끔따끔. 죄책감이 가슴을 찔렀다.

나는 아이린이 황태자와 떨어진 것을 보고 조용히 무리에서 빠져 나왔다. 회장 밖으로 나가는 물빛 드레스를 따라 천천히 발걸음을 옮겼다. 놓칠까 불안하긴 했지만 바로 나가면 너무 따라간 티가 나니까 어쩔 수 없었다.

황태자가 아이린을 편애하고, 그로 인해 정치 판도가 바뀌고. 이런 건 어차피 예정된 수순이다. 나는 두 사람 사이에 끼어들 생각이 없고 황태자는 아이린을 선택할 것이다. 그러니 결론은 변하지 않는다.

지금 내가 할 수 있는 최선은 두 사람과의 관계를 개선해 가문의 피해를 줄이는 것뿐이다. 갑작스러운 결심이었으나 원래 계획과 크게 다르지는 않았다.

파티에 오기 전까지 나는 안일했다. 단순히 악녀가 되지 않겠다는 생각으로 가득 차서 주변 상황을 생각하지 않았다.

그냥 두 사람에게 사과한 뒤 없는 듯 지낼 작정이었다. 그러다 보면 내 사과를 받아 주겠지, 날 믿어 주겠지, 그렇게 잊히겠지.

아주 순진하다 못해 멍청한 생각이었다. 모든 일이 이전과 너무나도 달라 삶 자체가 현실성 없게 느껴졌기 때문이다.

전생의 삶이 내 한 몸 건사하는 게 전부였다면, 이제부터는 내 행동 하나하나에 나라가 출렁거린다. 눈을 똑바로 뜨고 살아야 한다.

그러나 지금 나는 별다른 능력도 지식도 없다.

이 세계에 대한 정보는 샤티의 머리통에 든 게 전부였고, 그녀는 정치 판도에 대해 겉핥기식으로만 알고 있었다. 어느 집안이 어떤 계파에 속해 있는지와 제도 귀족들과 주요 영지에 관한 것이 전부였다.

나서서 다른 이들과 유착을 다지기엔 내가 가진 정보가 너무 부족했다.

당장은 최악으로 치달은 두 사람과의 관계를 우호적으로 돌려야 한다. 가족을 생각했을 때, 차기 황제에게 밉보여서 좋을 리 없으니까.

복도에선 이미 아이린을 찾아볼 수 없었다. 어디로 갔을까, 주변을 둘러보다가 휴게실 문이 살짝 덜 닫힌 게 보였다. 나는 빠르게 휴게실로 다가갔다.

막 문고리를 잡으려는데 안쪽에서 두런두런 말소리가 새어 나왔다.

"아까 영애께서 회장에 들어올 때 공녀의 모습을 보았나요? 눈을 못 떼더군요."

공녀라면 나를 말하는 것일 텐데? 뜻밖의 뒷담화에 나는 숨을 죽이고 기척을 낮췄다. 역시 차원이 달라도 뒷담화는 만국 공통이다.

"같은 레지나로 간택되긴 했지만 어디 영애와 같겠습니까."

"레지나는 원래 둘 이상 간택되는 법이고 황태자 전하께옵서 누굴 총애하시는지는 모두가 아는 사실."

높은 웃음소리가 까르르 피어올랐다가 가라앉았다. 보지 않아도 손등을 입가에 대고 그림에 나오는 귀족처럼 웃고 있는 모습이 선했다.

죽기 전에 화장실 안에서 듣던 웃음소리가 생각나 기분이 더 곤두박질쳤다. 그간 샤티가 아이린에게 한 걸 떠올리면 욕먹어도 싸다고 생각하며 마음을 진정시켜 보려 했다.

'……근데 샤티가 지들한테 피해 줬어? 욕을 해도 아이린이 해야지 왜 지들이 해?'

이유야 뻔했다. 미래의 황후로 유력한 아이린에게 잘 보이려는 거겠지.

날 욕보이는 건 내 가문을, 엄마, 아빠를 욕보이는 것과 같다. 이쯤에서 박력 넘치게 문을 열어야 하나 고민됐다.

다행인지 불행인지 그전에 그들을 말리는 사람이 있었다. 처음 들으면서도 익숙한 목소리, 아이린이었다.

"그만들 하세요. 공녀 역시 속이 많이 상했을 것입니다. 레지나인데 전하의 미움만 사고 있으니까요. 안 그래도 심란할 텐데 이런 이야기까지 돌면 어찌 생각하겠습니까."

아니, 별로 속 안 상했는데. 상했어도 그 이유는 아냐. 내 가족들 때문이지. 황태자의 미움을 받든 예쁨을 받든 상관없어.

하긴, 이런 걸 아이린이 알 리 없다. 그녀가 봐 온 나는 황태자를 연모해 질투로 항상 그녀를 괴롭혔으니까.

오해를 정정해 주고 싶은 것과 별개로 아이린의 말은 뭔가 미묘했다. 지금 기분이 안 좋아서 그런가, 그녀가 내 역성을 드는 게 별로 좋게 들리지 않았다. 원래 욕하는 시어머니보다 말리는 시누이가 더 미운 법이긴 하다.

어쨌거나 샤티가 아이린한테 했던 짓들을 생각하면 저렇게 편들어 주는 게 대단하긴 했다. 역시 아량이 넓다.

"제 탓이 큽니다. 오늘 전하의 파트너로 나오면 안 되는 거였는데, 전하께서 붙잡으셔서……."

음, 지금 은근슬쩍 자기 자랑하는 거로 들리는데 내 성격이 너무 꼬인 건가?

"제국민으로서 전하를 어찌 거절하겠습니까. 영애의 잘못이 아닙니다.”

“전하께서 영애를 정말 귀애하시는군요.”

날 욕하던 분위기가 아이린을 둘러싼 꽃밭으로 변했다. 지금 들어가서 그녀와 이야기를 나누긴 힘들 것 같았다. 나는 조금 고민하다가 발걸음을 돌려 회장으로 향했다.

천천히 걸으며 샤티의 기억 중 아이린에 대한 것을 자세히 더듬어 봤다. 혹시 내가 놓친 게 있는지, 그녀가 뒤에서 샤티를 고립시킨 건 아닌지.

하지만 아이린은 정말 착한 사람이었다. 샤티의 개인적인 호불호와 별개로.

아이린은 누구에게나 다정하고 친절했으며 상냥했다. 결코 자신을 내세우거나 남을 깎아내리는 사람이 아니었다.

그녀는 샤티의 무례에도 항상 허리를 숙였다. 그 말속엔 어떤 가시도 숨겨져 있지 않았다. 샤티는 그런 만만한 여자가 제 사랑의 라이벌이어서 더 자존심이 상했던 모양이다.

흠……. 나는 생각을 갈무리했다.

아무래도 통수 맞고 죽은 다음 환생했더니 성격이 더러워졌나 보다. 쓸데없는 의심병은 버려야지.

회장으로 돌아오고 얼마 안 되어 아이린과 다른 영애들이 돌아왔다.

나는 그 무리를 유심히 살폈다. 딱히 어떻게 할 생각이 있는 건 아니지만 뒷담화를 깐 애들한테 친절히 대할 필요는 없으니까.

곧이어 황제가 입장하고 본격적인 파티가 시작되었다. 황제의 축사에 이어 간택된 레지나를 발표하는 것까진 순조로웠다.

앞으로 친구로 지낼 작은 황녀님은 낯을 가리는 건지 황제 옆에 착 달라붙어 나와 아이린 쪽으로 오지 않았다. 그 모습이 귀여워 무심코 웃음이 나왔다.

나는 내 옆에 서서 부드럽게 미소를 짓는 아이린을 바라보았다. 짙은 밤색 머리카락과 차분한 녹색 눈동자가 이지적으로 보였다.

시선을 느꼈는지 그녀가 날 돌아봤다. 눈이 마주치자 생긋 웃는다. 아무런 유감도 없는 깨끗한 미소였다.

여태까지 샤티가 했던 짓을 생각하면 내가 다 민망할 지경이었다. 나는 마음속으로 아까 그녀를 꼬아 봤던 것을 사과했다.

이윽고 황제가 연회의 시작을 알렸다.

황태자가 아이린과 내 앞으로 다가왔다. 내겐 시선 한 자락도 주지 않고 차갑게 스쳐 가더니 아이린에게 댄스를 신청했다.

아이린은 기쁘게 웃으며 황태자의 손을 잡았지만, 곧 나에게 생각이 미쳤는지 난처한 얼굴로 날 쳐다보았다.

혹시 불쾌할까 걱정하는 눈빛에 나는 미소 지으며 고개를 끄덕였다. 황태자가 첫 춤을 아이린과 출 거라고 당연히 예상하고 있었다.

내 태도에 아이린이 놀라서 눈을 동그랗게 떴다. 그 의아함은 곧 그녀를 이끄는 황태자의 손길에 사라졌다.

나는 황제에게 짧게 고개를 숙인 후 단상에서 내려갔다. 아이린이 황태자의 에스코트를 받아 내려간 것과는 사뭇 다른 모양새였다.

화려한 조명 아래 댄스 플로어를 가로지르는 커플을 보고 있자니 조금 쓸쓸했다. 미소 짓는 아이린은 행복해 보였다.

내게 올 사랑이 아니고, 또한 내 사랑이 아니다. 그럼에도 화려한 연회장 구석에 홀로 서 있는 나 자신이 조금 초라했다.

그럴수록 허리를 곧게 펴고 턱을 치켜들었다. 사람들은 춤추는 황태자와 아이린보다 나를 더 바라보고 있었다. 힐끔힐끔, 들키는 것도 상관없이 온몸을 찌르는 시선은 동정과 조소 사이를 오갔다. 앞으로 내가 감내해야 할 시선이다.

서 있는 것뿐인데도 몸이 물먹은 솜처럼 무거웠다. 나는 어서 파티가 끝나길 기도했다.

곡이 끝나고 댄스 플로어에서 내려온 황태자는 날 힐끗 쳐다보더니 그대로 고개를 돌렸다. 관례상 황태자는 모든 레지나와 춤을 추었다. 정말 기본적인 존중조차 해 주지 않을 생각이구나.

그간 잘 참았다고 생각했는데 어쩔 수 없이 기분이 나빠졌다. 이렇게까지 사람을 무시하고 모욕해야 하나?

나는 부모님이 계신 곳을 훑었다. 나에게 향하던 것과 비슷한 시선을 받고 계셨다. 조롱과 연민.

순간 치밀어 오르는 분노에 주먹을 콱 틀어쥐었다. 손톱이 박혀 손바닥이 따끔했다. 천천히 숨을 내쉬고 다시 들이마셨다.

대체 그는 제국의 황태자로서 자각이 있는 건가? 그의 위치에서는 행동 하나도 조심스러워야 한다. 이렇게까지 하는 게 어떤 파란을 일으킬지 알고 있어도 문제고, 몰라도 문제다.

카일론 공작가는 황제파의 수장이다. 황제파가 곧 황태자파라는 뜻은 아니지만, 현재 황제파는 황제가 정한 황태자를 지지했다.

즉, 황태자의 지지 세력이나 다름없다.

지금 제 살을 파먹겠다는 건가? 이렇게 경솔한 놈이 황태자라고?

'최대한 객관적으로 생각해, 유화영. 상황을 봐.'

독립하기 전 가족들과 함께 살며 항상 스스로를 그리 타일렀다.

명백한 동생의 잘못에도 억울하게 나만 혼날 때, 하나 남은 고기 반찬을 집자마자 손등을 맞았을 때, 동생이 너무나 당연하게 나의 희생을 요구했을 때, 그 모든 상황 속에서 나에 대한 일말의 미안함도 찾아볼 수 없을 때마다 그리 타일렀다.

나는 내게 말했다. 감정에 취하지 말고 그냥 하나의 사실로 모든 것을 판단하라고. 거기에는 어떤 가치 판단도 필요 없다.

우리 집은 남자를 귀히 여기는 집안이고, 나는 여자다. 이 하나만으로 부모의 차별은 당연했으며, 그런 환경 속에서 자랐으니 동생이 날 무시하는 것도 어쩔 수 없는 일이다. 감정을 배제하자 아주 간단하게 결론 났다.

그렇다고 가족을 이해한 것은 절대 아니다. 나는 그들이 미웠고, 할 수 있다면 평생 보고 싶지 않았다. 정작 그렇게 된 지금은 가끔씩 그들이 그리웠지만.

가족은 손끝에 난 거스러미 같았다. 평소에는 신경도 안 쓰지만 어쩌다 스치면 아릿한 거스러미. 한국에 있는 가족은 그렇게 내 손끝에 머물렀다.

내가 날 다독인 것은 가족을 위해서가 아니라 순전히 날 위해서였다. 분노를 가라앉히기 위해, 조금이라도 진정하기 위해서.

내 분노는 정당하지만 화는 감정의 소모를 부른다. 아무것도 변하지 않는 상황 속에서, 아무 힘도 가지지 못한 분노는 날 깎아 내고 연소시켰다.

결국 분노로 가장 힘든 건 나였다. 아무리 소리 지르고 반항해도 내 분노는 가족 그 누구에게도 닿지 않고, 오로지 내게만 닿았으니.

여기서도 마찬가지다. 황태자를 이해할 필요는 없다. 이해하고 싶지도 않았다. 다만 이럴 때일수록 분노를 가라앉혀야 했다.

나는—샤티는— 그의 연인에게 물을 끼얹었고 트집을 잡아 고개를 숙이게 했으며 뺨을 때린 적도 있다. 그가 나와 춤추길 꺼리는 이유는 충분히 많았다. 이렇게 공개적으로 모욕을 줄 이유도.

내 곁에 다가오려는 부모님께 고개를 저었다. 공작가의 압력에 대놓고 경고까지 날렸는데 부모님과 같이 있으면 그의 화를 더 돋울 뿐이다.

내가 받아들이기로 한 샤티가 저지른 일이니, 내가 치러야 할 값이다.

곡이 몇 번이고 바뀔 때까지 황태자는 날 찾아오지 않았다. 그를 포함한 그 누구도 내게 말을 붙이지 않았다.

결국 보다 못한 황자 한 명이 다가와 내게 춤을 신청했다. 나는 미소로 그의 동정을 받아들였다.

맞잡은 손은 연민으로 따뜻했다.

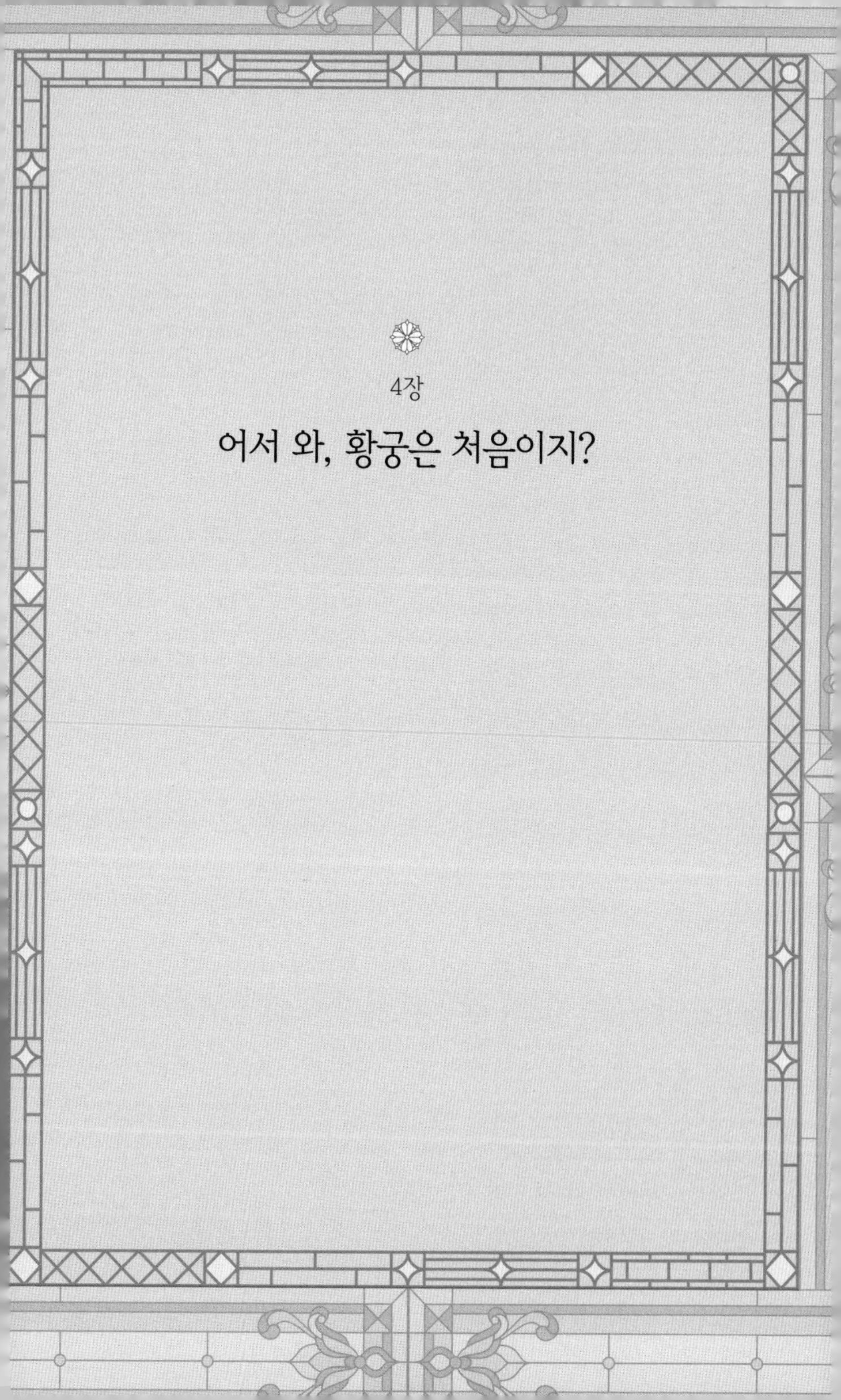

4장

어서 와, 황궁은 처음이지?

어서 와, 황궁은 처음이지?

파티 이후 한 달이 쏜살같이 지나갔다.

집에서 엄마 아빠와 있을 수 있는 마지막 한 달이었다. 상념에 잠길 만도 했지만 이것저것 준비하느라 바빠 그럴 정신도 없었다.

정신을 차리고 나니, 어느덧 나는 황궁에서 부모님을 배웅하고 있었다.

황태자는 마중 나오지 않았다. 이것 또한 관례에 어긋나는 일이었으나 어느 정도 예상했다. 아빠는 황제를 알현하며 대놓고 섭섭하다는 기색을 숨기지 않으셨다.

알현 후 배정받은 궁으로 와 차를 마시고 자꾸 불안해하시는 부모님을 안심시키며 인사를 드렸다. 나를 따라 궁에 온 유모와 배정받은 하녀까지 물리고 나니 낯선 공간에 혼자만 남았다.

무심코 실소가 나왔다. 이곳이 낯설다 느끼며 그리워한 곳은 한국에 있는 내 작은 자취방이 아니라 카일론 공작가의 내 방이었다.

불과 한 달 전만 해도 낯설게 느꼈던 곳이 어느새 그리운 내 집이 되었다. 그건 다른 것 역시 마찬가지였다.

나는 거울에 비친 내 모습을 바라보았다.

한 달간 나는 꽤 귀족 영애같이 변모했다. 몸에 배다시피 한 예법과 자세 덕에 처음 빙의했을 때도 에티튜드에 큰 어려움이 없긴 했지만, 의식하는 순간 되레 자세가 어색해졌다.

아무렇지 않게 걸을 때는 샤티의 습관대로 걸어 괜찮지만 오히려 신경 써서 걸을 때 엉망이었던 것이다. 그랬던 게 지금은 내가 의식하고 걸어도 꽤 봐 줄 만해졌다.

그 외에도 여러 가지 공부를 했다. 두꺼운 책을 전투적으로 읽는 나를 보고 엄마 아빠는 깜짝 놀랐다. 샤티는 자기 의지로 책을 읽는 아이가 아니었으니 당연했다.

그들은 대견스러움 반, 안쓰러움 반으로 날 쳐다봤다. 아무래도 레지나 간택 축하연에서 당한 모욕이 한스러워 그리 공부하는 줄 아신 것 같았다.

아예 틀린 말은 아니었기에 부모님의 오해를 풀지 않았다. 그 파티 이전부터 이곳에 대한 지식이 필요하다 생각했고 또 궁금하기도 해서 공부해 볼 참이었다. 하지만 그렇게 열의를 가졌던 건 레지나 간택 축하연 때문이었다.

나는 분명 황태자와 아이린에게 잘못했고 그들이 나를 적대시하는 것을 감수해야 한다. 이후 사과하고 바뀐 모습을 보여도 용서하는 건 그들의 몫이다.

하지만 다른 사람들이 아첨하는 데 이용당하고 싶진 않았다.

누가 나를 무시할 때 멍청하게 가만히 당하고만 있지 않을 것이다. 적어도 그 얼굴에 싸대기 정도는 날려 줘야지. 물론 난 샤티가 아니니 주먹이 아닌 말로써.

아직 신분사회가 익숙하지 않고 황궁 생활은 더더욱 모르겠지만, 내겐 전생의 미디어믹스가 준 훌륭한 지식이 있다.

소설이든, 드라마든, 영화든 궁중 암투는 훌륭한 막장이었다.

오죽하면 민주주의 사회에서 국회에 소화기며 도끼를 들고 난입하는 한국 정치보다 더할까. 암살 사주는 기본이고 증거 조작, 허위 사실 유포, 모함은 막장 축에도 안 꼈다.

그건 픽션이고 여긴 현실이니 그렇게까지 가지 않는다 해도 내 궁중 생활이 꽃밭이진 않을 것이다.

가문만 믿고 오만하게 굴던 샤르티아나가 찬밥 신세 레지나로 전락하면 그간 그녀에게 수모를 당했던 사람들이 가만있을 리 없다.

차기 황제와 황후에게 잘 보이기 위해서라도, 개인적인 원한을 풀기 위해서라도 여기저기서 날 깎아내리고 면박을 줄 것이다. 드라마 속에서나 봤던 고상한 말로 디스하기를 실제로 겪게 되겠지.

하지만 얌전히 동네북이 될 생각은 없다.

나는 드라마에서 나오는 숱한 장면을 떠올렸다.

저를 향하는 갑작스런 모욕에 착하고 굳센 여주는 아무 말도 못하고 눈만 껌뻑인다. 재벌가, 혹은 왕(세자) 남주 앞에서는 당당하게 또박또박 말대꾸하던 입은 꽉 다물린 채 파르르 떨린다.

조연이 비웃는 순간, 타이밍 맞춰 남주 등장!

그는 조연을 경멸하고 여주를 데리고 떠난다. 여주가 절 구한 남주에게 신경질 내는 것은 옵션이다.

혹은 이런 경우도 있다.

가난하지만 똑 부러지는 여주는 받은 모욕을 배로 갚아 준다. 모든 능력치를 말빨에 올인했다.

유학파에다가 회사 관리자급 자리를 꿰차고 있는, 설정상 똑똑해야 하는데 하는 짓만 보면 멍청한 조연은 여주에게 아무 말도 못하고 찌그러진다.

그런 여주를 유심히 지켜보는 남주, 재미있다는 듯이 피식 웃는다. 이건 향후 있을 썸의 계기가 된다.

둘 다 유치하다며 깔깔댔지만—그러면서도 항상 본방을 사수했다— 그중 내 취향을 고르자면 후자였다.

날 구해 줄 기사님도 없으니 현실적으로도 후자를 택해야 했다. 물론 후자여도 썸을 탈 남주는 없다.

특별히 기억을 뒤져 샤티가 원한을 샀던 사람들의 인적 사항을 꼼꼼히 숙지했다.

별다른 뜻이 있어서 그런 건 아니고 일종의 서류 전형 심사 같은 것이다. 얘한테는 잘못했으니 좀 참고, 얘는 아냐, 이런 것들. 한국의 취직 시장처럼 대부분의 사람들이 불합격이었다.

은애하는 기사 앞에서 내숭 떠는 친구한테 '너 원래 안 그러잖아. 왜 갑자기 내숭 떨어?'라고 묻는가 하면, 뒤에서 같이 뒷담화 깐 상대에게 친근히 구는 애한테 '너 저번에 나랑 쟤 욕했잖아. 근데 왜 친하게 지내?'라고 묻는 등…….

나도 말을 덜 가려 욕먹었지만 샤티는 진짜 필터링이란 게 하나도 없는 애였다.

당하는 입장에선 짜증 나겠지만 내 입장에선 저런 것까지 내가 책임져야 하나, 절교하면 됐지, 이런 심정이었다.

솔직히 친구라고 하기에도 뭐한 게 그들은 샤티 곁에 있으면 떨어질 콩고물 때문에 함께 지낸 거였다. 그래서 저런 말을 듣고도 아양을 부리며 여전히 친구인 척했다. 그게 한소정을 생각나게 했다.

그런 면에서 샤르티아나는 굉장히 솔직하다고 할 수 있었다. 원하는 것을 원한다고 표현하고 남들에 대한 어떤 발언도 서슴지 않았다.

배려가 없고 배려할 필요도 못 느꼈기 때문에 생긴 솔직함이었다. 하지만 한소정류의 거짓보다는 훨씬 나았다.

그 무엇도 참을 필요도 없는 샤티의 삶이 조금 부럽기도 했다. 나는 그녀의 삶을 살지만 그녀처럼은 되지 못하리라.

나도 모든 것이 풍족한 채 태어나 사랑만 받고 자라났으면 그리 살 수 있었을까…….

고개를 붕붕 젓고 뺨을 찰싹 때렸다. 거울 속의 소녀는 그 모습조차 귀여웠다.

샤티의 다른 점은 몰라도 그 악녀 같은 면모는 절대 부럽지 않다. 그녀의 삶을 이어 산다고 해도 그건 샤티가 아닌 나 자신으로서의 삶이다.

이제 이 새로운 삶의 본격적인 막이 올랐다. 나는 머리와 옷매무새를 한번 가다듬고 방을 나섰다.

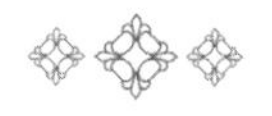

아이린이 묵는 처소는 같은 궁에 있었다. 내가 묵는 궁이 레지나

궁이니 당연하다면 당연하지만, 좀 의외였다.

뒤따라온 유모가 하녀에게 들었다면서 그녀의 방보다 내 방이 훨씬 크고 화려하다고 했다.

카일론가의 권세가 있다 보니 허름한 별궁을 주진 않겠지만, 그 황태자라면 관례를 깨고 날 레지나궁이 아닌 다른 궁에 배정할 수도 있다고 생각했다. 파티 때 하도 막 나갔어야지.

아이린과 내가 같은 궁을 쓰는 것도 불안할 테다. 게다가 레지나궁은 황태자궁과 이웃해 있다. 내 모습이 보기 싫어서라도 멀리 떨어진 곳에 살게 될 줄 알았다. 사실 그편이 내게도 편하고.

그런데 아이린보다 좋은 방을 주다니?

나중에 안 사실이지만 방 배정에는 황제의 입김이 세게 작용했다. 황제가 직접 내가 머물 방을 골라 명한 것이다. 레지나에 관한 결정은 황태자에게 있으니 이례적인 일이었다.

충신인 아빠를 배려한 처사에 감사하면서도, 이로 인해 황태자가 더 골이 나 있을 것을 생각하니 골치 아팠다.

그러나 내가 할 수 있는 일은 아직 얼마 없다. 그저 차근차근 엉킨 매듭을 푸는 수밖에.

아이린의 방에 도착하니 문 앞에 서 있던 하녀가 난처한 기색을 표했다. 우물쭈물하던 그녀는 아이린이 지금 방에 없으니 괜찮으시면 나중에 방문해 주십사 청했다.

빨리 아이린과의 일을 해결하고 싶던 나로선 달갑지 않은 소식이었다. 전의 파티에서도 그렇고, 지금도 그렇고 아이린과 타이밍이 영 맞질 않는다.

속으로 한숨을 삼키며 돌아섰다. 내가 쉽게 발걸음을 돌리자, 하녀는 안도하며 가슴을 쓸어내렸다. 감히 날 헛걸음시킬 생각이냐고 패악이라도 부릴 줄 알았나 보다. 샤티 성격이라면 그러고도 남았지. 나는 픽 웃었다.

그런데 샤티 성격이 벌써 여기까지 퍼졌나? 여긴 사교계와 관련 없는 내궁이었다. 특히 레지나궁은 주인이 없던 만큼 소문에 느릴 수밖에 없다. 샤티의 악명이 내 생각보다 훨씬 더 대단했나 보다.

"아가씨, 날이 좋습니다. 레지나궁은 아름다운 조경으로 유명하니 이왕 나오신 김에 정원을 둘러보시는 건 어떤가요?"

"그럴까?"

유모의 말에 정원으로 향했다. 특별히 꽃을 좋아하는 건 아니었지만 막상 밖으로 나오니 기분이 좋았다.

잘 정돈된 정원수가 햇빛에 파르라니 빛나고 여러 꽃송이가 눈을 즐겁게 했다. 그중 단연 돋보이는 건 장미였다.

새빨간 장미는 무르익어 완전히 개화했다. 겹겹이 포개진 꽃잎이 꼭 보석처럼 찬란했다.

"예전부터 장미를 좋아하셨지요."

유모의 말과 함께 기억이 떠올랐다. 샤티는 장미를 좋아했고, 그건 그녀와 퍽 잘 어울렸다.

문득 내가 장미를 좋아하는 건지, 샤티의 기억에 이끌려 장미를 좋아하는 건지 갑자기 헷갈리기 시작했다.

샤티의 기억은 자서전을 보는 것처럼 밋밋했다. 하지만 정말 나한테 아무런 영향도 없을까? 내 뇌 속에 있는 건데 그럴 수 있을까?

"아가씨."

소리를 한껏 낮춘 부름에 의아하게 시선을 들었다. 유모가 눈짓으로 내 뒤를 가리켰다. 황태자와 아이린이 산책 중이었다.

아이린이 왜 자리를 비웠나 했더니 데이트 중이었군. 안 봐도 황태자가 그녀를 마중 나왔을 게 뻔했다.

그런데 분위기가 어째 좀 이상했다. 두 사람이 싸우거나 하는 건 절대 아니었다. 오히려 가깝게 붙어 있고 연인들이 밀어를 주고받듯이 작게 소곤소곤 속삭이고 있었다.

다만 황태자의 표정이 평소와 조금 달랐다. 아주 미묘하게, 자세히 살피지 않으면 티가 안 날 정도로. 그게 묘한 위화감을 조성했다.

아주 가까운 거리는 아니었지만 이대로 모르는 척 궁으로 돌아가기엔 충분히 가까운 거리였다. 나는 일부러 부스럭부스럭 인기척을 내며 그쪽으로 다가갔다.

"황태자 전하를 뵙습니다."

치마를 잡고 무릎을 살짝 굽혀 인사하자 황태자가 고개를 한 번 까딱였다.

목소리에서 금이라도 떨어지나. 왜 이리 비싸게 구는지 짜증이 나다가도 무시하지 않은 게 어디냐는 생각이 들었다. 내 성격도 많이 죽었지.

어색한 기류에 아이린이 나섰다.

"카일론 공녀, 안녕하신가요?"

"오랜만이네요, 스테나 영애."

부드럽게 응대하자 아이린이 깜짝 놀란 듯이 초록색 눈을 깜빡였다. 이내 환히 웃으며 고개를 끄덕인다.

"네, 오랜만이네요. 같은 궁에 거하니 앞으론 자주 뵙겠어요."

"그렇겠죠. 저는 이만 궁으로 돌아갈 생각이었답니다. 두 분께선 별을 좀 더 즐기시려나요?"

"아…… 네, 나온 지 얼마 안 되어서요."

그래도 나보단 오래 있었을 것이다. 그들이 더 안쪽에 있었으니까.

하지만 아이린이 사실대로 말했다면 우린 같이 들어가야 했을 거고, 그건 서로에게 별로 좋지 않았다. 일부러 불편해지고 싶은 사람은 없으리라.

그녀에게 할 말이 있긴 했지만 황태자 앞에서 해 봤자 저 성격에 꼬아 들을 게 뻔하다. 나는 미련 없이 고개를 숙였다.

"그럼 물러가겠습니다, 전하."

깔끔히 물러가는 나를 향한 두 사람의 시선이 느껴졌다. 아이린은 놀란 듯했고, 황태자는…… 잘 모르겠다. 그는 그저 유심히 내 얼굴을 바라볼 뿐이다. 거기선 어떤 감정도 읽어 내기 힘들었다. 신기한 것도 아니고, 의심하는 것도 아니고, 파헤치려는 것도 아니다.

다만 그 시선을 받고 있기 불편한 것만은 분명했다.

나는 재빨리, 그러나 흠이 되지 않도록 뒤를 돌았다. 정원을 벗어나 방으로 향하며 생각에 잠겼다.

샤티의 기억 속 황태자와 실제 대면한 황태자는 너무나 달랐다.

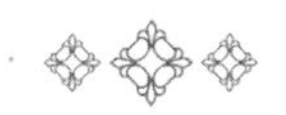

차향이 좋았다.

나는 찻잔을 들여다보았다. 겉도 화려하지만 안쪽에도 은으로 된

자잘한 문양이 새겨져 있었다.

문양 끝에 입술을 대고 잔을 기울였다. 향긋한 차가 부드럽게 목을 타고 넘어간다. 내가 찻잔을 내려놓길 기다렸다는 듯이 아이린이 말했다.

“안 그래도 공녀께서 절 보러 오셨다고 들어 찾아뵐 생각이었답니다.”

“그랬군요.”

미소 지으며 고개를 끄덕였지만 조금 꿍한 마음이 드는 것은 어쩔 수 없다.

입궁 당일 아이린을 찾아갔다가 정원에서 마주친 뒤로 벌써 3일째. 찾아올 생각이었으면 진즉 찾아오고도 남았을 시간이다.

안 그래도 이 일 때문에 유모가 한 소리 했다.

—아가씨께서 스테나 영애를 찾아갔다가 그냥 돌아오셨으니, 당연히 스테나 영애가 아가씨를 찾아뵈었어야 합니다. 아가씨는 공가의 따님이시고 스테나 영애는 일개 백작 여식입니다. 그게 법도입니다!

나는 잔소리를 한 귀로 흘려듣다가 어깨를 으쓱했다.

물론 사가에서의 지위를 따지자면 그렇지만, 지금 아이린과 난 둘 다 황궁에 레지나로서 머물고 있다. 같은 레지나인데 뭐가 그리 대수란 말인가.

내 반발에 유모가 고개를 저였다.

—레지나는 직책일 뿐 지위가 아닙니다. 사람들이 아가씨를 어떻게 부르죠? 공녀라 하죠. 스테나 백작 영애는요? 하다못해 찾아오라고 연통을 넣으십시오. 높은 사람일수록 엉덩이가 무거워야 합

니다.

유모의 궤변이 귀찮아 지난 사흘간 아이린을 찾지 않고 얌전히 있었다.

꼭 궤변이라고만 할 수도 없었다. 하지만 황태자에게 사랑받는 레지나와 미움을 받는 레지나의 서열을 저리 나누는 것은 마뜩치 않았다.

마치 그런 거 같지 않은가. 신분 낮은 여자에게 사랑을 뺏겨 어떻게든 텃세 부리며 자존심을 세우려는 거. 어차피 아이린이 황후가 되면 그녀에게 고개 숙일 운명이었다.

그래서 4일이 지나 유모가 방심한 오늘 이렇게 방문한 것이다.

내가 향한 곳이 아이린의 방인 것을 알아챘을 때 유모가 또 한 소리 하려 했지만, 궁인들이 다 보는 회랑에서 그런 말을 할 순 없었다.

그저 한숨을 푹 내쉬며 언제는 그리 싫어하시더니 왜 이리 변하신 건지 모르겠다고 푸념했을 뿐이다.

내가 온화해진 것—어디까지나 샤티에 비해—은 마음에 들면서도 이리 행동하는 건 자존심 상하는가 보다.

아이린과 기 싸움할 이유도 없고 지금 아쉬운 건 나였기에 그녀를 또 찾아가는 데 어떤 거부감도 없었다. 자존심 상할 일도 아니고.

"무슨 일로 절 찾으셨나요?"

아이린이 생각에 빠진 나를 환기시켰다. 그 말이 꼭 용무가 있어야만 볼 수 있다는 것 같아 조금 씁쓸했다. 이제 한집에서 한솥밥 먹는데.

그녀에게 할 말이 있어 찾아온 건 맞지만 그게 아니었다고 해도 이 방에 들렀을 것이다.

하긴, 아이린과 샤티가 아무 일 없이 개인적으로 만날 정도로 살가운 사이는 절대 아니지. 오히려 그 반대였다.

아이린은 파티 때부터 변한 내 태도에 놀라고 있긴 하지만, 언제 내가 다시 돌변해 그녀를 괴롭힐지 불안할 것이다.

“입궁 인사차 들렀지요. 앞으로 같이 황궁에서 지낼 텐데 잘 지내 봐요.”

내 말에 아이린은 눈을 깜빡이더니 웃으며 고개를 끄덕였다.

“그래요, 공녀. 앞으로 잘 부탁드려요.”

“저야말로.”

한동안 대화가 끊겼다. 나는 침묵이 어색한 것을 감추기 위해 부지런히 차를 마셨다. 아이린은 그런 나를 차분히 바라보고 있었다.

탐색이라거나 의심이 담긴 시선은 아니었다. 저를 적대시하던 사람이 이렇게 변한 것을 보면 보통 의심부터 하는데, 저 맑은 녹색 눈동자는 지나치게 말끔했다. 조금, 소름 끼칠 정도로.

퍼뜩 든 생각에 깜짝 놀랐다. 소름이 끼친다니!

나는 그녀가 이렇게 편견 없이 대해 주는 것에 감사해야 하는 입장이었다. 얼마나 심성이 고우면 절 박해한 사람마저 곧게 대할까.

잔을 쥔 손에 힘을 줬다. 쓸데없는 생각은 나중에 하고 일단 용건부터 해결해야 했다.

어떻게 말을 꺼내야 할지 망설이다가 그 고민이 우스울 정도로 촌스럽게 운을 뗐다. 만약 이게 귀족 화법 기말고사였다면 난 재수강의 운명을 피할 수 없었을 거다.

“그간 제가 영애에게 조금…… 속 좁게 굴었죠.”

“네? 아, 아니…….”

내 말에 당황한 아이린이 반사적으로 고개를 내저었다. 그러다 샤티가 했던 행동이 하나둘 생각났는지 차마 말을 다 끝맺지 못했다.

그래, 그럴 만하지. 솔직히 이렇게 참고 있는 게 어디냐.

"부끄럽지만 아직 어려 부족한 점이 많답니다."

일부러 색이 짙은 주스를 끼얹고, 옷이 촌스럽다 망신 주고, 다른 영식과의 추문을 퍼뜨리고, 신분을 내세워 그녀를 핍박하는 등등.

하나하나 나열하면 끝도 없을 악행을 어려서 그렇다는 말 하나로 퉁 쳤다. 민망해서 얼굴에 살짝 열이 오르려 했으나, 이왕 이렇게 된 거 뻔뻔해지기로 했다. 앞으로 이자 쳐서 갚아 주면 되니까.

"저도 이제 열여덟이니 느낀 게 많아요."

내가 빙의하기 바로 전에 있었던 파티에서도 샤티가 그녀에게 패악을 부린 걸 생각하면, 과연 이 말이 얼마나 설득력 있을까 하는 의문이 들었다.

하지만 나는 뻔뻔하니까. '이제 좀 컸거든요, 달라졌어요.' 이런 포스를 풍기며 아이린을 바라보았다.

"그간 죄송했어요. 철없는 철부지의 질투였다고 받아들여 주세요."

내가 고개를 숙이자 아이린은 화들짝 놀라 자리에서 일어났다. 그 소란에 내가 더 놀라 고개를 들자 그제야 앉았다.

"공녀께서 이렇게 사과하실 일이 아닙니다. 저는 이미 잊었답니다."

나를 안심시키듯 눈을 맞추며 미소 짓는 얼굴을 보니 마음이 착잡했다. 이렇게 맹하고 착해서 이 세상을 어찌 살아가겠는가 싶으면서도 용서해 준 것이 고마웠다.

입장 바꿔 나였으면 나이 어리다고 다 용서되는 줄 아느냐며 뭐라 했을 것이다. 아이린과 내 나이 차는 고작해야 두 살이었고, 열여덟 살짜리가 정말 몰라서 악행을 저질렀을 리는 없으니까.
착하긴 정말 착하구나. 레지나 파티 때 괜히 꼬아 본 게 생각나 미안했다.
"영애의 마음이 비단같이 곱군요."
"부끄럽습니다."
아이린이 얼굴을 붉히며 고개를 살짝 돌렸다. 그 수줍어하는 모습이 한 떨기 붓꽃처럼 청초했다. 살며시 고개를 든 그녀가 난처한 듯 웃으며 말했다.
"황태자 전하께옵서도 공녀의 진정을 아셔야 할 텐데요."
이 발언은 정말 의외였다. 나는 그녀가 세상 풍파를 못 견딜, 지나치게 착한 사람이라고 생각하던 중이었다. 완전히 방심하고 있는데 뒤통수를 맞았다.
그간 좀 미묘하다고 생각했던 발언이라면 모를까, 지금 아이린이 한 말은 정석적인 귀족식 화법이었다. 사교계에서 상대와 파워 게임 할 때, 제 편에 서 있는 권력자의 이름을 빌려 우위를 점하는 것.
귀족식 화법의 공식에 따르자면 지금 아이린은 내게 걱정하는 척하며 내게 경고하는 것이다. 난 용서하겠다고 했지만 황태자가 널 용서할 리 있겠니? 앞으로 조심해.
바로 직전까지만 해도 그녀의 성품에 감탄했던지라 이걸 어떻게 받아들여야 하나 잠시 고민했다.
나는 야매지만 그녀는 진짜 귀족이었다. 나보다 그녀가 이런 화법에 더 익숙할 것이다. 그녀가 어떤 의도도 없이 순수하게 걱정한다고 믿을 정도로 난 순진하지 않다.
한편으로는 비로소 아이린이 인간다워 보였다. 아까 전처럼 내게 아무런 유감도 표시하지 않았으면 또 소름이 돋았을지도 모른다.

샤티의 기억 속 그녀는 항상 인내했다. 내가 실제로 본 그녀 역시 그랬지만, 사실은 아이린 또한 분노할 줄 아는 사람이었다. 온화하고 상냥한 것과 모든 것을 용서하고 감내하는 것은 다르다. 황후가 될 사람이라면 냉정할 줄도 알아야 한다.

나는 천천히 찻잔을 들어 올렸다. 자연스레 들어 올린 약지와 살짝 꺾은 손목의 각도까지 완벽하게 똑 떨어지는 우아한 모양새로 차를 한 모금 머금었다.

처음 이 자세를 익힐 땐 겨우 차 마시는 데 이렇게 불편한 자세—심지어 재수 없어 보이는 효과도 있다. 느릿느릿한 거북이 속도는 덤이고—여야 하나 싶었지만, 시간을 끌기엔 매우 유용했다.

내겐 생각을 좀 정리할 틈이 필요했다. 아이린이 원래부터 가면을 뒤집어쓰고 있던 건지, 그저 지금 불쾌한 기분을 표현했을 뿐인지.

전자면 앞으로의 삶이 귀찮아질 게 뻔해 짜증이 났지만 한편으로는 박수를 쳐 주고 싶었다.

아이린의 가면은 완벽했다.

나야 아이린을 본 게 이번이 세 번째인 데다 그나마 제대로 대화한 건 지금이 처음이다. 하지만 샤티는 끊임없이 그녀와 부딪쳤다. 샤티의 기억에서 아이린은 그 어떤 가면도 쓰고 있지 않았다. 벗겨진 적 없는 가면은 맨 얼굴과 마찬가지다.

적어도 그간 샤티를 향했던 아이린의 말속에는 그 어떤 불화의 씨앗도 없었다. 샤티가 퍼붓는 그 모진 수모를 홀로 감내했을 뿐이다.

후자라면 다행한 일이었다. 성격이 모나든 둥글든 그렇게 괴롭히다가 사과 한 번으로 넘어가려 하는데 기분 좋을 리 없다. 공녀인 내가 고개 숙이니 그 성정에 뻗댈 순 없어 사과를 받긴 받았지만 꽁하겠지.

게다가 레지나 간택으로 인해 그녀와 나의 역학 관계는 바뀌는 중이었다. 내가 우위에 있을 땐 안하무인으로 굴다가 불리해지자 약삭빠르게 태세를 전환한 거라 생각할 수도 있다. 이런 걸 달가워할 사람은 아무도 없다.

둘 다 가능성이 있었지만, 그간 아이린의 행동을 봤을 때 후자일 확률이 훨씬 높았다.

나는 찻잔을 내려놓으며 미소 지었다. 아이린은 조금 긴장한 채 날 쳐다봤다. 내가 찻잔을 던지기라도 할까 걱정하듯, 아직 그 주변을 맴도는 내 손길을 살폈다.

샤티는 유구한 전통의 귀족식 화법에 무지했다. 주변인 모두 그녀의 비위를 맞춰 주었기 때문에 알 필요도 없었고, 그녀를 싫어하는 무리조차 앞에서는 혐오를 티 내지 않았기 때문이다.

카일론의 권세 탓도 있었지만, 기억을 재생했을 때 내가 받은 인상은 똥이 무서워서 피하는 게 아니라 더러워서 피한다는 느낌이었다.

샤티가 눈치 못 채는데도 흔한 돌려 까기조차 없었다. 이유야 간단하다. 못 알아들어도 화를 냈으니까. 그건 카일론가의 하나뿐인 따님의 드높은 자존심 덕이었다.

감히 네까짓 게 날 걱정해?!

원래대로라면 하이톤의 목소리가 날카롭게 아이린을 할퀴었을 것이다. 찻물을 뿌리는 것은 기본이고, 더 나아가 테이블을 엎었을지도 모른다.

일을 벌여 놓고도 두려운 기색을 숨기지 못하는 아이린을 위해 테이블에서 손을 완전히 뗐다.

저러는 걸 보니 후자 쪽으로 추가 더 기울었다. 그래도 한번 테스트해 볼까.

"여태 무례가 있으니 전하께서 절 달갑지 않게 여기시는 것도 당연합니다. 하나 영애가 내게 이리 마음을 열었는데 제국을 다스릴 황태자 전하께옵서는 더 큰 아량을 베푸시겠지요."

아이린의 표정이 굳었다. 나는 유심히 그녀의 얼굴을 살폈다.

하지만 내가 무언가를 알아내기 전에 그녀는 자신의 감정을 얼굴에서 걷어 냈다. 그저 살짝 고개를 끄덕이며 긍정할 뿐이다.

"그렇지요."

아이린의 얼굴에 그림 같은 미소가 떠올랐다. 꼭 가면같이. 가면인 게 티 나는. 이건 샤티의 기억에는 없는 표정이었다.

아이린이 날 경계하기 시작했다. 눈치 없고 오만하기만 한 샤르티아나가 돌려 까기를 알아듣고 거기에 역공까지 했다.

그녀는 지금 내가 자신의 정적이 될 수 있는지 가늠하고 있었다. 아이린의 진짜 성격이 무엇이든 이건 내게 썩 달갑지 않은 일이었다.

조금 둔한 척할 필요가 있다. 나는 다 이해한다는 듯 고개를 끄덕이며 말했다.

"영애가 무얼 심려하는지 압니다."

"네?"

"걱정 말아요. 전하에 대한 제 마음은 다 정리했답니다. 두 분 사이에 끼어드는 일은 없을 거예요."

아이린은 입을 살짝 벌린 채 날 바라봤다. 표정 관리도 안 될 정도로 뜬금없는 말이긴 했다.

난 아이린이 말한 '공녀의 진정'을 '황태자에 대한 사랑'으로 착각한 척했다. 아이린이 뭔지 모를 내 꿍꿍이에 대해 의심하는 것을 모르는 척.

결국 내가 내 한계를 실토한 셈이다. 정치 하나 할 줄 모르고 오로지 황태자의 사랑만 생각하는 머리 텅텅 빈 애라는 증거를 들이밀어 준 것이다.

그 말을 한 사람이 다름 아닌 눈치 없는 '샤르티아나'이므로 의심은 필요 없다.

"아…… 그렇군요. 그래요."

멍하게 대답하던 아이린이 이내 표정을 수습하고 미소 지었다. 그러고는 차분해진 얼굴로 말을 잇는다. 가면은 사라졌다.

"그리 말씀해 주시니 감사할 따름입니다."

"저야말로 영애가 이리 쉽게 제 화해를 받아들여 줘서 고마운걸요."

나는 생긋 웃으며 일어났다. 오늘의 목적은 달성했다. 아이린이 내 생각과 조금 다른 사람이긴 하지만……. 아무렴 어떠랴. 나는 그녀의 적이 아니었다. 황태자의 사랑을 다툴 것도 아니었고, 황후 자리를 노릴 생각도 없었다. 이전의 잘못만 주워 담는다면 큰일은 없을 것이다.

"제가 영애의 시간을 너무 많이 뺏은 것 같군요."

"아닙니다. 연고 없는 궁에서 적적했는걸요. 덕분에 즐거웠습니다."

"서로 같은 처지니 앞으로 가깝게 지내요."

"다음엔 티파티에 초대하겠습니다. 괜찮으시다면 참석해 주세요."

"어머, 물론이죠."

"그럼 살펴 가시길."

포장된 말이 오간 후, 배웅하는 아이린을 뒤로하고 방을 나섰다.

유모는 아주 할 말이 많은 표정으로 날 쳐다봤지만 입을 꾹 다문 채였다. 방에 돌아가자마자 쏟아질 잔소리 폭탄에 벌써부터 머리가 아팠다.

저절로 발이 안 떨어져 느릿느릿 걸음을 옮기는데 건너편에서 이쪽으로 오는 사람이 보였다. 샤티의 기억 속에 있는 인물이었다. 이곳에 있는 건 굉장히 의외였지만.

"안녕하신가요, 프래쳇 백작 부인."

"오랜만이네요, 카일론 공녀."

의문을 숨기고 웃으며 인사를 하자 부인이 마주 인사했다. 내 인사에 그녀는 조금 얼떨떨한 표정이었다.

"여긴 어쩐 일로?"

"스테나 영애의 시녀로 오게 되었습니다."

뭐라고? 순간적으로 경악한 게 표정에 드러났다. 내 반응을 예상했는지 프래쳇 부인은 담담한 얼굴이었다. 하기야 이 말에 놀라지 않을 사람이 누가 있으랴. 나는 놀란 가슴을 내리눌렀다.

"그렇다면 앞으로 자주 뵙겠네요."

프래쳇 부인은 가볍게 고개를 끄덕이곤 약식으로 인사했다. 멀어지는 뒷모습을 보다가 서둘러 방으로 돌아왔다.

유모는 여전히 할 말이 많은 얼굴이었지만 아까와 같은 내용은 아닐 것이다. 아니나 다를까 방문을 닫자마자 그녀가 신음처럼 말했다.

"프래쳇 백작 부인이 스테나 영애의 시녀라뇨! 이게 말이 됩니까? 백작 부인씩이나 되는 분이 황족도 아닌 일개 영애의 시녀인 것도 기가 막힌데, 프래쳇이 스테나의 시중을 들다니!"

흥분하는 유모를 보며 내 마음은 오히려 차분해졌다. 나는 한숨을 쉬었다.

시녀를 들이는 것은 지체 높은 가문만이 가능했다. 같은 귀족을 부리는 거니 당연하다. 스테나는 입지가 약한 가문으로 안주인인 백작 부인조차 시녀를 두지 못했다. 지금이야 황태자의 비호를 받고 있다지만 그건 기껏해야 최근 1, 2년 사이에 일어난 일이다.

레지나로 궁에 들어온 아이린에게 시녀가 붙는 것은 당연한 수순이긴 했다. 그런데 그 시녀가 무려 프래쳇 백작 부인이라니. 단순히 신분으로만 비교해도 백작 부인의 작위를 가진 그녀가 한낱 백작의 직계 딸일 뿐인 아이린의 시중을 드는 것은 어불성설이다.

또, 아무리 스테나가 성장하고 있다고 해도 프래쳇의 명성에 비할 바는 아니었다. 같은 백작 지위를 가지고 있다 해도 천지 차이인데…….

"스테나 백작이 벌일 수 있는 일이 아니야. 더 위의 지시가 있었겠지."

역사상 가장 유력한 황후 후보였던 레지나도 이런 적은 없었다. 제 가문보다 고매한 가문의 시중을 받다니.

레지나 파티 때가 생각났다. 아이린과 함께 입장하던 황태자, 아이린과 춤을 추던 황태자, 날 무시하던 황태자. ……그리고 오늘 아이린의 시녀로 입궁한 프래쳇 백작 부인.

"아마 황태자는 날 가만두지 않을 생각인 거야."

이건 단순히 황후를 누구로 삼을 것이라는 메시지가 아니었다. 나를, 카일론을 무너뜨리겠다는 뜻이었다.

나는 도서관에서 빌려 온 책을 들고 천천히 궁을 가로질렀다.

황궁에는 도서관이 두 개 있는데, 황족만 이용할 수 있는 내궁 도서관 비블리오와 귀족에게 개방된 외궁 도서관 리체움이었다. 레지나는 황족이 아니면서도 비블리오를 이용할 수 있는 특혜를 받았다.

황족 전용인 만큼 비블리오 도서관은 갖가지 장서를 종류 불문하고 보유하고 있다. 심지어 금서까지 아무런 제재 없이 볼 수 있었다. 거기다 이용객이 소수인 만큼 쾌적했다.

하지만 나는 리체움에서 나오는 길이었다. 이유야 뻔하다. 내 목적은 도서관이 아니라 외궁이니까.

레지나의 운신은 자유로운 편이다. 사람들의 시선을 더 신경 써야 한다는 것만 빼면 일반 귀족 영애와 크게 다를 바가 없다.

아니, 내궁까지 마음대로 드나들 수 있으니 오히려 더 자유롭다고 할 수 있겠다. 내가 외궁으로 가는 걸 저지할 사람은 없다는 뜻이다.

하지만 보고할 사람은 있다. 굳이 내가 도서관을 미끼로 외궁에 나온 것은 그 때문이다. 나는 '우연히' 아빠를 만날 생각이었다.

황태자가 저리도 내 가문을 두려워하는데—황태자가 내 생각을 알면 당장 목을 치려고 하겠지만, 솔직히 이렇게까지 경계하는 게 두렵기 때문이 아니라면 뭐란 말인가— 내가 아빠를 찾아가거나

궁으로 부르면 어찌 생각할지 뻔했다.

나는 일부러 그의 경계를 높이고 싶지 않았다. 그래서 생각해 낸 방법이 이거였다.

보란 듯이 홀로 도서관에 가려고 레지나궁을 나섰다. 정원을 지나자 궁 주위에 있던 근위 기사가 깜짝 놀라 내게 다가왔다. 큰 덩치에 안 맞게 눈망울이 순했다.

"안녕하십니까, 카일론 공녀 저하. 2기사단 소속 제럴드 타센입니다."

"반가워요, 타센 경."

"저하처럼 귀하신 분이 어찌 홀로 계신지요."

나는 극적으로 한숨을 내쉬었다. 내 근심 어린 표정에 그의 표정 역시 가라앉았다. 그는 사교계와는 동떨어진 사람이라 샤티에 대해서도 소문으로만 두루뭉술하게 알았다.

"아직 절 따르는 시녀가 없어 그렇답니다. ……이상하군요. 제가 친정 시녀를 한 명도 데려오지 않은 것은 황태자 전하께서도 잘 아실 텐데 어찌 제게……. 아, 제가 괜한 말까지 했네요. 잊어 주시길. 전하께는 더 중한 업무가 많으니까요."

혼잣말하듯 푸념하다가 정신을 차린 듯 입을 가렸다. 마지막으로 황태자를 변호하며 나는 담담히 미소 지었다. 씁쓸함을 감추는 것처럼.

이렇게 다채롭고 의도적인 표정 변화는 내 인생에 없던 것이라 조금 어색했다. 하지만 나오기 전까지 거울을 보며 계속 연습한 보람이 있는지 눈앞의 남자는 썩 안타까운 표정을 지었다.

레지나와 관련된 일은 거의 황태자의 손에서 이루어진다. 시녀 같은 경우 가문에서 명단을 올리면 승인하는 식이다.

정말 바빠 시녀 배정을 승인하는 게 뒤로 미뤄졌을 수도 있다. 그러나 아이린에게 프래쳇 부인이 붙었으니 이건 그가 의도적으로 내게 시녀를 안 주는 거다. 최대한 오래 내 손발을 묶어 놓기 위해.

하지만 내가 이렇게 홀로 외출하면 더 이상 시녀 배정을 미룰 순 없을 것이다.

"저, 항상 같이 다니던 분은……."

나는 인상을 찌푸리고 날카롭게 외쳤다. 유모에겐 미안하지만 어쩔 수 없었다.

"타센 경! 지금 내게 평민의 옹위를 받으라고 하시는 건가요?"

시녀는 모시는 자의 권세를 나타낸다. 시녀의 신분이 높을수록, 수가 많을수록 윗사람의 위신이 선다. 바꿔 말해 데리고 다니는 시녀가 평민이면—평민이 시녀가 될 수도 없지만— 무시해 달라고 소리치는 것과 다름없다.

"죄송합니다. 부디 제 실언을 용서하시길. 종종 함께 산책하시는 걸 봐 당연히 귀족이라고 생각했습니다."

"그녀는 내 유모로 물론 나는 그녀를 존중합니다. 하지만 레지나 궁 밖까지 함께하기엔……. 경께서도 제가 비웃음당하길 원해 그리 말씀하신 건 아니겠죠."

내 말에 그가 펄쩍 뛰며 고개를 저었다. 나는 속으로 안도의 한숨을 쉬었다. 유모에게 따로 작위를 내리지 않아 다행이다.

이곳에서 황족이나 고위 귀족은 유모에게 보통 단승 작위를 내린다. 일반적으로 유모를 친어미보다 가깝게 느끼니 당연했다.

내 유모 역시 서작을 받을 예정이었으나 서작일이 잡히기 전에 샤티가 쓰러졌다. 그 후로 잊힌 것이다. 애초에 공저에서는 그녀가 내 시녀나 다름없었으니 딱히 서작을 받지 않아도 불편함은 없었다.

타센 경은 날 혼자 둘 순 없다고 생각했는지 잠시 고민하다가 에스코트를 청했다.

"제게 감히 저하를 모실 영광을 허락해 주십시오."

"말씀은 감사하나 근무 중인 분을 제가 어찌……. 도서관에 가는 거라 시간이 오래 걸릴지도 모릅니다."

"그렇지만……."

"걱정 마세요. 설마 황궁에서 큰일이 있으려고요. 경처럼 믿음직스러운 분께서 맡은 바를 다하시니 그것만으로도 안심이랍니다."

생긋 웃고 더 붙잡지 못하도록 그대로 그를 지나쳤다.

생각보다 훨씬 쉽게 목적을 달성할 수 있었다. 시녀 문제를 공론화시키고 황태자에게 내 경로를 알린 채 혼자서 궁을 나오는 것.

입궁한 지 아직 일주일밖에 안 됐고, 카일론가라는 것만 빼면 샤티는 아무런 위협도 되지 않는다. 아직은 날 무시하고 차별하기만 하는 게 전부일 거다. 내 싸가지 없는 성정으로 깽판을 치길 기대하며. 벌써 사람까지 붙이진 않았을 테니 일부러 알린 것이다.

도서관에서 나와 조금 걷다가 벤치에 앉았다. 벤치는 푹신했고 또 기분 좋게 시원했다.

이곳에 와서 마음에 드는 것들 중 하나가 가구였다. 이곳의 가구는 대부분 마법의 산물이었다. 그 놀라움을 침대에서 느꼈는데, 이렇게 밖에 있는 벤치까지 훌륭할 줄이야.

나는 빌려 온 책을 펼쳤다. 아주 재미없고 지루한 책이었으므로 금세 흥미를 잃었다.

고등학교 야자 시간에 주로 써먹던 '눈은 활자를 좇고 페이지를 넘기나 실제론 전혀 책을 보지 않는 스킬'을 발동했다. 아주 간만인데도 눈앞에 글자가 흩어져 날아가는 걸 보니 실력이 녹슬지 않았다. 훗, 나란 여자.

'그나저나 아빠가 어서 여길 지나가야 할 텐데…….'

법무성에서 국무성으로 돌아가려면 여길 지날 수밖에 없다. 그리고 오늘은 법무성에서 회의가 있는 날이다.

아빠를 만나서 할 이야기는 많았지만 무엇부터 말해야 할지 모르겠다.

앞으로의 행로에 대해 얘기해야 하는데, 사실 그냥 나 너무 힘들다고 응석 부리고 싶은 충동이 불쑥불쑥 튀어 올랐다. 그건 굉장히 낯선 감각이었다.

나는 대학교 원서조차 부모님과 상의 한 번 하지 않고 넣었다. 말해 봤자 '여자는 그냥 2년제 나와서 돈 벌면 돼. 네 동생 학비 보태야지.' 같은 말을 들을 게 뻔했기 때문이다.

하지만 그보다 내 앞날을 결정하는 데엔 내 의사 하나면 충분하다는 생각이 더 컸다. 나는 부모님을 의지하지 않았다. 하려야 할 수가 없었다.

그런데 이렇게 내 거취에 대해 상의하는 것으로도 모자라 기대고 싶은 마음이 드는 것이다. 응석받이가 되는 건 아닐까 염려가 되긴 했지만 이 변화를 기쁘게 받아들이기로 했다.

나는 고작해야 열여덟 소녀인걸. 그래도 되고, 또 그럴 수 있다는 사실은 축복이다. 내게 이런 축복을 준 엄마와 아빠에게, 내 가문에게 피해를 끼치고 싶지 않았다.

레지나로 간택되었을 당초 내 계획은 없는 듯 지내는 것이었다. 내가 무해하다는 것을 알리고 지난 악행이 묻힐 때쯤, 황태자와 아이린과 적당한 관계를 쌓는 것. 일단 내가 당장 할 수 있는 것은 그 정도라고 생각했다.

나는 평범한 대학생이었고 내 연애는 타인에게 아무런 영향도 없었다. 그래서 이 관계가 황태자, 아이린 그리고 나 사이의 삼파전이라고만 생각했다. 정확히는 두 연인 사이에 낀 악녀였으니 내가 빠지면 해결될 일이라고.

하지만 레지나 파티에서 깨달았다. 이건 단순히 우리 세 사람의 문제가 아니다.

귀족, 그것도 황태자의 사랑이 정치와 무관할 순 없다. 알고 있던 사실임에도 내 삶과는 동떨어진 얘기다 보니 거기까지 생각하지 못했다. 재난 영화를 보며 마음을 졸이면서도 안락한 소파 위에서 감자칩을 씹어 먹는 것처럼, 내게 일어날 수 있다는 가능성 자체를 떠올리지 못했다.

현실을 인식한 후에도 안일했다. 황태자의 무시는 내 업보니 감내해야 하는 것이고, 다른 이가 날 업신여기지만 못하게 하면 된다고 생각했다.

레지나궁에 온 지 불과 며칠 만에 황태자는 내가 얼마나 순진했는지 알려 줬다. 그는 행동으로 확언했다. 카일론을 몰아내겠다고. 스테나에게 프래쳇을 붙인 것은 그 초석에 불과했다.

이제는 내가 재난의 중심에 서 있다. 비바람이 몰아치고 대기가 얼어붙었다. 해일이 밀려오는가 하면 화산이 폭발했다. 전혀 다른 세상에 온 것이다. 그건 내 영혼이 차원 이동을 하고 남의 몸에 빙의한 것보다 더 큰 충격으로 다가왔다.

정신을 똑바로 차려야 했다. 나는 조금 더 나은 삶을 살고 싶었다. 의지할 가족이 생긴 것처럼 다른 것도 욕심이 났다. 지난 삶에 미련은 없다. 나는 거의 모든 것에 실패했다. 가족도, 연인도, 친구도 온전히 내 것이 아니었다.

이번 삶에선 내 것을 움켜쥐고 싶었다. 내 주먹 안에 들어갈 정도로 아주 자그마한 것. 그것이라도 소중히 보듬고 싶었다.

그러기 위해 나는 행동해야 했다. 궁에서 없는 듯 숨어 지낸다고 해결될 일이 아니었다. 내가 숨을 죽일수록 내 가문은 숨이 막힐 것이다. 보라, 저 카일론조차 황태자에게 불응하면 저리된다고.

황태자의 권력을 공고히 하는 희생양으로 재단에 바쳐지고, 황태자는 내 가문의 피로 황제가 될 것이다. 독선적인 자가 권력을 움켜쥐면 어찌 될지 뻔했다.

책을 움켜쥔 손에 어느새 힘이 잔뜩 들어갔다. 새하얗게 변한 손끝이 떨린다. 그 우악스러운 힘에 종이가 흉하게 일그러졌다.

나는 책을 놓고 손바닥을 쳐다보았다. 이제는 사라져 흔적조차 남지 않은 손톱자국을 봤다.

레지나 파티에서 손톱이 내 살을 파고들던 감각을 잊지 않았다. 이 손안에 쥔 것을 지켜야 한다. 내 가족과 나 자신을 위해.

그래, 행동해야 한다. 이대로 가만히 있으면 모든 것이 어그러질 것이다.

이 궁궐에서 살아남으려면 남을 속이고 기만하고 배신해야 한다.

황태자의 마음에 들기 위해, 그와의 협상 여지를 만들어 내기 위해, 혹은 더 나아가 황후가 되기 위해.

사랑하는 연인 사이를 찢어발기고 거짓된 사랑으로 불태울 것이다.

나는 악녀가 되어야 한다.

가슴속 어딘가에서 한소정이 웃었다. 박태준의 등을 감싸고 지었던 그 미소. 그녀는 나를 비웃고 있었다.

한소정 같은 사람이 되고 싶지 않았다. 될 일도 없다고 생각했다. 어쩌면 난 그녀보다 더 못한 존재로 추락한 걸지도 모른다. 한소정은 박태준을 사랑하기는 했으니까.

나는 나룻배가 되었다. 이 나루와 저 나루를 오가는 배처럼 기분이, 생각이, 마음이 정착하지 못하고 떠다닌다.

고개를 드니 아빠가 보였다. 건너편에서 날 발견하고 이쪽으로 향하는 모습에 미소를 지었다.

방황하는 마음이 흔들리는 강물에서 노 젓는 걸 멈췄다. 바로 앞까지 온 아빠가 내 이름을 불렀다. 해를 등지고 선 그의 모습에 눈이 부셨다.

“샤르티아나.”

이 작고 초라한 배가 비빌 언덕은 하나였다. 내가 유일하게 믿고 의지할 수 있는 가족. 나는 놀란 그를 올려다보며 환히 웃었다.

이럴 거면 아이린에게 사과하지 말 것을 그랬다. 그랬다면 배신은 하지 않게 됐을 텐데. 처음부터 끝까지 단순한 악녀로 남았을 텐데.

“아빠? 이런 곳에서 다 보네요.”

“그러게 말이다. 잘 지냈니?”

"그럼요."

내가 고개를 끄덕이자 아빠가 인상을 찌푸렸다. 뿌루퉁한 표정이었다.

"그것참 서운하구나. 이 아빠는 네가 없어서 하루하루가 외롭고 쓸쓸한데. 네 엄마는 식사량마저 줄었단다."

"아빠가 잘 챙겨 주세요."

아빠가 내 머리를 쓰다듬었다. 그 손길을 받고 있으려니 가라앉았던 마음에 볕이 드는 듯했다.

"지내는 것은 어떤지 궁금한 게 많지만, 시간이 얼마 없구나. 무슨 일이니?"

한 나라, 그것도 제국씩이나 되는 곳의 재상인 만큼 날카로웠다. 아빠는 이것이 우연이라고 생각하지 않았다.

나는 바로 본론을 꺼냈다.

"프래쳇 백작 부인이 스테나 영애의 시녀로 왔어요."

"알고 있다. 안 그래도 그 일로 시끄럽단다. 그녀가 시녀장으로 왔으니 이제 그 밑의 시녀도 뽑겠지. 다들 말도 안 되는 일이라고 외치고 있지만…… 생각보다 쟁쟁한 가문이 지원할 거다. 이미 일어난 일이고, 프래쳇이 스테나를 지지한다는 것은 의미가 크니까."

"제 시녀는 어떻게 되어 가고 있나요?"

"네 입궁 일에 맞춰 들어가도록 이전부터 명단을 넣었지만 전하께서 아직도 미루고 계시단다. 원안은 아예 불허했고 그 후에는 국정 핑계를 대며 미루다가 결국 또 불허했지. 서부 지역의 가뭄이 아주 좋은 핑계가 되었어."

아빠가 입매를 비틀며 웃었다. 잘생겨서 그런지 그런 표정에서마저 위험하면서도 매력적인 분위기가 물씬 풍겼다.

그가 내 앞에서 이렇게 비릿한 웃음을 지은 것은 처음이었다.

"더 이상 늦출 수는 없을 거예요. 제가 오늘 보란 듯이 홀로 외궁으로 나왔으니까요."

황족의 거주지인 내궁이야 괜찮을지 몰라도 여긴 수많은 귀족들이 활보하는 외궁이었다. 벌써 많은 사람들이 내가 혼자 다니는 것을 목격했다. 나는 도서관 사서의 경악한 얼굴을 떠올렸다.

사람들은 내가 왜 시녀조차 못 거느리는지 바로 알 것이다. 깊은 추론조차 필요하지 않다.

레지나에 관한 일을 최종으로 처리하는 것은 황태자였다. 그는 모두가 보는 앞에서 나에 대한 적의를 유감없이 표현했다.

또한 이건 모든 귀족의 문제였다. 카일론의 적이든, 아니든 이를 좌시할 자는 없다.

가장 높은 귀족이 권리를 박탈당했다. 너무나도 손쉽게, 황족 한 명의 손에 의해서. 이는 귀족 전체의 권위를 부정하는 것과 다름없었다.

"샤티. 샤르티아나……."

아빠가 내 어깨를 끌어안았다. 안타까운 부름이 계속해서 등 뒤로 떨어져 내렸다.

"네가 이렇게 정쟁 속에서 살아가길 원하지 않았다. 조금 철이 들었으면 했지만 이렇게…… 똑똑해지길 바라진 않았어."

똑똑하다는 말은 울적한 울림이었다. 나는 그 속에 숨은 뜻을 알았다. 자신의 행동이 어떤 결과를 부를지 재고, 계산하고 그런 것들은 샤티의 인생에 없던 것이다.

뭐라 대답할 수 없어 아빠의 등을 끌어안고 위로하듯 토닥토닥 두드렸다.

“다시 명단을 올리도록 하마.”

“아니에요. 그냥 있으세요. 전하께서 먼저 나서도록.”

귀족들이 들끓고 일어나기 전에 상황을 해결하려고 황태자는 내 시녀 서임을 서두를 것이다.

“전하께서 먼저 내게 말하진 않으실 게다. 차라리 홀로 결정하시겠지.”

“그러시게 하세요.”

“샤티……. 전하께선 바쁘시다. 널 위해 따로 시녀를 뽑고 추리시기엔 많이 피곤하실 게야. 서부 지역이 가뭄이잖니.”

황태자가 둘러댔다는 핑계랑 똑같은 핑계에 픽, 웃음이 나왔다. 황태자가 친히 아이린에게 프래쳇 백작 부인을 붙여 준 상황이다. 어떻게든 딸이 상처받지 않길 바라는 아빠의 모습에 그냥 고개를 끄덕였다.

“알아요. 그래서 그냥 공개적으로 모집하시겠죠. ……그 와중에 어쩌면 절 위해 특별히 신경을 쓰실 수도 있겠고요.”

나는 한쪽 입꼬리만 비틀며 웃었다. 아빠의 눈동자 속에 비친 내 얼굴은 좀 전에 봤던 그의 얼굴과 퍽 닮아 있었다.

황태자는 특별히 신경 써서 제 눈과 귀를 심을 것이다. 아빠가 씁쓸하게 웃으며 고개를 끄덕였다.

“그건 신경 써 주실 것 같구나.”

“나중에 인원수만 좀 많이 뽑아 달라고 하세요. 아시다시피 제 시녀들이 자주 그만두잖아요.”

"……그러마."

아빠는 잠시 날 바라보았다. 여전히 따뜻한 눈이지만 무언가를 가늠하는 듯 기묘하게 차가웠다.

나는 가만히 아빠와 눈을 맞췄다. 아빠 입장에선 철부지 딸이 파티에서 한번 고생을 하더니 조금 변했다고 생각할 것이다.

보다 '공녀'에 가까워졌지만 아직 미숙하다. 내가 첩자를 가려낼 수 있을지, 가려내더라도 잘 처신할지 헤아릴 수밖에 없다.

이건 가문 전체의 문제였다. 솔직히 그동안 샤티의 삶은 아빠의 신뢰를 잃기에 딱 좋았다. 아니, 잃을 신뢰조차 없으리라.

나는 그 눈을 피하지 않고 당당하게 그러나 호소하듯 바라보았다.

아빠가 다시금 눈을 깜빡였을 때, 그 서늘한 기색의 흔적도 찾아볼 수 없었다. 평소 날 보는 눈동자가 녹을 듯 따스하지 않았다면 그가 날 시험했다는 사실조차 깨닫지 못했을 것이다.

과연 재상은 재상이구나. 파티에서 많은 사람들에게 둘러싸여 있을 때도 못 느꼈던 깨달음이 왔다.

"샤티, 항상 조심하거라. 아빠가 바라는 것은 네 건강과 행복이란다."

나는 미소 지었다. 그 외에 다른 말씀은 없으셨지만, 아빠가 날 믿고 지지하기로 했다는 것을 알 수 있었다. 그가 보기엔 모든 것이 부족할 텐데 날 존중해 주는 것이 감사했다.

"스테나 백작은 요즘 어떤가요?"

"그자는 네가 그리 신경 쓸 것 없다. 허세만 가득하고 시류를 읽을 줄 모르지."

신랄한 평가였다. 나는 파티장에서 봤던 백작의 모습을 떠올렸다. 내가 보기에도 그는 우수한 재목이 아니었다.

이제 남은 용건은 하나였다.

"아빠, 전하께서 우리 가문을 이리 냉대하시는 이유가 따로 있나요?"

아무리 생각해도 이상했다. 처음엔 아이린을 귀애하고 내가 그녀를 괴롭혔으니 망신을 주는 거라고 생각했다. 하지만 이건 도를 지나쳤다. 여자에게 홀려 국정을 놔 버린 폭군이 아니라면 카일론과 대립각을 세우고 있는 것이 분명하다.

대립한다기엔 카일론 공가는 대대로 황제파였다. 황제의 든든한 우군이자 조력자로 언제나 그 곁을 지켰다.

그렇다면 황태자는 폭군의 싹인가?

하지만 그에 대한 세간의 평가는 양호했다. 문무 모두 출중해 백성의 지지를 받았다. 퍼즐이 안 맞았다. 전체 그림을 보려면 빈 퍼즐 조각 하나가 필요했다.

샤티는 정치엔 전혀 관심 없는 아가씨였고, 아주 기본적이고 가시적인 것밖에 몰랐다. 분명 내가 모르는 다른 무언가가 있을 것이다.

"……그럴 만한 이유가 있단다. 하지만 여기서 이야기할 주제는 아니구나."

나는 고개를 끄덕였다. 사람이 가까이 없다고 해도 여긴 야외였다. 저 멀리 지나가는 사람이 한두 명씩 보였다.

"바쁘신데 제가 너무 오래 붙잡았네요."

"오랜만에 우리 딸 얼굴 봐서 좋았단다."

아빠가 나를 끌어안았다. 나는 그의 등에 팔을 둘렀다. 숨을 한껏 들이마시자 그리운 향이 몸 안에 가득 들어찼다. 숨을 내뱉는 게 아쉬울 정도로 코끝이 찡해지는 내음이었다.

그때 아빠가 내 귓가에 낮게 속삭였다.

"……샤티, 아직도 전하가 좋으니? 만약 네가 원한다면……."

"절 위해 무리하진 마세요."

나는 아빠의 말을 끊었다.

만약에, 정말 만약에 그래야 할 상황이 오더라도 아직 그런 말을 하기엔 시기상조다.

카일론은 황제를 따르는 충신으로 명성이 드높다. 다른 것도 아니고 나를 위한 사사로운 감정 때문에 황제가 정한 황태자를 꺾는 불충을 저질러 그 이름에 흠집을 낼 순 없다.

물론 황태자가 정도도 모르고 계속해서 내 가문을 몰아내려 한다면 그것을 좌시하진 않을 것이다.

"샤티, 네 행복을 위해 키운 힘이란다."

"저 역시 아빠의, 엄마의 행복을 바라요."

아빠가 웃는 게 몸으로 느껴졌다. 팔을 풀고 얼굴을 마주 봤다.

"많이 컸구나. 어느새 훌쩍 커 버렸어."

나는 미소 지었다. 이럴 때면 죄책감이 밀려온다.

샤티가 살아 있었다면, 그녀가 바뀌는 계절을 지날 수 있었다면, 그녀 역시 어느 날 이런 말을 들었겠지.

아빠는 반푼이 딸이 아니라 온전한 딸을 흐뭇하게 바라볼 수 있었으리라.

나는 아무 말도 하지 못했다. 아니, 하지 않았다. 아빠를 위해서가 아니라, 나를 위해서. 이기심이 내 입을 막았다.

"이제 가 보마. 미하일이 화낼 것 같구나."

미하일은 셰드먼 백의 아들로 아빠의 보좌관 중 한 명이다. 회의가 끝나고 꽤 시간이 지났는데도 돌아오지 않는 아빠를 걱정…… 하진 않고 엄청 씹어 대고 있을 것이다.

나는 기억 속에서 그를 건져 올리고 웃었다. 그는 상사 앞에서 상사를 씹는 간 큰 사람이었다.

"혹시 제가 아빠와 연락할 수 있는 방법은 없을까요?"

"내궁엔 마력 제어 장치가 있단다. 그래서 허가받지 않은 통신구는 사용할 수 없어."

"그렇군요……."

하긴 황성 내부에서 외부와 연락할 수단을 제한하지 않았을 리 없다. 그렇게 보안이 허술하다면 제국은 벌써 예전에 스러졌을 것이다.

그래도 실망을 감출 수 없었다. 궁엔 내 사람이 없다. 단 한 명, 유모를 제외하고 사방이 다 적이었다. 나는 더 많은 사람이 필요했고 외부의 정보가 절실했다.

"그래도 우리 딸이 아빠랑 얘기하고 싶다는데, 방법을 찾아보마."

아빠가 머리를 쓰다듬으며 말했다. 내궁 앞까지 바래다주시겠다는 것을 한사코 만류했다. 갈림길에서 아빠는 다시 한 번 같이 가겠다고 하셨지만, 내 고집을 꺾을 순 없었다.

나는 기로에 서서 멀어지는 아빠의 뒷모습을 바라봤다. 반짝이는 은발이 모퉁이를 돌아 안 보일 때까지 한참을.

궁 안에 가득 고인 햇빛과 그 뒷모습이 나를 상념에 빠지게 했다. 밖에서 멍한 모습을 보일 순 없다. 나는 고개를 젓고 뒤를 돌았다.

"으앗!"

뒤를 돌자마자 보이는 든든한 가슴팍에 깜짝 놀라 소리를 질렀다. 품위 없는 비명이었지만 그런 걸 생각할 겨를도 없었다. 아, 진짜 놀랐네.

나는 눈앞의 상대를 확인하고 한 번 더 놀랐다. 케일라덴 옵스페레칼로닌, 제국의 5황자였다.

"5황자 전하를 뵙습니다."

"오랜만입니다, 카일론 공녀."

서둘러 예를 갖추자 그 역시 마주 예를 갖췄다. 여전히 예의가 바른 사람이었다.

나는 무뚝뚝한 그의 얼굴을 힐끔 쳐다보았다. 짧은 흑발과 날카로운 눈, 더불어 웃음기 없는 입매가 인상을 더 퉁명스럽게 만들었다.

그가 내 손에 들린 책을 보더니 물었다.

"도서관에 다녀오십니까?"

"네, 전하."

나는 조금 찔끔했다. 혼자인 몸으로 왜 비블리오가 아니라 외궁 도서관 리체움으로 갔는지 물으면 할 말이 없다.

다행히 그의 입에서 나온 말은 내 걱정과 전혀 다른 것이었다.

"더 들르실 곳 있습니까?"

"아뇨, 이제 레지나궁으로 돌아가려고요."

그는 고개를 끄덕였다. 기다려도 더 말이 이어지진 않았다.

이쯤에서 인사를 해도 되나? 더 할 말이 있는 건 아닌지 가늠하는데 그가 물었다.

"안 가십니까?"

"네?"
"궁. 돌아가신다고."
예상치 못한 그의 말에 나는 눈을 깜빡였다. 설마 지금 저렇게 무뚝뚝하게 날 에스코트해 주겠다는 건가?
"데려다주시게요?"
의아함이 가득한 내 질문에 그는 그저 날 바라만 봤다. 까만 눈동자가 반질반질 윤이 났다. 완전한 검정인 줄 알았는데 햇빛 아래에서 자세히 보니 짙은 파랑이 일렁였다. 가까이서 보지 않는다면 모를 정도로 미묘한 푸름이었다.
침묵이 곧 긍정일 텐데도 내가 아무런 움직임이 없자, 그제야 그가 입을 열었다.
정말 무뚝뚝한 남자다. 표정과 말투만 보면 그가 진짜로 날 에스코트해 주겠다고 하는 건지 헷갈렸다.
"실례가 되지 않는다면."
"실례라니, 당치도 않습니다."
진짜구나. 나는 고개를 젓고 먼저 발걸음을 옮겼다. 그는 내 보폭에 맞춰 천천히 걸었다.
나는 그의 옆모습을 곁눈으로 보며 감사의 인사를 할지 말지 망설이고 있었다.
물론 지금 에스코트해 주는 건 궁에 도착하자마자 바로 인사를 할 생각이다.
내가 고민하는 것은 지난날 있었던 일에 대해서다. 레지나 간택 축하연에서 혼자 있는 내게 다가와 춤 신청을 해 주었던 것에 대해.

그 덕분에 나는 덜 비참했다. 하지만 제게 춤 신청한 것을 두고 고맙다고 따로 인사하는 건 귀족 영애의 자존심이 상하는 일이었다.

관례와 보은 사이에서 안절부절못하며 망설이는 날 어떻게 본 건지 그가 물었다.

"혹시 다른 곳에 들를 생각이셨습니까?"

"아, 아니에요."

"……말씀해 주십시오. 어차피 걷고 싶었습니다."

그 말은 내가 다른 곳에 들렀다가 궁에 갈 때까지 쭉 에스코트를 해 주겠단 말인가? 예상치 못한 친절에 나는 놀랐다.

레지나 간택 축하연 때의 일과 오늘 혼자 있던 내게 에스코트를 청한 것, 보폭을 맞춘 걸음걸이, 내 기색을 살피고 먼저 물어봐 준 것까지.

이 무뚝뚝한 남자는 겉과 달리 속은 다정한지도 모르겠다. 그 점이 날 편안하게 했다. 감사 인사를 한다고 해서 속도 없는 사람이라고 보진 않을 것 같다. 법도나 그런 것으로 날 재단하지 않고 감사를 온전히 받아들여 줄 것 같았다.

"그게 아니라, 저……."

말을 끌자 그는 멈춰 서서 날 마주 보았다.

내 말에 집중하는 모습에 어쩐지 얼굴이 후끈거렸다. 감사한 일에 대해 인사를 하는 것뿐인데 왜 이리 부끄러운지 알 수가 없다. 그 때문에 생각보다 말이 새침하게 나갔다.

"지난 파티 때, 같이 춤춰 주신 것에 대해 인사를 드리고 싶었을 뿐입니다. 고마워요."

"제게 고마워하실 필요는 없습니다."

그는 딱 잘라 말하고 다시 발걸음을 옮겼다. 무안함을 감추고 곁에서 걷는데 그가 덤덤하게 말을 이었다.

"같이 춤추고 싶은 레이디께 청한 것뿐이니, 감사 인사를 한다면 제가 해야 합니다."

춤을 거절하지 않은 것에 대해서 되레 감사를 받아 얼떨떨했다.

옆을 쳐다봤지만 그는 그저 앞만 보고 걷고 있었다. 무뚝뚝한 얼굴로 꽤 낯간지러운 말을 했음에도, 부끄러움을 한 자락도 찾아볼 수 없는 여상한 얼굴이었다.

그의 반듯한 이마와 그 아래로 이어지는 콧날을 훑다가 나 역시 고개를 돌려 앞을 바라보았다.

궁정의 길목은 싱싱한 풀 내음이 한가득했다. 나뭇잎 사이로 파고든 햇빛이 그늘진 길 위에 반짝이는 돌을 놓았다.

그 빛의 돌을 밟을 때마다 내 드레스 자락 위로, 흘러내린 머리카락 위로 따스한 기운이 스쳤다.

우리는 아무 말 없이 햇살이 이끄는 그 길을 그저 걸었다.

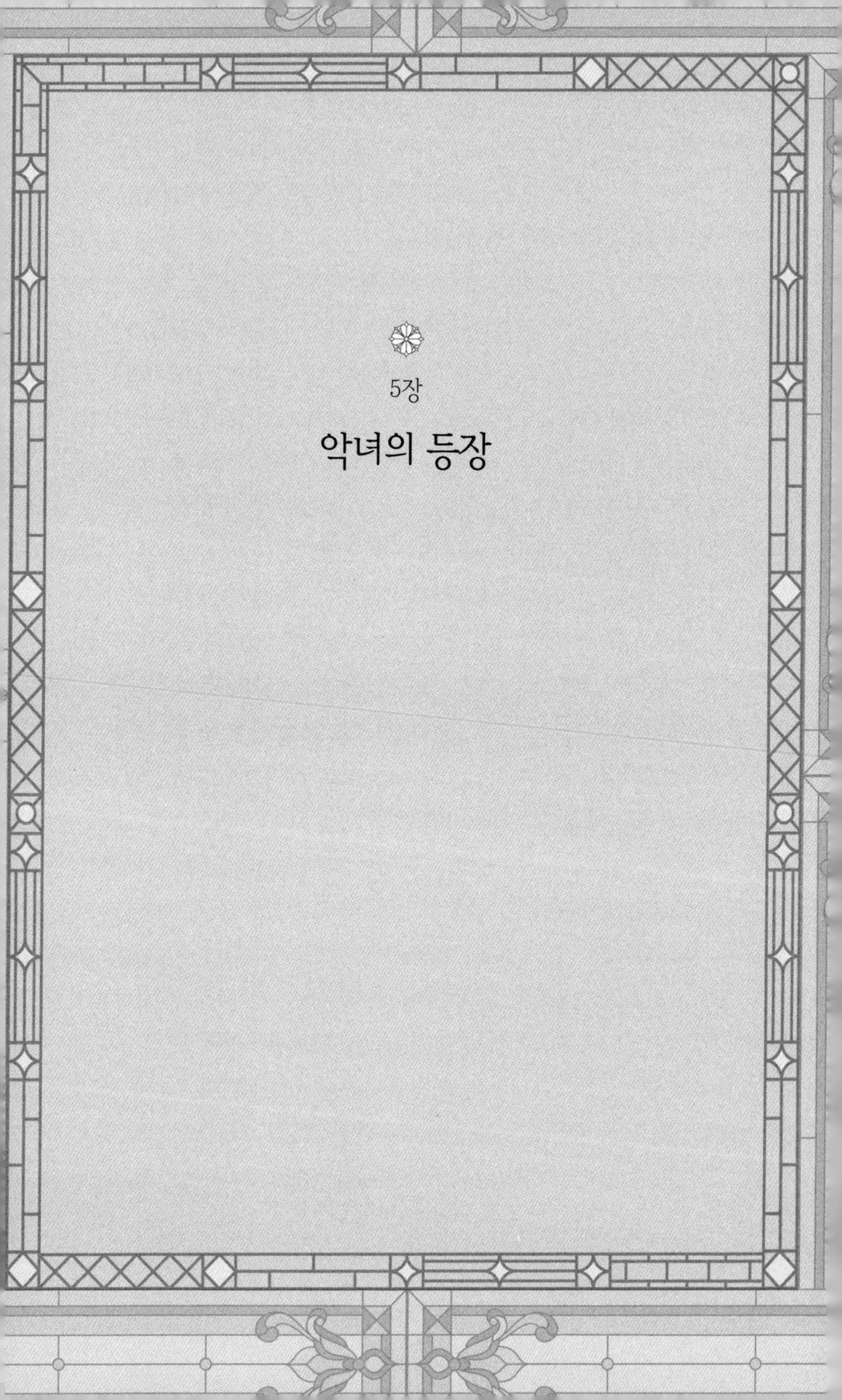

5장

악녀의 등장

악녀의 등장

"굳이 공저까지 갈 필요 없습니다. 저마저 없으면 아가씨께선……."

"오늘 새로운 시녀들이 올 거라 괜찮다니까?"

몇 번이나 했던 말을 또다시 반복했다. 유모는 그래도 불안한지 문간에 서서 안절부절못했다. 나는 강수를 두기로 했다.

"내가 배웅 나가길 바라고서 그러는 건 아니겠지?"

"아, 아닙니다! 제가 어찌……. 새 시녀들이 오면 그때 가겠습니다."

화들짝 놀라는 유모를 보자 마음이 착잡해졌다.

마음 같아서야 배웅은 물론이고 함께 공저로 가서 남작 부인으로 서작받는 걸 축하해 주고 싶었다.

샤티가 앓아눕느라, 그 후에는 레지나 간택 때문에 정신없어서 잊혔던 유모의 남작 부인 서작이 오늘 이루어질 예정이다. 새로운 시녀들이 올 거라는 것을 알았을 때부터 생각한 일이었다.

유모는 내 최측근이고 그런 만큼 권한도 주어져야 한다. 궁 내

운신의 폭을 넓혀 주겠다는 뜻도 있었지만, 그녀에게 보답하고 싶은 마음이 더 컸다.

또 새 시녀가 온 뒤 한동안 유모가 없었으면 했다. 유모는 샤티의 짜증이나 투정을 받아 주는 데 이골이 나 있다. 그 방면에선 프로라고 해야 하나.

어쨌든 그녀가 곁에 있으면 내 계획에 차질이 생길 게 뻔했다. 그러니 유모가 작위를 받으러 공저에 가는 것은 나름대로 일석이조였다.

나는 발걸음을 뗄 줄 모르는 그녀를 재촉했다. 새로운 시녀가 올 때까지 얼마 남지 않았다.

"아빠는 그렇게 한가한 분이 아니야. 늦지 않도록 빨리 가도록 해."

"하아, 알겠습니다. 최대한 빨리 돌아올 테니 아가씨께선 그냥 한숨 주무시고 계세요."

불쌍한 하녀들 괴롭히지 말고.

이런 뒷말이 숨겨진 것 같은데, 내 착각이겠지?

나는 유모의 주름진 얼굴을 살폈다. 참 고마운 사람이었다.

샤티의 성격 때문에 시녀들은 오는 족족 그만두었다. 공작가의 명성을 생각하면 그건 참 이례적인 일이었다.

카일론의 가신 가문을 비롯한 귀족들은 서열이 낮은 황족보다 카일론의 비호를 받길 원했다. 내 시녀로 있으면 좋은 혼삿길이 보장되는 것은 물론, 다양한 인맥을 넓힐 수 있다. 그 외에도 여러모로 혜택이 떨어졌다. 그건 돈으로 살 수 없는 것들이었다.

하지만 샤티의 성격이 오죽 지랄 맞아야지. 그 성질을 참을 아가씨는 많지 않았다. 정확하게 말하자면 한 명도 없었다. 결국 지금 내 곁에 남은 것은 오로지 유모뿐이다.

가겠다고 했으면서도 걱정되는지 유모는 계속해서 날 돌아봤다.

멀리 있는 공작령까지 가는 것도 아니고 황궁에서 엎어지면 코 닿을 곳에 있는 타운 하우스에 가는 것뿐인데도 유난이다.

그녀에게 난 언제까지나 물가에 내놓은 아이 같은 존재일 거라는 생각이 들었다. 내가 어떻게 변한다 해도. 샤티처럼 철부지 수준이 아닌 정말 못된 악녀가 되어도.

유모는 샤티를 갓난아이일 때부터 봐 왔으니 그럴 만도 하다. 내가 유모를 본 것은 고작 한 달하고도 반 정도지만, 내게도 그녀는 각별한 존재였다. 이 세계에 와서 가장 많은 시간을 함께 보낸 사람이니까.

"시녀가 새로 오면 더 힘들어질 거야. 그간 내 성질 받아 주는 것만으로도 벅찼을 텐데, 이젠 시녀들까지 관리해야 하니까."

"네?"

"시녀장으로 삼겠다는 말은 아니야. 하지만 그 역할을 해 줘야 해. 막 작위를 받은 전 평민이 귀족들의 텃세 속에서 시녀장과 충돌하지 않고 같이 협력하면서. 나는 아무 도움도 안 줄 거야."

나는 유모를 믿는다. 그녀에겐 그럴 만한 능력이 있기도 하지만, 날 실망시키지 않기 위해 최선이라는 말도 부족할 노력을 하리란 것을 알기 때문이다. 괜히 카일론의 사람이 아니다.

"아가씨……."

이제부터 가시밭길을 걷게 할 거란 말에 저리 감격한 얼굴인 것을 보면 확실하다.

"그러니 좀 쉬다 와. 마지막 휴가야. 그렇다고 너무 오래 쉬진 말고. ……한 일주일 정도.”

기간을 말하지 않으면 내일이라도 돌아올 것 같아서 일부러 덧붙였다. 이렇게까지 말했으니 바로 오진 않을 것이다. 충성심이 높고, 또 아무리 날 딸처럼 여기고 있다지만 그녀 역시 혼자만의 시간이 필요할 테니까.

“감사합니다, 아가씨. 그럼 다녀오겠습니다.”

유모이 감명받은 표정에 괜히 민망해지는 걸 감추며 고개를 끄덕였다. 그녀는 문을 열다가 다시 날 돌아봤다.

“많이 의젓해지셨군요.”

내가 뭐라 대답하기 전에 유모는 뒤돌아 나갔다. 나는 닫힌 문을 바라보다가 소파에 앉았다.

순식간에 적막해졌다. 이상한 일이다. 잔소리할 때를 제외하고 유모는 말이 많은 편이 아니었는데.

잠시 손가락으로 소파 가죽 위를 툭툭 건들다가 일어나서 창가로 다가갔다. 얼마 지나지 않아 궁을 나서는 유모의 뒷모습이 보였다.

‘마차 관리소까지라도, 아니 내궁 입구까지라도 배웅 나갈 것을 그랬나.’

하지만 곧 그 생각을 접었다.

나는 오늘부터 싸가지 없는 그 악녀로 돌아가야 했다. 아랫사람을 배려해 몸을 움직이는 걸 보여선 안 된다.

“후우…….”

깊은 한숨이 절로 나왔다. 악녀의 표본 같은 인간의 일대기가 내 머릿속에 있으나 실제로 따라 하는 건 낯짝이 강철, 아니 티타늄으로 이뤄져야 가능한 일이었다.

여기 온 뒤로 왜 자꾸 쪽팔릴 일만 느는 것 같지.

애초에 죽음부터가 잘못되었다. 첫 단추가 잘못 끼워졌으니 줄줄이 이 지경인 것이다.

잊고 있던 게 다시 떠오르자 도저히 몸을 가만히 둘 수가 없었다. 당장 베개와 이불이 절실해졌다. 하지만 침실로 가기는 귀찮았다.

아쉬운 대로 소파를 퍽퍽 치기 시작했다. 전생으로 딱 1분만 돌아가고 싶었다.

나 진짜 차인 게 슬퍼서 자살한 거 아니라고……!

소파 한쪽이 살짝 패일 정도—내가 힘이 무식하게 센 게 아니라 사용자의 체형에 맞추는 기능이 있어서 그렇다. 진짜다. 형상 기억 능력이 있어서 내버려 두면 곧 원래대로 돌아온다—로 몰입해서 때리고 있는데 노크 소리가 들렸다. 내가 재빨리 자세를 가다듬는 것과 문이 열리는 것은 동시였다.

……봤을까? 어째 새 시녀들과의 첫 대면 역시 단추가 잘못 끼워진 것 같다.

"그대들은?"

나는 평정을 가장하며 오만하게 물었다. 대부분 모르는 척 능숙하게 고개를 숙였지만, 한두 명의 시선이 힐끔 소파 위를 지나쳤다. 내가 심취해서 운동하느라 아주 살짝 약간 패인 바로 그 부분이었다.

아, 쪽팔려.

"안녕하십니까, 공녀 저하. 저는 이번에 저하를 모시게 된……."

뒤에 있던 시녀가 앞으로 나와 소개를 시작했다. 기억 속에 있는 얼굴에 놀랐다. 피오겔 백작 부인이었다.

'뭐지? 백작 부인이 시녀로 오다니…….'

백작 부인이면 보통 황족의 시녀로 갔다. 그것도 일반 시녀가 아닌 시녀장인 경우가 대다수다.

레지나는 황후, 못해도 황비가 될 존재다. 그 덕에 특권도 많았다. 신분이 낮아 시녀를 부릴 수 없던 아이린에게 시녀가 주어진 것도 같은 맥락이다.

시가에 있을 때보다 더 쟁쟁한 가문의 여식들이 시녀로 올 것은 예상했지만, 피오겔 백작 부인이라니. 아무리 후에 황족이 된다고 해도 나는 아직 공작가의 딸이었다.

아이린의 시녀가 백작 부인이라서 격을 맞춘 건가? 어쨌거나 겉으로 보기에 아이린보다 꿀리는 일은 없을 테니 다행이라면 다행이었다.

문제는 이게 황태자의 짓인지 아빠의 배려인지 모르겠다는 거다.

시녀를 모집하긴 했지만, 피오겔 부인이 본인의 뜻으로 자원했을 리 없다. 누군가가 명령하거나 부탁해서 온 것일 텐데…….

생각보다 훨씬 더 거물이 시녀로 왔다. 피오겔 부인이 제국 3대 상단 중 하나를 지닌 피오겔가의 안주인이라는 점도 대단하지만, 내가 놀란 이유는 따로 있었다.

바로 그녀가 처녀 시절에, 지금은 출궁한 1황녀의 시녀로 일했다는 것이다. 황궁 사정에 대해서도 잘 알 테고 다른 사용인과의 관계도 좋을 것이다.

그녀가 적이면 힘들다. 부디 아빠가 날 생각해 그녀를 보낸 것이길 바랐다.

어쨌든 지금 중요한 건 그게 아니다. 나는 의문을 뒤로 밀어 두었다. 첩자인지 아닌지 모를 피오겔 부인에게 잘 보이기 위해 계획을 접을 순 없다.

소개를 한 귀로 흘려들으며, 심호흡한 뒤 배에 힘을 빡 줬다. 내 안에 있는 숨겨진 샤티를 밖에 풀어 놓을 때다. 악녀 봉인 해제!

"내가."

강한 어조에 피오겔 부인이 말을 멈춘다. 나는 내리깔고 있던 눈을 치켜뜨며 그녀를 쳐다보았다.

"언제 그런 게 궁금하다고 했지?"

방 안이 싸하게 얼어붙었다. 여기서 흥분하거나 일어서면 안 된다.

나는 기억 속 샤티의 표정을 재현하며—별로 어렵지 않았다. 얼굴 근육이 어찌나 익숙하게 움직이는지 무표정보다 쉬울 정도였다— 드라마에서 본 시어머니들을 떠올렸다.

별말 하지 않고도 충분히 재수 없었던 그 면면들. 당장에라도 돈 봉투나 싸대기를 날릴 것 같은 포스.

도와줘, 재벌가 시어머니들! 혹은 시누이! 악독하게 굴던 조연들! 모두 내게 힘을 줘……!

나는 소파에 편안하게 기대며 턱을 치켜들었다. 한쪽 다리를 꼬고 한 명, 한 명의 얼굴을 훑었다.

"그대들이 어찌 감히, 내 허락도 없이 방에 들어오는 것이야."

내 시녀들이여, 웰컴 투 시월드.

"무례를 용서해 주십시오, 저하."

피오겔 백작 부인이 허리를 숙이자, 나머지 사람들도 덩달아 허리를 숙이며 용서를 구했다.

나는 한쪽 눈썹만 치켜세웠다. 거울로 확인한 결과 가장 재수 없는 표정 베스트 3에 들었던 표정이다.

"이름은?"

"라브엘 세이니 피오겔이라 하옵니다. 라브엘이라 불러 주십시오."

우리는 사교계 파티에서도 꽤 많이 마주쳤다. 그런데도 굳이 이름을 물은 것은 그녀를 여태까지 했던 것처럼 백작 부인으로 대하지 않고, 철저히 내 시녀로 대하겠단 뜻이었다.

시녀로 오긴 했지만 애초에 시녀가 될 사람이 아니었다. 굉장히 모욕적인 일임에도 그녀는 아무렇지 않게 고개를 숙이며 인사했다.

"라브엘, 내가 왜 그대들의 무례를 용서해야 하지?"

나는 라브엘을 쏘아보며 곁눈으로 다른 시녀들을 살폈다. 표정을 수습하지 못하는 이가 있는가 하면, 눈 하나 깜짝 안 하는 이도 있었다. 살짝 흔들렸다가 재빨리 수습하는 사람도 있고.

라브엘은 처음부터 지금까지 쭉 침착했다.

"저하께서는 응당 저희의 잘못을 꾸짖으셔야 합니다. 다만, 저하께서는 황후가 되실 몸. 백성을 자비로 다스리시듯 아랫사람을 굽어살피시길 바랄 뿐입니다."

황후가 되실 몸이라……. 선처를 청하는 동시에 자연스럽게 나온 감언이설에 심경이 복잡해졌다. 그녀는 딱히 내게 잘 보일 필요는 없을 텐데. 설사 황태자의 첩자라 해도 그렇다. 샤티의 성정을 잘 알고 있는 사람이니 원만하게 넘어가기 위해 그런 것 같지만 부담스러웠다.

나는 복잡한 마음을 숨기고 무표정하게 라브엘을 바라보았다. 노여움도, 웃음도 모두 지운 채 재차 고개 숙이는 그녀를 한참 동안 응시했다.

라브엘은 여전히 흐트러짐이 없었다. 그녀는 뒤에 서 있었으니 애초에 문을 열고 들어온 하녀나 다른 시녀의 실수였을 텐데, 억울함 같은 건 찾아볼 수 없었다.

나는 한쪽 입꼬리만 올려 웃었다.

"좋아. 내 자비로 이번엔 그대들의 무례를 용서하지."

"감사합니다, 저하."

"하지만 이번 한 번뿐이야. 그대들은 내 백성이 아니라 내 수족이지. 내 의사에 반하는 손발은 필요 없어."

"명심하겠습니다, 저하."

문 한 번 잘못 열었다가 초장부터 봉변을 당한 시녀들은 바짝 긴장한 티가 났다. 속으론 엄청 날 씹어 대고 있을 거다.

필요에 의해서라고는 해도 조금 미안했다. 내 나이 또래의 영애들도 보였는데, 그중 하나는 기가 팍 죽어 떠는 게 보일 정도였다.

이게 평소에 싫어하던 사람에게 부리는 패악이라면 나름대로 스트레스가 풀릴 것 같은데……. 그냥 약자들을 괴롭히는 거나 다름없어서 찝찝했다.

하지만 지금은 나에 대한 것을 숨길 때였다. 결국 중요한 것은 정보다. 황태자가 내 이변을 알아서는 안 된다.

어쨌든 초장에 기선은 잡았으니 대놓고 내게 함부로 대하는 사람은 없으리라. 이제 말 그대로 망나니처럼 굴어 볼까.

나는 완전히 싱크로율 120퍼센트 샤티에 빙의하기로 했다. ……원래부터 빙의해 있긴 했지만.

"오늘 일정은?"

알면서도 물었다. 물론 꼬투리를 잡기 위해서. 그래도 유능한 사람들인지 바로 대답이 들렸다.

눈에 익은 사람이었다. 차스렌 백의 딸. 샤티와 잘 아는 사람은 아니지만 몇 번 같은 파티에서 마주쳤었다.

"오후에 황태자 전하와 저녁 식사가 있습니다. 에스더 하임 차스렌입니다."

그녀가 소개를 덧붙이자 눈치 보던 영애가 이어서 소개하기 위해 무릎을 살짝 굽혔다. 처음 보는 얼굴이었다.

수도 귀족이 아닌가? 뭐, 수도 귀족이라고 해서 샤티가 얼굴을 다 아는 건 아니었다. 사교를 쌓는 부류가 나누어져 있으니까.

"아, 저는……."

"네게 물어본 적 없어."

가차 없이 그녀의 말을 끊었다.

"나한테 가문이라도 알리고 싶으면 이렇게 쓸모라도 있던가."

에스더를 가리키며 말하자 시녀의 얼굴이 흉하게 일그러졌다. 분노보다는 모멸감을 참는 것 같은 모습에 죄책감이 가슴을 콕콕 찔렀다. 대뜸 손가락질을 받은 에스더 역시 황당함을 감추지 않았다.

와, 샤티는 어떻게 이런 짓을 막 하며 살았지? 미안해요. 속으로 닿을 리 없는 사과를 했다. 울음을 참듯 입술을 꾹 깨문 시녀가 결연하게 말을 이었다.

"황태자 전하께선 녹색보다 진홍을 좋아하시니 치장을 다시 하시는 것이 좋겠습니다. 궁에 들어와 처음 함께하는 식사가 아니십니까."

나는 진심으로 놀랐다. 그녀는 도전적인 것과는 거리가 멀어 보였기 때문이다. 아까 허락 없이 들어온 것에 대해 책할 때 벌벌 떨던 사람이었다. 깜짝 놀란 표정으로 그녀를 보자, 입술에 힘을 준 채 파르르 떨었다. 꼭 벼락을 대비하는 사람처럼.

그래, 샤티라면 이 건방진 영애에게 불같이 화를 냈을 것이다. 네가 감히 지금 내게 말대꾸한 거야? 아니면, 네까짓 게 뭔데 황태자 전하의 취향을 운운해? 같은 말로.

하지만 나는 이 용감한 소녀에게 화를 내고 싶지 않았다. 이상한 일이었다. 지금 이 상황에서 어떻게든 내게 잘 보이려는 사람을 의심해야 하는데.

"이름은?"

"세실리아 테리 엘시터입니다."

엘시터. 이 이름 하나에 그녀의 상황이 이해됐다. 엘시터 자작가는 전형적인 몰락 귀족의 길을 걷고 있다. 세실리아에겐 어떻게든 중앙과 닿을 줄이 절실했을 것이다. 내 마음은 더 안 좋아졌다.

이를 알게 된 이상 곱게 넘어갈 순 없었다. 사람은 절박할수록 이용하기 쉬우니까. 황태자가 그 틈을 파고들었다면……. 그녀에겐 미안하지만 나 역시 내 가문이, 내 부모님이 소중했다.

"하! 정말 별게 다 시녀로 들어왔군. 넌 주제 파악이나 하도록 해."

세실리아가 입술을 깨무는 것이 보였다. 얼굴이 희게 질린 채로도 그녀는 내게 고개를 숙였다. 이 정도는 약과다. 앞으로 난 그녀를 시험하고 또 시험할 것이다.

나는 그녀의 태도에 만족스레 코웃음을 치는 한편, 주변 시녀들의 반응을 살폈다. 그녀를 동정하는 사람, 비웃는 사람, 신경도 안 쓰는 사람 등 각양각색이었지만 모두 날 좋게 보진 않았다.

분위기는 대충 만들어졌다.

"뭐하고 있어? 어서 치장할 준비나 해."

단장은 유모 혼자서 날 도와줄 때보다 더 오래 걸렸다. 순전히 나 때문이다.

"날 죽일 셈이야? 왜 이렇게 꽉 졸라?"

코르셋을 너무 조인다고 화를 내다가,

"코르셋도 못 조여? 너무 헐렁하잖아! 전하 앞에서 내 허리가 나무통 같았으면 좋겠어?"

힘을 덜 주자 바로 뭐라 하고,

"입술색이 마음에 안 들어, 다시."

화장을 하나부터 열까지 참견하는가 하면,

"장신구 하나 제대로 못 골라?"

가지고 있는 장신구를 다 꺼내 올 정도로 계속 바꿔 오라고 했다.

"맨 처음 걸로 가져와. 그게 그나마 낫네."

이 말을 하자 붉은 머리의 영애가 날 죽일 듯이 노려봤다.

'비욘드 후작의 딸인 이디스.'

샤티의 기억 속에서 그녀의 이름을 건져 내는 동안, 그녀는 하녀에게서 목걸이를 낚아채듯 받아 내게 던지듯 건넸다. 목에 채워 주기는커녕 거친 행동이었지만, 아무도 이디스를 꾸짖지 않았다.

내가 그녀들을 박대했으니 당연했다. 하녀여도 못된 주인을 만났다고 욕할 텐데, 이 자존심 높은 귀족들에겐 모진 수모나 다름없을 거다.

이것이 오늘 한 번으로 끝나는 게 아니라 매일 겪어야 한다는 게 끔찍하겠지. 하녀들도 갑자기 변한 내 태도에 눈을 휘둥그레 뜨고 있었다.

그나저나 이디스가 내 시녀로 들어온 것은 정말 의외였다. 그녀는 샤티를 경멸했다. 같은 황제파 소속 가문에 신분도 엇비슷했지만, 단 한 번도 샤티와 어울린 적이 없다.

마주치면 마지못해 인사를 하긴 했지만, 그건 카일론 공가에 대한 예의이자 집안 관계를 생각한 처신이었을 뿐 호의와는 거리가 멀었다.

그런 그녀가 내 시녀로 오다니, 황태자의 회유가 있었던 것일까? 이렇게 빤히 보이는 수를 던질 리가 없는데.

하긴, 샤티는 돌려 말하는 귀족의 화법조차 액면 그대로 받아들이곤 했으니 누굴 보내도 상관없다고 여겼을지도 모른다.

아직 그 누구도 판단할 수 없다.

새로이 시녀로 배정된 사람은 다섯 명. 그중 샤티가 실제로 겪어봤던 사람은 라브엘과 이디스뿐이다. 나머지는 안면만 익힌 수준이거나 가문만 알고 있다.

"정말 아름다우십니다, 저하."

생각을 깨고 들려오는 목소리에 나는 고개를 돌렸다. 영애 하나가 내게 환히 웃고 있는 게 보였다. 환한 웃음에 어울리지 않게 눈동자가 불안하게 떨렸다. 내 눈치를 살피는 기색이 역력했다.

나는 피식 웃었다. 내 웃음에 그녀의 얼굴이 더 환해지며 찬사를 늘어놓는다.

"이런 색의 드레스는 아름답지만 얼굴빛이 칙칙해 보여 아무나 입지 못하는데……. 저하께서는 어쩜 이렇게 색이 잘 받으시는지 얼굴에서 빛이 나네요. 저하께는 안 어울리는 색이라는 게 없는 것 같습니다."

"당연한 것도 새삼스레 말하는 재주를 가졌군."

잘난 척 말하면서도 기분 좋은 티는 숨기지 않았다.

"저하를 뵙는 게 처음이라……. 제겐 새삼스러운 일이랍니다."

계속되는 아부에 기분 좋은 척 높게 웃었다. 그러나 내 마음 한 구석은 차게 식었다. 단순히 내게 빌붙어 시녀들 사이에서 권력을 휘어잡으려는 걸까, 아니면…….

"이름이?"

"포웨트 백의 장녀, 에르마 말리너 포웨트입니다."

"그래, 에르마. 목이 마르니 차를 준비해 줘."

"예, 저하."

내가 자신을 꽤 마음에 들어 한다고 판단했는지 그녀는 의기양양하게 다른 시녀들을 스쳐 지나갔다. 저게 그저 허영과 욕심이면 좋겠는데.

어쨌거나 다른 사람들에 비해 뻔히 보이는 에르마는 판단하기 쉬운 축이었다. 그래서 미끼를 던져 보기로 했다.

앉아서 기다린 지 얼마 안 되어 테이블에 찻잔이 놓였다. 그 시간 동안 내게 말을 거는 사람은 아무도 없었다.

침묵에 밀도가 있다면 이 방 안에 있는 사람들은 모두 질식해서 죽었을 것이다. 분위기는 계속 얼어붙어 금방이라도 깨질 것 같았다.

곧 향긋한 물줄기가 티포트에서 흘러나왔다. 차의 온도도, 그 향취도 이 방을 녹이거나 향기롭게 만들지 못했다.

찻잔에 찻물이 채 고이기도 전에 나는 싸늘하게 입을 열었다.

"찻물 온도가 안 맞아. 다시 해 와."

에르마는 너무 황당해서 화도 안 나는 표정으로 날 쳐다봤다. 본인이 들은 게 맞는지, 혹시 잘못 들은 건 아닌지 확인하듯이.

나는 말없이 무표정하게 그녀를 쳐다봤다.

"죄, 죄송합니다, 저하. 당장 다시 해 오겠습니다."

에르마는 황급히 고개를 숙였다. 찻잔에는 손도 대지 않았으니 재차 권해 볼 만도 한데, 그녀는 내게 아무런 말도 하지 않고 다시 차를 가져왔다.

"다시."

"저하, 다시 가져왔습니……."

"다시."

그녀가 네 번째로 차를 가져왔을 때 나는 찻잔을 잡았다. 그 네 번 동안 처음 있는 일이었다.

드디어, 하는 기대감이 에르마의 얼굴에 떠올랐다. 그걸 확인하고 그대로 찻잔을 떨어뜨렸다. 실수인 척도 아니고, 보란 듯이 들어 올려 손바닥을 쫙 펼쳤다.

나는 내 방에 있던 캐노피 받침님처럼 대단해 보였던 찻잔님을 마음속으로 애도했다. 아아, 그는 좋은 찻잔이었습니다. 흰 바탕에 푸른 문양이 청초하고 정교하게 세공된 은장으로 화려함마저 겸비한, 그는 좋은 찻잔이었습니다.

쨍그랑, 날카로운 파열음이 유독 크게 울렸다. 방 안이 고요했던 것도 한몫했으리라. 찻잔이 깨진 후에는 이전까지의 침묵이 약과였던 것처럼 싸하고 날 선 적막이 흘렀다.

"레이디의 기본 소양인 차조차 제대로 우릴 줄 몰라서야."

혼잣말하듯 말했지만 방 안에 있는 모두가 들을 정도로 큰 목소리였다.

에르마의 안색이 새파랗다. 이디스가 작게 혀를 차는 소리가 들렸다. 내 태도가 못마땅하긴 하지만 나서 줄 의리는 없는지 별다른 행동은 없었다.

하긴, 이디스 성격에 이렇게 대놓고 알랑거리는 아첨꾼을 좋아할 리 없다.

이건 샤티가 시녀를 내쫓을 때 써먹던 짓 중 하나였다.

나는 산산조각 난 찻잔에 시선도 주지 않고 일어섰다. 입술을 깨물고 치욕으로 바들바들 떠는 에르마를 차갑게 스쳐 지나갔다.

가문에 위기가 닥친 세실리아라면 몰라도, 에르마가 이런 굴욕을 참을 이유는 없다.

포웨트 백작가는 특출한 것도 없지만 한미한 가문도 아니었다. 백작은 지방직이긴 하나 관직을 차지하고 있고, 영지는 좁지만 비옥한 곡창지대였다. 더 올라갈 곳은 많지만 그렇다고 이런 모욕을 감수할 정도까진 아니다.

곧 결론이 날 것이다. 그녀가 황태자의 사람인지, 아니면 내 사람인지. 그러나 내 사람이어도 문제였다. 나는 이런 권력욕에 가득 찬 아첨꾼을 가까이하고 싶진 않았다.

굳이 첩자가 아니더라도 다른 목적이 있어 내게 친근하게 구는 건 한소정이나 다름없으니까.

"이디스, 목욕 준비나 해."

"곧 황태자 전하와 식사할 시간인데요."

이디스가 삐딱하게 말했다. 저녁 식사까진 꽤 시간이 있었다. 그녀가 왜 그렇게 대답했는지 알면서도 모르는 척 인상을 찌푸렸다.

"아직 시간 남았어. 난 목욕하고 싶다고."

"시간이 있기야 하지만 공녀 저하의 목욕과 치장에는 부족할 것 같아서요."

치장은 아까 겪었으니 말할 것도 없고, 목욕할 때 역시 내가 이것저것 트집 잡을 게 뻔하니 쉽게 끝나지는 않을 거란 뜻이었다. 꽤 직설적인 말에 조금 놀랐다.

흠, 정말 나에게 잘 보일 생각은 하나도 없나 보네. 그렇다면 황태자의 명을 받았을 가능성은 줄어드는데…… 대체 왜 내 시녀로 온 거지?

어쨌든 여기서 물러나면 샤르티아나가 아니다. 나는 머릿속에 든 악녀 교본 시녀 내쫓기 파트에 감사하며—내가 이딴 거에 고마움을 느낄 줄이야!— 그대로 읊었다.

"내가, 목욕하고 싶다고 말했을 텐데?"

이디스를 노려보자 그녀 역시 지지 않고 날 노려봤다. 서로를 잡아먹을 듯 한 치의 양보도 없이. 시선이 부딪친 허공에 불꽃이 튈 것 같았다.

그 분위기를 환기시킨 건 라브엘이었다. 그녀는 부드러운 목소리로 날 얼렀다.

"공녀 저하, 모처럼 황태자 전하의 취향에 맞게 치장하셨으니 목욕은 식사 후에 하시는 건 어떠신지요? 입었던 옷을 또 입을 순 없으니까요. 저녁에 기분 좋게 몸을 푸실 수 있도록 화지오닐 향유를 준비해 두겠습니다."

"……좋아. 쉬고 싶으니 다들 나가 봐."

나는 마지못해 고개를 끄덕인 척했다. 어차피 정말로 목욕할 생각은 아니었다.

힘든 건 그녀들이 훨씬 더 그렇겠지만 나도 힘들었다. 목욕하며 말도 안 되는 꼬투리를 잡고 아까 그 치장을 반복한다는 생각만으로도 머리가 아팠다.

패악질에도 엄청난 정신적 노동이 뒤따르는 거였다. 나는 처음으로 샤티가 존경스러웠다.

"아, 에르마는 남아. 차도 못 우리니 다른 데라도 써먹어야지."

내가 들어도 얄밉게 말하며 다시 소파에 기대앉았다.

어느새 하녀가 치운 바닥은 반질반질하니 사기 조각은 찾아볼 수 없었다. 앞으로 일주일 정도는 계속 무언가 깨 먹을 생각에 위장이 살살 아려 왔다. 여기 물건들은 하나같이 존칭을 써야 할 것처럼 생긴 게 흠이다.

소시민 습성이 어디 가는 건 아니라고, 이 호화로움에 꽤 익숙해졌다고 생각했는데도 이런다. 어차피 내 돈도 아닌데.

다른 시녀들이 옆방으로 물러가고 에르마 혼자 남았다. 계속되는 무시에 그녀의 얼굴 위로 짙은 치욕이 안개처럼 덮여 있었다. 입술을 어찌나 깨물었는지 그새 살짝 부었다.

나는 그녀에게 더 가까이 오라 손짓했다.

"잠을 잘못 잤는지 어깨가 뭉쳤어. 좀 주물러 봐."

에르마는 별말 없이 고분고분 내 뒤로 와 어깨에 손을 얹었다.

하지만 난 그녀가 등 뒤, 즉 내 사각에 들어가는 순간 입술을 씰룩거리는 걸 놓치지 않았다.

소리를 내지 않고 욕이라도 읊조린 모양이다. 암, 욕 나올 만도 하지.

"어깨는 참 잘 주무르는구나. 마음에 들어."

부드러운 목소리로 말을 걸었다. 대답은 없었지만 그녀의 숨소리가 조금 긴장한 것을 느꼈다. 아까와 다른 내 태도에 눈치를 살피듯이. 하지만 아직 입을 열 기색은 보이지 않았다.

내가 한 짓이 있으니 분위기를 더 누그러뜨려야 하나? 원래 잘해 주던 애가 한 번 못해 주는 것보다 평소 못되게 굴던 애가 한 번 친절하게 구는 게 더 효과적이라던데.

어떻게 할까 말을 고르는데, 그녀의 목소리가 들렸다.

"깜짝 놀랐어요."

조곤조곤 어깨를 누르는 손짓만큼이나 은근한 목소리였다. 생각보다 더 성급하게 군다. 그래야 할 이유가 있으니 그런 거겠지.

내가 잠자코 있자 용기를 얻은 그녀가 말을 이었다.

"비욘드 영애 말이에요. 어쩜 공녀 저하를 그리 노려볼 수 있죠? 비욘드 후의 유세가 대단하다고는 하나 카일론 공작 전하에 비할 바가 아닌데요. 게다가 저하께선 황후가 되실 분인데 어찌…… 제 눈을 의심했답니다."

나는 웃음을 참으려 입술을 꾹 깨물었다. 입질이 온다. 후, 숨을 내쉬었다. 조금 더 신중할 필요가 있다.

"에르마, 넌 차도 못 우리고 드레스에 어울리는 장신구 하나 못 고르는 주제에……."

일부러 능멸한 다음, 고개를 돌려 그녀를 쳐다보았다. 날 찢어 죽일 듯이 노려보던 에르마가 깜짝 놀라 눈에서 힘을 뺐다.

빙고. 나는 그것을 못 본 척 웃었다. 모욕감에 희게 질린 얼굴이 마주 미소 짓는다. 물고기가 미끼를 물었다.

"말은 좀 통하는구나."

"저하의 말벗이 될 수 있다면 제 평생의 영광입니다."

"그렇겠지."

대답하며 고개를 바로 했다. 어깨를 조몰락거리는 손길을 느끼며 만족스레 눈을 감았다.

나는 에르마를 몇 번이나 멸시하고 업신여겼고, 그런 내 태도에 그녀는 계속해서 분노했다. 하지만 동시에 에르마는 필사적으로 내 비위를 맞추려고 했다. 어떻게 해서든 나와 가까워지려고 성마르게 굴었다.

다시 찬찬히 생각해 봐도 그녀에겐 그럴 이유가 없다. 그녀 자신에게도, 그녀의 가문에도. 그런데 이렇게 나오는 건 다른 외부적인 이유가 있어서겠지.

예를 들면 황태자가 명했다든가.

첩자를 잡아냈다는 생각에 긴장이 탁 풀렸다. 조였던 가슴이 시원해졌다. 양손을 맞잡자 차가웠던 손이 조금씩 온기를 되찾아 가는 것 같았다.

나 정말 잡아낸 거 맞지?

완전히 안도하는 순간 갑자기 머리가 얼얼하게 아팠다. 이게 이렇게 스트레스였나 싶어 한숨이 나왔다.

평생을 이런 것과 관련 없이 살아왔고 연관될 일도 없을 거라 생각했다. 그런데 하루아침에 상황이 바뀐 것이다.

귀족들이 태어날 때부터 견제 속에서 살아온 것에 반해 나는 모든 것이 어색했다.

이제 시작일 뿐이다. 앞으로는 더 많이 생각하고, 더 많이 계산하고, 더 많이 속여야 한다. 그런 생각을 하니 자연스레 기분이 가라앉았다.

이제 됐다는 말로 에르마를 내보냈다. 예상보다 훨씬 빨리 황태자의 끄나풀을 잡아내서 기쁘기도 하지만, 한편으로는 우울했다.

전생에서 나는 속에 있는 말을 그대로 툭툭 내뱉어 빈축을 샀는데…… 앞으로는 좋은 말이건 싫은 말이건 내 속에 없는 말만 해야 한다.

내가 부렸던 패악이 하나둘 눈앞을 스쳤다. 다른 시녀들과 어떻게 지내야 할지 막막해졌다. 첫인상이 최악이었으니 내 사람으로 만들려면 시간이 꽤 필요하리라.

애초에 내 그릇은 이 정도다.

덕망이 높아 남들을 감화시켜 날 따르게 할 능력이 있는 것도 아니고, 넘치는 카리스마로 거역하지 못하게 만들 역량도 전무하다.

통찰력을 발휘해 옥석을 가리는 눈 따위 가지고 있을 리 없다.

누군가가 칼을 숨기고 들어와 내 등을 찌르려고 숨죽인다는 것을 알면서도 할 수 있는 일은 고작 이런 거다. 내가 먼저 할퀴고 물어뜯으며 어떻게든 등을 내보이지 않으려는 것.

날 도우려 했던 사람들이 상처 입고 점차 멀어지는 것을 쫓아갈 수도 없다.

단지 그 와중에도 입안의 혀처럼 굴며 날 어르고 달래는 사람을 의심할 뿐이다. 그 혓바닥이 칼날로 이루어졌는지 확인하는 걸로밖에 가려내지 못한다.

적에게서 칼을 뺏었는데, 그 칼이 자괴감이 되어 날 찔렀다. 나는 눈을 감았다. 조금만 더 요령이 좋았으면 전생의 마지막도 그렇게 비참하진 않았을 텐데.

곧 있으면 황태자와 식사를 해야 한다. 시녀들과의 일 따윈 소꿉장난에 지나지 않을 것이다. 정신을 차리고 대비해야 했다.

알면서도 그냥 이렇게 눈을 감은 채 가만히 있고 싶었다. 잠시만이라도.

더 많은 사람들이 내 곁에 머물게 되었지만 정작 나는 외로웠다. 적을 가리겠다고 다른 이들마저 내쳤다. 고립은 인과응보였다.

눈을 뜨자 온갖 진귀하고 화려한 정물이 가득한 방이 보였다. 하지만 이 드넓은 곳에 온기를 가진 생명체는 나 혼자였다.

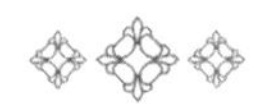

황태자와의 식사는 내 예상보다도 훨씬 더 불편할 것 같았다.

만찬장에 들어서자마자 보이는 아담한 테이블 때문에 당황했다.

드라마에서 봤던 것처럼 기다란 테이블 끝과 끝에 앉아, 같은 공간에 있을 뿐이지 각자 식사하는 형식일 거라 생각했다.

황태자와 관계를 어떻게든 개선해 볼 작정인 내게 긴 테이블의 거리감은 부담스럽긴 했지만, 그렇다고 이렇게 가까운 거리를 원한 것은 아니었다.

테이블은 평범했다. 북부 지역에서 나는 로몬센 나무로 만들어 은은하게 빛이 나고, 상판에는 아름답게 세공된 보석이 박혀 있고, 다리는 유려하게 조각된 은장으로 장식되어 있었지만, 테이블 자체는 평범했다.

내가 그리 평한 건 순전히 그 크기 때문이다.

테이블은 한국에서 레스토랑 갔을 때 흔히 볼 수 있는 사이즈였다. 일반적인 식당보다는 조금 컸다.

이를테면 하얀 식탁보가 깔린 곳. 연인들이 분위기 좀 내 보겠답시고 가는 그런 레스토랑…… 박태준이랑 갔던 곳의 테이블이 딱 이 사이즈였지.

순간 이 소박한―황궁 기준― 사이즈가 단번에 이해됐다. 황태자랑 좋은 분위기 좀 내 보라는 의도가 노골적으로 보이는 테이블이었다.

이곳에서 적어도 일주일에 한 번은 황태자랑 같이 식사를 해야 한다니. 목이 꽉 막히는 느낌이었다.

문이 열리고 황태자가 들어왔다. 검은 머리카락 밑으로 보이는 CG 같은 얼굴은 여전했다. 노란 시선이 날 향했다.

"황태자 전하를 뵙습니다."

무릎을 굽혀 예를 취했다. 그는 고개를 가볍게 끄덕이곤 테이블로 다가가 앉았다.

마주 앉으니 정말로 가까운 거리였다. 무릎이 맞닿을 정도는 아니었지만 발을 조금만 뻗으면 그의 다리에 스칠 것이다.

긴장감에 목이 말랐다.

눈앞의 남자는 아무리 황태자라고 해도 이해할 수 없는 여러 무리수를 두었다.

아빠는 이유가 있다고 말씀하셨지만, 드러난 걸로만 판단하면 여자 치마폭에 싸여 총기를 잃은 걸로밖에 안 보였다. 세간의 평가가 어떻든 내가 보기엔 절대 명군의 자질을 가진 사람이 아니었다.

내가 긴장하는 것도 바로 그 때문이다. 원래 정상인보다 미친 자가 훨씬 무서운 법이다. 총기를 잃은 그가 어떤 짓을 저지를지 모른다. 지금 당장 황태자에 대한 민심이 좋다고 해도 안심할 수 없다.

나는 역사 속 수많은 폭군을 떠올렸다. 처음부터 머리가 좀 이상한 사람들도 있었지만 안 그랬던 사람들도 꽤 많았다.

멀리 안 가고 우리나라 역사 중 가장 유명한 폭군인 연산군만 봐도 그렇다.

처음엔 빈민도 구제하고 국방을 강화해 왜구도 격퇴하는 등 꽤 괜찮은 임금이었다.

하지만 결국 어찌 되었는가. 조선의 폭군하면 떠오르는 게 연산군이요, 연산군하면 떠오르는 게 폭군인, 그야말로 폭정의 대명사가 되었다. 한마디로 멀쩡하다가도 어느 날 갑자기 회까닥 돌 수 있다는 말이다.

뜨거운 물, 찬 물 구별 못하고 아이린을 싸고도는 걸 보니 눈앞의 남자는 벌써 정신이 아픈 기미가 보인다. 어떤 사고를 칠지 몰라 절로 허리에 힘이 들어갔다.

내가 체할 것 같다는 생각을 하는 것과 상관없이 만찬은 시작되었다. 애피타이저가 나오고 접시 몇 개를 지나 메인 디시가 나올 때까지 우리 사이엔 말이 없었다.

침묵이 메운 자리에 시선이 강렬하게 들이닥쳤다.

황태자는 나에게서 눈을 떼지 않았다. 노란 눈동자가 틈 없이 날 응시하는데, 그러면서도 아주 절도 있게 스테이크를 썰 수 있다는 게 신기했다.

그건 아주 이상한 시선이었다. 예전에 정원에서 날 바라보던 눈과 아주 비슷했으나 더 날것이었다.

그래서 감정이 어렴풋이 드러났다. 의아함과 의심, 미약한 실망, 어떤 갈망이 깃들어 있었다.

대체 왜?

전과 다른 내 모습에 의아해하고 의심하는 건 알겠지만, 나머지는 이유 모를 감정들이었다.

기대하는 것이 있어야 실망하고 바라는 게 있어야 갈망한다. 그가 내게 품을 감정으로는 적절하지 않다.

나는 그의 시선 끝에 묻은 잔여물을 하나하나 세세하게 살폈다. 그가 날 어떻게 생각하는지, 어떻게 바라보는지, 어떻게 느끼는지.

그러다 눈이 마주쳤다는 것을 깨달았을 땐 이미 시선을 사로잡힌 뒤였다.

짐승 같은 눈이었다. 분위기 있으라고 일부러 조도를 낮춘 방 안에서도 샛노란 눈동자는 보름달처럼 형형하게 빛났다.

맹수 앞에 선 것처럼 몸이 굳었다. 나는 그에게서 시선을 뗄 수 없었고 그도 내게서 시선을 떼지 않았다. 본능적으로 깨달았다. 그에게 말을 하려면 지금이다.

나는 그가 관심 있어 할 화제를 꺼내기로 했다. 분위기를 좋게 할 소재—그의 취미나 그가 좋아하는 것 따위—가 아니라 그가 관심 있을 수밖에 없는 이야기를.

"전하 덕분에 오늘 시녀들이 왔답니다."

그가 여태 내 시녀 승인을 불허했던 걸 돌려서 건드렸다. 민감한 주제였다. 그의 눈매가 가느다랗게 변한다.

황태자에게 나는 거슬리는 존재다. 그런데 여기서 환심을 사겠답시고 살갑게 굴어 봤자 역효과만 낳을 뿐이다.

억지로 되도 않는 애교 부려 봤자 반감만 살 거고, 어중간하게 비위를 맞추면 아무런 성과 없이 식사가 끝날 것이다.

샤티는 대다수의 사람들에게 오만하고 싸가지가 없었지만, 제가 좋아하는 사람들에겐 애교가 아주 많았다. 그건 황태자에게도 마찬가지였다.

워낙 미모가 출중하다 보니 눈웃음 한번 치면 쓰러진 남자들로 젠가 놀이를 할 판인데, 황태자는 넘어오지 않았다. 솔직히 그에게 아이린이 없었다면 고자나 게이라고 생각했을 것이다.

샤티가 혼자 애교를 부렸다 토라졌다 다시 풀려 애교 부렸다 북치고 장구 칠 동안, 황태자는 표정 변화 없이 거리를 유지했다.

……정말 게이 아닌가? 아이린과는 위장 결혼 같은 거고.

샤티의 실체를 누구보다 잘 알고 있는 내가 보기에도 그녀는 정말 사랑스러웠다. 흡사 애교의 화신 같은 그녀에게도 안 넘어가는 목석이었으니 내가 한다고 해서 달라지는 건 없을 거다.

절대 내 애교가 형편없어서 못하는 게 아니다. 안 하는 것뿐이다. 난 한다면 하는 여자다. 내가 애교를 안 피워서 그렇지 마음만 먹었다면 아주 끝장난다.

……주먹을 불러서 끝장나는 게 문제지.

평범하게 그의 비위를 맞춰 주는 것은 애교를 부리는 것보다 못할 것이다.

음식은 입에 맞으시나요, 운운하며 필사적으로 그의 눈치를 보는 건 내 적성에 안 맞기도 하거니와 그와 나 사이의 역학 관계에도 별 도움이 되지 않는다.

그가 황태자인 이상 그의 주변엔 그런 사람들이 차고 넘칠 것이다. 내가 그들과 똑같이 굴면 그의 주변에 널린, 그가 전혀 신경 쓸 필요도 없는 존재로 전락해 버리는 것이다.

게다가 그는 내게 부당한 대우를 했다. 이 점을 짚어 줘야 분이 풀린다.

나와 내 가문을 위해 그의 환심을 사겠다고 했지만, 그건 무작정 그에게 숙이고 들어가 비굴하게 굴겠다는 것이 아니다.

그렇게 해서 내가 원하는 것을 얻어 봤자 적선 받았다는 느낌을 떨칠 수 없을 것이다.

나는 카일론의 딸이었다. 스스로 내 가치를 낮추긴 싫다. 언제나 당당하고 떳떳하고 싶다.

이건 나의 자존심이기도 했으며 카일론의 긍지이기도 했다. 얌전히 그의 손에 꺾일 꽃이 될 생각은 없다. 그가 좋아하는 색과 향을 내게 억지로 입히고, 그가 택해 주기만을 기다리진 않을 것이다.

나는 칼이 될 것이다. 세상에서 가장 날카롭고, 가장 단단한, 무엇이든지 찌르고 벨 수 있는 악독하고 악랄한 검이. 그가 손에 넣지 못하면 안 될 만큼. 어떻게 해서라도 날 가지고 싶게끔.

그래서 종래엔 내가 자신을 선택해 주기만을 엎드려 기다리게끔, 내가 선택한 사람이 황제가 되도록.

그러기 위해선 그와 대등한 존재여야 했다. 두려워하지 않고 거침없이 요구하고 부딪쳐야 한다.

나는 온몸을 찌르는 시선을 피하지 않았다. 황태자의 눈썹 한쪽이 치켜세워졌다가 내려온다.

"시녀들은 마음에 드는가?"

여상하게 받아치는 매끄러운 발음이 내 귀를 울렸다. 나는 입꼬리를 올렸다.

"뭐 마음에 차진 않지만 그럭저럭 괜찮아요."

"그렇다면 다행이군."

"그중에 에르마라고 포웨트 백작 영애가 있는데…… 유일하게 조금 마음에 들어요."

나는 그를 세심하게 살폈다. 고기를 씹는 입술이 움직일 때마다 눈가의 작은 근육이 움찔거리는 것까지. 대놓고 관찰하는데도 그는 아무런 동요도 없었다. 불쾌함도, 거슬림도 나타내지 않는다.

딱히 뭐라 하지 않았기에 나는 여유롭게 그를 들여다봤다. 떠본 다음에 당당히 관찰하는 시선에 그는 유쾌한 듯이 입술을 말았다.

유쾌?

한순간이었고 지금은 사라졌지만 그의 얼굴에 나타난 것은 분명 유쾌함이었다.

대체 왜? 그의 면면을 샅샅이 훑었지만 그 이유를 알 수 없었다. 뭐지? 내가 놓친 게 있나?

나는 그의 반응을 다시금 차근히 상기했다.

에르마에 대해 말할 때, 그는 내 얼굴을 훑었다. 그때 그 시선에 담긴 것은 흥미였다. 내가 그의 첩자를 알아본 것에 대한 흥미인지, 아니면 다른 이유가 있어서인지는 모르겠다.

어쨌든 에르마가 황태자와 관련이 있다는 것만은 확실하다. 그렇지 않다면 반응하지 않았을 테니까.

그 후 내가 그의 반응을 살피는 것을 보고는 유쾌한 미소를 지었다. 다시 생각해도 그가 유쾌할 이유를 찾을 수 없었다. 오히려 불쾌해야 할 상황이 아니던가.

"아주 변한 것만은 아닌가 보군."

혼잣말하듯 그가 말했다. 그 목소리엔 아직 갈무리하지 못한 즐거움이 묻어 있었다.

더더욱 알 수 없어졌다. 그렇다면 지금 내게서 샤르티아나의 모습을 찾고 웃었단 건데…… 황태자는 샤티를 싫어하는 게 아니었나?

레지나 간택 축하연 때 있었던 일과 프래쳇 부인을 보면 샤티를 싫어하는 건 확실했다.

샤티가 이렇게 그와 파워게임을 한 적이 있던가? 적어도 내가 본 기억 속에는 그런 적이 없다. 왜 이 타이밍에 그녀의 흔적을 발견한 거지?

더 캐 보기 위해 입을 여는데, 갑자기 그의 표정이 굳었다. 처음 만찬장에 들어올 때보다 훨씬 더 딱딱한 표정이었다. 파티 때 아이린과 춤을 추고 난 후, 홀로 있던 날 외면할 때도 이리 경직된 얼굴은 아니었다.

내가 뭔가 거슬리는 행동을 했는지 고민할 것도 없었다. 난 아무 짓도 하지 않았다.

그가 얼굴을 굳힌 것은 외부에 대한 반응이라기보다는 자신의 상태를 자각한 결과로 보였다. 꼭 즐거운 것을 일부러 감추려는 것처럼 혹은 즐거워하면 안 된다는 듯이 자신을 질책하는 느낌이었다.

내 느낌이 맞다면 나한테 그 감정을 들키면 안 된다거나 스스로에게 그런 감정을 허용할 수 없다거나 둘 중 하나일 거다.

대체 뭘까. 이걸 알아야 할 것 같은데……. 갑자기 유쾌해하던 이유도 모르니 거기까지 알 수 있을 리가 없다.

답을 알기 위해 방금 있었던 일을 곱씹는 틈에 그릇이 바뀌었다.

향긋한 차로 입을 씻으며 그를 바라보자 이미 나를 쳐다보지 않고 있었다. 굳어진 표정은 그대로였다.

각자의 생각에 골몰하는 사이 어느새 식사가 끝났다. 여전히 내겐 시선을 주지 않은 채 황태자가 먼저 일어섰다.

체하지 않았다는 것에 의의를 두며 그를 따라 일어섰다. 예상외의 소득이 있었지만 생각할 게 많았다. 무언가 단서가 될 만한 것을 찾기 위해 샤티의 기억을 헤집으며 발걸음을 내디뎠다.

"어?"

아주 오랜만에 발밑이 쑥 꺼지는 감각이 나를 덮쳤다. 죽기 전 마지막으로 땅을 밟았을 때처럼 발밑에 단단히 자리하고 있던 땅이 순식간에 사라졌다.

전생 마지막 순간의 기억 때문인지 아주 살짝 미끄러진 것뿐인데도 발이 살짝 들리며 몸의 추가 기우는 느낌이 소름 끼치게 다가왔다.

몸이 꽁꽁 얼어붙었다. 이대로라면 쓰러진다.

이곳이 건물 안이고, 넘어져 봤자 엉덩이와 마음—쪽팔림 때문에—만 아플 거라는 사실은 머릿속에서 사라졌다. 금방이라도 얼음장 같은 차가운 물이 날 집어삼킬 것 같았다. 그리고 저 어두운 밑바닥으로 끌고 내려갈 것이다.

눈을 질끈 감았다. 벌써부터 숨이 막혀 와 호흡이 가빠졌다.

그러나 날 감싼 것은 몸이 아릴 정도로 차가운 물이 아니라 따스한 온기였다. 짙은 체취가 날 휘감았다. 눈을 뜨자 금장을 달고 있는 가슴팍이 보였다.

조금 얼떨떨한 기분으로 고개를 드니, 완벽하다는 말로도 부족할 얼굴이 나를 내려다보고 있었다.

급한 움직임에 넘기고 있던 검은 머리카락이 살짝 흘러내려 살랑거렸다. 내리깐 눈은 높은 이마와 코 때문에 깊게 음영이 져 있었다. 그 사이로 샛노란 눈동자가 황금처럼 반짝였다.

그 모든 게 지나치게 가까웠다.

이곳은 밤바람이 부는 한강이 아니라는 사실이 아주 천천히, 깊은 잠에서 깨어날 때처럼 아스라이 다가왔다.

온전히 현실을 인식하는 것과 동시에 내가 황태자의 품속에 갇혀 있다는 사실을 깨달았다.

그냥 살짝 잡아 주는 것도 아니고 그는 숫제 끌어안듯이 날 붙잡고 있었다. 오르락내리락하는 그의 가슴팍이 온몸으로 느껴질 정도로.

이 어색한 상태에서 빠져나가기 위해 허리에 힘을 준 순간, 황태자가 화들짝 놀라 날 떼어 냈다. 단단하면서도 부드럽게 날 감싸던 게 거짓말인 것처럼 거친 움직임이었다.

하지만 그는 제가 어떻게 날 놓았는지 자각도 못하는 것 같았다. 정신없는 건 나도 마찬가지였다. 나는 감사할 생각도 하지 못한 채 그를 바라보았다.

놀라 날 밀어낸 것과 달리 그의 표정은 덤덤하니 평소와 다를 게 없었다. 나와 눈이 마주치자 한순간 멈칫 하더니 앞서 걸어갔다.

"앞으론 조심하시오, 공녀."

스치며 던진 말은 걱정보다는 꾸짖는 것 같은 말투였다. 나는 그 차분하니 날카로운 옆얼굴이 곁을 지나치는 것을 빤히 바라보았다.

그의 걸음걸이며 호흡 하나 흐트러짐이 없었으나 어딘지 위화감이 느껴졌다.

머리카락 옆으로 살짝 보이는 그의 귓등이 발긋한 것을 보고 나는 눈을 동그랗게 떴다. 뭐야?

자박자박 걸어가는 뒷모습이며 건넨 말투, 무엇 하나 평소와 다를 게 없었다. 날 내려다보던 얼굴도, 그 후 보였던 옆모습도 모두 무표정했다.

하지만 살짝 보이는 저 붉어진 귓등이, 저 귓등이 말이지.

나는 터져 나오려는 웃음을 참았다. 안 어울려도 저렇게 안 어울리는 조합이 있을까. 자세히 보지 않으면 모를 옅은 색채의 변화였지만, 직접 봤으니 확실했다.

나 때문일 리는 없고. 의외로 순진한 구석이 있는 건가? 여친도 있으면서? 어허, 임자도 있는 남자가 어딜 외간 여자랑! 상황도 잊고 황태자를 놀리고 싶어서 입이 간질간질했다.

저 황태자가 저런 면을 보일 거라곤 꿈에도 몰랐다. 그 모습에 나 역시 없던 장난기가 들끓었다. 나는 자꾸만 새어 나오려는 웃음을 밀어 넣었다.

생각보다 순진한 구석이 있구나. 의외의 약점인데. 흠…….

그런데 황태자 정도면 육탄 공세를 펼치는 여자들도 없진 않을 텐데, 왜 저렇게 순진한 반응이지? 아이린은 음전하고 고상한 여자니 그렇다고 해도, 주변에 여자가 끊이지 않았을 텐데…….

고민해 봤자 알 수가 없다. 일단 약점을 발견한 것에 의의를 두어야지.

황태자가 멈춰 선 채 오지 않는 날 바라보는 것을 깨닫고 서둘러 걸음을 옮겼다. 그가 날 기다리는 것도 의외였다. 뭐 다른 볼일이라도 있나?

만찬장에서 나와 그의 앞에 섰으나 황태자는 별말이 없었다. 조금 틈을 두고 그에게 인사를 하니 그가 고개를 끄덕이곤 돌아갔다. 용건이 있어서 날 기다린 게 아니라, 정말 인사를 위해 기다린 것이다.

아주 기본적인 예의범절인데도 저 황태자가 그랬다는 것에 감동마저 받았다. 얼마나 그에 대한 이미지가 개차반이었으면.

이왕 갖출 줄 아는 그 예의, 레지나 축하연 때나 좀 보일 것이지. 나는 멀어지는 그의 등을 흘겨보다가 곧 발걸음을 돌렸다.

방으로 돌아온 뒤 나는 다시 황태자와의 식사를 곱씹었다.

그가 보인 그 유쾌함은 대체 뭐였을까. 그 외에도 오늘 그가 보인 태도는 내 예상과 전혀 달랐다. 꼭 내가 알던 것과는 다른 사람처럼 느껴지기까지 했다.

그를 본 것은 이번이 겨우 세 번째. 맨 처음은 먼발치에서 본 것이고, 두 번째는 가까이서 봤으나 그의 목소리조차 들을 수 없었다.

대화다운 대화를 나눈 것은 이번이 처음이었다.

……내가 정말 그를 알고 있다고 할 수 있을까?

"목욕물이 준비되었습니다, 저하."

골몰히 생각하다가 라브엘의 말을 듣고서야 정신을 차렸다. 정작 나는 잊고 있던 목욕을 그녀가 기억하고 있다는 것에 내심 놀랐지만, 겉으로는 내색하지 않고 탕으로 들어갔다.

본래라면 목욕을 하며 한차례 패악을 부렸을 테지만 그럴 정신이 없었다. 이제는 그럴 이유도 희미해졌다. 어쨌든 황태자의 첩자는 잡아냈으니까.

처음 계획은 패악을 부린 뒤 필사적으로 내 비위를 맞추는 사람을 잡아내는 게 아니라, 날 뿌리치고 나가려는 사람을 회유하는 것이었다.

그건 내 머릿속에 있는 샤티의 경험에서 나온 것이다. 그녀는 사람들을 회유하진 않았지만 쫓아내는 것에는 탁월했으니까.

궁에서 일어나는 모든 것이 나에겐 처음이고 낯설었기에, 나는 가장 위화감 없는 방법을 택했다. 아빠한테 시녀를 많이 뽑게 해 달라 청한 것도 이런 계획 때문이다.

내게 어떤 미련도 보이지 않는 사람은 다시 말해 내게 원하는 게 없다는 뜻이고 그건 곧 안전하다는 의미였다. 그만큼 회유는 힘들겠지만 앞으로의 일을 생각하면 그 정도도 못해서야 아무것도 할 수 없다.

이건 나 자신의 능력을 시험하는 관문 같은 거였다. 능력도 안 되는 주제에 일만 벌여 봤자 그 뒷수습은 결국 내 가문이 해야 할 테니까.

내가 변한 것은 가문, 즉 가족을 위해서였다. 그런데 그 결과가 반대로 가족에게 폐를 끼친다면 처음부터 아무것도 하지 않는 게 낫다.

그걸 생각하면 계속해서 악녀처럼 굴며 진정한 옥석을 가려내야 한다. 하지만 일단은 조금 쉬고 싶었다.

혼자 있고 싶다는 말로 시녀들을 물렸다. 뒤돌아 나가는 에르마의 어깨엔 힘이 잔뜩 들어가 있었다.

쟨 또 왜 저렇게 으스대는 거지? 아, 내가 황태자한테 자기를 마음에 든다고 했던 말 때문이구나.

흠, 그렇단 말이지. 황태자를 상대하느라 생각도 못했는데, 이걸 이용해 볼 수도 있을 것 같다.

반응을 보아 하니 내가 무슨 의도로 그리 말했는지 전혀 모르는 눈치였다. 그래도 나름 첩자인데 저렇게 머리가 안 좋아서야 괜찮나 싶었다.

굳이 안 잡아냈어도 괜찮았을 거 같은데. 아무리 그래도 제국의 황태자면서 주변에 쓸 만한 사람이 이리도 없나 보지?

……진짜 황태자의 첩자가 맞나?

에르마가 부족한 거야 황태자의 신임을 얻고 싶었던 포웨트 백작이 기회를 주십사 하고 밀어 넣은 것일 수도 있다. 어차피 샤티는 참을성도 없고 눈치도 없으니 들킬 일이 없을 거라고 생각했겠지.

그래도 무언가 이상했다.

아까 저녁 먹을 때 확인한 황태자의 반응은 자신의 첩자를 잡아냈을 때 보이는 것이라기엔…… 너무 관조자 같았다. 다른 이들이 짠 판을 흥미롭게 지켜보는 것 같은 눈빛.

그다음에 보인 유쾌함과 무표정도 도저히 간계가 발각된 사람으로는 보이지 않았다.

분명히 무언가 관련은 있다. 아무런 연관도 없다면 어떤 흥미도 나타내지 않았을 것이다.

에르마가 그의 사람이 아니라면 대체 뭘까.

따뜻한 물이 부드럽게 피부를 감쌌다. 먼 남쪽에서 수입해 온다는 화지오닐 향유를 넣은 물은 청량하고도 달콤한 내음이 났다.

매일 이런 물로 목욕하면 피부에서 빛이 나고 좋은 냄새도 나겠지. 하지만 아무리 궁에서 생활한다고 해도 화지오닐 향유로 매일 목욕하는 것은 사치였다.

이왕 악녀가 되기로 한 것, 사치의 끝판왕을 보여 줄까 싶다가도 손이 벌벌 떨려서 그렇게는 못하겠다. 낮에 찻잔 하나 깬 것도 아직까지 위장에 얹혀 있다.

뭐, 굳이 그러지 않아도 충분하기도 하고.

부연 물 위로 살짝 드러난 가슴을 내려다봤다. 보드랍고 뽀얀 굴곡은 그냥 보기만 해도 달콤해 보였다.

묘하게 아까 봤던 황태자의 모습이 떠올랐다. 허리를 붙든 커다란 손, 등 뒤로 느껴지던 단단한 팔뚝, 바로 앞에 보인 그의 가슴팍은 두꺼운 공단으로 감싸여 있음에도 탄탄한 굴곡이 비쳤다.

그 모든 것을 인지하기 전에 먼저 날 덮친 것은 어딘지 알싸하면서 시원한 향이었다. 그 역시 특별한 향유로 목욕하는 것일까?

"……."

좌악! 눈앞에 스치는 상상에 화들짝 놀라 얼굴에 물을 끼얹었다. 하지만 뜨거운 물을 끼얹어 봤자 뜨거워진 얼굴엔 아무 효과도 없었다.

조금 위험한 상상을 한 것 같은데……. 아니야. 수증기 때문에 희뿌연 모습밖에 안 떠올랐다고. 난 변태가 아냐!

욕조에 머리를 기대고 한숨을 쉬었다. 열을 식혀 보려 했지만 뜨거운 욕조 안에선 불가능한 일이었다.

정신을 차리고 다시 에르마에 대해 생각했다. 황태자와 연관 있지만 그의 명을 받은 것은 아니고, 날 싫어하면서도 억지로라도 잘 보여야 하는…….

순간 머리를 스친 생각에 나는 기댔던 허리를 바로 세웠다. 찰랑거리며 물소리가 울렸다. 탕에서 올라오는 열기 때문에 흐물거리던 뇌가 바짝 긴장했다.

만약 에르마가 아이린의 첩자라면? 그러면 모든 것이 말이 된다.

"하!"

나도 모르게 기가 막힌 웃음이 나왔다. 내게 사람을 붙여? 그 아이린이?

그녀가 내게 사람을 붙일 이유는 충분했다. 나는 그녀를 괴롭히는 연적이었으며, 이제는 황후 자리를 놓고 경쟁하는 상대가 되었다.

하지만 아이린은 굳이 말하자면 성녀 같은 여자였다. 항상 샤티의 패악을 참아 냈으며 샤티를 감싸기까지 했다. 샤티의 기억 속에 있는 그녀는 무결했다.

……그런 사람일수록 뒤가 구리기 마련이지.

이미 겪어 봤다. 나는 한소정을 생각하며 이를 갈았다. 한소정이 아이린처럼 모든 이에게 착한 것은 아니었지만, 적어도 내겐 천사 같았다.

내게서 뺏을 게 있으니 그리 천사 같았던 건데, 그것도 모르고 나는 그 특별 취급에 빠져 있었다.

아이린 역시 다른 목적이 있으니 사람들한테 그렇게 행동했던 것이다. 현명하고 고운 성품을 가진, 그림으로 그린 듯한 귀족 영애로 비치도록.

저번에 아이린과 이야기를 나눴을 때, 나는 그녀가 꼭 그렇게 마냥 착하기만 한 사람이 아니라는 것을 알았다. 나는 그 사실에 안심했다. 그녀의 분노는 정당했고 그녀 역시 같은 사람이라는 느낌이 물씬 들었으니까.

하지만 생각해 보면 아이린이 그렇게 행동한 것은 그때가 유일했다. 과거 샤티와 대화할 때도, 다른 사람과 대화할 때도 다른 '평범한' 귀족처럼 말한 적은 없다.

내게 그렇게 군 것은 그녀가 방심하고 있었기 때문이다. 눈치 없는 샤티가 그녀의 저의를 알아채긴 힘드니까.

혹여 내가 다른 사람들에게 말을 옮긴다 해도 언제나 그랬듯 그녀를 욕한다고만 생각할 것이다. 궁지에 몰리더니 이젠 거짓말까지 지어낸다고 하겠지.

사람들의 선입견은 무섭다. 나는 악녀이고 아이린은 그 악녀에게 핍박받는, 그러면서도 선함을 잃지 않는 성녀다. 그렇기에 같은 말을 하더라도 다르게 받아들여지고, 사실을 말하더라도 왜곡된다.

레지나 간택 축하연에서 들은 아이린과 다른 영애들의 대화도 그렇다. 그중 한 명이라도 묘한 느낌을 받았을 법한데, 설마 아이린이 그러겠냐는 생각에 좋게만 생각했을 것이다. 물론, 권력이 강해질 그녀의 비위를 맞추려는 생각도 있었겠지.

단순히 샤르티아나의 업보라고 생각했다. 내가 그녀의 삶을 받는 대신 카르마 또한 짊어지기로 했으니 감수하리라, 그리 결심했었다.

하지만 이것이 단순히 샤티 혼자서 만든 것이 아니라 아이린의 의도된 농간이 뒤섞인 것이라면 이야기는 달라진다.

물론 샤티가 억울하게 악녀로 몰렸다는 것은 절대 아니다. 그녀가 얼마나 제멋대로 구는 안하무인인지는 그녀의 기억을 고스란히 가지고 있는 내가 가장 잘 안다.

하지만 아이린이 단순히 선량한 피해자가 아니라면, 내가 참을 이유는 없다.

애초에 난 이미 악녀가 되기로 결심했다.

아이린이 적이라는 게 명확해지자 오히려 마음이 가벼워졌다. 저 금빛 잔디 위에 있던 사람을 끌어내린다고 생각했는데, 상대는 같은 진흙탕 속에서 몸부림치던 사람이었다.

그동안 마음 한구석에 품고 있던 죄책감이 완전히 사라졌다.

나는 욕조에서 일어났다. 유수가 내 몸을 부드럽게 타고 흘러내렸다. 물기와 함께 고민도 사라졌다.

지금은 아이린이 가장 방심하고 있을 때다.

그녀는 날 모른다. 그녀가 아는 나는 내가 아닌 샤티니까. 생각 없고 단순하고 화만 낼 줄 아는 철부지 샤르티아나.

내게 사람을 붙인 것도 감시나 정보를 위해서지, 내 계략이나 모사를 대비한 것은 아닐 터였다. 그랬으면 조금 더 나은 사람을 보냈을 거다.

아이린과 함께 차를 마신 날, 그녀가 날 경계하지 않도록 멍청한 척한 게 이렇게 도움이 될 줄은 몰랐다. 그땐 그냥 잘 지내 볼 요량으로 그리 행동한 거였는데…….

역시 사람 일은 어떻게 될지 모른다. 잘된 일이긴 하나 입안이

썼다. 나는 그 기분을 애써 털어 냈다. 아이린이 판을 짜 주었으니 그 위에서 한번 신명 나게 놀아 줘야지.

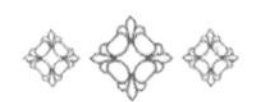

욕실에서 나와 시중드는 시녀들을 보며 삐딱하게 웃었다. 깽판을 치더라도 오늘은 좀 쉬자고 생각했지만, 할 일이 생겼다.

펜과 편지지를 가져오라고 하고 책상에 앉았다. 종이 색이 마음에 들지 않는다, 조금 더 두꺼운 거로 가져와라, 이 종이는 향이 나질 않는다, 운운하며 시녀들을 한차례 괴롭혔다.

단 한 명, 에르마를 제외하고.

겨우겨우 고른 종이는 짙푸른 남색으로 마법 처리가 되어 보들보들한 질감에 은은한 광택이 나는 고급품이었다.

나는 내 안목에 감탄했다. 남색을 특별히 좋아하는 건 아니지만 받을 사람과 퍽 잘 어울렸기 때문이다.

다음 주 티타임에 5황자를 초대할 계획이다. 명분은 이미 생각해 두었다. 도서관에 갔던 날, 궁까지 데려다준 것에 대해 감사를 하고 싶다는 구실이었다.

목적이 따로 있는 초대였지만 그에게 감사 인사를 하고 싶다는 건 진심이었다. 5황자가 어떤 사람인지 조금 궁금하기도 했고.

그의 눈동자와 닮은 종이를 보고 있자 어쩐지 조금 부끄러워졌다. 편지를 써 본 적이 언제더라……?

초등학교 시절 어버이날 감사 편지 쓰기 할 때가 마지막이었던 것 같다. 수업 시간에 반강제로 쓰게 하는 거라서 그냥 상투적인 문구를 쓴 게 다였다.

그래서 어떻게 첫머리를 시작해야 할지 도저히 감이 잡히지 않았다. 일단 글씨보단 핸드폰 자판을 두드리고 싶은 충동이 일었다. 이게 바로 현대 문명의 폐단인가.

타다닥 리듬에 몸을 맡기다 보면 어느새 완성되어 있는 장문 메시지! 의식의 흐름 기법에 충실한 이 메시지는 보통 구남친에게 보내는 용도다.

물론 진짜 보낼 생각으로 쓰는 사람은 거의 없다. 그러다가 실수로 전송 버튼이라도 눌러 버리면…… 헤어질 때의 슬픔과 빡침을 휩쓸어 버리고도 남는 고강도 쪽팔림이 찾아온다.

……내 경험담은 절대 아니다.

흑흑, 망할 메시지. 아무 일 없을 땐 전송 실패 띄우더니 꼭 이럴 때는 한 방에 전송하더라. 급히 데이터를 차단하고 배터리를 빼도 소용없다.

생각해 보니 내 인생 자체가 쪽팔림의 굴레 속에 있는 거 같다. 인생이란 무언가의 번데기인가.

심신을 다스리기 위해 심호흡했다. 종이에서 청량한 풀 내음이 났다. 꼭 그날 5황자와 함께 걷던 길목에서 나던 향 같다. 그 상쾌한 향취에 막막함이 조금씩 사라졌다.

나는 은색 펜으로 그 위에 글씨를 써 내려갔다. 그저 티타임에 초대하는 것뿐인데도 이상하게 긴장되어, 몇 번이나 말을 골라내어도 마음에 차지 않았다.

나는 머릿속에서 흐릿하게 떠다니는 말을 건져 올리고 또 건져 올렸다. 짧은 내용인데도 계속해서 지웠다 새로 적길 반복했다.

연필로 썼으면 자국 때문에 종이가 벌써 못 쓰게 됐을 것이다. 마법으로 만든 펜은 지우면 어떤 흔적도 남기지 않는다는 게 다행이었다. 그가 편지에서 고민의 흔적을 읽지 못할 테니까.

겨우겨우 완성한 초대장은 무수한 재고의 결과라고 생각할 수 없을 정도로 간결했다.

『제국의 빛, 케일라덴 옵스 페레칼로닌 전하께,

지난번 동행에 감사드리고자 티타임에 초대하고 싶습니다.

부디 제게 보답할 기회를 주시길.

—샤르티아나 알티제 카일론—』

고치고 싶지만 써도 써도 마찬가지길래 포기했다. 시곗바늘이 8시를 넘겨서 이쯤에서 그만둬야 하기도 했다.

지금 심부름을 보내면 그래도 9시 전에는 도착할 것이다. 친밀한 사이도 아닌데 늦은 시각에 편지를 보내는 것은 예의가 아니었다.

나는 봉투에 실seal을 붙여 봉한 후 에르마를 불렀다. 그녀는 내 부름에 긴장하는 한편 기대에 찬 표정으로 날 바라보았다.

내가 또 패악을 부릴까 저어하면서도 좀 전에 그녀한테만 신경질을 내지 않았으니 기대를 할 수밖에 없겠지. 마음에 든다고 황태자 앞에서까지 칭찬했으니 오죽할까.

그렇다면 기대에 부응해 줘야지. 나는 미소를 지었다.

"에르마."

"네, 저하."
"이 편지를 5황자 전하께 전해 주도록 해."
"5황자 전하께요?"
나는 대답하지 않았다. 아주 짜증 난다는 눈빛으로 인상을 찌푸렸다. 나는 이미 말했고 넌 알아들었는데 또 대답을 해야 해?
시선에 담긴 뜻을 읽은 에르마가 황급히 편지를 받았다.
악녀 짓은 이런 게 편하구나. 내가 하는 말이 어떤 식으로든 아이린의 귀에 들어갈 텐데, 둘러대는 이유라도 굳이 말하고 싶지 않았다.
방을 나서는 에르마의 뒷모습을 보며 미소를 베어 물었다. 아이린이 짜 놓은 판, 수는 내가 먼저 두었다. 이제 아이린의 응수를 볼까.
"아, 더워. 목욕해서 그런가."
나는 한 손으로 머리를 틀어 올리며 능청스레 부채질을 했다. 마법으로 방 온도를 항상 쾌적하게 관리하는데 더울 리가 없다.
"온도를 낮출까요?"
"아니, 됐어. 산책할래. 좀 답답하기도 하고."
세실리아의 물음에 고개를 젓고 책상에서 일어났다.
아무리 여름밤이어도 머리카락이 젖은 채로 밖을 돌아다니면 감기 걸린다며 라브엘이 숄을 둘러 주었다. 시녀들이 날 따라나섰다.
"혼자 있고 싶으니까 따라오지 마."
"밤길이라 어두우니 같이 가시지요. 몇 걸음 물러서서 따르겠습니다."
"그냥 정원에 있을 건데, 뭘. 번거로운 건 딱 질색이야."
라브엘이 만류하는 것을 물리고 밖으로 나섰다.

목욕을 마치고 나와 입고 있는 것은 얇은 슈미즈 드레스였다. 러플도 화려하지 않고 소매도 짧아 눈에 띄지 않는다. 전체적으로 자연스럽게 흘러내려 활동하기에도 편했다.

단점은 흰색이라는 건데…….

나는 숄을 넓게 펼쳐 드레스를 덮었다. 라브엘이 검은색 숄을 줘서 다행이었다. 금실이며 은실로 수놓은 게 아니라 눈에도 안 띈다.

숄은 장식이 없는 대신 기본 천 자체가 도톨도톨하니 입체감 있었다. 얼핏 보기에 얌전하면서도 호화로운 숄이었다.

가벼운 옷차림에 검은 숄까지 덮으니 내 모습은 밤의 장막에 쉽게 묻혔다.

숄이 발치까진 가리지 않아 발목 부근에 흰 드레스 자락이 보였지만 조심하면 들킬 일은 없을 것이다. 나는 만족하고 잰걸음을 놀렸다.

내가 향한 곳은 아이린의 침실에 딸린 테라스였다. 에르마가 아이린의 첩자라면 필시 편지를 가지고 그녀에게 갈 것이다.

하지만 다른 사람들 앞에서 모습을 드러낼 수는 없겠지. 문으로 당당하게 들어가지 못하니 창을 통해 대화를 주고받을 거다. 응접실은 시녀나 하녀가 있을 가능성이 크니 남은 것은 침실뿐이다.

아이린의 방이 가까워질수록 가슴이 요동쳤다. 나는 두근거리는 심장을 내리눌렀다. 긴장과 초조, 불안 그리고 그것들을 아우르는 기대. 그래, 이것은 분명 기대였다.

아이린이 악녀인 것과 에르마가 첩자인 것 모두 달가운 상황은 아니다. 최선의 상황은 내 짐작이 다 틀려 둘 다 내 적이 아니라는 것을 확인하는 거다.

그러나 나는 기대를 억누를 수 없었다. 범인을 추리하는 탐정처럼, 그물을 펼친 사기꾼처럼 기대로 입에 침이 고였다. 과연 내 생각이 맞았을지, 틀렸을지.

마침내 아이린의 침실 테라스에서 사람 그림자를 발견했을 땐 짜릿함마저 느껴졌다.

나는 최대한 숨을 죽이고 몸을 낮췄다. 부스럭거리는 소리가 들리지 않도록 살금살금 발을 움직였다.

너무 가까이 갈 필요는 없다. 일단 가장 중요한 것은 확인했다. 내 생각이 맞았다. 아이린은 역시 악녀이며 에르마는 그녀의 끄나풀이었다.

알 수 없는 해방감과 통쾌함이 날 감쌌다.

상황에 몰려 악녀가 되기로 결심하며 생긴 죄책감이 아직도 내게 남아 있었다. 아이린을 악녀로 의심하면서도 완전히 떨쳐 버리진 못했던 것이다.

하지만 이렇게 사실로 밝혀지자 여태까지의 부채감이 눈 녹듯 사라졌다. 이제 더는 거리낄 게 없다.

곧 아이린이 모습을 드러냈다. 침실에서 나오는 불빛 덕에 그녀의 모습이 확연하게 보였다.

"갑자기 무슨 일이에요? 첫날부터 이렇게 찾아오면 곤란해요."

"알고 있어요. 하지만 전해야 할 것 같아서요."

에르마의 목소리는 주인에게 어서 칭찬받고 싶어 하는 개처럼 들떠 있었다. 물론 그녀가 원하는 보상은 단순한 칭찬이 아닐 테지만.

에르마는 아이린에게 편지를 건넸다. 저럴 거 같아서 못 보게 대비를 해 뒀지.

"이건……?"

"5황자에게 전하라고 한 편지예요."

"5황자에게?"

예상치 못한 사람이었는지 아이린의 목소리엔 의아함이 가득했다.

"이상하군요. 5황자는 왜…… 그러고 보니 얼마 전 황태자 전하에 대한 마음을 정리했다고 했어요."

"레지나 축하연 때도 5황자랑 춤을 췄지요. 그러면 혹시……."

거리가 있어 둘의 표정을 자세히 볼 수 없음에도 그들이 은밀한 시선을 교환했다는 것을 알 수 있었다.

"내용은 보셨나요? 마법 실로 봉해져 있어서 섣불리 뜯을 순 없겠어요."

"못 봤지만 계속 쓰고 지우길 반복했어요. 고민도 많았고. 꼭……."

"꼭 연애편지를 쓰듯이 말이죠?"

아니야!

나는 벌떡 일으킬 뻔한 몸을 애써 추슬렀다. 편지 쓰는 게 일상인 너네와 달리 나는 편지가 낯선 사람이라고!

아니, 글자 쓰는 거 자체가 낯선 사람이야. 고등학교 때 필기 때문에 좀 친했지만 이젠 절교했어—대학 다닐 땐 노트북으로 필기했다. 매우 추천. 특히 지루한 교수님 시간에 강추! 이유는 누구나 알 거다—!

그런데 여, 연애편지라니! 남사스럽게!

이건 오햅니다. 일단 나는 지금 남자 사귈 생각이 없어. 여기엔 내 죽음에 관한 슬픈 전설이 있는데…….

……라고 개드립 칠 때가 아니다. 너무 당황스럽다 보니 별생각이 다 드네. 얼굴에 열이 올랐다.

"이것 참 큰일이군요. 레지나가 꼭 황태자 전하와 성혼할 필요는 없지만, 다른 황자와 맺어지기 위해선 전하의 인가가 필요한데. 전하께서 이 사실을 아시는지 걱정되는군요."

"전하께서 아신다면……. 하지만 어차피 전하께옵선 카일론 공녀에게 관심 없지 않습니까. 5황자가 원한다면 바로 인가를 내려주실 겁니다. 전하께서 은애하시는 분은 스테나 영애뿐이니까요."

은근슬쩍 황태자의 총애를 들먹이며 아부하는 게 한두 번 해 본 솜씨가 아니었다. 감정도 제대로 못 숨기고 빤히 보이는 수를 쓰길래 뭘 잘하나 했더니 이걸 잘하는구나.

"그리 간단한 문제가 아닙니다. 이렇게 편지까지 주고받을 사이면서 황태자 전하께 알리지 않은 저의가 의심스럽습니다."

"저의라뇨?"

"그건 제 입으로 말씀드리긴 차마 망측해서……."

아이린이 입매를 손으로 가리며 고개를 틀었다. 정말 말하기 꺼림칙하다는 반응이었다. 저러다 에르마가 캐묻지 않으면 아쉬워서 어쩌려고.

"마, 망측? 어머, 뭔데요?"

에르마는 저게 답정너인지도 모르고 안달 난 목소리로 물었다.

말투도 귀족 영애의 것이 아니었다. 어서 빨리, 나 지금 현기증 나. 이런 말이 이어질 것 같은 톤인데.

그런데 진짜 몰라서 저러나? 딱 봐도 나랑 5황자랑 엮어서 추문을 만들어 내려는 거잖아.

"하아, 말씀드리지 않기엔 제국의 안위를 걱정하는 제 마음이 편치 않군요. 공녀가 전하께 비밀로 하고 5황자와 맺어진 뒤 모르는 척 황비가 되어 누구 씨인지 모를 자식을 낳을 수도 있단 말입니다."

그런 일이 없어도 꼭 그렇게 만들 생각인 것 같았다. 단순한 추문 정도가 아니었다. 정말로 말도 안 되는 비약이라 헛웃음이 나왔다. 이 짧은 시간에 거기까지 생각해 낸 것에 박수라도 쳐 주고 싶었다.

"어머나, 어떻게 그런……!"

에르마의 경악한 목소리가 가늘게 퍼졌다. 쟤도 참 대단하다. 어쩜 저렇게 하나같이 아이린이 원하는 멍청한 반응만 하지? 오히려 쟤가 연기 중인 거 아냐?

아이린의 말을 액면 그대로 믿는 모습에 기가 찼다. 다른 사람들 귀에 들어가면 소설을 쓴다고 비웃음당할 내용이다.

지금 저런 주장을 해 봤자 제 살 깎아 내기밖에 되지 않는다. 5황자와 나 사이의 접점은 너무나 극명하게 적었고, 목격자도 많았다.

춤 신청한 것과 궁까지 데려다준 걸로 엮는다면, 제도에서 그렇고 그런 사이가 아닌 남녀를 찾기 힘들 것이다.

그가 내 티파티 초대에 응하고 그 이후로 만남이 더 이어지면 저런 이야기를 꾸며 내기 쉬워지겠지만. 아이린이 뇌라는 게 있다면 일단은 묻어 두자고 하겠지.

"아직 확실한 건 아니니 이 일은 우선 우리 선에서 함구하도록 하죠. 하아, 카일론 공녀가 아무리 절 나쁘게 대해도 전 그녀가 선함을 잃지 않았다고 생각했답니다. 그런데 어쩜 이리 무서운 일을 꾸미는지."

바로 나오는 함구령에 고개를 끄덕였다. 그래도 여태 사람들을 허투루 속여 먹던 건 아니구나.

아이린은 정말 끔찍하다는 듯 파르르 떨었다. 그 모습은 한 치의 거짓 없이 진실되어 보였다. 난 네가 더 끔찍하다, 얘.

아이린은 시간을 두고 서서히 5황자와 날 연인 사이로 만들 생각이다. 사실 여부는 관계없다. 여태까지 성녀로 이름 날리며 아무런 의심도 안 받은 걸 보면, 그녀의 여론 장악력은 탁월하다.

그럴듯한 루머를 연출해 내면 루머가 의심을 낳고, 의심이 왜곡된 사실을 낳을 것이다. 아주 차근차근 천천히 거짓으로 견고한 탑을 쌓을 작정이다.

내가 지금부터 5황자를 멀리한다고 해도 그녀는 어떻게 해서든 그와 내가 계속 마주치게 만들 것이다.

둘 다 황궁에 살고 있고, 황족과 더불어 레지나가 참여해야 할 행사는 많다. 황태자의 에스코트는 본인이 받을 테니 5황자가 날 에스코트하도록 상황을 유도할 수도 있다.

그럼 이제 어떻게 할까. 아직 어떤 거짓도 터를 잡지 못했다. 탑을 쌓을 틈을 주지 않는 게 좋을까.

아이린의 말을 터뜨리는 것만으로도 그녀에게 타격을 입힐 수 있다. 아이린은 나뿐만 아니라 5황자까지 모욕한 것이니까.

일개 백작가 영애가 감히 황자를 욕보이다니. 제국은 황권 강화의 일환으로 황실의 지엄함을 알리기 위해 황실 모욕죄는 엄히 다

스리고 있다. 황태자가 아이린을 책하고 싶지 않아 해도, 내가 이를 공청회에 올리면 덮진 못할 것이다.

문제는 증인이 나밖에 없다는 거다. 에르마가 증언을 해 줄 리도 없고 아이린은 당연히 부정할 것이다. 사람들이 내 말을 믿을지, 그녀를 믿을지는 안 봐도 뻔했다.

샤티야, 좀만 착하게 살지 그랬니.

샤티가 악녀라서 신뢰받지 못하는 건 어쩔 수 없지만, 아이린이 꼬리 아홉 달린 여우라는 걸 생각하면 억울했다.

이래서 군중심리와 선입견이 무섭다. 아이린은 이미 자신을 성녀화했고, 거기에 반하는 자는 이단자가 된다. 그 성녀화에 지대한 공을 세운 것은 다름 아닌 샤티다.

이제 권력까지 갖추게 되었으니 동상을 세우는 것도 머지않았다. 아이린에게 불만을 가진 사람이 있더라도 대놓고 그녀에게 말하거나, 하다못해 다른 사람에게 툭 터놓고 말하기도 어려울 거다.

"영애의 성품이 워낙 관대한 탓입니다. 카일론 공녀라면 이런 일을 저지를 줄 알았어요."

에르마의 말엔 뾰족한 날이 서 있었다. 아이린은 그 틈을 놓치지 않고 물었다.

"영애께선 공녀에게 유감이 있는 것 같군요."

"카일론 공녀의 악명이야 익히 들었지만 그래도 정도는 지킬 줄 알았죠. 시녀들에게 어쩜 그리 악독하게 구는지!"

에르마가 분기에 차 발을 굴렀다. 내가 낮에 그녀에게 했던 짓을 떠올리는 것 같았다.

솔직히 사실이라서 뭐라고 할 말이 없다.

미안하긴 한데 애초에 나한테 첩자를 보내지 않았으면 나도 그러지 않았을 거야. 너 때문에 다른 선량한 시녀들까지 피해 보고 있는 거란다.

"이상하군요. 제게는 그간의 일을 반성하며 사과하셨는데……."

"하! 카일론 공녀가 그랬다고요?! 지금 하는 행동을 보면 절대 아닙니다. 이게 나아진 거면 이전은 대체 어땠을지 상상도 안 가요. 오늘 하루 동안 별별 일이 다 있었습니다. 낮에는 소개하자마자 찻잔을 던지더군요."

벌써부터 사실 왜곡이 시작되는군. 뭐, 이 정도면 그래도 양호한 축이었다.

아이린이 이 말을 가만히 넘길 리 없다. 돌고 돌아 다음에 내 귀에 들어올 땐 내가 테이블을 엎었다고 할지도 모르겠다.

"어쩜……! 저는 공녀의 말을 의심 없이 믿었는데."

가련한 꽃처럼 떨며 아이린이 말했다. 목소리만 들어도 충격에 젖은 그녀의 녹색 눈이 파르르 떨리는 게 그려질 정도로 애절했다.

에르마가 아이린을 위로하는 소리가 들렸다. 솔직히 찻잔 깬 거에 가장 충격받은 사람은 에르마인데 대체 왜 아이린이 위로받고 있는지 모르겠다. 그것도 그 당사자한테.

에르마가 멍청한 건지, 아이린이 대단한 건지, 아니면 둘 다인지. 똑같은 대사를 읊어도 상대에게 저런 반응을 끌어내기 힘들다는 점에서 아이린에게 점수를 주기로 했다.

"전 이제 괜찮으니 어서 가 보세요. 너무 오래 걸리면 공녀가 의심할지 몰라요."

"의심은요. 절 가장 마음에 들어 해요. 그게 아니더라도 그 생각

없는 공녀가 눈치를 채겠어요?"

눈치챘단다. 게다가 이렇게 엿듣고 있지.

빼기듯 말하는 에르마에게 사실을 알려 주고 싶어서 입이 간지러웠다.

"그래도 조심하세요. 전 에르마가 무사하길 바라니까요."

아이린이 달콤하게 말했다. 꼭 무투 대회를 앞둔 자신의 기사에게 말하는 것 같았다.

목소리에는 애정과 신뢰, 염려가 가득해서 상대로 하여금 특별하다는 착각을 하게 만들었다. 거기에 친근하게 이름을 부르기까지 하다니. 고단수였다.

정말 진심이 담긴 것처럼 들렸지만, 나는 아이린이 진짜 에르마를 걱정하는 거라곤 생각하지 않았다.

다 본인의 안위를 생각해서 하는 말이겠지. 에르마가 첩자라는 게 들통 나면 그녀에게 영향이 미칠 테니까.

물론 에르마를 쓰러뜨린다고 해서 아이린까지 잡을 순 없으리라.

에르마를 버리는 패로 여기는 것 같았고, 제 위험을 감수하면서까지 아랫사람을 챙길 것처럼 보이지도 않았다. 에르마를 문초해봤자 아이린은 꼬리를 잘라 낼 것이다.

에르마가 발걸음을 옮기고 곧 아이린이 방 안으로 들어갔다. 테라스 문이 닫히자 거친 숨이 터져 나왔다. 그제야 내가 숨도 제대로 쉬지 못하고 있었다는 사실을 깨달았다.

아무리 농을 던지고 비웃으며 들었다고 해도, 뒤에서 이런 작당을 꾸미고 있다는 것을 분명하게 봤다. 속이 편할 리 없다.

빠드득 이가 갈렸다. 아이린이 착한 줄로만 알았다. 직접 겪어 보고 난 뒤에는 마냥 좋은 사람은 아니라고 생각했다. 하지만 그녀 역시 사람이라고 느꼈을 뿐이다.

오늘에서야 아이린이 간계를 꾸미는 악녀라는 생각이 들었다. 그 이전까지 악녀 아이린은 머릿속에 부유하는 불분명한 관념이었다. 나조차 자각하지 못하는.

그런데 이렇게 직접적으로 그녀가 무슨 짓을 꾸미는지, 어떤 식으로 날 몰아가는지 보게 되니 분노가 치솟았다.

결국 처음부터 이 무대에 의인은 없었다. 샤티는 솔직하지만 사람들을 짓밟았고, 아이린은 친절하지만 사람을 기만하며 잇속을 채웠다.

그리고 나 역시 사람들을 짓밟고, 또 기만할 것이다.

그러니 분할 것도 없다. 나한텐 이렇게 화낼 자격이 없는 건지도 모른다.

하지만 정당하지 않은 분노일지라도 화가 치밀었다. 스스로를 주체할 수가 없었다.

항상 분노를 억눌러 왔다. 내가 응당 화내야 할 때조차 속으로 삭이며 인내했다. 객관적으로 상황을 보라며 화를 내 봤자 나만 힘들 뿐이지, 다른 누구도 내 외침에 귀를 기울여 주지 않는다고. 그렇게 자신을 타이르며 인내했다.

지금 난 억울한 피해자가 아니었다. 내 분노는 그 어느 때보다 애매했다. 하지만 이런 내 감정을 억누를 생각이 없었다. 더 이상 그렇게 살기 싫었다.

가족을 위해, 가문을 위해 악녀가 되겠노라 했지만 그런 거창한 것 없이 날 위해서라도 악랄해지리라. 속으로 울화를 쌓으며 혼자

침잠하고 싶지 않았다.

어차피 나는 악녀다. 이기적인 악녀.

한소정한테 고마웠다. 그녀에게 고마워할 날이 올 줄은 꿈에도 몰랐지만, 그녀가 아니었으면 아이린에게 한번 크게 당하고 나서야 그녀의 실체를 알게 되었을 것이다.

배신자에게 고마움을 느끼는 기분은 참 더러웠다. 이런 걸 알게 해 준 아이린에게는 그 대가를 물을 생각이다.

같은 부류이니 한소정 몫까지 쳐서 갚아 주는 것도 좋을 것 같다. 엄한 데 화풀이한다고 해도 상관없다.

방으로 돌아와 보니 숄이 잔뜩 구겨져 있었다. 두 사람의 대화를 들으며 나도 모르게 숄을 꽉 쥐고 있었나 보다. 자국이 안 보이게 끔 접은 후 이디스에게 건넸다.

오늘 하루는 정말 길었다. 시녀들이 새로 오고 황태자와 저녁 식사를 하고 마지막으로 아이린까지. 솔직히 지쳤다. 침의로 갈아입은 후 시녀들을 물리고 침실로 들어갔다.

어두운 방 안에 누워 눈을 깜빡였다. 침대는 오늘도 아주 푹신하게 내 몸을 받쳐 주었다.

피곤했으나 이상하게 잠은 안 왔다. 자꾸만 아이린의 목소리가 귓가에 맴돌았다. 아주 나긋나긋하고 부드러운, 그러나 그 안에 독을 품고 있는 아이린의 목소리.

짧다면 아주 짧지만 나는 한 번 인생을 살았다. 실망 속에서 태어나 먼지처럼 살다가 헛되이 죽었다.

세상이라는 캔버스에 덧칠 한 번 하지 못한 보잘것없는 인생이었으나 그 인생을 산 나에게만은 소중한 삶이었다.

절망과 실패로 점철되었다고 해서 그 인생이 의미 없는 건 아니다. 나는 많은 것을 배웠고, 느꼈다. 그건 무수한 형태로 내 안에 가득 쌓여 있다.

감았던 눈을 떴다. 이제 앞으로 나아갈 때다. 그러기 위해선 아이린에게 내가 배운 것들을 알려 줘야겠지.

아마 거울을 본다면 내 얼굴엔 짓궂은 미소가 한가득 피어올라 있을 거다.

여러 가지가 있지만 그녀에게 가장 알려 주고 싶은 교훈은 가장 마지막에 깨달은 것이다.

내가 죽음으로써 배운 마지막 인생 교훈 두 가지. 첫째, 사랑은 배신한다. 둘째, 친구도 배신한다.

아이린은 참 현명하게도 내가 죽기 직전에야 겨우 깨달은 것 중 하나를 벌써 몸에 익히고 있었다. 손에 쥔 칼을 숨기고 사람들에게 친구인 양, 호인인 양 굴고 있으니.

그렇다면 내가 가르쳐 줄 것은 하나다.

사랑은 배신한다는 것.

막이 올랐다. 이제 두 악녀가 모두 무대에 올랐으니, 진정 누가 더 악독한지 겨룰 때였다.

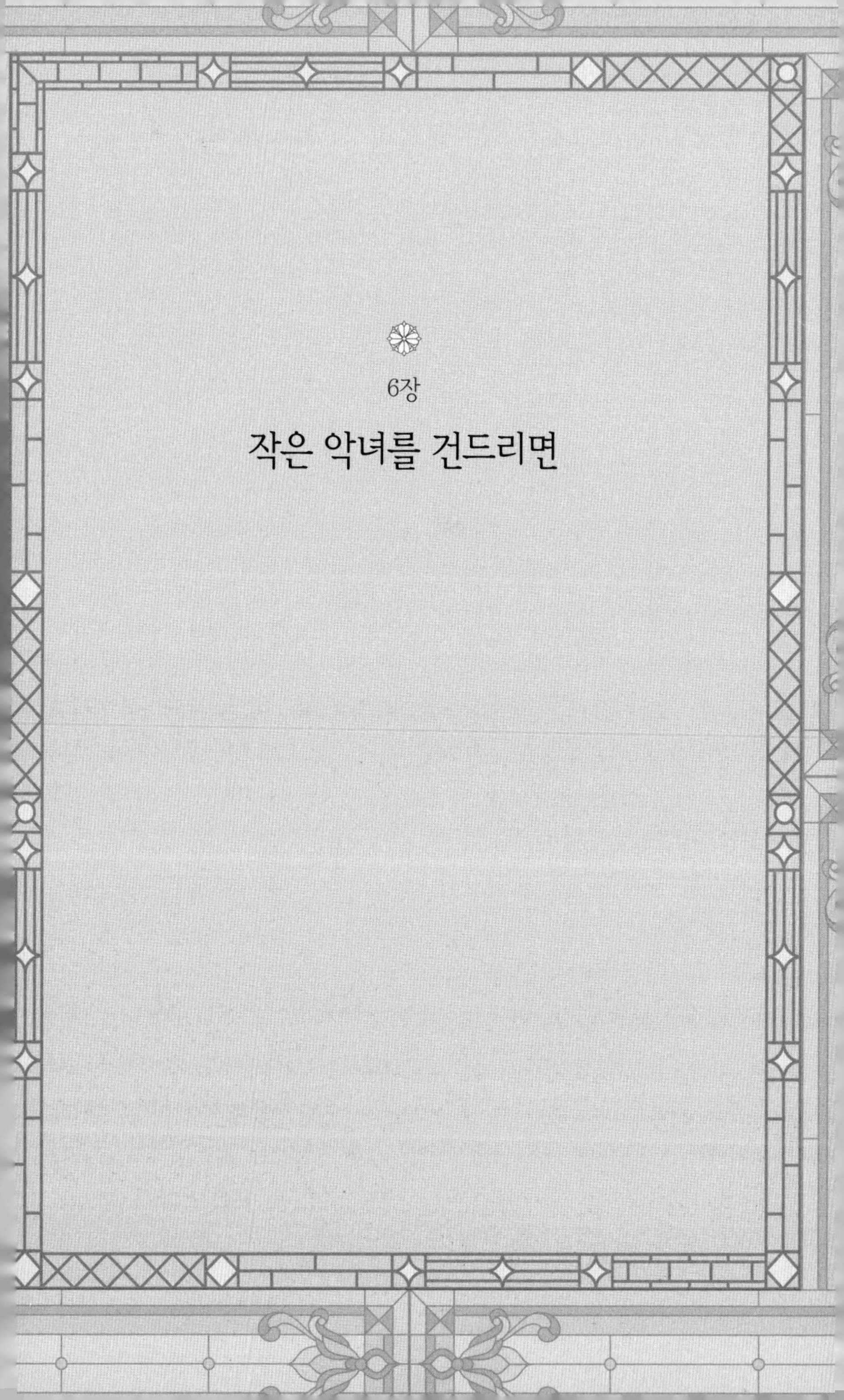

6장

작은 악녀를 건드리면

작은 악녀를 건드리면

볕이 좋았다. 전면 창을 통해 햇살이 방 안을 포근하게 채색했다.

사람도 가구도, 늘어져 있는 옷도 모두 은은한 황금빛을 머금고 있었다. 그냥 바라만 보고 있어도 기분이 좋아지는 색채였다.

"이딴 걸 나보고 입으라고?"

그 속에서 나는 있는 대로 짜증을 부리고 있었다. 처음 시녀들이 왔을 때보다는 덜 했지만, 어디까지나 상대적인 거였다. 아직까지는 이런 패악이 필요하다.

사냥하기 전 맹수는 최대한 몸을 낮추고 움직임을 멈춘다. 아무런 냄새도 못 맡도록 바람조차 자신을 거쳐 가지 않게끔 자리를 잡고, 어떤 의심도 안 들도록 기척을 숨긴다. 지금은 그리할 때다.

모레 유모가 돌아오면 어쩔 수 없이 유해질 테니 지금 강렬한 선입견을 박아 놔야 한다.

아이린에게 한 방 먹일 때까지 나는 그 이기적이고 포악하고 멍청한 악녀로 살 계획이지만, 유모가 나서서 막으면 지금처럼 심한 짓은 못하리라. 그전에 관둔다는 시녀가 나와야 할 텐데…….

"저하, 이 드레스는 어떠신지요. 요즘 가장 유행하는 스타일이랍니다. 레이스를 보세요. 아주 섬세하죠? 끝자락에 물방울 다이아몬드를 달아 저하의 품격을 나타내기에도 좋아 보입니다."

라브엘이 나긋하게 말했다. 나는 그녀의 인내심에 박수를 쳐 주고 싶었다. 벌써 몇 번째 반복되는 상황에 다른 시녀들은 다 나가떨어졌다.

이디스는 미친년 보듯 날 쳐다보고 있었고, 세실리아는 화려한 드레스의 향연을 볼 때부터 기가 질려 있었다. 에스더는 항상 그랬듯이 묵묵했지만 점점 눈에서 영혼이 빠져나가는 게 보였다.

에르마는…… 살랑살랑하며 온갖 아부를 펼치다가도 가끔씩 표정 관리를 못해 얼굴을 구겼다.

언제나 그렇지만 다들 고생이 많다. 하지만 이번에 가장 힘든 사람은 단연 나였다. 이것만은 자신할 수 있다.

나는 지금 새 드레스를 맞추는 중이었다. 수십 벌의 드레스가 내 앞에 놓였고, 그걸 계속 입었다 벗기를 반복하고 있다.

이 대단하신 드레스님들은 한 번 입고 벗는 걸로도 체력이 깎여 나갔다. 하나같이 무겁고 불편한 옷들이었다. 근데 나는 벌써 열 벌 넘게 착용을 마쳤다.

처음 옷을 고를 때는 분명 싸가지 없어 보이려고 고개를 저었건만, 어느새 입어 보지 않기 위해 고개를 젓는 걸로 변질되었다.

물론 처음 한두 번은 너무나 예쁘고 청순하고 섹시하고 귀엽기까지 한 내 모습—이건 자뻑이 아니라 진짜다—에 넋도 잃어 보고 기분도 좋아졌다.

그래서 신나게 갈아입었지만—물론 겉으로는 마음에 안 든다며 신경질을 냈다— 반복되니 더는 아무 느낌도 나지 않았다.

드레스님들이 뭐 하나 빠지는 것 없이 다 대단하셔서 그 부작용으로 눈에 띄는 것도 없었다. 안개꽃 사이의 장미는 눈에 띄지만, 장미 다발 사이의 장미 한 송이는 특별하지 않은 것과 같다고나 할까.

나는 이제 정물이 되어 버린 시녀들을 둘러봤다. 좀 심했나? 그래도 이 정도면 양호한 건데.

나에겐 어느 역사에 나오는 악녀처럼 비단을 찢으며 웃는 취미는 없었기에—그럴 담력도 없다— 그냥 고개를 저으며 마음에 안 든다고 거부할 뿐이었다.

내가 이 드레스를 다 찢어 놓았다면…… 아, 갑자기 위가 쓰려온다.

그래도 이 힘든 와중에 에르마를 특별 취급해 주는 건 잊지 않았다. 그녀가 골라 준 옷을 가장 많이 입었고, 입은 다음에도 다른 옷처럼 바로 고개를 내젓지 않았다.

에르마가 혼신의 힘을 다해 해 주는 아부—미의 여신 비스나테프가 와도 저하의 아름다움에 눈물을 흘릴 것이라는 둥, 신화 속 그 라멜랑쉬가 어떤 모습이었을지 저하를 보고 깨달았다는 둥, 너무 굉장한 비유라 감이 안 잡혀 오글거리지도 않았다—를 충분히 들은 후, 딱 한 마디를 내뱉고 옷을 벗었다.

마음에 안 들어.

내가 입은 드레스가 네다섯 벌이 넘어가기 시작한 후부터 에르마는 어휘력을 쥐어짜 내기 위해 엄청나게 고생했다. 그녀가 그렇게 힘들게 짜낸 다채롭고도 장황한 비유를 난 똑같은 말로 쓰레기통에 던졌다.

그럴 때마다 씰룩이는 에르마의 입매를 보는 게 이 고역 속의 유일한 낙이었다. 이렇게라도 스트레스를 풀어야지. 나는 속으로 히쭉 웃었다.

뭐, 스트레스 해소만을 위해 에르마를 괴롭히는 것은 아니었다. 시녀로 온 첫날부터 아이린과 밀담을 나눈 에르마가 괘씸했지만, 그녀 같은 조무래기엔 큰 관심이 없었다.

아이린에게 버림받을 것이 뻔했으니 굳이 내 손을 타지 않아도 된다는 게 그 첫 번째 이유였고, 아이린을 물 먹이면 에르마는 익사할 거라는 게 그 두 번째 이유였다.

하지만 아이린을 방심시키기 위해선 에르마에게 계속 적대감을 심어 주면서, 동시에 내가 그녀를 마음에 들어 한다는 인상을 남겨야 했다.

"색도 공녀 저하와 아주 잘 어울릴 것 같습니다. 입어 보시겠어요?"

내가 말을 않고 가만히 있자 라브엘이 재차 권했다. 그녀가 내민 드레스는 정말 아름다웠다. 잘 모르는 내가 보기에도. 그러니까 한마디로 비싸 보였다.

하얀 천은 고급스러운 윤광이 차르르 돌았다. 싸구려 느낌 나는 광택과는 차원이 달랐다.

그 천 위에 각기 채도가 다른 금실로 자수를 놓았다. 여러 가지 색실을 썼으면 자칫 촌스러워 보였을 텐데, 색조를 통일해서 그런지 굉장히 세련됐다.

게다가 소맷단의 레이스가 참 화려했는데, 그 소매를 빙 둘러 작은 다이아몬드가 달려 있었다.

이것도 존칭을 써야 할 드레스다. 드레스님!

"장난해? 나한테 이딴 넝마를 입으라고?"

그리고 난 드레스님을 가차 없이 모욕했다. 미안해요, 드레스님. 드레스님은 최고예요. 일단 가격이 그렇잖아요.

드레스를 제작한 황실 의상 장인은 해탈한 표정이었다. 처음엔 자존심이 상해 보였고, 그 후 분노와 어이없음을 거치더니 이젠 뜻 모를 미소를 머금고 있었다.

어디선가 많이 본 적 있는 미소였다. 학교에서 단체로 절에 갔을 때 저런 미소를 띤 후덕한 분이 온몸에 금칠을 한 채 앉아 계셨는데……. 낯선 의상 장인에게 익숙한 부처님의 향기를 느낄 줄이야.

그는 더 이상 내게 야심작이라며 드레스를 권하지도 않았다. 이쯤 되니 그의 멘탈이 걱정되었다.

아저씨, 아저씨의 작품들은 하나같이 다 완벽해요! 미안해요! 나는 말로 못한 진심을 눈빛으로 전했으나 별 효과가 없는 것 같았다.

새삼 아무렇지 않은—적어도 겉으로는— 라브엘이 존경스러웠다. 그녀는 어느새 다른 드레스를 골라 꺼내 들고 있었다.

붉은 천 위로 보석이 다닥다닥 박혀 있었다. 보기만 해도 무시무시한 무게가 느껴졌다. 결국 내가 먼저 항복을 외쳤다.

"그만. 이런 시시한 드레스 따위 아무리 봐도 마음에 차는 게 없어."

나는 의상 장인 쪽을 보지 않고 말했다. 진짜 송구스러워서 차마 눈을 마주칠 수 없었다.

내 말에 세실리아와 에스더, 에르마의 얼굴에 화색이 돌았다. 각자 정도는 다르긴 하나 분명한 안도가 그들의 얼굴에 퍼졌다.

이디스는 여전히 아니꼬운 표정이었고, 라브엘은 여전히 차분했다. 그녀는 헛걸음한 의상 장인에게 인사를 하며 하녀들에게 방을 정리할 것을 지시했다.

두 시간 만에 살아 있는 생불이 되어 버린 의상 장인이 걱정되었다. 상태가 좀 많이 안 좋아 보이던데……. 안색을 살피고 싶었으나 눈을 마주칠 용기가 없었다.

나는 도도하게 턱을 치켜들고 애써 그를 외면했다.

이쯤이면 나갈 채비를 끝내고 돌아섰겠지 싶어 의상 장인 쪽으로 고개를 돌렸다. 뒷모습이라도 살펴보기 위해서였다. 그리고 눈이 딱 마주쳤다.

그는 아주 열렬한 눈으로 날 바라보고 있었다. 그의 하인들이 옷가지와 짐을 다 챙기는 동안에도 나만을 뚫어져라 바라보고 있었던 것처럼, 한 치의 흔들림도 없는 시선이었다.

그렇게 상처였나? 그럴 만도 하다. 그의 명성으로 보나, 작품으로 보나 이런 취급을 받을 사람이 아니었다. 그는 평민 출신의 장인으로, 뛰어난 능력을 인정받아 남작으로 서작받은 이였다. 한마디로 천재였다.

나중에 다시 불러서 폭풍 칭찬하며 몇 벌 사면 조금이라도 괜찮지 않을까. 그가 나에게 옷을 팔지는 모르겠지만.

다시 외면하려는 내게 그가 성큼성큼 다가왔다. 그 전투적인 모습에 나는 조금 쫄았다. 설마 아무리 그래도 난 공녀에다가 레지나인데 별일 있겠어? 때리진 않겠지?

하지만 평생을 쏟은 작품에 대한 경시는 내 생각보다 더 모욕적인 일이었나 보다. 장인은 나를 향해 손을 내뻗었다.

"공녀님!"

내 예상과 다르게 두 손에 와 닿는 온기에 멍하니 눈을 깜빡였다. 장인이 내 두 손을 꽉 붙잡은 것이다.

아무 대답도 못하고 있는 날 부담스럽게 보던 그가 말을 이었다.

"부디! 꼭! 다음번에도 이 마일러트를 불러 주십시오!"

응?

순간 이해가 안 돼서 나는 잠시 가만히 있었다. 그러다 그의 말을 이해하고, 내가 잘못 들은 게 아니라는 것을 깨닫는 순간, 조금 전과 비교할 수 없을 만큼 눈을 크게 떴다.

뭐라고?!

경악한 내 시선에도 의상 장인, 마일러트 남작은 여전히 뜨거운 시선으로 날 바라보았다.

이건 무슨 전개지? 호, 혹시 그거인가? 에, 엠…… 마조히스트? 순간적으로 떠오른 생각에 나는 그에게 붙들린 손을 빼내려고 했다.

부언하자면 나는 그런 데에 편견 있는 사람이 아니다. 개인의 성적 취향을 존중하는 바이나, 나에겐 딱히 그런 성적 도착증이 없는 지라 그의 기대가 심히 부담스러웠다.

……내 모습이 그렇게 사디스트처럼 보였나? 에르마를 보며 고소하다고 생각한 게 티가 났나?

사디스트로 보인 것도 충격이긴 한데 고소해하는 게 티 났다면 그건 그것대로 또 문제였다. 에르마를 편애하는 걸로 보여야 하는데.

마일러트 남작은 빠져나가는 내 손을 재차 꽉 붙들었다.

이, 이러지 말아요. 나는 그런 사람 아니에요. 오햅니다. 사람 잘못 봤어요. 난 채찍질이나 촛농 같은 거랑 상관없는 삶을 살았다고!

나는 슬그머니 남작의 시선을 외면했다. 어떻게 말해야 상처를 주지 않고 말할 수 있을까. 아니, 마조히스트면 상처받는 걸 좋아하니 딱 잘라 거절해도 상관없나?

"미안하지만 나는 평범한 취향을……!"

"다음에는 반드시 공녀님의 마음에……!"

우리 두 사람의 입에서 말이 터져 나온 것은 정확히 동시였다.

어, 그러니까…… 내 태도가 이 황실 의상 장인님의 호승심을 자극했다는 거겠지?

애매한 침묵이 내려앉았다. 얼굴로 점점 열이 오르는 것이 느껴졌다. 손을 다시 빼내자 이번에는 아무런 제지도 없었다.

아, 쪽팔려. 정말 하루라도 안 쪽팔린 날이 없는 거 같다.

……그래도 말을 하다 말았으니 내가 무슨 말 하려고 했는지는 모르겠지? 몰라야 해.

남작이 눈을 데굴데굴 굴렸다. 내가 무슨 말을 한 건지 추리하는 중이겠지. 남작의 생각을 막기 위해 먼저 선수를 쳤다.

"그러니까 다음에 드레스를 볼 때도 경을 부르라는 말씀이죠?"

"네! 바로 그겁니다! 다음에는 반드시 공녀님의 마음을 사로잡을 드레스를 만들어 오겠습니다."

다행히 남작은 내 말을 잊고 열렬히 고개를 끄덕였다. 푸른 눈동자가 집념으로 타오른다. 이 사람의 순수한 열정을 다른 불순한 열정으로 곡해한 게 좀 미안해졌다. 나는 작게 미소를 지었다.

"기대하고 있겠습니다."

마일러트 남작은 긍정적인 대답에 만족해했다. 연거푸 확인을 하더니 날짜까지 받아 갔다.

여러모로 특이한 사람이었다. 보통은 짜증을 내며 이 방에서 나갈 텐데. 내 신분이 낮았다면 아마 소금 세례를 받았을 거다.

천재 중에 괴짜가 많다더니 사실이었다. 정신이 들자 마지막에 그에게 좀 더 오만하게 대답했어야 했나 하는 생각이 들었다.

하지만 옷 고르는 내내 온갖 짜증을 냈으니 그런 사소한 것은 상관없을 것 같았다. 그렇게 오랜 시간 동안 옷을 봤는데 드레스 한 벌 사지 못한 게 조금 아깝긴 했다.

그나저나 얼마나 당황스러웠으면 샤티 모드가 깨진 거지. 그래도 샤티 빙의만큼은 아이린의 성녀 빙의 빰친다고 생각했건만. 앞으로 더 정진해야겠다.

사실 남작의 흔적이 완전히 사라진 지금도 좀 얼떨떨했다. 나는 평소와 같은 상태로 돌아온 방을 훑어봤다. 볕은 여전히 좋았다. 잠시 창밖을 바라보다가 소파에서 일어났다. 정신 차리게 좀 걸어야겠다.

"산책 좀 가야겠어."

"채비를 하겠습니다."

나는 멍하니 고개를 끄덕였다. 옷을 갈아입느라 밖에 나가기엔 조금 가벼운 차림이었다.

물론 이곳 기준이고, 내가 보기엔 여름철 외출복으로 손색없었다. 여기 사람들이 핫팬츠를 보면 기겁하겠지.

귀찮긴 했지만 의상은 체통과도 연결되는 문제기에 나는 말없이 그녀들의 손에 몸을 맡겼다. 그래도 이제 첫날처럼 단장하는 데 하나하나 지적하진 않아서 나도 편하고 그녀들도 편했다.

단장을 마치고 방을 나서다가 멈춰 섰다. 심신의 안정을 위해 나가는 건데 곁에 신경 써야 하는 시녀들을 줄줄이 끼고 나가긴 싫었다.

하지만 계속해서 시녀를 떼어 놓고 다니는 것도 찜찜했다. 게다가 '원래' 샤티는 눈에 띄는 것을 좋아했다.

"여유롭게 걷고 싶으니 아무나 한 명만 따라와."

에르마가 나설 것을 염두에 두고 그렇게 말했다. 그녀만큼 내게 잘 보이려는 사람은 없으니까.

다른 사람들에게 패악을 부리는 것은 힘들었지만, 그녀만큼은 달랐다. 힘들기는커녕 아주 짜릿했다.

……설마 나 사디스트가 되어 가는 건가? 잠시 마일러트 남작의 열렬한 눈빛이 눈앞을 스쳤다.

"제가 따르지요."

내 예상과 다르게 라브엘이 답했다. 드레스를 고르는 것도 그렇고 가장 힘들었을 사람이 굳이 왜……?

나는 의문을 감추고 고개를 끄덕였다.

돌아서며 안 보는 척 에르마를 슬쩍 봤다. 찡그린 채 라브엘을 보는 눈치를 보아 하니 본인이 가려 했는데 그보다 먼저 라브엘이 답을 한 것 같았다.

아무 말 없이 평소처럼 궁내를 걸었으나 머릿속이 복잡했다. 라브엘은 지나치게 우수한 시녀였다. 황녀를 모신 경험에서 우러나오는 것이긴 하겠지만, 나에게는 그렇게 헌신적일 필요가 없다.

그녀는 딱히 내 도움이 필요하지 않고 난 그녀가 모실 정도로 대단한 사람이 아니었다. 어쨌거나 그녀는 백작 부인이고 나는 공작의 딸이다.

에르마가 나와 단둘이 산책할 기회를 놓친 것에 분해하던 것을 보면 한통속은 아닌 듯한데…….

어?

찬물을 끼얹은 듯 정신이 번쩍 들었다. 불현듯 떠오른 깨달음에 나도 모르게 걸음을 멈췄다.

나 왜 첩자가 하나라고 생각했지?

에르마가 첩자라는 것을 밝혀낸 순간 지극한 안도감이 내 몸을 휘감았다. 산을 하나 넘었으니 이제 모든 게 해결됐다고 생각했다. 처음으로 해 보는 간별인 데다 내 살마저 파먹는 방법이었지만, 나로선 최선이었고 결국 해냈다고. 그 안도감에 빠져 바보 같은 착각을 한 거다.

첩자가 한 명이라는 증거는 아무 데도 없는데.

에르마가 아이린의 첩자였으니 남은 네 명 중엔 적어도 황태자의 첩자가 한 명 있을 것이다. 혹은 모두가 누군가의 첩자일 수도 있다.

자각하니 머리가 깨질 듯이 아팠다. 라브엘은 갑자기 멈춘 내게 어떤 의문도 표하지 않은 채 조용히 기다렸다. 시녀의 귀감이었다.

그러고 보면 그녀는 처음부터 그랬다. 그녀 정도 되는 사람이 내 시녀가 된 게 달가울 리 없는데, 어떤 내색도 없이 완벽하게 일을 처리했다.

대체 그녀가 원하는 게 뭐지? 목적은?

딱히 내게 잘 보이려는 건 아닐 것이다. 그녀는 필요하면 나와의 충돌도 감수하는 태도를 보였다. 내 환심을 사지 않더라도 이 방에서 나오는 정보를 장악할 수 있기에 그랬을 수도 있지만 이해하기 힘든 행동이었다.

내가 시녀들에게 패악을 부릴 때, 라브엘은 나서서 상황을 중재하진 않아도 격화될 법하면 막았다. 첫날 허락 없이 문 연 것과 관련해서도 그렇고…… 스파이라면 당연히 충돌을 피해야 하는 거 아닌가?

복잡한 마음을 풀려고 밖으로 나왔는데 걸음걸음에 실이라도 달렸는지 걸을수록 생각이 꼬이고 엉켰다.

라브엘, 이디스, 세실리아, 에스더. 네 사람의 이름과 가문, 상황이 직소 퍼즐처럼 짜 맞춰지다가 흩어지길 반복했다.

이디스는 내 눈치를 하나도 안 보고 날 싫어하는 티를 팍팍 냈다. 그녀의 가문 역시 카일론에 못지않은 권세를 자랑한다. 같은 황제파이기도 하다.

현재로서는 가장 첩자일 가능성이 떨어지는 사람이었다. 하지만 머리가 좋은 사람이니 역으로 이걸 노린 걸 수도 있다. 황제파라는 것도 바꿔 말하면 황태자를 지지한다는 뜻이니까.

세실리아는 내게 잘 보이려고 하지만 그 이유가 명확하다. 가문의 부흥. 하지만 같은 이유로 황태자나 아이린의 편에 설 수도 있다.

에스더는…… 잘 모르겠다. 그녀는 조용하고 눈에 잘 띄지 않았다. 완전히 아무 말도 없었다면 오히려 눈에 띄었을 텐데 적당히 녹아들었다. 첩자의 조건이 존재감 없는 거라면 가장 잘 맞는 사람이 아닌가?

라브엘은 가장 수상했다.

결국 네 사람 모두에게서 의심을 지울 수가 없었다.

계속 패악을 부리다가 내 폭압에 참지 않는 사람을 포섭하는 것과 별개로, 첩자는 잡아내야 한다.

이건 기회였다. 정보를 교란시켜 역이용할 기회. 지금 첩자를 못

잡으면 기회를 놓치는 것이다. 내가 가진 패는 많지 않기에 기회를 잃는 건 큰 손해였다.

나는 천천히, 신중하게 걸음을 옮겼다. 몸과 함께 생각도.

그래서 기척이 작았던 걸까? 아니면 이야기에 심취해서 날 눈치 못 챈 걸까. 조금 떨어진 곳에서 하녀들이 웅기종기 이야기하는 게 바람을 타고 들려왔다.

“소문과는 다른 줄 알았는데 역시 괜히 그런 소문이 도는 게 아니더라.”

“그치? 처음엔 들은 이야기랑 너무 달라서 아이린 님이 걱정이 많으신가 했는데, 요 며칠 난리 치는 걸 보니 그 걱정이 이해되더라고.”

“그분이 괜히 염려하시던 게 아니었다니까!”

누구 이야기인지 이름은 안 나왔지만 척 봐도 내 이야기였다. 나는 발걸음을 멈췄다. 라브엘이 하녀들을 벌하기 위해 앞으로 나섰다.

궁에 들어온 첫날 아이린을 찾아갔을 때 하녀가 날 보기 무섭게 겁먹었던 것이 떠올랐다. 그때 벌써 샤티에 대한 소문이 퍼진 것인가, 하고 의아했는데 이제야 그 이유를 알았다.

아이린이 궁에 오자마자 날 씹어 댔을 것을 생각하니 그냥 웃음만 나왔다.

대뜸 하녀들의 뒷담화를 듣게 돼서 기분은 나빴지만 큰 걱정은 들지 않았다. 내가 악녀라는 소문이 날수록, 사람들이 날 색안경 끼고 볼수록 나중에 내 작은 친절 하나도 극명해진다. 또 아이린이 방심하기도 쉽고.

무엇보다 하녀들은 단순하다. 윗사람의 작은 아량과 약한 처벌에도 손바닥 뒤집듯 태도를 바꾸는 사람들이 대부분이었다. 반드시 회유해야 하는 이들도 아니었다.

현재 이 궁의 주인은 둘이었고, 따라서 모든 하녀들이 날 섬기길 바라는 것은 어불성설이다.

일단 내게 배정된 하녀들부터 관리해야겠지. 그전에 시녀들부터 해결해야겠지만.

할 일이 정말 많다. 내가 태평하게 현재 상황을 곱씹는 사이 라브엘이 하녀들의 지척까지 다가갔다. 그제야 우리를 본 하녀들이 소스라치듯 놀라며 고개를 조아렸다.

"지금 무슨 이야기를 지껄이고 있었던 게냐?"

"사, 살려 주십시오."

"잘못했습니다. 살려 주십시오."

싸늘하고 엄한 라브엘의 물음에 하녀들이 엎드렸다.

저런, 일단 카일론 공녀에 대한 이야기가 아니었다고 잡아뗐어야지. 속으로 혀를 찼다.

나는 앞으로 나서지 않고 라브엘의 뒤에 서서 상황을 지켜보았다. 어디 한번 어떻게 나오는지 볼까. 입을 잘못 놀린 하녀를 벌하는 것은 누구나 할 수 있다. 하지만 여기서 무언가를 얻어 낼 수 있느냐는 다른 문제다.

"무슨 잘못을 했길래 살려 달라 비는 것이냐. 설마 방금 한 이야기가 용서를 빌어야 하는 말이었던 것이더냐?"

"그, 그게…… 아니옵니다."

"아니라면 왜 다짜고짜 빈 것이냐."

"그건……."

하녀들이 무슨 말을 할지 서로 머리를 굴리며 눈치를 보았다. 하지만 벌벌 떨리는 입에서 나오는 말은 없었다.

하긴, 변명할 재간이 있었다면 처음부터 다짜고짜 빌지 않았을 거다. 아니, 애초에 이렇게 궁 회랑에서 큰 목소리로 떠들어 대지도 않았겠지.

궁의 벽은 귀로 이루어졌다. 어떤 이야기가 어떤 식으로 누구에게 들어갈지 모른다. 궁인이면서 그거 하나 모르다니. 이용할 가치도 없는 존재였다.

하지만 지금 내 손에 주어진 패는 없다. 버릴 패조차. 나는 앞으로 나섰다.

"윗전에 대해 입을 함부로 놀렸다면 당연히 빌어야지."

"저, 저하! 그게 아니오라……."

하녀들이 땅바닥에 머리를 박을 듯이 조아렸다.

내 성격을 잘 알고 있으니 무슨 벌을 받게 될지 몰라 공포에 떠는 게 보였다. 차라리 라브엘 선에서 끝났으면 나았을 거라고 생각하겠지.

나는 그녀들을 내려다보며 은근하게 말을 이었다.

"설사 당사자가 아니더라도 아랫것이 윗전을 욕보이는 것을 좋아할 리는 없으니 말이야."

"예……?"

아직 앳된 얼굴이 멍청하게 날 올려다본다.

나는 가늘게 웃었다. 자비롭지 않도록, 냉엄하니 온기 하나 느껴지지 않게. 꼭 뱀의 미소같이, 이 기회를 잡지 않으면 살아날 길이 없는 것처럼.

굳이 내 사람으로 만들 필요도 없는 것들이다. 공포면 충분하다. 내 말을 듣지 않으면 죽을지도 모른다는 공포.

아이린과는 다른 방법이었다. 정확히는 그녀가 하지 못하는 방법이다.

빌미는 고맙게도 그녀 자신들이 제공해 줬다. 호의와 공포심. 어느 것이 더 효과 있을지는 극명하다.

"그래서 스테나 영애가 너희에게 그리 박하게 굴더냐?"

"그, 그것이……."

"왜 말을 못하는 게냐? 설마, 너희가 말하는 사람이 다른 사람인 것은 아니겠지. 이 궁에 거하는 자는 둘. 스테나 영애가 아니면……."

나뿐인데. 감히 날 구설수에 올렸다고 내 앞에서 이야기하는 건 아니겠지?

뒷말을 삼키고 그녀들을 내려다보았다. 입술은 여전히 웃고 있으나 눈빛은 그녀들을 찢고도 남을 정도로 강렬했다.

때로는 말보다 시선이 더 많은 것을 담는다. 하녀들의 얼굴이 창백하다 못해 새파랗게 굳어졌다.

"스, 스테나 백작 영애가 맞사옵니다!"

"그러하옵니다!"

미소를 지우고 납작 엎드린 그녀들을 내려다보았다. 아무 말도 하지 않았음에도 더 초조해진 그녀들이 앞다투어 입을 열었다.

"백작 영애가 저희들을 아주 못살게 굴고 있나이다. 저하께서도 어떤지 아신다면 저희를 책하지만은 않으실 겁니다."

"감히 윗전에 대해 입을 잘못 놀린 벌은 달게 받겠사오나, 백작 영애의 행동이 도를 지나쳤습니다."

나는 그제야 미소를 지었다. 이번에는 눈까지 휘며 만족스럽다는 듯이.

"이상하구나. 듣기로 백작 영애의 자애로움이 온 궁을 감동시켰다던데 너희가 이리 박해받았다고 하니."

"그것은…… 아직 백작 영애의 패악을 겪지 못한 자들이 하는 말입니다."

"맞사옵니다. 저희는 백작 영애의 진실을 아는 자들입니다."

"……."

나는 다시 표정을 굳히고 그녀들을 보았다. 내 반응에 두 쌍의 눈동자가 파르르 떨렸다.

"그뿐만이 아닙니다. 저희에게 자신에 대해 거짓 소문을 퍼뜨리게 시켰습니다."

"거짓 소문이라 하면?"

내가 흥미를 보이자 두 사람은 고개가 떨어져 나갈 듯이 끄덕이며 말을 덧붙이고 살을 불렸다.

"그 악독한 성정을 숨기고 자애로운 주인이라는 말이 돌게끔, 저희에게 본인에 대해 말을 지어 내도록 사주했습니다."

"그뿐만이 아닙니다. 감히 공녀 저하에 대해서도 말을 지어 내게 시켰습니다. 그 내용이 너무나도 허황되고 사특해, 차마 말씀드릴 수 없을 정도입니다."

"감히 두 분에 대해 미천한 입방아를 찧어 댄 건 마땅히 죽어 죄를 씻을 일이오나, 백작 영애의 간계임을 헤아려 주소서."

나는 머리를 조아리는 그녀들을 내려다보았다. 원래라면 사주를 받았든 아니든 윗전에 대해 말을 한 것만으로도 벌을 받기 마련이다.

내 비위를 잘 맞췄다고 생각하면서도 불안한지 엎드린 등이 잘게 떨렸다. 나는 그녀들의 공포가 충분히 무르익길 기다렸다가 입을 열었다.

"내 너희들을 이해한다."

내 한 마디에 그녀들이 화색을 띠며 고개를 들었다. 나는 그 얼굴을 엄하면서도 짐짓 자애롭게 바라보며 말을 이었다.

"백작 영애도 그러하지만 나 역시 이 궁의 주인. 날 섬기는 이들이 이리 고통받는데 좌시하지만은 않을 것이다."

"가, 감읍할 따름이옵니다."

"저하의 은혜가 하해와 같사옵니다."

하녀들의 얼굴에 안도감과 기쁨이 퍼져 나갔다. 아이린을 진정으로 섬긴다면 지금 내 말에 안도하는 한편, 걱정과 불안을 느꼈을 것이다.

하지만 그녀들의 얼굴 어디에도 그런 기색은 없었다. 본인들이 한 말 때문에 내가 대놓고 아이린을 질타하겠다고 말했는데도.

하긴, 그런 사람들이었으면 아무리 자신을 위해서라고는 해도 아이린이 나에 대한 소문까지 사주했다고 말을 지어 내진 않았겠지.

어차피 이 궁에서 내 악담의 최초 근원지는 아이린이니 결과적으로 아주 틀린 말은 아니었다.

자기 목숨 앞에서 평소 좀 잘해 주던 윗사람 따위 하나도 소중하지 않다. 방금 전까지 악독하다 욕하던 이의 발아래에서 배를 까뒤집고 어떻게든 잘 보이려 애쓰는 것만 봐도 그렇다.

하녀들이 아이린 앞에 가서 오늘 일을 말하지 않도록 더 큰 공포를 보여야 했다. 내게 대항할 생각조차 갖지 못하게끔.

그녀들이 생각하는 아이린과 나 사이에는 아주 크나큰 차이가 있다. 아이린은 자애로운 만큼 잔인하지 않고, 나는 악독한 만큼 얼마든지 잔인해질 수 있다고 여길 것이다. 그렇다면 그 착각을 이용하면 된다.

"스테나 영애가 사주한 이가 너희 말고도 있더냐?"

"그…… 저희뿐이옵니다."

그렇겠지. 애초에 사주하지 않았으니까. 나는 고개를 끄덕였다.

"이제 막 주인이 들어온 궁에 벌써 분란을 만들 필요는 없으니 너희들의 억울함은 나중에 때가 되면 풀어 줄 것이야."

"저하의 배려에 그저 감사할 따름입니다."

다 끝났다는 생각에 가벼워진 얼굴을 비릿하게 쳐다보며 말을 이었다.

"만약 이 일에 대해 다른 사람이 알게 된다면…… 그건 누구 입에서 나왔는지 굳이 확인할 필요도 없겠지."

"……."

"나는, 함부로 입을 놀리는 사람을 아주…… 싫어해."

싫어한다는 말을 할 때엔 오히려 눈에 힘을 풀었다. 발아래에서 기는 벌레를 쳐다보는 것처럼 그녀들을 내려다보았다. 너희의 목숨 따위는 내게 벌레의 그것과 다를 게 없다고. 내 발짓 한 번에 눌려 죽을 수 있는 생이라고.

"이미 너희는 입 간수를 제대로 못했지."

그녀들이 실제로 욕한 대상이 나라는 것은 본인들도 알고 나도 안다.

"나는 처음이 곧 마지막이야. 두 번째 기회를 주는 경우는 없어.

너희들은 아주 특별한 경우지. 내가 이렇게 기회를 주는데, 설마 실망시키지는 않겠지?"

"명심하겠나이다. 절대 이 일을 다른 데 발설하지 않겠습니다."

"믿어 주십시오, 저하. 저희는 저하의 뜻을 따르겠습니다."

하녀들은 필사적인 만큼 간절한 눈으로 날 올려다보았다.

"스테나 영애가 사주했던 내용을 아주 자세히 기억해 놓는 게 좋을 거야. 만약…… 너희들의 말이 앞뒤가 맞지 않는다면, 나는 오늘 들었던 말에 대해 의심을 할 수밖에 없으니까."

그 말을 남기고 서리가 일 정도로 냉정하게 그녀들을 지나쳤다. 하녀들은 내가 곁을 지날 때까지 바닥에 엎드린 채 일어나지 않았다.

나는 그녀들과 거리가 벌어질 때까지 앞만 보고 걷다가, 조금 뒤에서 날 따르는 라브엘을 일별했다.

자, 이제 라브엘을 어떻게 처리한다?

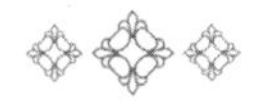

방 안에 있을 때는 포근한 정도였던 날씨가 막상 밖에 나오니 덥게 느껴졌다. 몸을 빈틈없이 조인 코르셋도 한몫했다.

아, 헐렁한 면 티에 핫팬츠 입고 싶다.

라브엘은 할 말이 많은 얼굴로 날 쳐다봤다. 항상 차분하던 모습과 달랐지만 그럴 만도 했다. 나 역시 그녀에게 할 말이 있었다.

하지만 그녀가 할 말도, 내가 할 말도 남의 눈앞에서 쉬이 할 수 없는 종류다. 어느 정도 정원 깊숙이 들어간 후에야 나는 그녀를 돌아봤다.

마주 본 그녀의 얼굴은 평소와 많이 달랐다. 할 말이 있어 뵈는 것도 그렇지만, 차갑고 엄격한 느낌이 물씬 풍겼다.

라브엘이 이렇게 딱딱한 표정을 짓는 것은 처음 봤음에도 아주 익숙했다. 내가 직접 본 것이 처음일 뿐, 샤티의 기억 속 그녀는 항상 이런 표정이었다.

카일론 공녀의 시녀 라브엘이 아닌, 피오겔 백작 부인의 얼굴이다.

"성급하셨습니다."

나를 책하는 말투 역시 완벽한 백작 부인이었다. 라브엘 앞에서 책잡힐 행동을 많이 했지만, 항상 나긋하게 얼렀지 이런 식으로 꾸짖진 않았다.

그녀의 갑작스러운 변화에 어떻게 반응해야 할지 갈피를 잡지 못했다. 하녀들을 협박할 때 라브엘에게 무슨 말을 할지 머릿속에 다 계산해 두었지만 이런 건 내 시나리오 어디에도 없었다.

내가 생각했던 최악의 상황은 아닌 것에 안심해야 할지, 아니면 대비를 못한 상황이라는 것에 근심해야 할지.

"정신 차리세요, 공녀."

"무슨……."

"내 앞에서 그리 계책을 내보이면 어찌합니까. 내가 어떤 사람인지 알고요."

명백하게 날 나무라는 목소리에 당황했다. 지금 이게 무슨 상황이지?

누구보다 철저히 '시녀'에 걸맞게 행동하던 라브엘이 한순간에 피오겔 백작 부인이 됐다. 전혀 예상하지 못했던 일에 당혹감이 앞섰다.

"내가 스테나 영애의 사람이면 어쩌려고 했습니까."

"라브엘, 대체 무슨 말을 하는 거야? 비록 당사자는 아니나, 감히 윗전을 능멸하는 하녀들이 있길래 꾸짖은 것뿐이야. 그런데 계책이라니? 마치 내가 하녀들에게 무언가를 명했다는 듯이 말하는구나. 내가 그랬던가?"

"……명하시진 않았지요."

"그런데 계책이라니, 이건 또 신선한 모함인데."

"내가 보았던 것이 그대로 스테나 영애의 귀에 들어가면 일이 힘들어졌을 것이란 말입니다."

만약 그녀가 아이린의 사람이었다면, 같이 산책을 나올 때 에르마가 그리 아쉬운 표정을 짓진 않았을 거다.

아이린이 에르마에게 비밀로 하고 첩자를 한 명 더 넣었을 수도 있지만, 아이린은 지금 날 무시하고 있다. 그럴 가능성은 희박했다. 무엇보다 그녀가 피오겔 백작 부인씩이나 되는 사람을 부릴 수 있을 리가 없다.

때문에 내가 판단한 가장 최악의 상황은 라브엘이 황태자의 사람이라는 것이다. 물론 그에 대한 대비책은 준비해 두었다.

하지만 내가 올가미를 드리우기도 전에 라브엘이 먼저 말을 꺼냈다. 예상치 못한 상황이긴 했지만 당황하고만 있을 순 없다.

"그래서 지금 날 모시는 시녀이면서 스테나 영애에게 오늘 있었던 일을 말하겠다는 것이냐?"

"그럴 거면 애초에 이리 말을 꺼내지도 않았겠지요."

그래, 그렇겠지. 지금 라브엘은 완전히 내 사람처럼 굴고 있다. 내 경솔함을 꾸짖고 상황을 넓게 보도록 간언하고 있다.

그게 거짓인지 진실인지는 아직 알 수 없다. 이렇게 함으로써 그녀가 얻는 건 대체 뭐지? 고작 내 신뢰? 행동에 목적이 있을 텐데 도통 알 수가 없다.

내가 아무 말 없이 바라보기만 하자, 그녀는 한숨을 푹 내쉬었다.

"난 공녀의 시녀가 되기 싫었습니다. 단순히 신분 때문이 아닙니다. 그대 같은 이는 설령 황후가 되더라도 모시고 싶지 않습니다. 요 며칠 행동을 돌아보면 스스로 그 이유를 아시겠지요. 그런데도 내가 공녀의 시녀로 온 것은 순전히 카일론 공 때문입니다."

"……."

나는 선불리 그녀를 믿지 않았다. 저런 말은 누구나 할 수 있다. 아니, 아무 관련도 없는 자는 저리 말하지 않을 것이다.

둘 중 하나다. 내 적이거나 우군이거나.

정말 아빠의 사람인지, 아니면 적이 날 속이기 위해 아빠가 보낸 사람인 척하는 것인지 판단하기는 아직 이르다. 낙관하는 것보단 최악을 가정하는 게 좋다. 확실한 증거가 필요했다.

"공께선 몇 번이나 날 찾아왔고, 난 몇 번이나 거절했습니다. 그대를 잘 알고 있으니까요. 내가 마음을 돌린 건 황궁 외궁에서 공과 만났다는 이야기를 듣고 나서였죠."

아빠와 내가 외궁에서 만난 걸 아는 사람은 많다. 공개된 장소에서 만났고 지나다니는 사람도 많았으니까. 그러니 이 말만으로는 그녀가 정말로 아빠에게서 이야기를 들었다고 확신할 수 없다.

나는 한 번 안도감에 빠져 실수를 했다. 첩자가 한 명이라 단정

내리고 안심했다. 다행히 돌이킬 수 있는 지점에서 그 실수를 찾았지만, 더 이상 같은 실수를 할 수 없다. 다음에는 주워 담을 수 없을 것이다.

"도서관에 갔다 오는 길에 아버님과 마주친 것을 말하는 건가? 그 일이 어째서 네 마음을 바꿨지?"

일부러 '우연히'라는 말은 뺐다. 강조하는 것처럼 보이면 역효과를 부를 수도 있으니까.

내 말에 라브엘이 웃었다. 그 웃음은 명백한 호의와 안도를 담고 있어 당황스러웠다.

"카일론 공께서 공녀의 말을 전했습니다. 일부러 혼자 외궁에 나온 것, 그리고 첩자를 잡아 이용하기 위해 시녀 명단을 올리지 말아 달라 청한 것을 말씀하셨지요. 솔직히 궁에 들어와 공녀의 태도를 보고 그게 사실인가 의심스러웠습니다. 하지만 지금 모습을 보니 기우였던 것 같군요."

"……."

아…… 어째서인지 갑자기 코끝이 찡했다.

이 넓은 궁에서 지금 내 편은 나 하나였다. 드디어 온전히 믿을 수 있는 사람을 만난 것이다.

떨림을 가라앉히기 위해 살포시 눈을 감았다. 아무것도 보이지 않게 되자 내 심장이 얼마나 간절하게 뛰는지, 내 손발이 얼마나 아프게 떨리는지, 내 숨이 얼마나 절실하게 일렁이는지 세세하게 느껴졌다.

다시 눈을 떴을 때, 나는 흔들림 없이 라브엘, 피오겔 백작 부인을 응시했다.

“그간의 제 무례를 부디 용서해 주십시오, 피오겔 백작 부인. 멀리서라도 보는 눈이 있을까, 고개 숙여 사죄드리지 못하는 점 양해를 부탁드립니다.”

피오겔 부인이 환히 웃었다. 그녀는 항상 부드러운 표정이었고 언제나 작은 미소를 머금고 있었다. 하지만 이렇게 웃는 것은 처음이었다. 대견해하는 미소가 그녀의 얼굴에 떠올랐다.

“라브엘이라 부르십시오. 끝까지 절 믿지 않은 건 잘하셨습니다.”

“흉한 모습을 많이 보여 부끄러울 따름입니다.”

그녀는 잠시 날 훑었다. 시선이 위에서부터 아래로 내려갔지만, 기분 나쁘지 않은 눈길이었다.

“정말로 사람이 변한 것 같군요.”

저 간단한 한 마디에 많은 감상이 담겨 있었다. 나는 쓰게 웃었다. 변한 건 당연하다. 껍데기만 같을 뿐 전혀 다른 사람이니까.

“이제 철 들 때도 되었지요.”

“안심입니다. 하지만 다른 이들 앞에선 아까와 같은 행동은 삼가는 게 좋겠어요. 누가 누구의 사람일지 모릅니다.”

“부인을 회유할 생각이었습니다.”

나는 당돌하게 내뱉고 그녀의 눈을 똑바로 응시했다. 확신을 담아서. 자신 없는 사람에게 회유당하는 사람은 없다. 얼마간 허공에서 시선이 맞부딪쳤다. 부드럽지만 서늘한 시선이 날 파헤쳤다.

난 그 시선을 그냥 담담히 받아넘기지 않았다. 담담하게 받아넘기는 것만으로도 부인은 날 재평가하리라. 침착한 모습은 샤티와 다르기에 더 돋보일 것이다.

하지만 내 편이 아닌 사람을 회유하기 위해선 고작 생각보다 괜찮다는 인상만 주어선 안 된다. 상대를 압도해야 한다.

분명 나는 백작 부인에 비해 정치력도 약하고 인간관계도 서툴다. 하지만 난 한 번 죽었다.

숨이 끊어질 때의 기억이 생생하다. 그 경험은 오롯이 내 안에 녹아 있다.

이건 기 싸움이었다. 단순하다. 복잡하게 말을 얽어 그물을 드리울 필요도 없고 여러 상황을 꼬아 함정을 파는 것도 아니다. 나는 숫제 그녀를 집어삼킬 것처럼 쏘아보았다.

"……공녀를 꾸짖었으나 나 역시 성급했군요. 날 회유하는 것은 공녀의 능력으로 불가능하다고 판단했습니다. 그러기에 성급하셨다고 말씀드렸죠. 만약 내가 카일론 공의 사람이 아니라면 어찌할 생각인지 걱정이었습니다."

라브엘이 말하는 동안 나는 너무 떨지 않기 위해 몸에 있는 대로 힘을 줬다. 그녀가 아빠의 사람이라는 확신을 받았을 때보다 훨씬 더 거대한 감정이 밀려왔다.

"하지만 지금 모습을 보니 내 판단이 틀렸군요. 기우였습니다. 공의 부탁을 받지 않았어도 결국 공녀를 따랐을 것입니다."

나는 해일 같은 감정을 온몸으로 받아 내며 떨리는 손을 꽉 맞잡았다.

내 인생은 그렇다. 실패투성이였다. 인간관계라는 측면에서 보면 더 확실하다.

가족과의 관계조차 제대로 된 것이 없었고, 친구는 내 비극을 비웃었으며, 내게 유일했던 사람을 빼앗아 갔다. 그리고 유일하게 내 사람이라고 생각했던 남자는…… 내게 가장 상처가 되는 방법으로 날 버렸다.

누군가를 온전히 내 사람으로 만드는 것 자체가 없던 인생이었다.

시녀들이 오고 그들을 회유하겠다고 결심하고도 그 일을 뒤로 미뤘다. 악녀 짓을 통해 판별부터 하겠다고. 회유는 뒷전이었다.

첫 만남부터 그녀들의 마음을 사로잡을 생각은 못했다. 아니, 안 했다. 외면했다. 배신당하기 싫었다. 내가 선의를 보였을 때 사람들이 날 따른 기억이 없다. 변절은 지긋지긋했다.

"울지 마십시오."

내가 우나? 전생에서도, 현생에서도 남 앞에서 눈물을 보이길 싫어했다. 약점이라고 생각했다. 그래서 울지 않았다. 하지만 지금은 멈추려 해도 걷잡을 수 없이 감정이 새어 나왔다.

"아주 어릴 적부터 공녀를 봐 왔지요. 태어날 때도 곁에 있었고요. 겉과 달리 마음이 약한 아이라는 건 알고 있었습니다. 그래서 잘 안다고 생각했지요. 속단했습니다. 황후감은 아니라고."

"나는 황후가 될 것입니다."

"나는 공녀를 황후로 추대할 것입니다."

확인받고 싶었다. 피오겔가는 황제파였다. 황가에서 날 택하지 않더라도 날 지지한다는 말이 듣고 싶었다.

"그에 방해되는 사람은 누구든 용서치 않을 것입니다. 스테나 영애도, 황태자도…… 폐하마저도."

내 마지막 말에 라브엘의 얼굴에 숨길 수 없는 동요가 떠올랐다.

그녀에게 시선으로 답을 종용했다. 호소하듯, 명령하듯, 채근하듯 알 수 없는 눈을 한 소녀가 라브엘의 눈동자 안에 가득했다.

라브엘이 미소 지었다.

"공녀를 황후로 추대하리라 말씀드렸을 텐데요."

번복은 없다고 그녀가 말했다. 나는 고개를 끄덕였다.

내색은 안 했지만 내가 내뱉은 말에 나 또한 놀랐다. 황태자와 황제를 언급하다니. 나는 반정까지 생각했던 것인가. 이래서야 역사에 기록될 악녀로 손색없다.

"앞으로 잘 부탁드립니다."

내 말에 라브엘이 고개를 숙였다. 백작 부인의 예에 절로 송구한 마음이 들었으나 나는 당당히 허리를 펴고 그 인사를 받았다. 나는 이제 그녀의 진정한 주인이었다.

내 선택으로 만든 내 사람.

주어진 상황에 고민하고, 번민하고 그러다 선택하고 후회하고 다시 고민하고, 번민한다. 요르문간드의 고리처럼 끝없이 순환하는 고통이 내 인생을 이루었다.

그 선택의 과정에는 어떤 지표도 없다. 맞게 가고 있는 것인지, 잘해 내고 있는 것인지 단 한 번도 확신할 수 없었다.

변화를 택했으나 정말로 변하는 건 참 두려운 일이었다. 그게 발전인지 퇴보인지, 선택한 후 가는 동안에도 알 수 없다.

인생에 정확한 척도는 없다. 방향을 확인하고 싶은데 등대 하나 존재하지 않는다. 나는 깜깜한 바다를 표류했다. 불어오는 바람이나 바뀌는 해류에 의존한 채 이 길이 맞는 길이길 바라면서 떠다녔다.

그러면서도 언제나 정답을 고르길 원한다. 모든 상황을 아는 것이 아님에도, 자신의 경험과 성향에 따라 결정이 편중될 수밖에 없음에도 완벽한 정답을 원한다.

모든 갈등을 해결할 마법 같은 정답.

이렇게 했으면 더 좋았을 텐데, 이런 선택지도 있었는데 왜 답답하게 그리 행동했지? 왜 멍청하게 굴었지?

선택엔 대체로 후회가 따랐다. 하물며 친구랑 다투고 나서도 그때 이렇게 말할걸, 하고 후회했던 게 내 인생이었다.

나는 평생 정답을 고르지 못하리란 것을 안다.

하지만 그래도 지금 당장은 꽤 괜찮은 선택을 한 것 같다. 이것이 완벽하게 계산된, 내 판단에 의해 일어난 일이 아니라 우연과 필연이 겹쳐 이뤄 낸 결과일지라도.

나는 이 깜깜한 바다에서 나침반이 되어 줄 별 하나를 건져 올렸다.

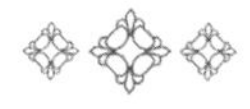

오늘따라 조금 들뜬 상태였다. 아침에는 일찍 눈을 떴고 밥도 먹는 둥 마는 둥 했다. 신경이 다른 데 쏠린 양 시녀들이 뭘 하든 상관도 안 했다.

내 태도에 시녀들은 의아한 듯했으나, 굳이 이유를 물어 간만의 휴식을 깨진 않았다. 나는 그녀들의 태도를 알면서도 가만히 있었다.

평화가 깨진 것은 단장을 하면서였다. 나는 몇 번이고 옷을 다시 입었다. 시녀들을 괴롭히는 게 목적이 아니라 신중히 옷을 고르고 그에 맞는 장신구를 하고 싶었을 뿐이다.

이 모든 것은 만들어진 감정이며 의도된 상황이었다.

일부러 들뜬 척하는 것이지만 내심 기대되기도 했다. 어쨌거나

궁에서 유일하게 내게 친절했던 사람과의 티타임이었다.

"아니, 아니. 그런 거 있잖아. 한 듯 안 한 듯 모르겠지만 할 거 다 한 화장. 화려하면서도 너무 신경 쓴 티 안 나고 섹시하면서도 순진해 보이는 그런 거!"

내 말에 블러셔를 고르던 에스더가 손을 멈췄다. 그녀의 묵묵한 얼굴엔 극명한 짜증이 서려 있었다.

대체 어쩌라고. 그녀의 눈이 물었다. 그러게. 주문하는 나도 내가 뭘 원하는지 모르겠다.

"좀 잘해 봐! 막 피어오르는 꽃망울처럼 생기 넘치면서도 떨어지는 꽃잎처럼 가냘픈…… 그런 느낌 알지?"

뒤에서 이디스가 들고 있던 퍼프를 던지는 게 거울을 통해 보였지만 모르는 척했다. 지금 그게 중요한 게 아니다.

말이 점점 모호해졌다. 이게 아닌데, 싶었지만 달리 내가 원하는 걸 표현할 수 없었다. 그런 느낌적인 느낌 있잖아. 이걸 꼭 말로 해야만 아나?

결국 보다 못한 라브엘이 나섰다.

"저하, 지금도 충분히 아름다우십니다."

"그러합니다. 그…… 말씀하셨던 꽃망울 느낌이 납니다."

"아니, 그 꽃망울 느낌보다 훨씬 아름다우셔요. 청순 섹시와 큐티 러블? 아무튼 그것의 분배가 완벽하옵니다."

청순 섹시와 큐티 러블리는 내가 오늘의 단장 콘셉트를 설명하며 늘어놓았던 말이다.

그게 대체 뭔지 감도 못 잡으면서, 일단 내가 원한다고 말했던 걸 그대로 읊는 게 눈에 보였다. 뭐, 듣기엔 썩 괜찮았다.

다들 단장을 멈추기 위해 최선을 다해 날 칭찬했다. 오죽하면 그 이디스마저 내게 아름답다며 찬사를 보내겠는가.

계속 그런 말을 들으니 좀 그런 것 같기도 했다. 나 진짜 예쁜 거 맞지?

평소에는 아침에 막 일어나 흐트러진 머리를 한 채 눈곱을 매달고도 예뻐 보이더니, 오늘은 풀메이크업에 의상까지 빵빵하게 갖췄는데도 영 만족스럽지가 않다. 만족스럽지 않은 척만 하려고 했을 뿐인데 진짜 그렇게 됐다.

마일러트 남작의 드레스를 한 벌쯤 살 걸 그랬나? 지금 옷도 나쁘진 않았지만 못 가진 신상이 눈에 밟히는 건 어쩔 수 없다.

나는 거울 속 내 모습을 찬찬히 훑었다. 만개하는 꽃도 바로 시들게 할 미모였다. 그런데도 계속 뭔가 부족해 보였다. 사람의 욕심은 끝도 없다더니.

“저하, 차를 내올까요? 마침 좋은 찻잎이 들어왔습니다.”

내가 다시 화장하라고 할까 봐 서둘러 화제를 돌리는 게 눈에 보였다.

나는 속으로 한숨을 쉬고 일어났다. 더 화장을 고쳐 봤자 더 나아질 것도 없어 보였기 때문이다.

“됐어. 그건 나중에 5황자께서 오셨을 때 마시도록 하지.”

에르마가 의미심장한 시선으로 바라보는 것을 모르는 척 고개를 돌렸다.

그런데 뜻밖에 이디스가 날 묘한 눈으로 쳐다보고 있었다. 항상 짜증이 담긴 시선을 보냈는데, 지금 그녀의 붉은 눈동자에 담긴 것은 그런 종류가 아니었다.

뭐지? 어쨌든 호의 어린 시선이 아니라는 것만은 확실했다.

"알겠습니다. 곧 전하께서 오실 시간이기도 하니 준비를 시작하겠습니다."

시계를 보니 짧은 시침이 숫자 10에 가까웠다. 어느새 시간이 그렇게 되었다.

티타임에 초대하고 싶다는 내 편지에 5황자는 영광이라고 답했다. 그래서 오늘 함께 자리하게 된 것이다.

시간이 다 되었다는 걸 깨닫자 초조함이 온몸을 휩쓸었다. 나는 다시 거울을 봤다. 머리 장식이 좀 이상한 거 같은데, 조금 더 괜찮은 거 없나?

이를테면 성숙한 여인의 향기가 물씬 풍기면서도 순수한 아이 같은 발랄함이 깃든…… 소녀와 여인 사이의 아슬아슬한 경계를 나타낼 법한 그런 머리핀.

내가 생각해도 그딴 건 없을 거 같다.

나는 거울에서 눈을 돌렸다. 보고 있어 봤자 독이었다. 나는 지금 내 모습이 완벽하다고 세뇌를 걸었다. 사실 굳이 꼭 예쁠 필요는 없다. 예쁘면 더 좋을 뿐이지. 예쁜 여자의 청을 거절하는 남자는 없으니까.

일전에 봤던 5황자의 모습을 떠올리면 그가 내 부탁을 어렵지 않게 들어줄 것 같긴 했다.

하지만 달리 생각하면 원치 않는 구설수를 피하고자 거절할 것 같았다. 그와 나 사이에는 지켜야 할 의리도 없고 친교도 없다.

초조해하는 척이라도 해야 하는데 정말 초조해서 그럴 필요가 없다는 사실이 위안이려나.

나는 에르마를 확인했다. 아주 열심히 날 보고 있었다. 이 상황에서 유일하게 만족스러운 점이었다.

이제 곧 5황자가 올 것이다. 번다한 마음을 다잡기 위해 소파에 앉아 눈을 감았다. 얼마간 명상하자 5황자가 도착했다는 알림이 들렸다.

나는 번쩍 눈을 뜨고 자리에서 일어났다. 너무 격한 반응이라는 자각이 들어 다시 앉았다가, 앉아서 그를 맞는 것은 실례라는 걸 깨닫고 다시 일어났다.

진짜 정신없다. 솔직히 긴장했다.

"방으로 모시도록 해라."

허락이 떨어지자 문이 열렸다.

짧게 친 검은 머리카락은 여전했다. 검게 보이는 눈동자도. 나는 왜인지 안심했다. 천천히 들어오는 그를 향해 무릎을 굽혔다.

"5황자 전하를 뵙습니다."

"오랜만입니다, 카일론 공녀."

예의 바른 모습도 여전하다. 나도 모르게 긴장이 풀려 미소가 나왔다.

"지난번 궁까지 에스코트해 주신 것, 정말 감사드립니다."

"하고 싶어서 했을 뿐입니다."

레지나 간택 축하연에서 춤을 춘 것에 대해 감사를 전했을 때와 비슷한 대답이었다. 낯부끄러운 말에 미열이 올랐다.

나는 그를 자리로 이끌었다. 볕이 드는 창가 쪽에 마련된 테이블이었다.

옥으로 만든 테이블 위는 라넌큘러스로 향기롭게 장식되어 있었다. 테이블 중앙에 자리 잡은 3단 트레이에는 따끈한 스콘과 살구잼을 얹은 쿠키, 몽블랑 그리고 머핀이 먹음직스럽게 놓여 있었다.

곧 차가 나왔다. 붉은 찻물이 하얀 찻잔 안에 들어차는 것을 보다가 힐끔 5황자를 살폈다. 햇빛 아래라 그런지 검은 눈동자의 푸른빛이 평소보다 선명했다.

눈이 마주쳐서 반사적으로 미소를 지었다. 어색함을 감추기 위해 찻산을 들었다.

라브엘이 좋은 차가 들어왔다고 말했던 만큼 차향이 좋았다. 마음이 조금 진정되었다. 나는 속으로 기합을 넣었다.

단순히 에르마를 시험하기 위해 그를 초대한 게 아니다. 5황자를 만나서 해야 할 말이,

"아름답습니다."

있었는데.

"……네?"

갑작스런 공격에 머릿속이 아득해졌다. 표백된 뇌에 쿵쿵 심장소리가 울리더니 다시 색채가 돌아왔다.

나는 눈을 깜빡였다. 5황자는 여전히 무뚝뚝한 얼굴로 날 바라보고 있었다.

"가, 감사합니다."

뒤늦게 인사를 하자 그가 눈을 느릿하게 깜빡였다. 그 눈동자는 '느낀 것을 그대로 말한 것뿐이니 감사할 필요는 없습니다.'라고 말하는 것 같았다. 내가 그에게 감사를 전하면 항상 그리 말하듯이.

예의상 으레 하는 말이니 마주 칭찬해야 한다는 것을 알고 있는데 입에서는 아무런 말도 나오지 않았다. 이런 직접적인 칭찬엔 도

통 익숙해지질 않았다.

볼이 후끈후끈했다. 5황자의 태도에는 한 치의 흔들림도 없었다.

말한 사람은 그인데 어째서 부끄러움은 나의 몫인가.

침묵이 내려앉았다. 5황자가 차를 머금을 때마다 식기가 부딪쳐 딸그락거리는 소리가 났다. 칼질을 하면서도 부딪치는 소리 한 번 안 내는 황태자랑은 대조적이었다.

아무래도 기사라 그런가?

5황자는 날 대할 때 정중했지만, 딱히 궁중 예법에 아주 능통한 것 같진 않았다. 자세에서 기본적으로 황자 태가 났으나, 황태자처럼 흠 잡을 데 하나 없어 인간미가 떨어질 정도는 아니었다.

멍하니 그를 보다가 눈이 마주쳤다. 검은 눈동자에 일렁이는 오묘한 푸른빛. 나는 침을 삼켰다.

아, 그렇지. 할 말이 있었지.

"황자 전하께 청하고 싶은 게 있습니다."

말을 하고 나서야 분위기를 풀 어떠한 환담도 나누지 않았다는 사실을 깨달았다.

정신줄 완전히 놓았구나, 나. 이미 엎질러진 물은 어쩔 수 없다. 지금이라도 바짝 차려야지.

그렇지만 이어지는 그의 말에 애써 붙잡은 정신줄을 다시 놓쳤다.

"케일라덴."

"네?"

"이름으로 충분합니다."

나는 그를 바라보았다. 그는 미소 한 조각 걸치지 않은 채 여전히 무뚝뚝한 얼굴이었다. 하지만 날 바라보는 눈동자만큼은 새파란 온기로 물들어 있었다.

쿵쿵, 머리가 울렸다. 여러 생각이 엉켜 아무런 생각도 들지 않았다. 대체 이 남자는 무슨 생각으로 이러는 거지? 분명 이유가 있을 텐데.

"……케일라텐 전하."

무슨 의도인지 파악하지도 못했는데, 내 입술에선 이미 그의 이름이 흘러나왔다. 순간 그의 입꼬리가 살짝 올라갔다. 그것만으로도 그 무뚝뚝한 인상이 부드러워 보였다.

"예, 샤르티아나 공녀."

그가 내 이름을 부르자 이상하게도 가슴이 철렁했다. 귓가를 파고드는 낮은 목소리가 가슴을 꾹 쥐었다.

나도 모르게 가슴에 손을 얹었지만 방금 느꼈던 그 기묘한 감각은 없었던 것처럼 사라졌다.

"그래서 제게 청하고 싶은 것은 무엇입니까?"

"당돌하다고 여기실지 모르겠습니다."

정신을 수습하고 그에게 답하자 장난스러운 미소가 되돌아왔다. 그 미소는 아주 짧았고, 곧 여상한 무표정으로 돌아왔지만 확실한 감정을 담고 있었다.

말수도 표정도 무뚝뚝한 남자라고 생각했는데 조금 의외였다.

"저는 항상 공녀를 당돌하다 생각하고 있습니다."

"그런가요?"

차를 한 모금 마시며 미소 지었지만 속으로는 그의 말에 적잖이 당황했다. 혼자 외궁을 돌아다녀서 그런가? 그런데 항상이라니?

샤티와 5황자는 만난 적이 없다. 날 본 건 레지나 간택 축하연과 외궁이 전부일 텐데…… 그 파티 때 내가 당돌하게 행동한 게 뭐가 있었다고.

안 좋은 기억이 떠오르려 했다. 나는 생각을 끊어 내듯 입을 열었다.

"그러면 부담 없이 청하겠습니다."

나는 그 앞에 봉투 하나를 내밀었다. 황자는 굳이 펼쳐 보지 않았다.

봉투에는 보낸 가문의 인장이 찍혀 있었다. 네 방위를 뜻하는 문양 위로 용이 검을 감싼 채 불을 뿜고 있는, 챈들럼 공작가의 인장. 그것만으로 황자는 그게 파티의 초대장이라는 것을 짐작한 듯했다.

하긴, 챈들럼가의 파티 소식을 모르는 사람은 제도에 없을 것이다.

지금 온 제도가 그 이야기로 떠들썩하다. 이 시기에 챈들럼가의 인장이 찍힌 봉투 안에 담긴 것은 모두 파티 초대장이라고 봐도 무방하다.

5황자가 날 바라보았다. 나는 조금 쑥스러움과 부끄러움을 느꼈다. 내가 긴장했던 이유가 바로 이거다.

나는 단 한 번도 누군가에게 데이트 신청—이라고 해야 할지—을 해 본 적이 없다.

게다가 이곳에서는 여자가 먼저 파티에 함께 가자고 하는 것은 망측한 일이었다. 연인 사이에서도 에둘러 표현하는데 하물며 5황자와 나 사이에서야.

목소리에 민망한 감정이 묻어나지 않길 바라며 최대한 담담하게 말을 꺼내려 했다.

그 순간, 5황자가 말없이 자리에서 일어났다. 갑작스러운 움직임에 나는 눈을 동그랗게 떴다.

뭐지? 초대장으로 내 의도는 눈치챘을 거고, 들어 볼 필요도 없다는 건가?

의문과 상관없이 그는 내 앞으로 다가왔다. 키 큰 그가 만든 그늘이 내 위를 덮었다. 어떻게 반응해야 할지 몰라 얼떨떨하게 그를 올려다보았다.

그는 나와 눈을 맞추더니 그대로 다리 한쪽을 뒤로 빼며 허리를 굽혔다. 그러고는 레이디에게 에스코트를 신청하듯이 손을 내밀었다.

"샤르티아나 공녀, 부디 제게 챈들럼가의 파티에 함께 갈 영광을 주시겠습니까?"

파트너를 청하는 그의 얼굴은 여전히 무뚝뚝했고 미소 한 자락 없었다. 부드러운 미소와 함께 내민 손도 아니고, 떨리는 마음을 숨긴 채 건네는 청도 아니었다.

그 역시 나처럼 다른 속셈이 있을지도 모른다. 나는 동화 속 공주처럼 순진하지 않다.

하지만 어쩐지 마음이 울렁거렸다. 동화 속 왕자님이 내게 손을 내밀기를 바랐던 적은 단 한 번도 없고, 눈앞의 남자 역시 왕자님이라기엔 지나치게 무뚝뚝했지만.

그래, 나는 동화 속 신데렐라처럼 설레었다. 순간 황태자의 얼굴이 머릿속을 스쳤다. 틈 없이 날 응시하던 그 노란 눈동자.

그 사람에게서는 이런 기분 느낄 수 없겠지.

헛된 생각이다. 나도 모르게 피식 웃음이 나왔다. 마주한 검푸른 눈동자가 그런 날 의아하게 바라보았다. 머릿속의 노란 눈동자와는 전연 다른 눈이었다. 색도, 온도도, 그 속에 담긴 것까지 모두.

아무것도 아니라는 듯 마주 웃고는 그가 내민 손에 내 손을 얹었다. 심이 박힌 단단한 손이었다. 거칠고 커다란 손은 작고 보드라운 내 손과 극명한 대비를 이루었다. 딱 한 번 이 손을 마주 잡고 춤을 추었을 땐 느끼지 못했던 그의 감촉.

"기꺼이."

마주 잡은 손 위로 햇살이 쏟아졌다. 모든 것이 은은한 황금빛으로 물들어 있었다. 그 따스하고 황홀한 색채 속에서 우리는 한참 서로의 손을 마주 잡고 있었다.

5황자 케일라덴이 돌아가고 나서 한동안 마음이 복잡했다. 그의 의도를 알 수 없다는 불안함과 빈자리에 대한 아쉬움이 교차했다.

나는 번다한 마음을 털어 냈다. 어찌 됐든 계획했던 일은 잘되었다. 에르마의 표정을 보니 오늘 일을 아이린에게 전할 것이 분명해 보였다.

그렇다면 아이린도 반드시 첸들럼가의 파티에 참석할 것이다. 말을 지어 내기 위해선 케일라덴과 내 모습을 직접 목격했다고 해야 할 거고, 만약 그럴듯한 장면이 나오면 그에 대해 말을 더해야 할 테니.

초대장을 받은 귀족이라면 빠지지 않을 만큼 지체 있는 가문의 특별한 파티였지만, 혹시 안 올 경우를 대비해서 마련한 티파티였다.

일단 지금까지는 순조롭다. 케일라덴이 거절하지도 않았고 에르마도 미끼를 물었다. 이제 입질이 오는 것을 확인할 차례였다.

그러면서도 어쩐지 마음이 붕 떴다. 이상하다. 정말 이상해.

"저하, 혹시 몸이 불편하신지요."

"아니야. 잠을 설쳤더니 조금 졸리네."

라브엘의 물음에 변명하고 짧게 한숨을 내쉬었다. 상태가 이상하다는 것을 티 내다니 이건 좋지 못했다.

아니, 에르마는 내가 케일라덴에게 푹 빠졌다고 착각할 테니 좋은 건가? 머리카락을 빙글빙글 꼬던 손이 멈칫했다.

잠깐, 내 모습이 에르마가 착각할 만한 모습이라고?

그랬다. 내 모습은 영락없이 사랑에 빠진 소녀였다. 아침부터 예쁘게 단장하기 위해 애썼고 괜히 초조해했다.

여기까지는 원래 의도해서 꾸민 감정과 다를 바 없다. 그러나 그를 만나고 난 뒤, 몸이 둥둥 떠다니는 것처럼 기이한 부유감에 휩싸였다.

무엇보다 나는 동화 속 공주처럼 그가 내민 손에 설레었다. 세상에, 설레다니! 이 상황에서 사치스러운 감정이었다.

황태자와 아이린이 목을 조여 오는 것도 그렇지만, 나는 연인의 배신으로 충격을 받고 죽었다. 그게 얼마나 됐다고. 배신을 비관해서 자살한 것은 아니었다. 하지만 인과를 따지자면 거기까지 거슬러 올라간다.

그냥 배신당해도 한동안 남자든 여자든 못 믿겠다고 트라우마에 걸릴 법한데, 심지어 나는 죽었다.

솔직히 내가 다시는 설레지 못할 줄 알았다. 그렇기 때문에 눈뜨자마자 정해진 혼사 자체에도 별생각이 없었다. 오히려 이 몸의 주인이 남의 연인을 뺏으려 했던 것에 더 당황했지.

그런데 이렇게나 빠르게, 어떤 준비도 없이 마음이 설레었다. 사람이 이렇게 단순하구나. 또 이렇게 강하구나.

영혼에 새길 정도로 상처를 받고서도, 그 상처가 아물기도 전에 또 다른 상황에 설렌다. 아니, 오히려 그간 받은 상처 때문에 이러는 건지도 모른다.

어쨌든 이게 인간의 강인함을 나타내는 것인지, 멍청함을 나타내는 것인지는 중요하지 않았다. 중요한 것은 이 감정이 달갑지 않다는 것이다. 나는 지금 아이린을 어떻게 상대할지 생각하는 것만으로도 벅찼다.

사실 이것은 무엇이라고 이름 붙이기엔 너무나도 미미한 감정이었다. 특별할 건 없다.

생각해 보라. 사방이 내 적인 상황에서 잘생기고 멋진 황자님이 나타나 친절하게 대하는데, 거기에 안 설레는 게 이상한 거지. 아까만 해도 그가 동화 속 왕자님 같다고 생각했는걸.

내 취향은 동화 속 왕자님이 아니라고 생각했지만…… 돌이켜 보면 그런 타입을 좋아했다.

박태준은 열렬히 날 쫓아다닌 만큼 내게 항상 친절하고 다정했다. 케일라덴도 무뚝뚝하긴 했지만 내게 친절했다.

워낙 사람의 친절을 받아 보지 못해서 그런 것에 약한 건지도 모른다. 나 자신부터 친절과 먼 성격이다 보니 그렇게 다른 사람에게 호의를 내보이는 것을 동경한 것일 수도 있고.

어쨌든 깊은 감정은 아니다. 솔직히 내게 손을 내민 사람이 케일라덴이 아니었어도 비슷한 느낌을 받았을 거다.

그러니 연애 놀음에 감정을 허비하고 있을 순 없다. 나는 할 일이 정말 많았다. 아직 내가 모르는 것도 많고, 아는 것들조차 바꿔 나가야 했다.

그런데 연애라니.

나는 케일라덴의 검푸른 눈동자 옆에 떠오른 노란 눈동자에 눈을 꾹 감았다.

그만하자.

자리에서 벌떡 일어났다. 머리 비우는 데에는 아침 드라마 보면서 멸치 다듬는 게 최고인데, 여긴 그런 게 없다. 그 대신 비슷한 게 있는 곳을 알고 있다.

배신당하기 싫어서 회피하는 거라도 좋다. 당연하다. 나는 상처받고 싶지 않다.

케일라덴이 그런 사람이 맞든 아니든 상관없다. 나는 박태준도 그런 사람이 아닐 거라고 생각했었다. 실제로도 그렇게 보였다.

만에 하나라도 그럴 가능성을 만들고 싶지 않았다. 애초에 그 상황에 조금 들뜬 거니 별 감정도 아니다.

나갈 채비를 하라고 명하려는데 이디스가 내 곁으로 다가왔다. 그녀가 먼저 내게 다가온 것은 처음이라 조금 긴장됐다.

봐, 설레니 마니 그러고 있을 때가 아니라니까?

"저하, 드리고 싶은 말씀이 있습니다."

내가 고개를 끄덕이자 이디스는 주변을 둘러보더니 말을 이었다.

"주위를 물려 주실 수 있습니까?"

이렇게 대놓고? 대화 내용을 남들에게 알리고 싶지 않으면 보통 눈치로 둘만 남길 청하기 마련인데…….

그녀가 내게 주위를 물리길 청했다는 것만으로도 상황을 잘 아는 자에겐 정보가 될 수 있다. 알려져도 상관없는 내용인가? 나는 속생각을 숨기고 아무렇지 않게 명했다.

"그럼 모두 잠시 쉬도록 해. 이디스와 이야기가 끝나면 부를 테니."

"감사합니다."

이디스가 내게 인사하고 시녀들이 곁방으로 물러났다.

나는 그녀에게 자리를 권했다. 배려라기보다는 올려다보기 힘드니 앉으라는 인상이 들도록.

"거두절미하고 말하죠, 공녀."

이디스가 날카롭게 날 쳐다봤다. 이건 또 뭐지? 라브엘과의 일이 있었기에 솔직히 조금 기대가 됐다.

세상일이 그렇게 간단하게 돌아갈 리 없다는 건 알고 있지만 그래도 혹시나. 그녀 역시 아빠가 보낸 사람일 수도 있잖은가.

"시녀를 그만두겠어요."

"응?"

내 놀란 표정에 이디스는 시원하다는 듯 미소 지었다. 설마 그렇게 못되게 구는데 사람들이 시녀로 남아 있을 거라고 생각했냐는 비웃음이었다.

내 놀람은 그 때문이 전혀 아니었지만 해명할 생각도 안 들었다. 물론 처음부터 이걸 의도했다. 의도하긴 했는데…… 실제로 일어나니 조금 얼떨떨했다.

샤티의 기억 속에서 수많은 시녀가 자리를 박차고 나갔다. 그대로 따라 하긴 했지만…… 처음보다는 좀 유해졌나 싶었는데 내 착각이었나? 나 진짜 샤티 연기를 잘했나 봐.

"난 당신 같이 예의 없고 이기적이고 멍청한 사람 시중은 못 들어요."

이디스가 아주 통쾌한 표정으로 말했다. 그간 이 말을 하고 싶어서 얼마나 참고 참았을지 안 봐도 뻔했다.

물론 내가 그녀와 같은 상황이었어도 똑같았을 거다. 그녀 정도 되는 사람이 이때까지 참은 것만 해도 대단한 거지.

이제 정신을 똑바로 차려야 한다. 라브엘을 회유해서 자신감이 좀 붙긴 했지만, 어차피 그녀는 아빠의 부탁을 받고 내 사람이 될 생각으로 궁에 왔던 거였다.

나와의 대화 후, 비로소 진정으로 날 따르게 됐지만 이디스와는 출발점 자체가 다르다.

"지금 날 모욕하는 거야?"

내 뾰족한 질문에 이디스는 기막혀했다.

"하? 모욕이요? 네, 모욕하는 겁니다. 그간 공녀의 모습을 사실대로 말한 것뿐이지만요! 대체 무슨 생각으로 모욕이라는 말을 입에 담나요? 이 정도를 모욕이라고 느끼면 공녀가 시녀들을 대한 것은 대체 뭔가요?"

흥분해서 빠르게 말을 쏟아 내는 이디스를 차분한 눈으로 보았다. 그간 정말 쌓인 게 많았나 보다. 이렇게 말이 많은 사람인 줄은 몰랐는데.

나는 그녀가 말을 마치길 기다렸다. 얼마든지 말하라는 듯, 침착하고 안온한 태도로.

이윽고 이디스가 입을 다물었다. 날카롭게 쏘아보는 붉은 눈동자를 마주 보며 미소 지었다. 부디 여유롭고 위엄 있어 보이길 바라며.

"계속해 주세요."

"네?"

"그 모욕, 내 모습을 사실대로 말하는 것 말이에요. 계속해 줘요."

이디스가 아주 이상한 눈으로 날 보았다. 그녀의 눈빛이 이상한 게 아니라, 이상한 생명체를 바라보듯이 날 보고 있었다.

꼭 변태를 보는 것 같은…….

황실 의상 장인인 마일러트 남작을 보던 내 눈빛이 저랬을까? 아니야! 오해야! 난 마조히스트가 아냐!

당장 이디스에게 변명하고 싶은 것을 참아 내며 흔들릴 뻔한 미소를 견고히 했다.

"계속 나를 욕해요. 다른 사람한테 말고 내게만. 날 감시하고 감독해 줘요."

어라? 내가 생각해도 내 말이 조금…… 오해를 살 법하게 나가고 있었다.

아니야, 그거 아니야. 난 위험한 사랑 같은 거 관심 없어! 특이한 성벽도 없다고!

내 마음속 절규를 들은 것인지 다행히 이디스의 눈에 있던 의심은 사라졌다. 대신 붉은 눈동자에 이채가 떠올랐다.

"……일부러였나요?"

눈치가 빠르다. 나는 벌써 이디스가 마음에 들기 시작했다.

"분명 첩자가 있을 텐데, 난 곁에 사람이 필요했죠. 다 내 사람이 되어 줄 사람을 골라내기 위해서였어요."

"무모하군요."

이디스는 짧게 내 계획을 평했다. 나는 고개를 끄덕여 수긍했다.

"제가 아직 많이 부족합니다. 이렇게 저급한 방법밖에 몰라요."
"저급하다는 말에 부정은 못하겠지만…… 훌륭했습니다. 깜빡 속아 넘어갔어요. 당신에 대한 인상을 이보다 더 효과적으로 바꿀 수 있을까요? 당신을 돕기 위해 궁에 들어오면서도 탐탁지 않았어요. 당신이 어떤 사람인지 잘 알고 있었으니까요."
'어떤 사람인지'라고 할 때 날 훑는 눈짓이 천 마디의 말보다 더 많은 것을 뜻했다. 불손한 시선에 절로 몸이 움찔했지만 어쩌랴, 내 업보인 것을.
"처음부터 내게 잘 대해 주거나 다른 회유책을 내놓았어도 꺼림칙한 느낌을 쉬이 지우진 못했을 겁니다. 세상에 자기 위에는 아무것도 없다는 식으로 굴던 사람이 한순간에 친절해진다면…… 그걸 믿는 사람이 아둔한 거죠."
날 돕기 위해 궁에 왔다고? 쏟아지는 그녀의 말 중 그 한마디가 박혔다.
왜 날 도와주러 왔지? 이디스는 샤티를 경멸했다.
내 의문과 상관없이 그녀는 옅은 미소까지 띤 채 날 바라보았다. 본 적 있는 미소였으나 단 한 번도 나를, 샤티를 향해 내보인 적은 없는 표정이었다.
"다행입니다. 레지나 간택 축하연에서 봤던 모습이 제 착각은 아닌 듯해서."
그 미소가 나를 안심시켰다. 이디스가 그녀의 담장 안쪽으로 날 들여 놓았다는 확신을 받은 느낌이었다. 나는 그냥 솔직하게 물어보기로 했다.
"왜 저를 도우러 오셨나요? 집안끼리 연이 닿긴 했지만 사가에 있을 때 우리 사이가 좋았던 건 아니잖아요. 저는 비욘드 영애가 절 경멸한다고 생각했는데요."

내 말에 붉은 눈동자가 동그랗게 커지더니 이내 가늘어졌다. 깔깔, 귀족 영애치고 무척 호쾌한 웃음이 터져 나왔다.

"이것 참, 정말 사과드려야겠군요. 그것도 눈치 못 챌 정도로 멍…… 흠흠, 조금 둔하다고 생각했습니다. 그런데 아니었군요. 지금 보니 다 알고 계시면서도 그리 행동하신 것 같네요. 궁에서 모두를 속이시는 것도 그렇고요."

아냐, 멍청했던 게 맞아. 좀 뇌청순이었지. 하지만 나는 굳이 사실을 밝히지 않고 여유로운 미소를 지었다. 내 능력이 더 커 보일수록 사람이 따르기 마련이다. 이런 오해는 좋았다.

"그래서 이유가 뭔가요?"

"간단해요. 저울질이죠."

스테나와 카일론을 잰 건가? 이러니저러니 해도 카일론이 더 유력하다고 판단해서 다른 귀족들이 저어하는 지금 한발 앞서 친교를 다지는 것일 수도 있다.

혹은 같은 황제파 소속이 황후가 되는 게 좋다고 판단한 것일 수도 있다. 둘 다일 수도 있고.

권력욕이 있는 타입은 아닌 것 같았는데…….

하지만 이디스의 입에서 나온 말은 내 짐작과는 전혀 다른 종류였다.

"카일론 공녀가 황후가 되는 게 스테나 영애가 되는 것보다 낫다고 생각했어요. 사실 고민이 많았습니다. 마음을 굳히게 된 건 레지나 축하연 때 공녀의 모습을 보고 난 뒤였죠."

레지나 축하연? 그때 내가 뭘 했길래 케일라덴도 그렇고 이디스까지 이러지? 그다지 좋은 기억은 아니었는데.

"놀랐어요. 제가 그 상황이었어도 그리 의연할 수 있었을지 자신이 없네요. 그렇게 행동하는 이가 카일론 공녀라는 게 믿을 수 없었어요. 무례한 건 알지만…… 공녀도 평소 본인이 어떻게 행동했는지 알잖아요. 솔직히 그 파티에서 난동을 부리다가 레지나 자격을 박탈당할 줄 알았어요."

이디스가 피식 웃었다. 설마 가문과 계파를 분리해 오롯이 나와 아이린만 놓고 판단했을 줄은 몰랐다. 내 놀란 표정을 어떻게 해석했는지 이디스가 목소리를 낮췄다.

"공녀께선 진심으로 스테나 영애가 그렇게 착하다고 생각하시나요? 지금 모습을 보면 다른 생각을 갖고 계시리라 느껴지네요."

"……뛰어난 연기자라고 생각해요."

"네, 마치 공녀처럼요."

이디스가 장난스럽게 눈을 찡긋했다. 황궁에서 본 것뿐만 아니라 샤티의 인생까지 연기였다고 생각하는 게 확실하다. 나는 애매하게 웃었다.

"그냥 단순히 착한 척하는 여자가 아니에요. 그런 사람은 많잖아요. 그리고 황후라면 어느 정도 착한 척도 필요하죠."

이디스는 아주 신중한 시선으로 날 보았다.

흔히 착한 척하는 사람보다 아이린이 훨씬 위험하다는 것은 알고 있었다. 그 누구도 의심하지 않고, 의심하더라도 그 의문을 제기조차 못하게 기류를 형성하는 것.

그게 과연 가능하긴 한 걸까? 온갖 뒷담화의 향연을 겪은 나로선

이 상황을 직접 보고서도 믿기지 않았다.

하지만 이디스의 조심스러운 시선은 내가 생각한 것 이상이 있다고 말하고 있었다. 다혈질인 그녀가 이렇게 신중해질 만한 것이.

“무언가 봤군요.”

아니면 들었거나. 내가 모르는 무언가가 있다.

“아직은 확신이 없어서 말씀드릴 순 없어요. 짐작으로 말씀드릴 만큼 경솔한 사람은 아닙니다.”

이디스가 눈을 내리깔았다. 붉은 눈동자 위로 촘촘한 속눈썹이 내려앉았다. 부드럽지만 단호한 외면을 보고 아무리 캐물어도 소용없으리란 것을 깨달았다.

흠…… 나는 미소 지었다. 확신을 못하는 것도 있지만 나를 믿지 않기에 함구하는 이유도 있겠지.

이쪽도 마찬가지다. 라브엘과 달리 나는 그녀의 주인이 아니다. 우리는 동맹 관계와 비슷했다. 서로의 목적을 위해 손을 잡은.

오늘은 그거면 됐다.

“그럼 확실해지면 내게 말해 줘요.”

내가 한발 물러서자 이디스는 다시 눈을 들어 날 마주 봤다. 단호하고 긴장된 시선이었다.

“한 가지 묻겠습니다.”

“말씀하세요.”

“5황자 전하를 마음에 두고 있습니까?”

뜻밖의 물음에 당황했다. 여기서 5황자가 나올 줄은 생각도 못했다.

이디스가 탐색하는 시선으로 날 응시했다. 그 붉은 눈동자를 보고 깨달았다. 이것 때문에 오늘 그만두겠다고 결심했구나.

아침부터 들뜬 날 바라보던 그녀의 시선이 묘했던 걸 상기하며 나는 아무렇지 않게 미소를 지었다. 아무 흔들림 없는 단호한 미소.

"그럴 리가요."

이디스의 붉은 눈동자가 나를 쏘아봤다. 나는 여전히 미소 지은 채 그 시선을 넘겼다. 황태자의 서릿발 같은 기백을 견디고 라브엘을 압도한 걸 생각하면 그녀를 상대하는 것은 쉬운 일이었다.

한참 동안 날 살피던 이디스가 눈을 돌렸다.

"그렇다면 됐습니다."

나는 더 진하게 미소 지었다. 내가 안달 내는 것처럼 들리지 않길 바라며, 최대한 아무렇지 않은 척 호흡을 가다듬고 목소리를 조절했다.

"왜 그걸 여쭤 보신 거지요?"

"그저 제 기우였을 뿐입니다."

이디스는 시선을 피하며 고개를 돌렸다. 무언의 회피였다. 하지만 이대로 순순히 그녀를 놔줄 생각은 없었다. 이디스의 대답이 중요하다. 동맹 유지를 위해 지켜야 할 조항을 확인해야 하니까.

나는 나긋나긋한 말로 그녀를 채근했다.

"기우라니요?"

"……오해는 하지 않으셨으면 좋겠습니다, 공녀. 카일론 공작가의 충성심을 의심하는 것은 아닙니다. 다만…… 상황이 이렇다 보니 혹시라도 폐하의 선택을 거스를 생각이신 줄 알았습니다."

내가 케일라덴을 황제로 추대할 거라 생각했다는 뜻이겠지. 확실히 그런 선택지도 있다. 많이 힘들겠지만.

"그래서 그만둔다고 말씀하셨던 거군요."

“더 이상 공녀의 편에 설 이유가 없으니까요.”

선대 비욘드 후작은 현 황제가 황위에 오를 때 지대한 공을 세웠다. 그로 인해 백작이었던 선대 비욘드 백이 후작으로 승작되는 것과 동시에 황제파의 실세 중 하나로 자리 잡았다.

그전까지만 해도 비욘드가는 어느 계파에도 소속되지 않은 가문이었다. 대륙을 오가는 상단을 거머쥐고 있어 막대한 부를 쌓았지만 정치적 기반은 약했다.

그랬던 가문이 현 황제로 인해 부와 권력 모두를 손에 넣게 되었다. 비욘드는 뼛속까지 황제의 사람일 수밖에.

나는 눈초리까지 휘며 화사하게 미소 지었다.

“그 점은 걱정 마세요. 카일론가는 폐하의 집행자. 폐하의 뜻을 거스를 리 없습니다. 그리고—.”

나는 표정을 굳히고 이디스를 똑바로 응시했다. 내 변화에 그녀가 긴장했다. 마냥 웃으면서 타이르면 이디스는 되레 내 말을 의심할 것이다.

“오해는 말아 달라 하셨지만…… 영애의 발언은 정말 모욕적이군요. 감히 카일론을 의심하시다니요.”

솔직히 말해 이디스의 지적은 제법 날카로운 것이었다.

외궁에서 만난 아빠 역시 날 안쓰러워하는 마음에 비슷한 말씀을 하셨다. 그때 나는 완벽하게 고개를 젓지 않았다. 그저 이르다고 말했을 뿐.

나 또한 황후가 되기로 결심했지만, 그건 황태자의 반려로서 황후를 꿈꾸는 게 아니었다.

그냥 ‘황후’가 되길 원했다. 날 사랑해 주는 가족이 레지나 축하연에서 그랬던 것처럼 비웃음당하지 않도록, 내 사람들을 지킬 수 있는 힘을 가진.

내 반려가 누가 되든 그건 중요치 않았다.

5황자에 대해서도 마찬가지다. 그를 황제로 만들겠다거나 그의 반려로서 황후가 되길 바란 적은 없지만, 어쨌든 내게 손을 내미는 상황에 호의를 느꼈다.

완전히 떳떳할 수만은 없는 상황이다. 하지만 그걸 티 낼 수는 없다. 한 명이라도 더 내 편으로 끌어들여야 한다.

만약 내가 황제를 거스른다면 이디스는 그저 내 편이 아닌 사람이 아니라 완전히 적으로 돌아설 것이다. 나는 매섭게 그녀를 응시했다.

"죄송합니다."

이디스는 순순히 고개를 숙였다. 오히려 내가 화를 내서 일견 안심한 것처럼 보이기까지 했다. 나는 가슴 한구석이 불편하게 술렁이는 것을 억눌렀다. 결과적으로 보면 이렇게까지 불편해할 일은 없다.

일단 지금 난 황제를 거스를 생각이 없다. 이디스도 나를 완전히 믿는 건 아니다. 말했듯 우리는 동맹 관계일 뿐이다.

"그럼 다른 이들을 불러 오겠습니다. 곧 식사 시간이네요."

어느새 시간이 그렇게 됐다. 생각할 게 많아서 배가 고프진 않았지만 힘내려면 잘 먹어 두는 게 좋겠지.

일어나 곁방으로 가던 이디스가 날 돌아봤다. 그녀의 얼굴엔 장난스러운 미소가 걸려 있었다.

"전 조금 신랄한 편입니다. 욕해 달라고 말한 것은 공녀이니 후회하지 마시길."

"기대하고 있겠습니다."

점심을 먹고 난 후, 나는 이디스와 대화하기 전에 생각했던 일을 하기 위해 궁을 나왔다.

아침 드라마를 보며 멸치를 다듬는 것만큼은 아니겠지만 이것도 머리 식히는 데 도움이 될 것 같았다. 은근한 기대에 발걸음이 가벼웠다.

나에겐 막장이 필요했다. 내 인생이 좀 막장같이 돌아가고 있으나, 그런 건 원래 직접 겪는 것보단 멀리서 지켜볼 때 재미있는 거잖아. 나한텐 스트레스 풀 곳이 필요하다고.

공저에 있을 때 하녀들이 저들끼리 소곤대는 소리를 들어 보니 이곳에는 막장 드라마가 아니라 막장 소설이 유행하는 듯했다.

그리고 소설이니만큼 조금 흠, 흠…… '검열 삭제'스러운 장면도 많고.

공중파의 심의 규정 탓에 남녀가 쓰러지는 것과 동시에 전환되었던 화면을 떠올렸다. 딱히 그것 때문에 지금 기대가 되는 건 아니지만 말이야. 막장 드라마빠니까 설레는 것뿐이야.

어쨌든 그런 소설들은 공식적으로 금서였다. 생각해 보면 당연하다.

한국에서는 이제 너무 클리셰라 막장 같지도 않은 출생의 비밀,

불륜, 빈부 격차 이런 것들이 신분 사회라는 틀 하나를 씌우자 반사회적인 소재가 되었다.

여기서 그런 소재는 막장 오브 막장, 엔드 오브 막장, 막장의 끝판왕을 달리는 것이다.

생각만 해도 욕 나오는 전개! 짜릿했다. 게다가…… 소재만으로도 금서로 지정되는지라 이왕 금지되는 것, 거침없는 욕망과 침대 사정을 꽉꽉 채워 넣었다고 들었다.

크흠, 이걸 노리고 보러 가는 건 아니다. 진짜.

이전에는 리체움으로 가서 금서가 없었지만, 오늘은 내궁 도서관 비블리오로 갈 것이기 때문에 원하는 금서를 내 마음대로 양껏 볼 수 있다.

그 생각만으로도 무거웠던 마음이 조금 가벼워졌다. 역시 사람은 좀 휴식도 취하고 취미 생활도 즐겨야 해. 궁에 오고 나서부터는 숨 돌릴 틈도 없었으니 오늘은 좀 쉬어야지.

"책 읽고 나올 거니 조금 오래 걸릴 거야. 한…… 두 시간?"

내 말에 시녀들이 고개를 숙였다.

비블리오의 장점 중 하나는 별 핑계 없이 시녀들을 떼 놓을 수 있다는 것이다. 황족만 이용할 수 있는 만큼 일반 시녀들의 출입은 금지되어 있다.

나는 라브엘에게 살짝 눈짓했다. 시녀장인 그녀가 알아서 시녀들에게 일을 시키거나 쉴 시간을 줄 것이다. 그 틈을 타 에르마가 아이린에게 갈 것이고.

날 대신해 따로 일을 꾸며 줄 사람이 있다는 것은 참 편하구나. 라브엘이라면 능력도 좋으니 걱정할 필요 없다. 나는 가뿐한 마음으로 몸을 돌려 도서관으로 들어갔다.

"카일론 공녀 저하를 뵙습니다."

비블리오의 관리인이 날 보고 허리를 숙였다. 나는 고개를 까닥여 가볍게 그의 인사를 받았다.

"어떤 책을 찾으시는지요."

"그냥 내키는 대로 둘러볼 것이니 안내는 필요 없어요."

막장 야설을 보는 데 다른 사람의 안내는 전혀 필요 없다. 너무 정색하지 않게 조심하며 말하자 관리인이 고개를 숙였다.

"그럼 필요하면 부르십시오. 책장 사이에 있는 끈을 잡아당기시면 됩니다."

생각보다 편한 시스템이 있었다. 나는 식당의 진동 벨을 생각하며 고개를 끄덕였다. 아마 책을 보는 동안 그를 부를 일은 없을 테지만 길을 잃었을 때 유용할 것 같았다.

도서관 안으로 들어서고, 나는 조금 기가 질렸다.

비블리오는 궁 하나의 규모로 이루어진 거대한 도서관이다. 그리고 도서관인 만큼 같은 구조가 반복된다.

화려하게 꾸며진 라운지나 바람 쐴 테라스가 곳곳에 마련되어 있지만 기본적으로 책장과 책장이 반복되는 구조였다. 궁 전체가 책장으로 이뤄진 미로라고 해야 하나.

유일한 지표라고 부를 수 있는 게 하나 있긴 한데…….

나는 중앙 천장을 올려다보았다. 중앙 천장은 최상층까지 뚫려 있어서 답답할 수 있는 실내에 탁 트인 느낌을 주었다. 최상층 천장에 달린 샹들리에가 폭포처럼 길게 늘어져서는 각 층을 관통했다. 크리스털에 반사되는 불빛이 반짝반짝 아름다웠다.

랜드 마크가 되기엔 충분했지만, 가까우면 모를까 멀어지면 책장의 벽에 가로막혀 보이지 않을 것이 분명했다. 그래도 여차하면 관리인을 부르면 되니 마음 놓고 돌아다녀도 되겠지.

나는 안심하고 금서를 찾아 더 깊숙이 들어갔다. 남의 시선 하나 신경 쓰지 않아도 된다는 건 정말 편하고 신나는 일이었다.

나도 모르게 빙글빙글 돌았다. 티키타! 리듬에 맞춰 스핀! 이러다 내 머리도 돌아 버릴 거 같긴 했지만 아무도 안 보는데 무슨 상관이랴. 혼자 노는 거 존잼!

정신없이 웨이브를 타기도 하고 홀로 도서관을 배경으로 한 미스터리 추리극에 열연을 펼치다 보니 어느덧 금서가 있는 구역에 도착했다.

〈파이테란 대륙의 암흑기〉나 〈라이칸트 멸망사〉같이 어둠에 딥 다크한 제목을 몇 번 지나치자 드디어 내가 원하는 게 보였다.

〈공작 부인은 왜 마구간지기에게만 밀빵을 줬을까?〉

크으, 제목부터 아주 강렬했다. 묘하게 익숙한 제목이 날 끌어당겼다.

차원이 달라도 클리셰는 영원하다. 충격적인 막장 전개와 검열 삭제적인 내용이 들어 있을 게 뻔했다.

정신을 차리니, 난 그 책을 빼 든 것으로 모자라 이미 마지막 장을 넘기고 있었다.

흠흠, 그래서 공작 부인은 마구간지기에게만 밀빵을 주었구나. 그래, 그러면 밀빵을 줄 만하지, 암.

아, 덥다. 비록 지금은 열여덟 소녀의 몸이지만 본래는 민증에 잉크 마른 지 한참 지난 성인이다. 합리적인 문화생활을 했을 뿐인데 조금 현타가 왔다.

그냥 막장이랑 검열 삭제가 강렬한 막장은 보고 나서 드는 생각이 다르다. 충분히 알차고 유익한 시간이었지만 너무 욕망의 노예였나 하는 회의감이 들었다.

나는 책을 제자리에 꽂고 주변을 둘러보았다. 양장으로 이루어진 책들은 하나같이 고급스러운 느낌이었다. 인테리어 소품으로도 딱 좋을 것 같다. 한 권만 놔둬도 앤티크한 느낌이 날 만했다.

눈에 띄는 책을 찾아 책장을 오가다가 번쩍번쩍 빛나는 책의 행렬을 발견했다. 책장 맨 위의 단에 두꺼운 책이 주르륵 꽂혀 있는데, 하나같이 금박이 입혀져 있었다.

가까이 가 보니 책등 밑단에 보석이 박혀 있고 테두리에는 금장식이 둘러져 있었다.

뭔데 저렇게 화려하지?

도서관 안에는 비싸 보이는 책이 많았지만 그중에서도 단연 돋보였다. 책등에 보석이 박혀 있으면 표지는 대체 어떻게 되어 있을까.

호기심에 팔을 높게 뻗었다. 닿지 않아 까치발을 들어 보지만 아슬아슬하게 스친다. 왠지 모를 오기가 생겼다. 그냥 궁금했을 뿐인데 꼭 꺼내 보고 싶었다.

한 번 더 뒤꿈치를 들어 올리며 책을 향해 손을 뻗는 순간—.

"……!"

뜨겁고 단단한 손이 내 손을 잡았다. 커다란 손이 내 손등을 움켜쥔 것과 동시에 알싸하면서도 시원한 향이 내게 스며들었다.

맡아 본 적이 있는 체향이었다. 딱 한 번, 그의 품에 안겼을 때.

등 뒤에서 느껴지는 기척이 지나치게 가까웠다. 그의 숨결이 드러난 내 목으로 쏟아져 솜털이 곤두섰다.

신경이 긴장하다 못해 끊어질 것 같이 벼려졌다.

쿵쿵, 심장이 쥐어짜이는 것 같았다. 그럴 때마다 피가 거세게 혈류를 타고 돌며 나를 달궜다. 잡힌 손이 뜨거웠다.

책장과 남자 사이에 갇힌 채 나는 밭은 호흡을 내쉬었다.

숨을 들이마시고 내쉴 때마다 몸속 가득 알싸한 향이 들어찼다. 내 안에 그를 새길 듯이.

그건 뭐라 형용할 수 없는 강렬한 감각이었다.

남자의 숨결이 짙어졌다. 소름이 오소소 돋았다. 입술이 내 귓불에 닿을 듯 말 듯 스쳤다. 낮고 탁한 목소리에 담긴 숨이 귓바퀴를 타고 끈적하게 구르더니 귓속으로 파고들었다.

“무슨 속셈이지?”

농밀한 울림에 몸이 떨렸다. 입술은 여전히 내 귀에 스칠 듯 가까웠다. 숨 막히는 긴장 탓에 감각만이 생생할 뿐, 머리가 굳었다. 그래서 목소리가 담은 내용을 인식하지 못했다.

내가 아무 말도 없자 그가 잡은 내 손을 끌어당겼다. 동시에 뜨거운 손이 허리를 단단하게 받친다. 순식간에 몸이 돌아가 그와 마주 보게 되었다. 머리카락이 흐트러지며 허공에서 살랑거렸다.

그는 깜짝 놀란 나를 강렬하게 바라보았다. 노란 눈동자가 타올랐다. 꼭 황금같이.

그 눈동자와 내 자색 눈동자가 마주쳤다. 순간 모든 것이 사라졌다. 이 세상에 그와 나 단둘만이 존재하는 것 같았다.

내 몸을 돌려놓고서 정작 그는 아무 말도 없었다. 나 역시 아무 말도 할 수 없었다. 이건 정말이지…… 지나치게 가까웠다.

나도 모르게 한 걸음 뒤로 물러나려 했으나 책장이 가로막고 있었다.

내 움직임을 느낀 그가 반사적으로 잡고 있던 허리를 끌어당겼다. 강인하고 단호한 손길이었다. 피하려던 의도와 달리 결과적으로 그에게 안기다시피 더 가까워졌다.

내 허리를 안은 채, 그는 허리를 숙여 나와 눈을 맞췄다. 황금색 눈동자에 내 자색 눈동자가 섞여 오묘한 빛을 발했다.

아무런 말도 나오지 않았다. 아무런 생각도 들지 않았다.

서로의 숨이 느껴질 정도로 가까운 거리였다. 그의 숨결이 애무하듯 내 뺨을 어루만졌다.

"아……."

나도 모르게 흘러나온 신음에 이 묘한 대치가 깨졌다. 황태자가 정신을 차린 듯 눈을 깜빡이더니 숙였던 허리를 세웠다.

날 가득 담고 있던 눈동자가 멀어지며, 나 이외의 것들을 담기 시작한다.

"제국황실사록에 손을 대다니 무슨 속셈인가, 공녀."

제국황실사록이라니? 그 책이 제국황실사록인 줄은 몰랐다. 그냥 화려한 책이 있길래 궁금했을 뿐.

나는 고개를 숙였다. 그에게서 벗어나고 싶지만 아직 허리가 잡혀 있다. 그가 허리를 세운 덕에 키 차이만큼 거리감이 생기긴 했지만, 여전히 허리와 허리는 맞닿아 있어 부담스러웠다.

내가 살며시 몸을 틀자 그제야 깨달은 듯 그가 손을 놓았다. 어렴풋이 들리는, 낮게 끓는 신음이 그도 자각하지 못하고 있었다는 것을 알려 주었다.

그에게서 벗어나 조금 거리를 둔 후, 나는 고개를 숙인 채 대답했다.

"그저 아름다워 보고 싶었을 뿐입니다. 제국황실사록인 줄은 몰랐습니다."

"그 말을 믿으라는 건가?"

"아름다운 것에 눈이 가는 것은 여인네들의 천성. 믿으시는 것은 전하의 뜻입니다."

"아름다운 것에 눈이 가는 게 여인네들의 천성이라…… 그래서 오늘 이토록—."

그가 내게 손을 뻗었다. 매끄러운, 그러나 남자답게 단단한 손가락이 내 턱 선을 훑어 내리더니 그대로 들어 올렸다. 다시 그와 눈이 마주쳤다. 샛노랗게 빛나던 황금빛 눈동자가 위험하게 어두워졌다.

겨우 벌렸던 거리가 다시 가까워지는 것은 순식간이었다. 짙어진 그의 체향에 숨이 멎을 것 같았다.

"……화려하게 꾸민 것인가?"

"……."

"정녕 다른 뜻은 없고?"

날 응시하는 노란 눈동자가 날카로웠다. 그 빽빽하고 짙은 눈길에 나는 대답도 못하고 가만히 그를 보았다.

이상하다.

"오늘 케일라덴과 티타임을 가졌다고 하지."

정말 이상해.

"꽤 오랜 시간을 함께 보냈다고 들었다."

왜…… 그가 질투하는 것 같지?

그럴 리가 없는데.

이성적으로 생각하면 말도 안 된다. 황태자가 내게 질투라니. 어이없어서 헛웃음도 안 나올 일이다.

그가 이렇게 캐묻는 것은, 내가 케일라덴과 지나치게 가까운 것을 경계하는 것일 터. 내가 케일라덴을 은애할까 이디스가 걱정했을 때와 같은 맥락일 뿐이다. 그게 분명하다.

그런데 그의 눈동자를 마주 보고 있는 내 본능은 그게 아니라고 속삭이고 있었다. 그럴 리가 없는데도.

나는 고개를 돌려 그의 손을 털어 냈다. 그러나 그의 손끝이 닿았던 열기는 사라지지 않고 내 피부 아래에 고였다.

"이전 외궁에서 마주쳤을 때 절 에스코트해 주신 것에 대한 감사였을 뿐입니다."

"케일라덴과 첸들럼가의 파티에 동행하기로 했다고 들었다."

머리에 찬물을 끼얹은 것 같았다. 그가 질투하는 것 같다고 생각하던 내 뺨을 후려치는 한마디였다.

케일라덴과 티파티를 한 것이야 초대장을 보낸 지도 꽤 지났고, 그사이 아이린이 전했을 수도 있으니 충분히 그가 알 법했다.

하지만 파트너를 정한 것은 바로 오늘 오전이다.

몇 시간 사이 그 내용까지 아는 것을 보면 내 시녀들 중 황태자의 첩자가 있는 게 분명했다. 내가 있는 도서관에 그가 나타난 것도 그렇다.

시녀 중 황태자의 첩자가 있다는 것은 아는 사실이었지만, 이 상황에서 그 증거를 확인받으니 기분이 급속도로 가라앉았다.

뒤통수 맞은 것도 아니고 이렇게 기분 나쁠 이유가 전혀 없는데도. 그 때문에 말이 조금 불퉁하게 나갔다.

“첸들럼가의 파티에 불참할 순 없지 않습니까. 같이 가 줄 분이 계시니 감사할 따름입니다.”

“왜 케일라덴과…….”

“전하께서 절 에스코트해 주실 것도 아니지 않습니까.”

나는 차분하게, 그러나 단호하게 그의 말을 끊었다. 내 말에 황태자는 침묵했다.

그의 침묵에 내 기분은 더 가라앉았다. 나는 너무 비꼬지 않도록 노력하며 말을 이었다.

“레지나는 황태자를 비롯한 황자 외 다른 남자의 에스코트를 받을 수 없잖습니까. 아, 황실 기사도 있군요.”

“…….”

“하지만 황실 기사와 황자 중 제가 누구와 함께 파티에 가는 게 좋을지는 명확하죠. 황실 기사를 모욕하는 것은 아닙니다. 그분들의 용맹함은 잘 알고 있습니다. 하나 모처럼 황자께서 호의를 보여주셨습니다. 이를 거절해야 하나요?”

황태자의 파트너로 선택받지 못한 레지나는 보통 황자와 짝을 이뤄 행사나 파티에 참석한다. 황실 기사의 에스코트를 받는 경우는 황자들이 파트너 신청을 안 했을 때다.

사가의 귀족 영애들은 황실 기사의 에스코트를 받는 것을 영광으로 여기지만 레지나는 다르다. 아무에게도 선택받지 못했다는 의미이니.

생각할수록 화가 났다.

“전하께서는 제가 첸들럼가의 파티에서 비웃음을 사길 원하시는 것인가요?"

"그런 것이 아니다."

황태자가 고개를 내저었지만, 그게 아니라면 탐탁지 않아 하는 지금 모습은 대체 뭐란 말인가.

내가 레지나 간택 축하연에서 당했던 비웃음을 똑같이 당하길 원하는 것이겠지! 나뿐만이 아니라 내 아빠, 엄마에게까지 닿던 그 모욕을 되풀이하길 원하는 것이다.

그는 내가 케일라덴과 함께 가기로 해 계획이 흐트러져 화를 내고 있다. 이가 절로 갈리려는 것을 혀를 깨물며 참았다.

나는 입술을 끌어 올려 미소 지었다. 눈초리까지 나긋이 접으며 화사한 미소를 만들어 냈다.

"지금이라도 전하께오서 제게 에스코트를 청하시면 전하와 함께 파티에 가도록 하죠."

물론 그가 내게 에스코트를 청할 일은 없다. 알고 있지만 그를 몰아붙이지 않고서는 참을 수 없었다.

그라면 내 말속에 숨겨진 분노를 알아챌 것이다. 아니, 알아채야 한다.

"……공녀."

그가 신음하듯 날 불렀다. 꼭 타이르는 목소리 같아 기분이 이상했다. 나는 그 느낌을 무시하며 쐐기를 박았다.

"케일라덴 전하께는 죄송한 일이지만, 황태자 전하께서 파트너를 청했다 하시면 이해해 주실 겁니다."

"케일라덴?"

주춤했던 그가 케일라덴이라는 이름에 다시 날카롭게 반응했다.

그의 노란 눈동자에 담긴 설익은 분노를 이해할 수 없었다. 지금까지 케일라덴에 대해 이야기했으면서 새삼스레 왜 이러는 거지?

"네?"

"이름을…… 부르는 것이냐?"

별걸 다 꼬투리 잡는다. 그의 분노가 어디서 기인했는지 이해하는 순간 웃음이 새어 나올 뻔했다.

이름을 허락했다는 것은 친밀한 사이라는 것을 나타내고, 이는 곧 케일라덴이 날 비호하리란 것을 뜻한다. 케일라덴이 거기까지 생각하고 이름을 부르라고 한 것은 아닌 듯하지만……. 아니면 그에게도 속셈이 있겠지.

케일라덴의 비호를 받으면 적어도 전처럼 초라하지 않을 수 있다.

황태자는 그 누구에게도 주목받지 못한 채 황궁 안에서 스러져야 할 여자가 어떻게든 숨 쉴 틈을 만든 게, 불쾌한 것이다. 레지나 축하연 때 아이린과 등장하고, 나와 춤추지 않는 무리수를 둬 가면서 만든 분위기가 깨지는 것이니까.

나는 영광이라는 양 한껏 감읍한 미소를 만면에 띠었다.

"감사하게도 케일라덴 전하께옵서 성명을 허락해 주셨답니다."

"……."

케일라덴 본인이 허락했다는데 뭐라고 할 수는 없겠지. 아무 말 없이 침묵하는 그를 고소한 눈으로 보다가 고개를 숙였다.

"하면 저는 이만 물러나겠습니다, 전하."

"……."

그는 답이 없었다. 나는 다시 채근했다. 더 이상 그와 함께 있고 싶지 않았다.

"전하?"

"……그래, 물러가도록."

날 바라보는 노란 눈동자는 여러 가지 감정으로 물들어 있었다. 그 혼란 속에서 내가 읽을 수 있는 것은 아무것도 없었다.

나는 무릎을 굽혀 예를 표한 후, 그를 등지고 나왔다.

도서관 밖으로 나오자 라브엘이 날 기다리고 있었다. 다른 시녀들은 휴식을 취하거나 다른 일을 맡아서 하고 있는 것 같았다.

그녀와 나뿐이라는 것을 확인한 후 말을 꺼냈다.

"에르마는 어찌 되었나요?"

"스테나 영애에게 갔다 왔습니다. 귀를 심어 놨으니 저녁 즈음이면 말을 전하러 올 것입니다. 직접 보시겠습니까?"

"한번 상황을 보고요. 다른 시녀들은요?"

"잠시 휴식을 취한 후 각자 할 일을 맡겼습니다. 지금쯤이면 다 끝났을 것입니다."

나는 고개를 끄덕였다. 그렇다면 방에 시녀들이 있을 것이다.

황태자를 만나는 것은 언제나 심적 소모가 막대했다. 혼자 좀 쉬고 싶었는데……. 낮잠 잔다고 해야겠다. 어차피 잠을 설쳤다고 말도 해 놨으니 별 위화감은 없을 것이다.

침대에 혼자 누워 있자니 자연스레 황태자의 얼굴이 떠올랐다. 괘씸했다. 이번 파티에서는 저번처럼 가만있지 않을 거다. 홀로 그 모든 수모를 감내하고 속으로 삭이지 않을 것이다.

손바닥을 들어 올렸다. 사라진 지 오래인 손톱자국이 환영처럼 보였다가 이내 흩어졌다.

이번에는 손톱이 파고들 정도로 세게 주먹을 쥐고서, 그저 견디지만은 않으리라. 이제 더는 그럴 필요도 없다.

황태자의 얄미운 얼굴이 당황하는 꼴을 꼭 봐야지 직성이 풀릴 것 같았다. 숨결이 닿을 정도로 가까이 다가왔던 그 얼굴이 무너져 내리는 것을 생각하자…….

"아놔……."

떠올리지 말아야 할 것이 떠올랐다.

등 뒤에서 그가 내 손을 움켜쥐었던 것과 목덜미 위로 떨어지던 숨결, 그만의 알싸하면서도 시원한 향. 그런 것들이 생생하게 날 감쌌다.

나는 순식간에 다시 오후의 도서관으로 돌아갔다. 허리를 잡아채던 손과 가까워진 얼굴, 시선이 맞부딪칠 때의 강렬한 느낌. 그때 내가 무슨 생각을 했는지 떠올리고 이불을 거세게 차며 벌떡 일어났다.

그의 숨결이 애무하듯 내 뺨을 어루만졌다니 이게 무슨……!

그대로 주저앉아 베개를 퍽퍽 때렸다. 어찌나 힘이 실렸는지 얼마 안 가서 거위털이 삐져나오기 시작했다. 멈춰야 한다는 생각이 들었으나 멈출 수가 없었다.

진짜, 쪽팔려서 못살아! 죽어라, 샤르티아나! 죽어라, 유화영! 뇌를 표백하고 싶다. 그딴 생각을 하다니!

아무리 황태자가 잘생겼…… 아니, 아니!

나는 고개를 내저었다. 그의 생김새에 대해선 사감 한 톨 없이 객관적인 평을 한다고 생각했지만, 그 잘…… 로 시작하는 말을 굳이 형상화하고 싶지 않았다.

진짜 미쳤구나. 죽자.

이게 다 바로 직전에 야설을 봐서 그렇다. 내가 다시 야설을 보면 인간이 아니다, 개다!

……라는 생각을 처음 야동 보고 현타 왔을 때도 했었지. 그리고 나는 개가 되었다. 멍멍!

야설은 인간의 본능 같은 거니까 방금 말은 취소하도록 하자. 개가 된 것은 한 번으로 족하다.

고개를 돌리니 커다란 거울에 비친 내 모습이 보였다. 이불을 차고 베개를 때리며 난리 블루스를 추느라 양 볼이 상기되어 있었다. 절대 다른 이유 때문이 아니다.

거울 아래에는 낮잠 잘 준비를 하느라 빼 둔 핀이 놓여 있었다.

—그래서 오늘 이토록…… 화려하게 꾸민 것인가?

불현듯 머릿속에 그의 말이 울렸다.

화려하게 꾸몄다니, 그렇다면 그도 오늘 내 모습이 아름답다고 느낀 것일까. 화려하단 말을 할 때 왠지 말을 고르듯 틈을 두었던 것도 그렇고…….

"으아아아!"

괴성을 지르며 침대에 머리를 박았다. 대체 왜 자꾸 되새기는 거냐. 내가 무슨 소도 아니고! 이딴 쓸데없는 되새김질은 백해무익하다.

정신을 차리니, 새삼 방음이 잘되는 방이 고마웠다.

진짜 야설 끊어야지. ……한동안.

그만하고 잠이나 자자.

나는 한쪽이 터져 푹 꺼져 버린 베개에 조심스레 머리를 뉘었다. 바로 깃털이 삐져나오며 머리가 내려앉아 버리는 걸 무시하고 눈을 감았다.

자자. 자는 거다. 아무 생각도 안 하고 자는 거야.

하지만 라브엘이 깨우러 올 때까지 나는 잠들지 못했다.

"아가씨!"

오랜만에 보는 유모가 날 부르며 달려왔다. 그러다 내 주변의 시녀들을 보고 멈칫하더니 천천히 걷기 시작했다. 좀처럼 볼 수 없었던 그 고상한 태도에 웃음이 나왔다.

"오랜만이야, 반스 남작 부인."

서작 기념으로 작위를 붙여서 부르자 유모가 고개를 저었다.

"평소처럼 유모라고 불러 주십시오. 저는 남작 부인보다 아가씨의 유모인 게 더 좋습니다."

날 바라보는 유모의 눈시울은 이미 붉었다. 고작 일주일 못 본 것뿐인데 지나친 반응이라고 생각하면서도 어쩐지 내 코끝도 찡해졌다. 나는 표정을 가다듬었다.

"응, 유모."

"제가 없는 동안에도 잘 지내신 것 같아 다행입니다. 저는 아가씨 걱정에 잠도 제대로 못 잤는데요."

유모가 내 손을 꽉 움켜쥐며 말했다. 감격에 차 말을 하다가도 뒷말을 덧붙일 땐 장난스럽게 날 흘겨본다. 정말 유모가 돌아왔다는 실감이 확 들었다. 마음이 이해할 수 없을 만큼 편해졌다.

"그런 것치고는 피부가 회춘한 것처럼 빛이 나는데."

"어머, 정말요?"

유모의 얼굴에 화색이 돌았다. 그 모습이 얄미워 나는 정색하고 고개를 저었다.

"아니, 농담이야."

"호호, 우리 아가씨 농담도 차암!"

얼굴에 빠직 핏줄이 돋은 상태로 유모가 억지웃음을 지었다. 주변 시녀들이 꽤 신경 쓰이는 모양이다.

농이라고 했지만 진짜로 얼굴이 좋아 보였다. 그간 잘 쉰 것 같았다. 처음 이 세계에 왔을 때에 비하면 나도, 유모도 서로를 정말 편하게 대하고 있다는 생각이 들었다.

나는 유모를 향해 씩 웃고는 고개를 돌렸다. 내 친근한 태도에 라브엘과 이디스를 제외한 시녀들이 놀란 게 보였다.

악녀라고 꼭 전방위로 어그로를 끌 필요는 없으니 이 정도는 상관없다. 다만 그녀들에게 친근한 인상을 주지 않기 위해 표정을 싸늘하게 굳혔다.

"각자 인사 나누도록 해."

그 말을 남기고 테라스로 나가 의자에 앉았다. 테이블 위에 있던 책을 펼쳤으나 내 신경은 온통 시녀들의 대화에 쏠려 있었다.

지금은 유모가 남작 부인으로 일반 영애보다 지위가 높지만, 일주일 전까진 평민이었던지라 무시당할까 걱정이 되었다.

"반갑습니다, 반스 남작 부인. 나는 피오겔, 부족하나마 공녀 저하의 시녀장을 맡고 있습니다. 부인께서 도와주시면 큰 힘이 될 것입니다."

"미력하나마 도움이 되도록 최선을 다하겠습니다. 앞으로 잘 부탁드립니다, 피오겔 백작 부인."

백작 부인으로 가장 지위가 높은 라브엘이 유모에게 예를 갖추자 나머지 시녀들도 유모에게 함부로 굴지 못했다.

과연 라브엘. 황궁 생활을 오래한 사람다웠다.

소개가 끝나고 한담이 이어졌다. 나는 눈은 책에 고정한 채 귀를 쫑긋 세웠다. 내 총애를 받는 유모의 등장에 에르마는 긴장하는 것 같았고, 의외로 이디스는 털털하게 곧잘 이야기를 나눴다.

권세가인 비욘드 사람이고 사람에 대한 기준이 명확해서 걱정했는데, 신분을 기준으로 사람을 차별하진 않는 듯했다. 나는 그녀가 더 마음에 들었다.

완전히 내 편이면 좋겠는데…… 지금 당장은 힘들겠지. 어쨌든 이디스는 내게 호의적이고 아직 시간은 많다.

에스더는 언제나 그렇듯 적당히 조용해서 유모에 대해 어떻게 생각하는지 딱히 드러나지 않았다. 호의적이지도, 배타적이지도 않다. 다른 시녀들을 대하는 태도와 크게 다를 바 없었다.

그리고 세실리아는…….

"아하, 그러면 부인께서는 일주일 전까지 평민이셨다는 거로군요."

세실리아의 목소리가 크게 울렸다. 나는 절로 돌아가려는 고개를 간신히 책에 고정시켰다. 말투에서부터 그녀가 유모를 탐탁지 않아 하는 게 느껴졌다.

이건 정말 내 예상 밖이었다. 세실리아는 평소 시녀들 중 가장 위축되어 있었다. 그런데 그 누구보다 가시적으로 유모를 적대시하다니?

가문 역시 시녀들 중 자작가로 가장 한미했다. 게다가 엘시터가는 작위를 유지하는 게 힘들 정도로 상황이 좋지 않았다.

가장 서열이 낮은 그녀가 날을 세우는 걸 보니 기분이 묘했다. 나한테 잘 보이려고 했던 걸 보면 유모한테도 잘 대할 것 같았는데.

그러다가 깨달았다. 엘시터는 몰락 귀족의 길을 걷고 있다. 몇 대 전만 해도 후작가였지만 점차 작위가 강등되더니 이젠 자작가가 되었다.

엘시터의 조상 항렬이 개국 공신인 카일론과 5세대 정도밖에 차이 나지 않는다는 걸 생각하면 권력의 무상함에 절로 씁쓸해졌다. 엘시터는 충분히 제국의 역사와 함께해 온 가문이었다.

권력도 재력도 모두 물거품처럼 사라진 지금, 엘시터에는 허물어져 가는 명예만이 빈껍데기처럼 남아 있다. 몰락하는 자신과 부상하는 평민 출신의 실세. 위기감과 공포를 느꼈으리라.

더 나아가 유모가 자신이 응당 누렸어야 할 것을 빼앗았다고 생각할 수도 있다. 이어지는 대화가 끊길 때를 노려 책을 덮었다.

유모의 기반은 나다. 유모의 작위도, 시녀 사이에서의 입지도 다 나로 인한 것이다. 세실리아가 누구의 첩자일지도 모르는 상황이다. 그녀에게 내 힘을 보여 줘야 한다.

나는 방 안으로 들어서며 유모를 향해 미소 지었다.

"유모가 돌아와서 안심이야. 그동안 내게 헌신한 것을 생각하면 자작 부인 작위를 받았어야 했는데. 그러지 못한 게 아직도 마음에 걸려. 왜 자꾸 거절하는 거야?"

물론 그런 적은 단 한 번도 없다. 처음 듣는 이야기인데도 유모는 자연스레 고개를 숙였다. 역시 쿵짝이 잘 맞는다.

"저는 지금으로도 충분히 만족하고 있습니다. 아가씨께서 절 이리 생각해 주시니 그것만으로도 기쁩니다."

"아니면 계승작위는 어때?"

"제겐 너무나 과분한 처사입니다."

유모의 거절에 나는 안타깝다는 듯 한숨을 쉬었다. 솔직히 조금 무리수이긴 했지만 전혀 내색하지 않았다. 내 능력이라면 한순간에 유모를 그럴듯한 귀족으로 만들 수 있다는 듯이.

세실리아의 눈이 열망과 시기, 고통으로 물들었다. 상처를 건드린 것 같아 찝찝했지만 바꿔 생각하면 그녀에게 기회를 주는 것이기도 하다.

이 정도면 세실리아도 충분히 깨달았을 테다. 내게 잘 보이면 어떤 콩고물이 떨어질지.

그녀의 가문이 카일론에 충성을 바치고 가신으로 들어온다면 백작까진 충분히 승작시켜 줄 수 있다.

유모에게 계승작위를 내리는 것보다 더 쉬운 일이었다. 카일론에 연을 데려는 수많은 가문들을 생각하면 세실리아에게는 호재였다.

그녀가 황태자의 첩자라면 별 효과가 없겠지만 아이린의 첩자라면 이야기가 달라진다. 지금 당장 그녀의 가문을 살려 줄 수 있는 나와 달리, 아이린은 불확실한 먼 미래를 기약하는 수밖에 없으니까.

아이린의 첩자거나 아무런 끈이 없는 사람이라면 걸려들 회유책이었다.

세실리아가 날 쳐다보고 결연히 입을 열었다.

"저하, 곧 마일러트 남작이 올 시간입니다."

……결연한 목소리와 달리 별거 아닌 말이 나왔다. 조금 맥이 빠지려는 것을 애써 수습했다.

첫 만남 때 쓸모 있는 사람이 되라고 해서 대뜸 스케줄을 알려 준 것과 같다. 그 후로 위축되었던 것치곤 간만에 적극적인 태도이긴 했다.

나는 고개를 끄덕이고 차를 준비하라고 일렀다.

성적 취향에 대해 아주 사소한 오해를 했던 것과 그의 작품을 무시했던 것이 걸려 오늘은 조금 상냥하게 맞이할 생각이다.

"어떠십니까, 공녀님. 지난번 가져왔던 드레스와 완벽하게 다른! 그야말로 혁신적인! 새 시대를 선도할 드레스들을 만들어 왔습니다."

나는 소파에 앉아 애매하게 고개를 끄덕였다. 그런 내 앞에서 황실 의상 장인 마일러트 남작은 침을 튀길 기세로 드레스를 설명하는 중이었다.

응? 진짜 침 튀었잖아?! 저 드레스는 절대 고르지 말아야지.

나는 그물 모양 레이스에 라피스라줄리를 촘촘하게 박아 넣은 드레스를 목록에서 뺐다. 예쁘긴 한데 그래도 침이 튄 걸 살 순 없잖아.

"공녀님과 만난 이후로 공방의 장인들이 잠을 아껴 가며 만든 것들입니다. 직물부터 장식까지 뭐 하나 새로 만들지 않은 것이 없습니다. 오직 공녀님만을 위한! 공녀님에 의한! 공녀님의! 드레스입니다!"

마일러트 남작의 설명이 이어질 때마다 입에서 소화액이 난사되었다.

나는 연한 핑크로 시작되어 끝 부분은 연한 하늘색으로 물든, 솜사탕 같은 색채와 텍스처를 가진 드레스를 아련한 눈으로 바라보았다. 색깔이 연해서 그런지 침 묻은 부분만 진한 게 아주 눈에 띄었다.

어차피 내 취향이 아니라 안 살 생각이었지만……. 아아, 지켜주지 못해 미안해요, 드레스님!

내 표정이 점차 흐려지는 것을 오해했는지 마일러트 남작이 숨을 크게 들이마셨다. 당장에라도 거센 열변을 토해 낼 기세였다. 들숨이 심상찮다. 불길한 예감이 들었다. 다시 입을 열 땐 지금까지와 비교할 수 없을 만큼 다량의 침이 멀리까지 튈 것 같다.

나는 서둘러 그를 제지했다. 더 이상 무고한 드레스님들께서 희생당하는 걸 보고 있을 순 없었다.

"확실히 이전보단 낫군요."

"그렇죠?"

마일러트 남작이 화색을 띠며 내게 되물었다.

나는 그의 소화액 공격에서 벗어난 드레스님들을 보며 속으로 안도의 한숨을 내쉬었다.

드레스에 달린 장식이 유난히 반짝이는 게, 무분별한 소화액 난사의 참극에서 자신들을 지켜 낸 영웅을 알아보는 것 같았다.

마일러트 남작이 시선으로 내게 대답을 종용했다. 나는 슬그머니 그 시선을 피했다.

드레스는 굉장히 아름다웠지만 솔직히 말해서 뭐가 나은지 전혀 모르겠다. 이전에도 대단한 드레스님이셨고 오늘도 대단한 드레스님이시다.

그중에서도 특히 혁신적이라는 것은 정말 알 수 없었다. 레이스의 스타일이나 패턴 같은 게 달라지긴 했지만 전체적인 실루엣은 여전했다.

여전히 러플이 화려했고 허리는 잘록했으며, 치맛자락은 풍성했다. 각양각색의 보석이 박혀 있다는 점까지 그대로다. 이전과 다를 바 없이 비싸고 무거워 보이는, 아름다운 드레스님들.

같은 치마만 해도 미니스커트, 롱스커트, 언밸런스 컷, 플레어, H형 등등 다양한 실루엣을 봤던 현대인인 내겐 대체 뭐가 혁신적이고 새로운지 모를 디자인이었다.

혁신적인 드레스라면 불길 정도는 솟아야지.

나는 영화에서 여주인공이 빙글빙글 돌자 치맛자락이 불타오르며 드레스가 변했던 것을 떠올렸다. 그런 게 혁신 아닌가? 하지만 이런 생각을 말할 수도 없기에 그냥 고개를 끄덕였다.

내 미적지근한 반응 대신 시녀들이 호들갑을 떨었다.

"어머, 확실히 이런 레이스는 처음 봐요. 속이 비치는 면사와 도

톰한 자수를 이런 식으로 구성하다니. 역시 마일러트 남작이세요.”
“이 천은 빛의 방향에 따라 다른 빛이 나요. 흰 공단인 줄 알았는데 어떤 방향에서 보면 핑크빛이 돌고 또 어떤 방향에서 보면 골드빛이 나는군요! 사랑스럽고 우아한 게 저하와 잘 어울릴 것 같아요.”
“이번에 만든 드레스는 다 공녀님을 생각하며 디자인한 것입니다. 당연히 공녀님께 모든 것이 맞춰져 있습니다.”
마일러트 남작이 자랑스레 콧대를 세웠다. 그러면서 반짝반짝 빛나는 눈으로 날 바라보았다.
칭찬을 기대하는 눈빛에 밀려 나는 입을 열었다. 뭐가 혁신적인지는 알 수 없지만 드레스님들께서 대단하신 것은 알겠다.
저번에 그의 작품을 폄하했던 죄책감까지 더해져 나는 은은한 미소까지 머금고 그를 바라보았다.
“내 마음도 흡족하네요. 무엇 하나 빠지지 않고 아름다워요. 수고했어요, 남작. 오늘은 사고 싶은 것들이 많네요.”
하지만 정작 내 칭찬을 들은 남작은 떨떠름한 표정이었다.
“……정말이십니까?”
“네?”
“정말 마음에 드신 겁니까? 무엇 하나 빠지지 않고?”
남작의 물음에 나는 인상을 찌푸렸다. 명백하게 의심하는 어조였고, 실망이 깃들어 있었다.
대체 왜 이러지? 칭찬이 부족했나? 하긴 밤을 새워 가며 나만을 위해 새로 만든 드레스인데, 그냥 한두 마디로 땡 치면 기분이 안 좋을 만도 하다.
하지만 난 원래 남을 크게 칭찬하는 성격이 아니었다. 하물며 샤티의 탈을 쓰고 있는 지금은 더더욱 애매했다.

조금 고민하다가 나는 도도하게 턱을 치켜들었다. 그리고 짐짓 기분이 나쁜 것처럼 인상을 찌푸렸다.

"내가 마음에 안 드는 것을 부러 마음에 든다고 할 것 같나요?"

"그건…… 아닙니다."

"아니면 이 드레스들이 마일러트 남작의 최선이 아니라는 말인가요? 내게 실패작을 보여 준 건 아니겠죠."

"아닙니다! 정말 심혈을 기울여 만든 것들입니다."

"내 눈에도 그리 보였습니다. 마음에 들어요."

"그…… 감사합니다."

작게 고개를 숙이는 남작의 얼굴은 그늘져 있었다. 아직도 부족하나? 하지만 이 이상 어떻게 칭찬해 줘야 할지 모르겠다.

오늘은 마음에 든다고 했는데 되레 기죽은 남작을 보니 마음이 불편했다. 잘나가던 천재의 자존심을 짓밟은 게 나라서 더더욱.

최대한 많이 사고 빨리 내보내자. 원래 음식점이든 옷가게든 가장 좋아하는 손님은 돈 많이 쓰고 빨리 사라지는 손님이라잖아.

내가 드레스 몇 개를 손가락질하자 시녀들이 들고 다가왔다.

"입어 보시겠습니까?"

라브엘의 물음에 고개를 저었다. 빠른 쇼핑에 탈의는 필요 없다. 그리고 이걸 입었다 벗는 게 얼마나 힘든데.

대충 몸에 대 보고 고개를 끄덕이거나 저었다. 남작을 의식했던 것도 있지만, 실제로 고개를 저을 일은 별로 없었다.

날 위해 만들었다는 게 정말인지 살펴보는 드레스마다 내 얼굴을 화사하게 만들었다.

눈동자 색 때문에 푸른색은 잘 안 어울린다 생각했는데, 색감을 어떻게 맞췄는지 날 위해 태어난 색처럼 잘 어울렸다. 아주 오묘한 파랑이었다.

음, 이번 파티 땐 이걸 입고 갈까. 여태 붉은 톤을 많이 입었으니 변화를 줘도 좋을 것 같다. 그리고 빨강보단 파랑이 좀 더 선해 보이잖아.

거울을 보고 옷과 액세서리를 댈 때마다 시녀들의 칭찬이 따랐다. 너무 지른다 싶으면 옆에서 제지하는 사람이 있어야 할 텐데 부추기기만 하니 생각보다 훨씬 많이 샀다.

나는 드레스 가격을 생각하며 피를 철철 흘리는 내 통장—어차피 없지만—을 애도했다. 지름신 강림 수준이 아니라, 지름신의 할아버님께서 강림하신 것 같았다.

너무 많이 산 것 같긴 해서 이디스에게 대금 청구를 황실이 아닌 카일론가에 하라고 슬쩍 전했다.

말하고 난 뒤 에르마를 살피니 장신구 구경에 여념이 없었다. 못 들은 건 확실했다.

특별히 공작을 꾸미는 건 아니었다. 아이린이 마음을 착하게 쓰면 아무 일도 없을 거다. 아무 일 없는 평화가 좋은 건데도 내심 그녀가 못되게 굴길 바랐다.

이디스는 내 뜻이 뭔지 이미 알아챈 듯했다. 역시 눈치가 빨라서 좋다. 고소하다는 듯 웃는 그녀를 보니 나만큼이나 아이린을 싫어하는 것 같았다.

내 폭풍 쇼핑에도 남작의 표정은 펴지질 않았다. 오히려 날 보는 눈길에 실망을 넘어 원망까지 묻어 나왔다. 예상과 정반대인 그의 반응에 당황스러웠지만 애써 그의 얼굴을 털어 냈다.

나는 할 만큼 했다. 천재님이 알아서 자존감을 회복하길 바라는 수밖에. 어깨가 축 처진 채 문밖으로 나가는 남작을 외면하고 식은 차를 마셨다.

지금 신경 써야 할 것은 바로 이틀 뒤로 다가온 챈들럼 공가의 파티였다.

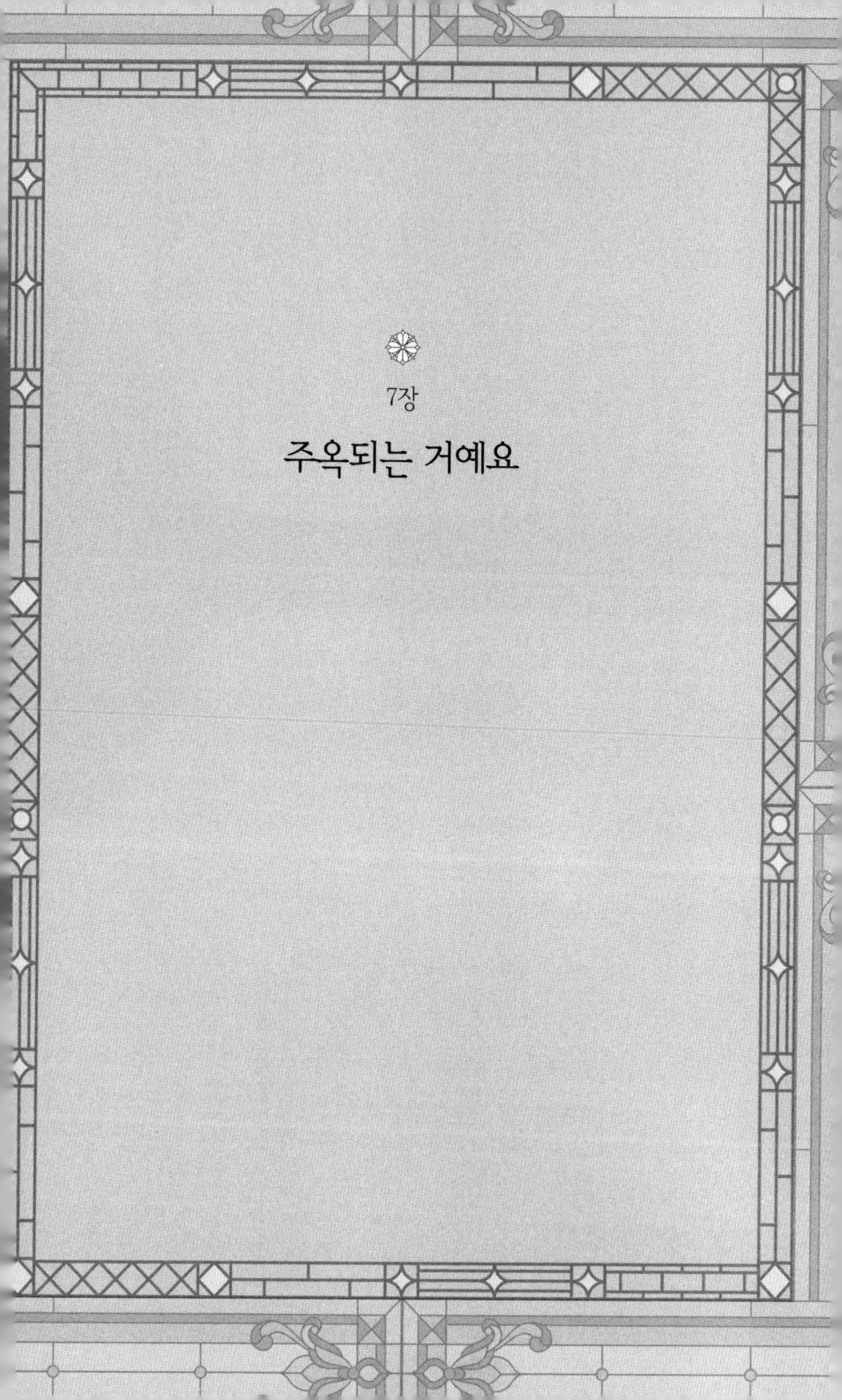

7장

주옥되는 거예요

주옥되는 거예요

챈들럼 공작가의 파티는 이미 시작한 지 오래였다. 일부러 느지막이 궁을 나선지라 챈들럼 공저에 도착한 것은 조금 전이었다.

나는 마차에서 내려 케일라덴과 함께 복도를 가로질렀다.

절로 가는 숨이 새어 나왔다. 할 수 있는 준비는 다 했다. 이제 계획대로 흘러가기만 바랄 뿐이다. 하지만 언플 같은 건 한 번도 해 본 적이 없다. 그걸 못해서 전생에서 욕까지 먹지 않았던가. 어쩔 수 없이 긴장됐다.

케일라덴이 차가운 내 손을 부드럽게 움켜쥐었다. 나는 그 손에 의지해서 걸었다. 파티홀로 통하는 문이 보였다. 시종이 정중하게 고개를 숙이는 것과 동시에 문이 열렸다.

"케일라덴 옵스 페레칼로닌 황자 전하와 샤르티아나 알티제 카일론 공녀 드십니다!"

시종의 목소리가 홀에 퍼지자 곧바로 내게 꽂히는 시선이 느껴졌다. 이미 파티의 구심점은 사라졌고, 자유로운 분위기로 삼삼오오 무리를 짓고 있어서 엄청난 주목을 받는다는 느낌은 안 들었다.

하지만 부채로 가린 입에서 나오는 말이 나에 대한 것이라는 것은 자명했다.

나는 아무렇지 않은 척 미소를 걸치고 파티홀로 들어섰다.

"샤르티아나 공녀!"

홀에 들어서기 무섭게 내 이름을 부르며 다가오는 남사의 모습에 당황했지만 예상하고 있었다. 나는 능숙하게 당황을 가리며 그를 향해 돌아섰다. 그리고 처음 보는 내 소꿉친구를 향해 웃었다.

"축하합니다, 유타바인 공자."

내 앞까지 성큼성큼 다가온 유타바인이 케일라덴을 발견하고 아차, 하는 표정을 지었다.

"아, 5황자 전하를 뵙습니다. 경황이 없어 먼저 인사드리지 못한 점 죄송합니다."

"아닙니다, 공자. 기사 서임을 축하합니다. 그 나이에 황실 기사단에 입단하다니 대단합니다."

"아직 전하에 비하면 미흡한 실력입니다."

"기사단은 다르지만 앞으로 자주 뵙겠군요."

두 기사가 한담을 주고받는 틈을 타 슬그머니 그들에게서 멀어졌다.

오늘 파티는 챈들럼 공작가의 외아들인 유타바인의 기사 서임을 축하하는 자리였다.

유타바인은 나와 동갑의 소년으로 이번에 제국 사상 최연소로 기사 작위를 받게 됐다. 챈들럼은 대대로 제국의 검으로 이름을 날렸지만, 유타바인은 그 혈족 중에서도 괄목할 인재였다.

후계가 탄탄하니 챈들럼에겐 거리낄 것이 없다. 제도의 귀족뿐만 아니라 지방 귀족까지도 이 파티에 초대받고 싶어 몸이 달았다.

하지만 유타바인이 소란스럽지 않은 것을 원했기에 초대장이 돌아간 것은 그의 또래, 아직 혼전인 귀족들뿐이었다. 그래도 파티홀엔 사람들이 많았다. 굵직한 집안의 자제들은 다 모였다고 해도 과언이 아니었다.

어른들이 없는 파티라 그런지 영식과 영애들의 표정이 유난히 밝았다. 엄격하지 않은 분위기는 내게도 좋았다.

나는 목이 마른 척 음료가 마련된 테이블로 다가갔다. 샴페인 글라스를 집는 내 곁에 아주 자연스레 이디스가 다가왔다. 그녀는 빈 글라스를 내려놓고 새 글라스를 집었다.

우리는 서로 간단한 인사를 나눴지만 너무 붙어 서지는 않았다. 우연히 음료를 가지러 오다가 마주친 것처럼. 앞으로 언플을 할 때 이디스와 내가 작당한 것처럼 보이는 것을 피하기 위해서였다.

그녀와 이야기 좀 나눴다고 의심하는 사람은 없겠지만 내 바뀐 태도에 온갖 추측이 난무할 테니 조심해서 나쁠 건 없다.

이디스가 내 시녀라는 것은 이곳에 있는 모두가 아는 사실이다. 하지만 이디스가 날 싫어하는 것도 마찬가지다.

지금은 엉킨 매듭이 풀리고 공모자가 되었으나 이를 아는 사람은 없다. 애써 악녀 짓을 해서 미움을 받았으니 그 덕을 좀 봐야지.

나는 이디스와 스치며 아이린이 파티에서 어떤 말을 했는지 짧게 확인했다. 내 예상을 크게 빗나가지 않은 것들이었다. 천천히 샴페인 글라스에 입술을 댔다. 그렇게 하지 않으면 비릿한 웃음을 여과 없이 내보낼 것 같았기 때문이다.

자, 이제 혼자 있는 내게 영애들이 다가오길 기다리면 된다.

"샤티!"

소리를 낮춘 외침에 나는 실망을 감추며 뒤를 돌아봤다. 오라는 귀족 영애들은 안 오고 이미 인사까지 마친 남자가 날 보고 웃고 있었다.

마주 반가운 미소를 지었지만 속으로는 초조했다. 결전을 앞두고 계속 긴장한 상태였다. 파티를 즐길 기분이 아니었다.

주변의 시선이 우리 두 사람을 훑었다. 유타바인과 이야기를 나누고 싶어 안달 난 사람들이 많다는 것이 그나마 위안거리였다.

파티의 주인공이 이렇게 나서서 환대를 하니 면이 살긴 했다.

"왜 이렇게 늦게 왔어? 안 오는 줄 알았어."

유타바인이 소리를 낮춰 속닥거렸다. 친근한 말투가 전생의 사람들을 떠올리게 했다. 어느 순간부터 존대를 쓰며 의뭉을 떠는 데 익숙해졌는데…….

어차피 유타바인을 바로 쫓아낼 순 없다. 이왕 이렇게 된 거, 가짜 소꿉친구를 통해 전생을 추억하기로 했다. 샤르티아나에게 눌려 있던 유화영이 조금은 숨을 쉬어도 되겠지.

우릴 바라보는 사람들의 시선도 점차 사그라졌다.

유타바인과 샤티가 붙어 있는 장면은 사교계에서 아주 자연스러운 풍경이었다. 그 와중에도 샤티가 황태자에게 열렬한 구애를 했기에 그들 사이엔 흔한 염문조차 없었다.

사실 염문을 뿌리기엔 사이가 너무…… 불알친구 같았다. 소꿉친구보다는 그렇게 부르는 편이 옳다. 이 두 악동은 비글처럼 제도를 누볐다.

"안 오려 했는데 너 친구 없을까 봐 온 거야."

"이미 친구 없는 티 다 냈어. 심심해 죽는 줄."

"너랑 친구해 주는 나한테 고마워해라."

"늦게 와 놓고는 무슨."

"넌 나 레지나 축하할 때 안 왔잖아."

"야, 그거는…… 나 원정 중이었잖아."

유타바인이 깨갱, 꼬리를 내렸다.

정말 친구랑 이야기하는 기분이었다. 말투가, 표정이 날 착각에 빠지게 했다. 내 소꿉친구라 했지만 그건 어디까지나 샤티의 소꿉친구라는 뜻인데.

"기사 되니까 좋아?"

"원래 될 거였으니까. 그냥 별 느낌 없어."

"그래도 최연소잖아."

"그거야 나보다 뛰어난 사람이 없던 것도 아니고, 그냥 상황이 맞아 떨어진 거지."

"돈 먹였냐?"

"어떻게 알았냐?"

유타바인이 짐짓 놀란 척 눈을 크게 떴다.

피식 웃음이 터졌다. 우리는 서로를 마주 본 채 킥킥거렸다. 이렇게 귀족스럽지 않은 대화를 할 수 있다는 게 믿기지 않았다.

"어렸을 때 너 기사 되면 나한테 충성 맹세한다고 했는데."

"켁?!"

움찔하는 그를 보니 더 놀리고 싶어졌다.

나는 빙글빙글 웃으며 말을 이었다. 여기가 파티장만 아니었으면 옆구리도 쿡쿡 찔렀을 텐데.

"응, 기사님? 저한테 충성 서약하실 건가요?"

"넌 어렸을 때 나랑 결혼한다고 했지."

"윽……."

반격에 나는 혀를 깨물 뻔했다. 저건 내 흑역사도 아닌데 왜 내가 쪽팔리는 거야.

"너 나랑 결혼할 거야?"

"아니."

내 즉답에 그는 하나도 아쉬워하지 않고 오히려 다행이라는 듯이 흡족해하며 고개를 끄덕였다. 그것도 아주 크게.

좀 열 받네. 내가 어때서? 나랑 결혼 안 하는 걸 저렇게까지 다행스러워해?

"그래. 나도 서약 안 해."

퉁 치자는 말에 어쨌건 고개를 끄덕였다.

"우리 서로 어렸을 때 흑역사는 묻어 두도록 하자."

그 흑역사를 먼저 들춰낸 건 나지만.

생소한 단어에 유타바인이 고개를 갸웃했다.

"흑역사?"

"안 좋은 기억들 말이야. 생각하면 좀…… 이불 차게 되는 거."

"아하, 너한테 예쁘다고 했던 거?"

"야, 넌 그거 생각하면서 이불 차냐?"

"……."

"……?"

조개처럼 입을 다문 유타바인의 얼굴이 심각했다. 내 의아한 시선에 그가 무겁게 입을 열었다.

"이불만이 아니야."

……베개도 때리는구나. 그래, 사람이 하나만 하진 않지. 말하지 않아도 다 알아. 나도 자주 그러거든.

우린 잠시 동지애를 가득 품은 채 서로를 바라보았다.

"그래서 누구한테 맹세할 거야?"

"황태자 전하. 폐하께 하기엔 난 아직 젊고, 그분이야말로 미래의 황제시니까."

황태자를 말하는 유타바인의 목소리가 유독 감정을 꾹꾹 눌러 담은 것처럼 들렸다.

기분 탓이겠지. 나는 장난스런 미소를 걸쳤다.

"폐하께 할 자격이 안 되기도 하지. 겨우 입단했으면서."

"야, 시간문제거든?"

"그럼 자격을 갖춘 다음에 하지. 뭘 벌써부터 맹세하려고 해?"

솔직히 유타바인이 황태자가 아닌 황제에게 맹세했으면 싶었다. 황태자에게 맹세하면 그의 입지가 더 단단해진다. 황태자의 권력이 강해져서 내게 좋을 건 없다.

그리고 정말 만에 하나 그를 폐위시킬 경우 유타바인과도 싸워야 한다.

기사의 충성 맹세는 죽음과 함께 끝난다. 황태자가 폐위되고 다른 이가 책봉된다고 해도 유타바인은 끝까지 현 황태자만을 따를 것이다. 유타바인이 기사도를 저버리지 않는 한.

"자격을 갖춰도 어차피 황태자 전하께 맹세할 거니까 상관없어."

유타바인이 확고한 것을 확인하니 착잡해졌지만 나는 미소로 그 마음을 가렸다.

"너도 전하를 탐내는 건 아니겠지? 전하께선 남자한테 관심 없어."

유타바인이 대꾸도 할 필요 없다는 듯 날 쳐다봤다. 수준 이하의 것을 보듯이. 백 마디 말보다 더 짜증나는 시선이었다.

과연 샤티의 친구. 나중에 집에 가서 연습해 봐야지. ……기분 나빠하지 않고 이런 생각이나 하고 있는 걸 보니 나도 맛이 간 게 틀림없다.

"전하를 향한 마음은 여전한가 봐?"

"왜 이래. 나 순정파야. 넌 다 알면서 그래?"

유타바인은 샤티가 자신의 열렬한 사랑을 다 털어놓던 친구였다. 뭐, 친구가 그밖에 없기도 했지만.

웃어넘겼지만 질문이 이상했다. 내가 일반 귀족 영애면 이 남자, 저 남자, 그 남자 가리지 않고 갈대보다 더 격하게 흔들려도 괜찮지만, 난 레지나였다. 황태자의 짝이 될 예정인.

"그래, 잘 알지. 최근에 조금 이상한 말을 들어서."

누가 뭐라 했는지 묻지 않아도 아이린일 게 뻔했다. 벌써 5황자와 날 엮어서 말했을 리는 없고, 그 밑밥을 까는 중이겠지.

나는 모르는 척 개구지게 웃었다.

"날 안다고 자신하면 이따 깜짝 놀랄 텐데."

"뭐?"

"보면 알아."

그 말을 끝으로 난 새침하게 등을 돌렸다. 유타바인과의 대화 덕에 긴장은 풀렸다. 차가웠던 손끝에 온기가 돌았다.

그와의 대화는 즐거웠지만, 파티가 아직 한창일 때 아이린과 결판을 내야 한다. 시간이 더 흐르면 사람들이 하나둘 돌아가기 시작할 것이다.

내가 혼자 서 있자 이번에야말로 영애들이 곁으로 모여들었다. 인사와 근황 이야기가 가볍게 오가고, 백작 영애 하나가 내 드레스에 감탄하며 눈을 빛냈다. 다들 내 얼굴보다 옷을 보는 게, 아마 신상 구경이 목적인 것 같았다.

"드레스가 너무 아름다워요. 어쩜 색이 이렇죠?"

"저도 처음 보는 색이에요. 공녀께서 들어오실 때부터 눈을 뗄 수 없었답니다."

"시원하고 청아해 보이는 게 지금 같은 여름에 딱 맞는 것 같아요."

"이 풍성한 단은 어떻고요."

"치맛자락이 살짝 투명한 게 겹겹이 쌓인 잠자리 날개 같아요. 마법 처리를 한 건가요? 그냥 면사랑은 다른데……."

호들갑을 떨며 드레스를 살피는 영애들의 뺨엔 생기가 돌았다. 신상 옷에 대한 이야기를 싫어하는 여자는 없다.

나는 대답도 않고 가만히 콧대를 세우고 있었다. 충분히 잘난 척으로 느껴질 정도로. 내가 원하는 말이 나올 때까지. 기다림은 길지 않았다.

"이게 그 이틀 전에 사신 드레스인가요? 그날 스무 벌이나 사셨다고 들었어요. 그리고 각 드레스에 맞는 장신구도 새로 사셨다면서요? 정말 대단하셔요."

소문에선 스무 벌로 늘었나? 내가 산 건 일곱 벌이었다.

드레스 하나가 서민 집 한 채 가격이라는 걸 생각하면 그것도 많긴 했지만 갑자기 엄청 적어 보였다. 남의 카드 긁듯 질렀다고 생각했는데 소시민 속성을 못 버려 부자가 됐어도 이렇게 궁상……
아니, 검소하군.

애초에 마일러트 남작이 가져온 드레스가 열 벌에 불과했다. 처음 만난 날 가져온 드레스가 기십 정도 됐겠지만, 이번엔 소수 정예라는 느낌이었다.

단기간에 처음부터 다 새로 만들었다니 그걸 생각하면 열 벌도 많이 가져온 거였다.

이런 사실을 알려 주는 대신 눈매를 가늘게 접었다.

"내가 좀 대단하죠."

콧대를 세우며 어깨를 으쓱이자, 내 거만함에 주변 영애들이 기가 막히다는 표정을 지었다. 난 모르는 척 고개를 갸웃거렸다. 그러고는 아무것도 아닌 양 가볍게 물었다.

"아, 그런데 내가 옷 샀다는 건 어떻게 아셨나요?"

"스테나 영애께서 알려 주셨답니다. 아무래도 같은 궁에 기거하시니까요."

어느새 무리에 섞여 든 이디스가 틈을 주지 않고 바로 대답했다.

아무렇지 않게 말하는 게 중요했다. 대답하기 전 누군가 한 명이라도 멈칫했으면 다들 말해도 되는지 망설였을 거고, 그럼 고자질이라는 인상을 받았을 것이다.

사실 고자질과 다를 바 없지. 깊게 생각하지 못하도록 나는 재빨리 미소 지으며 고개를 끄덕였다.

"누군지 몰라도 내게 참 관심이 많은 사람이라고 생각했는데…… 스테나 영애였군요."

내 말에 몇몇 영애들의 표정이 묘해졌다. 그들은 지금 처음으로 아이린이 나서서 내 이야기를 퍼뜨리고 다녔다는 사실을 깨달았을 거다.

그게 현실임에도 아무도 그렇게 생각하지 않았다. 항상 가만히 있는 아이린을 샤티가 괴롭힌다는 선입견이 그들의 눈을 가렸으니까. 아이린은 샤티의 괴롭힘에도 불평 한 번 한 적 없는 선량한 여자니까.

자신들이 생각했던 성녀가 사실은 허상일지도 모른다는 가능성 자체가 두려웠던 걸까. 한 영애가 다급하게 입을 열었다. 공격적인 어투였다.

"그런데 드레스 스무 벌과 장신구 스무 개라니…… 아무리 공녀께서 레지나라고 해도 황실의 국고를 그렇게 쓰시는 건 너무하지 않습니까."

말을 하면서 그녀는 점차 안정을 되찾았다. 내가 황가의 재산을 탕진하는 악녀라는 것을 스스로에게 인지시키며 합리화하는 것이다. 아이린이 괜한 소리를 했을 리 없다고. 게다가 아이린이 말할 때 날 흉보듯 이야기했을 리도 없으니 더더욱.

기다렸다는 듯 다른 영애가 말을 받았다.

"주먹만 한 핑크 다이아몬드도 사셨다고 들었어요. 같은 레지나여도 아이린 영애는 검소하신데요. 오늘 파티에도 새 드레스를 맞춰 입고 오지 않으셨어요."

아예 대놓고 비교하는 말에 나는 얼굴을 굳히고 그녀를 노려봤다.

"내가 국고를 탕진한다는 뜻인가요?"

"그게 아니라…… 흠흠."

시선을 피하며 헛기침하는 것을 보며 나는 고개를 다시 모로 기울였다. 아까는 그냥 호기심이 가득해 보였다면, 지금은 위화감을 조성하도록. 눈을 가늘게 뜨며 입매를 비틀어 올렸다.

"흐음, 이상하군요. 전부 내 돈으로 샀는데요."

내 말에 아무도 대답하지 않았지만 그녀들의 표정은 숨길 수 없을 정도로 강하게 술렁였다.

나는 혼잣말인 척, 하지만 경고하듯 말을 이었다.

"드레스를 몇 벌 샀는지, 장신구는 뭘 샀는지는 알면서 정작 지불에 대한 이야기는 하나도 없다니 조금 이상하네요."

동요를 숨기지 못하는 영애들을 한 명 한 명 쳐다본 뒤, 조금 틈을 두고 말했다.

"누가 일부러 그 이야기만 쏙 빼고 전한 것처럼요."

물론 내가 쏙 뺐다. 범인은 나다. 아이린의 눈과 귀인 에르마가 보지도 듣지도 못하도록 일부러 미끼를 던지고 그물을 짰다.

하지만 그 그물에 걸린 것은 순전히 아이린이 미끼를 탐냈기 때문이다. 그녀가 정말 성녀였다면 그물에 걸릴 일도 없다.

"그런……."

침음 같은 탄식이 붉게 칠한 입술 사이로 흘러나왔다. 나는 충격에 휩싸인 여자들을 둘러봤다.

고작 이 정도로 아이린에 대한 믿음이 무너지진 않을 거다. 하지만 한 방울씩 떨어지는 낙수가 결국엔 바위를 뚫듯, 이 작은 흔들림이 언젠가 믿음을 송두리째 무너뜨릴 것이다.

"황궁 생활은 어떠신지요."

개중 빨리 정신을 수습한 영애가 억지 미소를 지은 채 물었다. 뻔한 화제 전환에 나는 도도하게 미소 지었다. 그래, 회피하고 싶겠지. 진실을 직면하면 자신이 얼마나 어리석었는지 마주 봐야 하니까.

하지만 나는 그녀들이 피하도록 내버려 둘 생각이 전혀 없다.

"아직은 낯설죠."

"듣자 하니…… 시녀들한테 나이프를 던지셨다고 하던데요."

대본을 준 것도 아닌데 내가 원하는 화제만 이렇게 골라 말해 주니 상이라도 주고 싶었다. 저들 입장에선 어떻게든 날 깎아내려 아이린을 끌어올리고 싶은 것이겠지만.

옆에서 작은 목소리가 그 말에 살을 붙였다.

"던진 나이프가 시녀의 목을 스쳐 벽에 박혔다고……."

그걸 믿냐. 영화에서나 나올 법한 소리에 실소가 터질 뻔했다. 나이프라고 해 봤자 스테이크용 나이프일 텐데, 그게 던진다고 벽에 박힐 수나 있는 건지.

나는 순진하게 눈망울을 끔뻑이며 몸을 떠는 영애를 짠한 눈으로 바라보았다.

"그것도 스테나 영애의 입에서 나온 말인가요?"

상처 입은 새의 울음같이 애처로운 목소리로 작게 속삭이듯 말했다. 나는 충격을 받은 척 눈을 크게 뜨고 눈썹을 내려뜨렸다. 도도하고 새침하던 표정이 사라지고 한순간에 한 떨기 백합처럼 가련한 소녀가 되었다.

내 갑작스러운 변화에 다들 당황한 기색이 역력했다. 나는 신경 쓰지 않고 연기에 열중했다.

잘게 떨리는 손을 들어 입가에 가져다 대고 눈을 내리깔았다. 모든 것의 완성은 얼굴이라고, 별거 아닌 동작에도 처연함이 깃든다.

누가 정신 차리고 부정하거나 말을 덧붙이기 전에 나는 재빨리 아이린에게 다가갔다. 아이린에게 접근할 땐 항상 노려보며 박력 있게 빠워 워킹을 했는데, 지금은 금방이라도 울 것처럼 입을 가린 채다.

안 그래도 사람들이 언제 나와 아이린이 붙나—언제 아이린을 괴롭히나— 기대하고 있었을 텐데, 내 모습이 평소와 다르기까지 하니 더 관심이 집중되었다.

"스테나 영애……!"

"카일론 공녀?"

"어쩜 그러실 수 있나요?"

울먹이는 내 외침에 아이린을 비롯한 모두가 당황하는 게 느껴졌다.

나는 입술을 바들바들 떨며 촉촉이 젖은 눈으로 그녀를 바라보았다. 대뜸 꽂힌 원망에 아이린이 영문도 모른 채 눈을 깜빡였다.

"저더러 사치하며 황가의 재산을 탕진하는 악녀라 하시다니요! 장차 황후나 황비가 되면 나라를 기울게 할 거라고……!"

나는 차마 말을 다 잇지 못하고 고개를 돌렸다. 일부러 말을 자극적으로 했다. 아이린이 당황을 감추지 못한 채 입을 열었다.

"카일론 공녀, 전 그런 뜻이 아니라…… 그저 걱정되었을 뿐입니다. 공녀도, 황실 재정도. 제가 공녀를 비난할 리가요."

"영애의 그 걱정 때문에 저는 오히려 악담에 시달리고 있어요!"

너무 따지는 것처럼 들리지 않도록, 억울하고 슬프다는 호소로 들리도록 표정과 목소리를 세심하게 조절했다. 이걸 위해 그간 매일 밤 실성한 것처럼 혼자 거울 보고 울었다 웃었다 화내길 반복했다.

"그건…… 생각지도 못했습니다. 대체 왜 제 말이 그런 악담으로 변질되었는지…….”

아이린이 눈썹 끝을 내려뜨리며 고개를 갸웃거렸다.

그녀가 악녀라는 것을 뻔히 아는 데도 말하는 것만 보면 정말 아무런 의도도 없이 순수하게 걱정하는 것 같았다.

지금 갑자기 달라진 내 태도에 당황해서 제대로 반응하지 못하는 게 분명한데, 이렇게 완벽한 가면을 쓰는 게 참 대단했다.

이러니까 내가 가면을 쓰고 있다고 생각도 못했지.

악담의 책임 회피를 넘어, 변질된 소문으로 본인 역시 피해를 입은 표정을 짓고 있는 아이린을 보니 절로 감탄이 나오려 했다. 다른 사람 같으면 여기서 넘어가 줄 수도 있겠지만 나는 아니다.

“영애께선 본인의 말이 불러 올 결과에 대해선 생각도 안 하시는군요?”

물론 실제로는 그 결과를 노리고 말했겠지만.

나는 짧게 혀를 차며 살짝 고개를 저었다. 의도적으로 그녀를 무시하는 것처럼 보이지 않도록, 그녀의 어리석음에 나도 모르게 나온 행동같이 보이도록 신경 썼다.

언제나 샤티가 아이린을 무시했기 때문에 아주 정교하게 표정과 행동을 관리해야 했다. 꽤 그럴듯하게 보였는지 나를 보는 사람들의 시선에는 적의가 없었다.

아이린은 얼굴을 굳힌 채 말이 없었다. 희게 질린 뺨과 더불어 입술이 가늘게 떨렸다.

그 아이린의 이런 표정을 보게 될 줄이야! 통쾌함에 웃음이 절로 나오려 했다.

할 말이 없을 것이다. 나는 말로써 함정을 팠고 아이린은 보기 좋게 걸려 넘어졌다.

내 말에 긍정하면 자기가 멍청하다고 시인하는 것이나 다름없고, 부정하면 악의적으로 소문을 흘린 것이 된다. 어느 쪽이든 현명하고 착하다는 평판이 자자한 아이린에겐 큰 타격이다.

아이린의 침묵으로 분위기가 미묘하게 내 쪽으로 기울었다. 여태까지의 일이 있었기에 사람들이 확연하게 내 편으로 돌아서진 않겠지만, 호의적인 분위기를 감지했다. 나는 쐐기를 박기로 했다.

"그래요. 걱정되는 마음이 너무나 커서, 자신의 입에서 나온 말이 악담이 될지 생각도 못하신 분이 사실 확인도 안 해 보시나요?"

"그게 무슨……?"

"저라면 걱정하기 전에 진실인지 아닌지 확인부터 할 텐데요."

내 말에 아이린이 입술을 깨물었다. 틀린 것 하나 없이 구구절절 옳은 말이니 반박할 수도 없겠지.

"그날 제가 구매한 것은 모두 카일론가에 청구했습니다. 황실이 아니라요."

아이린의 초록빛 눈동자에 낭패감이 흘렀다. 그녀뿐만 아니라 주변에서 우리를 지켜보던 사람들 사이에도 충격이 퍼져 나갔다.

"사실 확인도 안 해 본 채, 걱정이라며 제 허물을 널리 퍼뜨린 것은 악의적이라고밖에 볼 수 없어요."

"저는……!"

"물론."

아이린이 다급하게 변명하려는 것을 재빨리 끊고 생긋 웃으며 그녀를 이해한다는 듯이 고개를 끄덕였다.

"스테나 영애께서 그렇다는 말은 아닙니다. 저는, 저만은 영애를 믿어요."

그래, 나만은. 다른 사람들이 어떻게 생각할지는 모르겠네.

고소한 마음과는 달리 그녀를 향해 호의적인 미소를 지었다. 그리고 나머지 칼을 꽂았다.

"소문처럼 스무 벌을 산 것도 아니에요. 드레스와 장신구 각각 스무 벌이라니, 정말 제가 그리 생각 없어 보였나요?"

나는 이렇게 널 믿어 주는데 어쩜 넌 날 그렇게 볼 수가 있니? 그런 표정을 지으며 눈을 깜빡였다. 일부러 몇 벌 샀는지는 말 안 했다. 일곱 벌도 보통 기준은 아니니까.

"저는 스무 벌이라곤……."

지금 그렇게 덧붙여 봤자 구차한 변명으로 들릴 뿐이다. 나는 그녀의 말을 자르며 이보다 더 슬플 수 없다는 듯이 가냘프게 말했다.

"게다가 그중 한 벌은 스테나 영애께 선물할 것이었는데……! 정말 너무하세요."

정말이다. 특별히 마일러트 남작의 소화액이 가장 많이 튄 드레스로 골랐다. 내 취향이 아니었던 그 솜사탕 드레스.

예쁘고 귀엽고 사랑스러워서 무슨 옷이든 잘 어울리는 내가 입으면 요정처럼 보이겠지만, 예쁘긴 해도 청순한 분위기만 풍기는 아이린에겐 안 어울릴 게 뻔한 디자인이었다.

사특한 생각과 달리 겉으로는 너무나 서글프고 억울한 듯 울먹이며 눈물을 쥐어짜 냈다.

한국에서 내가 사랑과 우정에 배신당해 비관 자살한 여자가 되었을 걸 생각하니 억울하고 화가 나고 쪽팔려서 눈물이 펑펑 나왔다.

하……. 내가 원래 눈물이 많은 사람이 아닌데 말이야.

입술을 깨물며 눈물을 참아 보지만 결국엔 진주알같이 굵은 눈물을 방울방울 흘리는 미소녀. 이게 콘셉트였다.

내가 생각해도 오글거리는데 사람들은 애처롭게 느꼈는지 곳곳에서 연민의 시선이 쏟아졌다.

그래, 내가 좀 예뻐야지. 이렇게 쉽게 호의를 산다니까. 재수 없는 생각이 마구마구 들었다. 하긴 그 샤르티아나가 이렇게 눈물을 흘릴지 과연 누가 알았을까?

여태까지 악녀로 산 게 지금 이 눈물을 극대화시켰다. 식스 센스급의 반전이라는 게 이런 거 아닐까?

아이린의 실체를 알아낸 직후, 내가 똑똑하고 정치적으로 굴었으면 그녀가 이렇게 허술하게 굴지는 않았을 거다.

나는 계속 패악을 부리며 아이린의 손바닥 위에서 놀아나던 그 샤르티아나인 척했다. 그 결과 아이린은 방심했고 치밀하지 못했다. 내가 만들어 낸 방심이라는 점이 참 뿌듯했다.

하지만 악녀이면서 성녀로 명망을 쌓은 게 엉터리는 아닌지, 아이린은 곧 태세를 수습하고 내게 더 가까이 다가왔다.

손을 들어 내 눈물을 부드럽게 닦아 주는 그녀의 얼굴은 미안함과 안쓰러움으로 가득했다. 당장 손을 쳐 내고 싶었지만 애써 참았다.

"정말 몰랐어요, 공녀. 레지나에 대한 비용은 황실에서 지불하기에 당연히 그렇다고 생각했어요. 저는 단지 이 일이 퍼졌을 때 공녀가 받게 될 비난이 걱정되어서 그 고민을 지인들과 함께 나눈 것뿐이랍니다. 또 황실 국고도 걱정이 되었고요."

단어 하나하나 부드럽게 읊는 목소리가 죄책감과 후회로 점철되어 있었다. 그게 거짓이라는 걸 알고 있는데도 진실 같았다. 진짜 대단하다.

"그걸 퍼뜨린 게 스테나 영애란 것을 모르시나요? 진정으로 절 걱정했다고 하시면서 사실 확인도 안 하시다니요."

"제가 부족했습니다. 제 잘못입니다."

아이린은 어떤 핑계도 대지 않고 정중히 사과했다. 어쭙잖은 변명을 하는 것보다 훨씬 나은 선택이었다. 아이린의 눈망울이 떨리며 일렁거렸다. 죄책감에 곧 눈물이라도 흘릴 기세였다.

이렇게 되면 사과를 안 받아 줄 수가 없다.

충분히 숙고하고 계산해 행동하는 나와 달리, 아이린은 이런 상황 자체가 처음이고 이렇게 될 줄은 예상도 하지 못했을 거다. 그런데도 이렇게 빨리 판단을 내리고 대처하는 게 놀라웠다.

내게 그녀 같은 능력이 있었다면 전생에 인간관계를 그렇게 마무리 짓진 않았을 거다. 이번 생에서도 똑같이 살 순 없다. 나는 이를 악물었다.

이 기회는 순전히 아이린이 방심했기 때문에 찾아온 거다. 두 번은 없다. 이대로 기회가 떠나가게 둘 수 없었다. 날 도닥이는 아이린의 손을 꼬옥 잡았다. 그리고 그녀와 시선을 맞췄다. 초록색 눈동자가 흠칫하며 날 본다.

"영애 탓을 하고자 말한 것이 아닙니다. 그저, 그저 이런 소문이 퍼지는 것이 억울해서. 다들 절 오해하는 것이 슬퍼서. 그래서, 흐흡……."

다들 내가 비관 자살했다고 오해하는 게 억울하고 슬퍼 죽겠다! 다시 전생의 억울함을 떠올리니 쏙 들어갔던 눈물이 다시 흘러나왔다.

"제가 잘못……."

"거기에 제가 시녀들에게 나이프를 던졌다는 말까지 하시다니!

더 큰 오해에 저는……!"

나는 구슬피 흐느끼며 아이린의 말을 끊었다. 더 이상 사과할 틈을 주지 말아야지.

"그건…… 소문을 내려던 것이 아니라 그러다 혹여 시녀가 다치는 불상사가 난다면 공녀의 명예에……."

"또 걱정한 것뿐이라는 말씀이신가요?"

치연하게 물었다. 맞는 말이어도 같은 핑계를 여러 번 대면 신뢰도가 떨어지기 마련이다.

사람들의 시선이 아이린을 훑었다. 난생처음 맛보는 비난 어린 시선에 아이린의 얼굴이 희게 질렸다.

"제가 너무 안일했습니다. 하지만 전 시녀들과 하녀들이 불안에 떠는 걸 두고 볼 순 없었습니다."

내가 적극적으로 변명할 리 없다고 생각해서 나온 반응이다. 아이린이 알기로 나는 찻잔을 던졌으니까. 여기서 나이프가 아니고 찻잔이었다고 말해 봤자 나만 우스워질 뿐이다. 또 유일하게 날 변호해 줄 수 있는 목격자도 이 자리에 없었다.

지금 이 자리에 있는 내 시녀는 이디스뿐이다. 에스더는 몸이 안 좋아 불참했고, 다른 시녀들은 세도가가 아니라 초대받지 못했다.

아이린은 이디스가 나서서 내 편을 들지 않을 거라 판단했으리라. 이디스는 내 시녀들 중 나에 대한 불만을 가장 가감 없이 표현하던 사람이니까.

에르마가 그 사실을 안 전했을 리 없다. 또 내가 빙의하기 전에 샤티를 무시하던 이디스의 모습을 아이린도 익히 알고 있다.

"그래요. 비록 주인이 다르긴 하나 그렇게 불안에 떨었다면 자애롭기로 이름 높은 스테나 영애가 그냥 지나치긴 힘드셨겠죠."

이해한다는 듯이 말하자 아이린의 눈동자에 불안과 긴장이 차올랐다. 이제 내 실체가 드러났으니 명석한 반응이었다. 나는 그녀의 불안을 현실로 만들기 위해 말을 이었다.

"정말 불안에 떨었다면 말이에요."

아이린이 옳다. 실제로 이디스는 날 싫어했다. 불과 며칠 전까지만 해도.

내가 그녀에게 손을 뻗는다는 것은 일주일 전만 해도 상상할 수 없는 일이었다. 서로 손을 잡은 후로도 우리 사이는 겉으로 보기엔 여전했다.

"비욘드 영애, 내 시녀가 아니라 명예를 아는 후작 영애로서 진실하게 대답해 주세요. 내가 나이프를 던졌나요?"

사람들이 일제히 이디스를 쳐다봤다. 아이린의 눈에는 간절함마저 배어 있었다.

그녀가 내가 찻잔을 던졌다는 진실을 말하면 이 상황은 단번에 역전된다. 이디스는 이 상황이 내키지 않는 듯 한숨을 작게 내쉬었다. 그리고 작지만 명료한 목소리로 말했다.

"비욘드의 명예를 걸고 증언합니다. 공녀께서 시녀들에게 나이프를 던진 적은 없습니다. 시녀들뿐만이 아니라 그 누구에게도 마찬가지입니다."

"세상에……."

"말도 안 돼……."

이번만큼은 사람들 사이에서 숨길 수 없는 탄식이 새어 나왔다. 처음으로 그들의 충격이 실체화된 것이다.

여태까지 시선으로만 오가던 애매하고 모호한 개탄이 입으로 새어 나와 분명하게 공기를 울렸다. 아이린을 향한 맹목적인 믿음이 흔들리기 시작했다는 효시였다.

아이린의 얼굴엔 이제 핏기를 찾아볼 수 없었다. 항상 선량하고 여유롭게 빛나던 초록 눈동자가 잘게 떨린다.

"스테나 영애, 또 거짓을 말씀하셨군요."

이 말로 인해 여태 아이린이 한 말은 모두 거짓이 되었다. 그저 사실 확인을 안 하고 말을 퍼뜨린 게 아니라, 그녀가 의도적으로 거짓을 퍼뜨렸노라 못을 박았다.

"그리고 레지나궁의 하녀들에게도 저에 대해 망측한 이야기를…… 하, 차마 이 이야기는 제 입으로 할 수 없군요. 다 제가 부족한 탓이지요."

나는 처량한 미소를 지었다. 이건 중대한 사안이다. 아이린이 대번에 부정했다.

"저는 맹세코 하녀들에게 공녀의 흉을 본 적이 없습니다!"

"그렇다면 또 걱정한 건가요?"

아이린이 입을 다물었다. 하녀의 앞에서 들으란 듯이 날 걱정하긴 했겠지. 그래서 그때 복도에서 마주친 하녀들이 그런 이야기를 했던 거고.

아이린의 머리가 맹렬하게 돌아가는 소리가 들렸다. 내가 어디까지 알고 있을까, 저처럼 첩자를 심어 놓은 걸까, 고민이 많겠지.

나는 그녀에게 틈을 줄 생각이 없다.

"스테나 영애는 걱정을 참 여러 사람과 나누는군요."

이번에는 아예 명백하게 비꼬는 목소리였다. 나는 픽 웃으며 말을 이었다.

"귀족에 대한 걱정을 하녀와 나누다니. 하아, 워낙 걱정이 많으신 분이니 누구에 대한 걱정을 또 하녀와 나눴을지 모르겠습니다."

여태까지 샤티가 쌓아 온 악명과 아이린이 쌓아 온 위명에 일단 뒷짐 진 채 상황을 지켜보던 귀족들까지 흠칫하는 게 느껴졌다.

카일론이 기세등등한 것을 경계하는 귀족파마저 뾰족한 눈으로 아이린을 바라봤다. 이건 모든 귀족들의 이권 문제였다. 소속 계파나 정치적 상황과 관계없이 귀족 권위 자체의 실추였다.

아이린의 입에서 어느 가문에 대한 말이 나왔을지 지금 그 누구도 장담할 수 없다는 것도 그들의 불안함을 부추겼을 것이다.

명백하게 궁지에 몰린 아이린이 입술을 깨물었다. 혼란스러운 것을 애써 감추고 있지만, 금이 간 가면 틈새로 감정이 새어 나왔다.

난생처음 받는 적의 어린 시선, 난생처음 겪는 언쟁, 난생처음 겪는 통제를 벗어난 상황. 그 모든 것이 그녀를 벼랑으로 내몰았다.

"……제가 생각이 많은 탓에 이러저러한 염려가 많습니다. 하지만 나눌 걱정과 나누지 말아야 할 걱정을 구별하는 정도正道는 있습니다."

굳은 입을 열어 아이린이 말했다. 쩍쩍 갈라질 것처럼 메마른 목소리였다.

"하지만 이 상황이 되니 과연 이 일을 저 혼자만 간직해야 할지 의문이 드는군요."

말을 하며 그녀의 표정은 점점 견고해졌다. 평소와 같이 부드러운 모습은 사라지고 단단한 막이 얼굴에 덧씌워진다. 그 모습이 사뭇 심각하여 말에 무게감을 더했다. 아이린은 날 바라보던 시선을 돌려 케일라덴을 응시했다.

“5황자 전하, 어째서 계속 카일론 공녀와 사적으로 만나시는 겁니까?”

하…… 나도 모르게 깊은 숨이 새어 나왔다. 여기서 이렇게 나올 줄이야. 성급하고 어리석다. 그야말로 자기 자신을 찌를 악수였다. 아이린이 궁지에 빠지지 않았다면 절대 쓰지 않았을.

하지만 이 상황에서 이보다 더 효과적으로 국면을 뒤집을 수 있는 게 과연 뭐가 있을까.

아이린은 내 생각보다 훨씬 대범했다. 이대로 침묵한 채 주저앉느냐, 아니면 날 끌고 함께 불구덩이로 뛰어드느냐. 그녀는 후자를 택했다.

아둔하다고 생각하는 한편, 감탄이 나왔다. 전생에서 어떤 정치적 비리가 터지면 꼭 연예인 스캔들이 났던 게 생각났다.

이 상관관계에 대해 음모론이다, 뭐다 말이 많았지만 분명한 사실은 그 때문에 비리가 묻혔다는 거다.

케일라덴과 나와의 스캔들은 아이린의 실언 따위는 덮고도 남는다.

“레지나 간택 축하연에서 함께 춤을 춘 것은 그럴 수도 있다고 생각했습니다.”

아이린은 한 자 한 자 또박또박 적당한 간격을 주며 발음했다. 사람들의 귀에 의미심장하게 들리도록. 하지만 나나 케일라덴이 대답할 틈은 주지 않고 말을 이었다.

“하나 남들이 다 보는 외궁에서 단둘이 산책을 즐기셨죠. 얼마 전엔 함께 티타임을 가지셨다 들었습니다. 그리고 오늘도 함께 파티에 오셨고요.”

그녀의 엄중한 얼굴에 고통과 번민 그리고 갈등이 스몄다. 완벽한 표정을 만들어 낸 채 그녀는 말을 이었다. 그 누구도 그녀의 진정을 의심하지 못할 것 같았다.

"제 기우일 뿐이다, 염려가 많은 성격 때문이다, 별일 아닐 것이다. 누구에게도 말하지 않고 수없이 속으로 되뇌며 혼자 앓았습니다."

입술이 달싹거렸다. 기우일 뿐이라 못을 박고 이 의혹에 종지부를 찍고 싶었다.

애초에 케일라덴과 나는 거리낄 게 없는 사이였다. 하지만 아이린은 날 일별도 하지 않고 오로지 케일라덴만을 바라보며 말했다. 여기서 내가 끼어들어 아니라고 해 봤자 그건 변명으로밖에 안 들릴 것이다.

나는 케일라덴의 굳게 닫힌 입매를 답답하게 쳐다봤다. 왜 부정을 안 하는 거야? 그가 말이 없자 아이린은 제 의혹에 확신을 얻고 단언하듯이 말했다.

"그러던 중에 공녀와 황자 전하께서 서로 이름을 부른다는 말을 들었습니다."

사람들 사이에서 탄성이 흘러나왔다.

굳이 연인 같은 특별한 사이에서만 이름을 부르는 건 아니다. 하지만 서로 이름을 부른다는 것은 그만큼 가까운 사이라는 것을 뜻했다.

아이린의 표정과 어조와 말이 우리를 그저 가까운 사이 이상으로 만들었다.

"두 분의 우정 어린 친교를 폄하하고 싶지 않아 그간 말을 아꼈습니다. 하지만 단기간 내에 남녀가 이리 가까워지는 건 세간의 눈총을 피할 수 없습니다."

귀족들 사이에 동조하는 분위기가 퍼져 나갔다. 나와 케일라덴을 번갈아 보는 시선에 입안이 바짝 말랐다. 케일라덴의 입은 여전히 열릴 기미가 안 보였다.

"공녀가 레지나인 이상, 연심을 품었을 때 황태자 전하께 먼저 알렸어야 합니다. 두 분께서 특별한 관계가 되었는데도 전하께 아뢰지 않은 저의가 대체 무엇입니까? 제가 알기로 카일론 공녀가 레지나로 간택되기 전에는 두 분 사이에 어떤 왕래도 없었습니다."

여기서는 나라도 입을 열지 않을 수 없다. 케일라덴이 침묵하는 이유에 대해서도, 지금 내가 끼어드는 걸로 받을 의심도 나중에 생각하고 일단 부정부터 해야 했다.

더 이상 아이린이 상황을 주도하게 놔둘 순 없다.

"영애는 지금……."

아이린이 커다란 목소리로 내 말을 가로막았다. 미리 갈아 놓아 준비한 칼처럼 아주 매끄럽고 날카로운 의심의 날을 세웠다.

"공녀께서 황태자 전하의 짝으로 내정된 후 두 분 사이가 급변했습니다. 이걸 우연이라고만 볼 수는 없습니다. 또 황태자 전하께서는 요즘 공녀를 멀리……."

"그만."

그때 나직하고 담백한 목소리가 울렸다.

단 두 음절이 아이린의 말도, 사람들의 수군거림도, 내 초조함도 끊어 먹었다.

말과 시선으로 소란스러웠던 홀 안에 괴괴한 정적이 흘렀다.

아이린의 칼이 내 목을 치는 것을 막은 사람은 나 자신도, 5황자도 아니었다. 내가 전혀 상상하지 못했던 사람.

나는 의문을 넘어, 의심이 가득한 눈으로 샛노란 눈동자를 바라보았다. 황금처럼 강렬하게 번뜩이는 그의 눈을.

그 누구도 황태자가 이 상황에서 끼어들 것이라곤 생각하지 않았다.

그는 언제나 방관자였다. 파티장에서 일어나는 귀족들의 알력 다툼에 황실이 끼어들지 않는 것이 불문율이긴 하지만, 그는 그 정도가 심했다. 샤티가 아이린을 괴롭힐 때조차 저지하지 않았다.

그런데 지금 관여하다니?

아무리 5황자가 황실의 일원이라고 해도 그가 나설 이유는 없었다.

"지금 한 말에 책임을 질 수 있는가? 감히 불확실한 사실로 제국의 5황자에게 흠집을 내려는 것은 아니겠지."

"저, 전하."

황태자의 싸늘한 태도에 아이린이 당황해서 말을 더듬었다.

나도 일변한 그의 태도가 당황스럽긴 했다. 황태자의 눈동자는 아무리 봐도 사랑하는 연인을 보는 것 같지 않았다.

"물론 아이린, 그대가 그런 뜻이 아니었다는 것을 알아. 항상 제국을 염려하는 그대이니 그 마음이 지나쳤던 것뿐이겠지."

말을 잇는 황태자의 얼굴엔 다정하고 자상한 온기가 스몄다. 그 얼굴에선 냉엄함을 찾을 수 없었다. 그 극적인 변화가 위화감을 조성했다.

나는 인상을 찌푸렸다. 황태자는 이제 아이린의 볼을 부드럽게 쓰다듬으며 미소 짓고 있었다. 이 모습만 보고 있으면 그의 서늘한 눈을 잘못 본 것이라 생각할 것 같았다.

하지만 착각이 아니었다. 나는 분명히 봤다.

"여기엔 내 잘못도 있는 것 같군."

그가 아이린에게서 손을 떼며 날 돌아봤다. 갑작스레 눈이 마주쳐 황망히 고개를 숙였다.

"그동안 뜻하지 않게 카일론 공녀를 멀리한 모양새가 되어 이런 오해를 부른 것 같아."

그동안 뜻하지 않게 멀리했다고? 당장에라도 따지고 싶은 것을 참았다. 으레 할 수 있는 실수가 아니라, 모두 하나같이 관례에 어긋나는 것들이었다. 그것들이 의도적인 게 아니었다면 대체 뭐란 말인가.

"그러니 오늘은…… 카일론 공녀, 부디 내게 함께 귀궁할 영광을."

황태자가 아주 유려하고 우아하게 손을 내밀었다. 나는 공단 장갑에 감싸인 그의 손을 바라보았다.

"……."

너무 늦지 않게 그의 손에 내 손을 올렸다. 부들부들한 감촉이 미끈하게 내 살갗에 닿았다.

"역시 영명하십니다, 전하."

파고든 목소리에 고개를 드니 아이린이 자애롭게 미소 짓고 있었다.

"두 레지나 중 한 명과만 어울리는 것은 좋지 않다고 제가 누차 말씀드리지 않았습니까. 공녀와 함께 귀궁하는 것은 제 청이기도 합니다. 부디."

황태자가 먼저 나와 귀궁하겠다고 말했음에도 마치 그녀가 부탁하는 것인 양 고개를 숙인다. 본처가 첩실에게 자비를 베푸는 모양새에 어이가 없었다.

황태자는 입매를 비틀어 올리며 고개를 끄덕였다.

"더 즐길 게 남아 있나?"

이 상황에서 즐길 맛이 나겠는가. 나는 고개를 저었다.

“아닙니다, 전하.”

“그렇다면.”

그가 날 이끌었다. 나는 그가 이끄는 대로 따랐다.

그런 나를 황당한 눈빛으로 바라보고 있는 유타바인과 작게 미소 짓고 있는 이디스가 보였다. 그리고 굳은 채 서 있는 케일라덴의 모습도.

그는 나도, 아이린도, 황태자도 외면한 채 허공을 응시하고 있었다. 무언가 충격받은 듯 심각한 얼굴이었다.

내 부탁으로 오늘 에스코트를 해 준 것인데 이렇게 황태자와 돌아가게 되어 미안한 마음이 들었다. 하지만 곧 아이린의 질문에 침묵하던 모습이 죄책감을 막았다.

나는 입술을 깨물었다. 고개를 돌려 그를 외면하려는데 케일라덴이 얼굴을 들었다. 그의 검푸른 눈과 내 눈이 마주쳤다.

그 순간 황태자가 날 휙 끌어당겼다. 그에게 몸이 딸려 가며 케일라덴과 마주쳤던 시선이 어긋났다.

황태자를 쳐다봤지만 그는 앞만 바라보고 있을 따름이다. 그가 날 당긴 탓에 몸이 바짝 붙었다. 그의 손이 내 허리를 감쌌다.

여름이어도 밤이라 공기는 시원했다. 아이린과 설전을 하느라 상

기되었던 얼굴이 가라앉고 머리가 맑아졌다.

황태자가 먼저 마차에 올라 내게 손을 내밀었다. 군더더기 없는 말끔한 동작이었다. 나는 그 손을 쳐 내고 싶은 것을 참고 그냥 무시한 채 내 발로 마차에 올랐다. 황태자는 눈썹을 한 번 까딱였을 뿐 별말 없이 손을 거두었다.

그와 내가 자리에 앉자마자 마차가 소리도 없이 부드럽게 움직였다. 마법의 힘에 항상 감탄하곤 했지만 이 상황에선 달갑지 않았다. 짙은 침묵이 좁은 공간 안을 매캐하게 메웠다.

마주 앉은 황태자는 날 틈 없이 바라보았고, 나는 그와 시선을 마주하기 싫어 마차 내부 장식만 뚫어져라 보았다.

그래, 인정한다. 이번에는 황태자의 도움을 받았다.

그의 의도가 뭐든, 내 기분이 어떻든 결과만 놓고 보면 그가 나서 준 덕에 가장 잡음 없이 일이 마무리되었다. 또 함께 귀궁함으로써 그와 나 사이의 논란도 잦아들 것이다.

지나치게 내게 좋게 흘러가는 상황이 이상했다. 그가 내게 유리하게 일을 꾸밀 리가 없다.

레지나 간택 파티부터 첩자까지. 나는 내 방에서도 숨조차 조심해서 쉬어야 했다. 그런데 의도치 않게 날 멀리했다는 말로 그 모든 것을 일축하다니. 누굴 놀리나?

가만히 앉아 입을 다물고 그의 시선만 받는 지금 상황도 마음에 안 들었다. 고개를 들어 황태자를 노려봤다. 기다렸다는 듯 눈이 마주쳤다.

"무슨 속셈이죠?"

"무슨 말이지?"

내 도전적인 말에 황태자는 불쾌함을 표하기는커녕 입매를 끌어올렸다. 이전 식사 때처럼 유쾌한 기색이 그에게서 느껴졌다.

나는 웃으며 모르는 척 의뭉을 떠는 그의 멱살이라도 잡고 싶었다.

"왜 갑자기 절 도와주느냐는 말이에요. 스테나 영애의 말대로 케일라덴 전하와 제가 작심이라도 할까 봐 회유하는 건가요?"

그간 자기 편한 대로 막 대해 놓고 이제 와서 달래듯 친절을 베풀면 내가 얼씨구나 하고 손잡을 줄 알았나? 당신을 좋아해서 졸졸 쫓아다니던 그 샤르티아나라고 생각하면 큰 착각이야.

"그럴 리가."

황태자는 아주 간단하게 내 말을 부정했다. 나는 대놓고 그를 비웃었다.

"케일라덴 전하와 제가 만난 것은 물론 어떤 말을 주고받았는지까지 첩자를 통해 살폈으면서, 그 말을 믿으라는 건가요? 전 바보가 아니에요."

"그래, 그런 것 같군. 최근 변했다는 건 알았지만 오늘은 정말 깜짝 놀랐어. 날 놀라게 하는 자는 거의 없는데. 칭찬하지."

당신 칭찬이나 받자고 한 일이 아니거든?

밟으면 밟는 대로 웅크리기 싫었을 뿐이다. 살고 싶었고, 지키고 싶었다. 나는 절박했다.

"하지만 그대가 한 가지 착각하는 게 있군. 케일라덴과의 일은 그가 직접 내게 말해 줘서 안 것이야. 또 그대가 케일라덴과 불순한 짓을 꾸몄을 거란 생각도 안 해. 그는 내 동복형제나 다름없어. 진짜 동복형제조차 언제 뒤에서 칼을 꽂을지 모르는 곳이 황궁이라지만, 내겐 각별한 형제다."

첩자를 통해 안 것이 아니라고? 전혀 예상치 못한 사실에 나는 눈을 크게 떴다. 샛노란 눈동자가 흉포한 맹수의 것처럼 위험하나 어떤 면에선 길들인 짐승처럼 온유하게 내 눈을 들여다본다.

"나는 그대를 믿지 않는다."

창을 타고 들어온 달빛이 그의 얼굴을 비추었다. 나는 숨을 멈췄다.

"하지만 그대를 존중해."

달빛을 받은 그의 눈동자가 요요하게 빛났다. 열린 창으로 밤바람이 불어왔다. 내 머리카락이 흐트러지며 그를 향해 살랑였다. 눈앞에 창백한 금빛 물결이 일렁였다.

"그러니……."

그가 내 손을 잡아 올렸다. 차게 식은 손을 뜨거운 열기가 감쌌다. 이번에야말로 나는 그 손을 뿌리쳤다.

"존중하신다는 분이 제게 이러시나요?"

"지금도 충분히 존중하는 것 같은데."

그가 입매를 비틀어 올리며 빈손을 거두었다. 아까부터 아슬아슬한 선을 넘나들던 내 무례가 방금 정점을 찍은 걸 꼬집는 것이다.

나는 굴하지 않고 계속 따졌다. 차라리 그가 언제나처럼 날 냉대했으면 계속 가면을 뒤집어썼을 거다.

하지만 그렇게 괴롭혀 놓곤 이제 와서 배려한 척하는 위선이 날 걷잡을 수 없이 화나게 했다.

"레지나 간택 축하연 때, 전하께서는 관례를 깨면서까지 절 외면하셨죠. 그게 전하의 존중입니까?"

날 향하는 조소는 참을 수 있었다. 하지만 내 아빠, 엄마에게까지 향한 그 조소와 야유는……!

이제는 매끈해진 손바닥 위에서 나는 아직도 그날 새겨진 손톱자국을 본다.

"그때는…… 그럴 만한 이유가 있었다."

그럴 만한 이유가 있었다? 지금 내게 그 말을 납득하라는 건가? 그가 내게서 시선을 돌렸다. 그리고 지친 기색으로 입을 열었다.

"그만하지. 이런 언쟁은 소모적일 뿐이야. 그대도, 나도 충분히 피곤한 상태지 않은가."

황태자의 말은 이 상황을 종식하지 않고 오히려 내 화를 부추겼다. 여태까지 곤란한 주제를 이렇게 회피하면 다들 입을 다물었겠지. 하지만 나는 아니야.

시녀 배정을 미루면서 그가 댔던 핑계가 떠올랐다. 가뭄 때문에 피곤해서, 가뭄 때문에 바빠서. 이유를 여러 개 만들 성의조차 없었다.

나는 비꼬듯이 물었다.

"서부 지역의 가뭄 때문인가요?"

황태자는 뜻밖이라는 얼굴로 날 쳐다봤다. 왜, 네가 피곤하다고 하는데도 붙잡고 늘어지는 사람 처음 보니?

이어질 말에 대비하는데 그의 입에서 나온 말은 내 예상과 전혀 달랐다.

"그대도 아는가?"

황태자의 목소리엔 의아함만 가득했다. 내 음성에 담긴 빈정거림을 느꼈을 텐데도 싫은 기색이 없다.

아니, 내 일을 미루며 댄 핑계인데 들켰으면 좀 미안해해야 정상 아닌가? 아님 적반하장으로 화를 내든가.

황당했다. 지금 이 상황에서 저런 반응이 나온 것도 그렇지만, 내가 가뭄에 대해서 알고 있는 것이 저렇게 의아할 일인가? 모든 것을 제쳐 두고 궁금해할 만큼?

아무리 샤티가 멍청해도 그렇지. 그리고 오늘 보여 준 내 모습은 좀 달랐을 거라고 생각하는데.

"제국의 일인데 모를 리가요."

그리고 님이 나한테 그 핑계를 얼마나 많이 댔는데 모를 리가.

시선으로 덧붙인 말은 그에게 닿지 않은 모양이다. 황태자는 내 대답에 움찔하더니 곧 흥미를 잃은 듯 고개를 돌렸다.

"……그렇지. 그 지역이 가뭄인 것을 모르는 사람은 없겠지. 3년 전부터 일어난 일이니."

명백하게 실망한 반응에 자존심이 상했다.

아냐고 묻길래 안다고 대답한 게 왜 실망할 일인지는 모르겠지만, 실망한 얼굴 기분 나쁘거든? 물론 기대받는 것도 싫다.

그러다 문득 깨달았다. 그는 내게 기대했기에 실망했던 것이다.

다시 생각해 보자. 나를 보던 그의 얼굴이 아주 조금, 미약한 기대로 물들어 있었던 것 같다. 흡사 지푸라기라도 잡고 싶은 표정.

그가 내게 기대했던 것은 그저 알고 있다는 답이 아니었을 거다. 다 좋다. 그런데 이 상황에서? 어이가 없었다. 정말 문제가 심각하긴 한가 보지?

서부 지역의 가뭄은 3년 전에 찾아왔지만, 이미 그전부터 강수량이 줄어들고 있었다고 한다.

처음부터 땅이 갈라질 정도로 비가 안 내리던 것은 아니었다. 그게 매해 반복되다 보니 심각한 가뭄에 시달리게 됐다.

그렇다고 해도 강수량에 비해 물이 부족한 현상이 심했다. 농사 일하기엔 적지만 땅이 메마를 정도로 안 내리는 것은 아닌데, 이상하게도 사막화가 진행되고 있었다.

“해결책은 찾으셨나요? 그 때문에 그렇게 피곤하고 바쁘시다고 들었습니다. 다른 일들을 다 뒷전으로 미룰 만큼요.”

특히 내 일 말이야.

다시 한 번 비꼬는데 그는 그저 피곤하게 고개를 끄덕였다. 더 이상 언쟁하고 싶지 않다는 표시였다.

“나무를 다 뽑고 마법으로 땅을 포장할 생각이야.”

나무를 다 뽑아? 듣도 보도 못한, 상식을 뒤엎는 해결 방안에 나도 모르게 입을 벌렸다.

“마법으로 땅을 포장한다고 해서 안 내리던 비가 내리는 것은 아닐 텐데요.”

척박한 땅이 반들반들하게 포장될 뿐, 그걸로 가뭄을 해결할 순 없다. 먼지가 덜 날려 작물이 자라기에 나은 환경이 되긴 하겠지만 비가 안 내리면 소용없다.

비가 오지 않으면 작물은 물 대신 땅을 포장한 마력에서 양분을 얻을 거고, 그럼 땅 포장을 유지하기 위해 계속 마력을 공급해야 한다.

즉, 막대한 유지비가 든다. 땅을 포장할 때도 천문학적인 비용이 들 텐데……. 이건 빈대 잡으려고 초가삼간 태우는 꼴이다.

“그래. 작물 재배는 무리겠지. 그래서 특별 도시로 만들 생각이다.”

“아카데미 도시나 마법 도시 같은 걸 만드실 건가요?”

황태자가 고개를 끄덕였다.

“지금 내리는 양으로도 생활용수는 충당 가능해. 농작물은 다른 도시에서 사 오면 된다. 지금은 가뭄으로 가난하지만 마법으로 도시를 포장하려면 인력이 많이 들어.”

“국가사업으로 서부 지역민들을 고용할 생각이군요. 그래서 그 돈으로 당장 생활을 해결하도록.”

그가 조금 놀란 듯이 날 쳐다보았다.

이 정도 가지고 뭘. 한국에서는 중딩 때 배운다고. 나는 속으로 마음껏 잘난 척했다.

“오늘 그대는 정말 날 놀라게 하는군. 도시 기반이 완성되려면 시간이 걸리겠지만…… 시간이 지나면 스스로 먹고 살 수 있게 될 거야.”

“하지만 이건 너무 무리수예요. 그런 대규모 마법 땅이 실현 가능할지도 미지수고, 설사 실현하더라도 유지하기 어려울 거예요. 식물이 적으면 공기도 탁해지죠. 마법 도시라면 해결책이 있겠지만…… 투자에 비해 성공 확률이 너무 희박해요.”

“그렇다고 포기할 순 없다. 서부 지역민도 제국민이야. 제국민이 제 터전을 잃게 할 순 없어.”

이번에는 내가 그에게 놀랐다. 독선적인 모습만 봐서 이런 면모가 있을 줄은 몰랐다.

그가 왜 세간의 지지를 받는지 이해됐다. 방금 전까지의 상황이 잊혔다. 그와 대화가 통하다니. 그리고 이 대화는 내 흥미를 자극하는 것이기도 했다.

“효용이 낮은 국가사업은 오히려 제국 전체를 힘들게 할 수 있어요. 당장 마법포장이 성공해도 뒤따르는 문제가 많을 텐데, 아예 실패할 경우도 생각해야죠."

대규모 사업이 실패할 경우 백성의 생활도, 나라의 재정도 큰 타격을 받는다. 게다가 이건 단순히 돈을 푸는 게 목적이 아닌 가뭄 구제 사업이었다.

"그래서 그대는 그 땅을 포기하라는 건가? 낭비뿐인 도시라고?"

"그게 아니에요. 전하의 뜻은 존경스럽습니다."

이건 진심이었다. 그에게서 순수하게 백성들이 살 곳을 잃지 않기를 바라는 마음이 느껴졌기 때문이다.

이 사업을 성공시킴으로써 입지를 강화하려는 계산도 아니었고 사업 비용을 빼돌릴 생각도 없어 보였다.

"다만 다른 해결책이 있다면 그걸 먼저 시도해 보는 게 낫다는 거죠."

"다른 해결책이 있는가?"

그가 다급하게 물으며 내 어깨라도 붙들 기세로 몸을 앞으로 내밀었다. 갑자기 가까워진 거리에 몸을 뒤로 뺐으나 등받이에 막혔다.

그가 눈을 깜빡일 때마다 길고 짙은 속눈썹이 만들어 내는 그림자가 나붓나붓 움직였다. 그 밑의 노란 눈동자가 일견 절박할 정도로 날 쳐다봤다. 그 시선에 떠밀려 입을 열었다.

"없는데요."

황태자의 얼굴이 당황으로 물들었다. 항상 깨지지 않던 그가 이런 표정을 지으니 참 볼만했다. 나는 한쪽 입꼬리를 끌어올렸다.

"있어도 제가 그걸 왜 전하께 말씀드려야 하죠?"

그간 자기가 한 짓은 생각도 않고 본인이 필요하다고 하면 냉큼 내줄 줄 알았나? 사람이 염치가 있어야지.

"전하께서는 축하연 때 절 무시함으로써 저뿐만 아니라 제 가문까지 모욕하셨어요. 또 제가 입궁할 때도 자리를 비우셨죠. 모두 관례를 깰 정도의 일이었습니다. 그뿐만 아니라 제 시녀 배정도 핑계를 대며 늦추셨죠."

황태자의 얼굴이 일그러졌다. 그의 눈동자가 기우는 것을 빤히 응시하며 말을 이었다. 알 수 없는 묘한 쾌감이 번져 나갔다.

"제가 그냥 샤르티아나라면…… 그래요, 전하께 그런 취급을 받아도 분하지만 어쩌겠어요. 그럴 수도 있지."

이 빌어먹을 신분제 사회 속에선 그런 게 당연했다. 좋은 혈통은 착취할 권리를 얻었다. 그가 날 짓밟아도, 그가 원한다면 내 지식을 아낌없이 내줘야 한다.

그러나 난 그가 흙발로 마음껏 짓밟아도 될 사람이 아니었다. 짓밟혀서는 안 됐다. 내가 짓밟히면 내가 소중히 보듬은 것도 같이 밟힌다.

"하지만 저는 샤르티아나 알티제 카일론이에요. 카일론의 적통이죠. 감히 제국을 함께 세웠노라 말씀드릴 수 있는 다섯 가문 중 하나입니다."

카일론이라는 말에 그의 눈동자가 어둡게 가라앉았다. 동공이 조여들며 노란 홍채가 날카롭게 번뜩인다.

"천 년 동안 제국에 충성하며 제국을 위해 일한 대가가 이것인가요? 카일론을 이리 대하실 순 없어요."

황태자는 내게 가까이했던 상체를 뒤로 물려 등받이에 기댔다. 아까까지만 해도 격하게 드러났던 감정의 기류가 사라지고, 그의 얼굴은 멀끔하니 싸늘해졌다. 레지나 간택 축하연에서 그를 처음

봤을 때와 같은 얼굴이었다.

"그대의 그 잘난 가문을 잠시 잊고 있었군. 카일론의 피가 어디 가는 게 아니거늘. 그렇게나 가문의 영달이 중한가? 지금 제국민이 굶어 죽는 판국에!"

낮게 짓씹으며 치를 떠는 듯 말하는 그에게 나는 찬찬히 고개를 끄덕였다.

"네, 중요해요."

긍정하는 말에 황태자는 기가 찬 표정으로 날 보았다.

"명예를 위해서도, 권세를 위해서도, 부를 위해서도 아닙니다. 제 가족의 행복. 제게 그것보다 중한 건 없어요."

처음으로 가족이 무엇인지 알려 준 엄마, 아빠.

그들이 그날처럼 모욕당하지 않게 하기 위해, 그리고 나 또한 분노를 속으로만 쌓아 두고 싶지 않아서 악녀가 되기로 결심했다.

내 그릇은 이렇게나 작다. 그래도 좋았다.

"그대는 지금……."

"그러니 제 입을 열고 싶거든 명하세요."

황태자의 말을 끊으며 강하게 말했다.

지긋지긋했다. 그렇게 냉대해 놓고 갑자기 내 편을 드는 것도, 그 냉대를 자기 편한 대로 별일 아닌 것처럼 포장하는 것도, 이제와 내가 자신에게 협력하리라 생각하는 것도.

어쩜 사람이 이렇게 자기만 생각하는지!

차라리 한결같이 냉대하는 게 낫다. 나는 그를 재차 채근했다.

"황족의, 황태자의 권위를 세워 제게 명하시면 신하된 자로서 마땅히 따르겠습니다."

신하라기엔 굉장히 불손한 눈으로 노려보자, 그는 입매를 단단히 굳혔다. 열받아서 화내더라도 어쩔 수 없다.

오히려 그가 이성을 잃고 흥분해 날뛰면 그건 그거대로 좋은 구경일 것 같다. 나는 위험하게 끓는 노란 눈동자를 응시했다.

"아니."

그가 단호하게 고개를 저었다. 절제된 동작이었다. 진중하게 표정을 가다듬은 그가 날 보더니 고개를 숙였다.

"……!"

너무 놀라 소리도 안 나왔다. 제국의 황태자, 단 한 번도 고개 숙여 본 적 없을 그가 지금 내게 고개를 숙인 것이다.

검은 공단으로 감싸인, 그의 단단한 등이 내 시선 아래에 있었다. 나는 어쩔 줄 모르고 눈만 깜빡였다.

"부탁합니다, 공녀."

"……."

싫어! 내가 왜 당신 부탁을 들어줘야 해? 말을 듣자마자 속에 있는 내가 비명을 질렀다.

황태자가 고개를 숙인다고 황송하고 송구스러워하며 그간의 모든 일을 잊고 해결책을 말할 정도로 나는 도량이 크지 않다. 속도 좁고 관용도 없다.

그게 나쁜가? 난 그냥 어디에나 있는 평범한 여자애다.

나는 단 한 번도 통치자였던 적이 없다. 갑자기 귀족이 되었지만, 귀족으로서의 의무나 책임 같은 건 나랑 상관없는 이야기였다.

이 나라에 소속감을 가지고 있는 것도 아니다. 이곳에서 날 지탱하는 것은 내가 보고 듣고 만났던, 내 발걸음이 닿았던 소소한 세계였다. 그 세계 속의 사람들이 전부였다.

저 멀리 사는 한 번도 본 적 없는 사람들 따위, 솔직히 내가 알 바 아니다. 내가 나서지 않아도 알아서 살길을 모색하겠지.

그렇게 생각하고 그게 사실이라 믿는 게 속 편했다.

항상 치열하게 살았다. 그것이 전생과 현생의 유일한 공통점이었다. 언제나 날 짓밟으려는 발을 피해 이리저리 구르는 생이었다. 남을 구제할 여력 같은 게 있을 리 없다.

하지만.

항상 짓밟히는 인생이었기에, 항상 치열했기에.

"전하의 부탁 따위 들어주고 싶지 않아요."

그들의 고통을 안다. 노력으로 막을 수 없는 재앙이 사람을 얼마나 절망하게 하는지.

내 뜻과 상관없이 날 비참하게 하는 것들. 그건 가뭄이든, 차별이든, 배신이든 이름만 다를 뿐 사람을 벼랑으로 몰고 간다.

그냥 남들만큼만 살고 싶은데 그것조차 허락되지 않을 때, 헤어 나올 수 없는 구렁텅이에서 얼마나 좌절하는지.

나는 도저히 그들을 외면할 수 없다.

"그러니 이건 전하의 부탁 때문이 아니에요. 제게 빚을 졌다는 생각도 하지 마세요. 이건 오로지 지금 마실 물조차 없어 허덕이는 사람들을 위해 말하는 겁니다."

알고 있다. 나는 지금 기회 하나를 날리는 것이다.

알려 주는 것을 빌미로 그에게 무언가를 요구할 수도 있고, 협상 여하에 따라 꽤 좋은 결과를 낼 수도 있을 것이다. 정치적이고 똑똑한 귀족이라면 응당 그리하겠지.

멍청한 것이어도 좋다. 같잖은 자존심 챙기기라도 좋았다. 황태자가 꾸깃꾸깃 구겨 던져 버린 내 자존심, 나라도 주워서 펴야지.

나는 허리를 꼿꼿이 세웠다.

"간단해요. 나무를 심으세요."

"나무를 심으라고?"

황태자가 인상을 찌푸렸다.

이곳은 어떤 분야는 지구보다 훨씬 뛰어나면서, 또 어떤 분야는 지구의 상식조차 통하지 않을 정도로 낙후되어 있었다. 나무가 식수를 앗아 간다고 뽑는 세상이었다.

"나무는 물을 잡아먹는 게 아니라 물을 저장해요. 땅도 단단하게 만들고요."

여태까지의 상식을 뒤집어엎는 말에 황태자가 미간을 좁혔다. 의심하는 표정은 아니었지만 선뜻 이해가 되지 않는 모양이었다.

"강수량에 비해 가뭄이 계속 심해지는 건 땅이 황폐화되었기 때문이에요. 흙먼지가 날아다녀서 식물이 자라기 힘들고, 식물이 땅을 못 잡아 주니 계속 황폐해지고. 그렇게 토양 침식이 일어나는 거죠."

"증명할 수 있는가?"

황태자의 물음에 나는 애써 표정을 흐트러지지 않게 유지했다. 주입식 교육이라서 그냥 그렇다고 배운 것뿐인데 증명을 어떻게 해.

하지만 난 뻔뻔하게 고개를 끄덕였다.

"나무에 대해 연구를 조금만 하면 알 수 있는 거예요."

내가 하지 않아도 똑똑한 학자들이 증명해 주겠지.

이곳에선 식물이 안 자라도, 병들어도 마법으로 해결하면 되니 식물학의 기반조차 없었다. 하지만 내가 말한 것들은 깊은 연구가 필요 없는 수준이었다.

“그 말이 사실이라면 확실히 무리하게 마법으로 땅을 포장할 필요도 없겠군.”

“서부 지역민들에게 나무를 심게 하면 국가사업으로 돈도 융통시킬 수 있어요. 그리고 심은 나무를 마법으로 성장시키면 돼요. 저는 마법은 잘 모르지만…… 땅을 포장하는 것보단 이 마법이 훨씬 간단하고 마력도 덜 들지 않나요?”

그가 고개를 끄덕이고는 손으로 턱을 쓰다듬으며 고심에 빠졌다.

“나무를 심는다고 하면 지역민들이 크게 반발할 텐데……. 민가에선 나무를 뽑는 사태까지 일어나고 있다. 귀족들 사이에서도 의견이 분분할 테고.”

“그걸 해결하는 건 전하의 몫이죠.”

나는 딱 잘라 말했다.

그에게 협력하는 것도 아니고, 그를 거드는 것도 아니다. 거의 떠먹여 준 것이나 다름없는데 씹는 것까지 내가 해 줄 필요는 없다. 연구를 하든, 그냥 밀고 나가든 그건 황태자가 알아서 할 몫이다.

“그래, 그렇지. 그대에게…….”

“고마워하지 마세요. 신세를 졌다는 말도 하지 마시고요. 전하를 위해 말씀드린 게 아니니까요.”

누울 자리를 보고 눕는다고 내가 이렇게 막 나가는 건 지금 상황이 그래도 될 법하단 것도 있지만, 솔직히 아직도 분이 안 풀린 게 더 컸다.

그를 흘겨보자 뜻밖에 순순히 고개를 끄덕였다. 그래도 개미 눈물만 한 양심은 남아 있나 보지.

"알겠다."

"아직 어떤 결과도 안 나왔습니다. 저는 제가 아는 지식으로 그저 제안한 것뿐이니 그걸 선택하는 것도, 시행하는 것도 전하의 몫입니다."

슬쩍 발 빼는 것도 잊지 않았다. 내 말을 듣고 황태자가 그대로 시행한 후 실패하고서 나한테 책임을 물으면 곤란하다.

네가 보기엔 괜찮을 것 같긴 하지만 혹시 만약이라는 게 있으니까.

전생의 정책이 어떻게 시행되었는지 자세히 살펴본 것도 아니고, 이곳의 생태가 정확히 어떤지도 잘 모른다. 알고 있는 것이라곤 사회 교과서랑 지구 과학 교과서에 쓰여 있는 몇 줄뿐.

"내가 추진하는 국가사업 실패를 남의 탓으로 돌릴 만큼 아둔하진 않아."

내 말의 숨을 뜻을 찌르는 그에게 뻔뻔하게 웃었다.

"그렇다면 다행입니다."

한 마디도 지지 않는 내 모습에 그가 어이없다는 듯 피식 웃었다. 잠시간 침묵이 찾아왔다. 그와 마주 보고 멀뚱히 앉아 있는 것도 어색해 창밖을 쳐다보았다.

산업이 발달하지 않은 것도 아닌데, 이곳의 하늘은 맑고 깨끗해 무수히 많은 별이 쏟아질 듯 가깝게 느껴졌다. 과연 마법의 힘.

반짝반짝 빛나는 별과 보랏빛으로 물든 성운을 보고 있자니 바람이 내 귀밑머리를 간지럽혔다.

마차는 여전히 아무런 소리도 내지 않고 달리고 있다. 나는 스쳐 지나가는 건물을 감탄 어린 시선으로 살폈다. 귀족이 사는 구역이라 그런지 모두 다 웅장하면서도 섬세해, 오래 보고 있어도 질리지 않았다.

찌를 듯한 시선이 느껴져 고개를 돌리니 황태자가 날 바라보고 있었다.

날 향한 채 미동도 없는 시선은 퍽 부담스러웠다. 다시 고개를 창밖으로 돌렸다. 하지만 한 번 의식한 시선이 집요하게 내 눈이며, 코며, 뺨이며, 귓가에 닿는 것을 떨쳐 낼 순 없었다.

아직 궁까지는 시간이 더 걸릴 것 같았다. 나는 작게 한숨을 쉬고 고개를 돌렸다. 그리고 조금 고민하다가 말을 꺼냈다.

"좀 걸리는 게 있어요."

내 말에 그가 나와 눈을 맞췄다. 말해 보라는 무언의 채근에 나는 다시금 한숨을 쉬었다.

원래 이건 나중에 아빠와 만나면 할 말이었는데…….

그에게 말하나 아빠에게 말하나 상관없긴 했다. 무슨 해결책인 것도 아니고, 그냥 의문점을 말하는 것뿐이니.

어쨌든 지금 당장은 그의 부담스러운 시선과 침묵을 피하고 싶었다.

"이렇게 오랫동안 서부 지역에 비가 적게 내리는데 다른 지역은 아무 이상도 없잖아요. 대륙 전체적으로 가뭄이 오거나 하다못해 다른 지역에 비가 더 많이 내릴 법도 한데……."

지구온난화처럼 전체적인 이상 현상이라면 다른 지역에도 이변이 있어야 한다.

한두 해도 아니고 벌써 3년간 지속된 가뭄이었다. 강수량이 감소한 시점은 그보다 더 전. 지금쯤이면 없던 이상도 생길 시기였다.

황태자가 자못 심각한 표정으로 고민했다.

"서부 지역 외 다른 곳의 강수 변화는 없다. 다들 이상하다 생각해서 이전 기록을 몇 번이나 확인했다. 기록도 더 정확하게 체계적으로 관리했지만 잡히는 건 없어."

"말이 안 돼요. 분명 뭔가가…… 굳이 비가 아니어도."

"비가 아니어도?"

그가 의아하다는 듯이 되물었다. 나는 고개를 끄덕였다. 시녀들에게 물어본 결과 제국에 이상 기상 현상이 일어난 지역은 없었기에 큰 기대는 하지 않았다.

"그러고 보니 대륙 북부에 몇 년간 강추위가 계속된다고 들었다. 제국령이 아닌 데다가 강수량과 관련 없어서 깊게 생각하진 않았는데……."

"대륙 북부에 강추위요?"

당연히 대륙 전체를 살폈어야 했는데 왜 제국에 한정 지어서 생각했지?! 내 시야가 이렇게나 좁다는 게 실감이 났다. 나도 모르게 입술을 깨물었다.

기상학을 공부하던 사람도 아니고, 거시적으로 생각할 필요가 없는 삶을 살았다. 실수야 어쩔 수 없다. 그렇게 애써 스스로를 추슬렀다.

지금은 내 능력 부족을 자책하고 있을 때가 아니다. 이 생각을 놓치면 영영 잊을 것 같았다. 생각날 듯 말 듯 가느다란 기억의 타래가 머릿속을 간지럽혔다. 나는 눈을 감고 그 타래를 하나하나 더듬어 갔다.

대륙 전체로 보면 남쪽에 위치한 서부 지역의 가뭄. 북쪽의 강추위. 바다와 맞닿아 있는 땅.

그 순간 머리를 스치고 지나가는 게 있었다. 내 생각이 맞다면 바다 너머의 대륙엔 폭우가 쏟아졌을 거다. 일단 먼저 확인할 게 있다.

"전하, 혹시 서부 연안의 해수 온도를 확인해 보셨나요? 해수면의 고도는요?"

갑작스러운 질문에 황태자는 의아한 듯 눈썹을 치켜세웠지만 이유를 묻지 않고 순순히 대답해 주었다.

"온도는 자료를 봐야 알 것 같군. 고도가 낮아지긴 했지만 그건 강수량이 줄어들어 그렇다고 생각했다. 혹 다른 이유가 있는가?"

온도를 알면 바로 확신할 수 있을 텐데. 아쉽긴 했으나 가짓수를 줄여 나가는 방법도 있다.

"해풍은요?"

"바람이 심해져서 안 그래도 흙먼지가 더 많이 날리고 있어. 그 때문에 사람들이 많이 힘들어하지."

"풍향은 보통 내륙에서 바다로 불죠?"

황태자가 고개를 끄덕였다. 의문으로 가득 찬 얼굴이었지만 내 눈에는 들어오지 않았다.

퍼즐이 짜 맞춰졌다. 빠진 조각은 단 하나. 한가운데의 가장 중요한 조각이었으나 전체적인 그림이 무엇인지 보기엔 이것만으로 충분했다.

제국 서부 지역의 가뭄의 원인은 라니냐 현상이 분명하다.

예전에 라니냐와 이 반대 현상인 엘니뇨를 묶은 문제가 시험에 나왔던 게 생각났다. 서술형 문제였는데, 두 현상을 거꾸로 쓰는 바람에 설명은 다 맞았음에도 부분 점수조차 못 받았다.

지금 생각하면 별거 아닌데 그땐 어찌나 억울하고 분했던지. 아직까지도 그 기억이 생생하다.

그 시절에는 절박하게 공부에 매달렸다. 집에서 나올 수 있는 유일한 방법이나 마찬가지였으니까.

하지만 틀린 덕분에 여태 기억에 남아 이렇게 도움이 됐다.

라니냐는 태평양을 가로지르는 무역풍이 강화되어 동태평양의 수온이 낮아지는 현상을 뜻한다. 이로 인해 동태평양 연안의 북쪽에는 강추위가, 남쪽에는 가뭄이 찾아온다.

이곳의 지리가 지구와 같진 않겠지만 밤과 낮이 있고 계절이 있으며, 하늘의 별이 있는 것을 보면 지구과학이 얼추 들어맞을 것이다.

지금 대륙의 기상 현상이 라니냐와 부합하는 것을 보면 확실하다.

가뭄에 대해 나름대로 조사한 후로 계속해서 찜찜했던 부분이 확 풀리자 앓던 이가 한 네 개쯤은 빠진 것처럼 시원해졌다. 후, 나도 모르게 입매가 풀렸다.

"혹시 무언가 알아낸 건가?"

꼬치꼬치 캐물은 다음 만족한 미소를 짓는 나를 보고 더 이상 호기심을 참지 못했는지, 황태자가 초조하게 물었다. 그 모습을 보니 입꼬리가 더 올라갔다.

흥, 내가 알아낸 거랑 당신이랑은 아무 상관 없거든요?

"알아냈으면 또 고개라도 숙이시려고요?"

일부러 얄밉게 말하자 황태자가 얼굴을 굳혔다.

아무리 단둘이 있어 보는 눈이 없다지만 미래의 황제가 고개를 숙였다. 엄청난 굴욕이나 마찬가지인데 그걸 비꼬기까지 하니 그럴 만도 했다.

저 미끈하니 조각 같은 얼굴이 진짜 조각처럼 딱딱해지는 게 왜 이리 좋은지 모르겠다.

"……필요하다면."

당장에라도 고개를 숙일 기세에 나는 도리질 쳤다. 왠지 불쌍한 제국민을 볼모로 잡아 그를 압박하는 것 같아 좀 그랬다.

어느새 황궁에 도착했는지 마차가 멈춰 섰다.

"전하의 고개가 비싼 건 알지만 두 번이나 받을 만큼 막 그렇게 매력적인 건 아니에요."

감히 황태자의 절을 저울대에 올려 값을 매기고선 상큼하게 웃었다. 카일론과 스테나를 같은 저울대에 올린 것에 대한 복수다.

나 뒤끝 있는 사람이야. 그것도 아주 많이.

"무슨……."

"그럼, 전하."

화낼 생각도 못하고 황당하게 날 쳐다보는 그를 내버려 두고 일어섰다. 여전히 상큼하다 못해 과즙이라도 흘릴 것 같은 미소를 지은 채.

"데려다주셔서 감사합니다. 시간이 늦었사오니 소녀는 이만."

멋들어지게 드레스 자락을 잡고 무릎을 굽혔다. 물 흐르듯 유려한 동작으로 완벽하게 인사를 한 뒤 마차를 빠져나왔다.

밤공기가 유독 상쾌하게 느껴졌다. 아, 시원해.

인사하고 난 뒤 봤던 그의 얼굴이 떠올라 피식피식 웃음이 나왔다. 카메라, 하다못해 폰이라도 있었으면 그 얼굴을 고이 간직하는 건데. 브로마이드처럼 크게 인쇄해 침실에 붙여 놓고 싶을 정도였다.

그 황태자가 그런 표정을 지을 줄은 몰랐다. 저녁 만찬이나 도서관에서 말을 섞을 때는 상상도 못했다.

그땐 칼로 찌르면 피가 나오기는커녕 칼날조차 안 들어갈 것 같았다.

그와 제대로 대화한 것은 이번이 딱 세 번째였다. 그간 단 한 번도 잡지 못했던 주도권이 오늘에서야 비로소 내게 넘어왔다.

마차 안에서 황태자가 초조해하고 절박해하며 얼굴을 일그러뜨렸던 걸 생각하자 궁으로 돌아가는 발걸음이 날개를 단 것 같았다.

몇 시간 동안 킬힐에 혹사당한 발마저 하나도 아프지 않았다. 금이 들어가고 갖가지 보석을 붙여 엄청 무거운 하이힐인데도.

어차피 라니냐에 대해 말해 봤자 가뭄엔 별 도움도 되지 않는다. 라니냐와 엘니뇨는 그냥 자연 현상일 뿐이다. 정상 상태와 두 이상 현상이 반복되는 것이 보통이다.

슈퍼 라니냐가 온 것 같지만 여긴 밤하늘도 깨끗하고 공기도 맑다. 딱히 환경오염이 그 원인이라고 할 수도 없다.

그냥 내 의문을 해결하고 호기심을 충족시키기 위해, 또 황태자와의 어색한 기류를 피하고자 추론한 것이다.

인간관계의 미묘한 알력을 살피는 건 취약이지만 이렇게 퍼즐 맞추듯 자연현상이나 사회현상을 유추하는 것은 재미있었다. 의도한 것은 아니지만 이로 인해 황태자가 골머리를 앓을 걸 생각하니 고소했다.

궁으로 들어가기 전 힐끗 뒤를 돌아보자, 마차는 아직도 떠나지 않고 그대로 서 있었다. 그와 눈이 마주칠세라 재빨리 궁으로 들어섰다.

창을 통해 밖을 보자 그제야 마차가 소리 없이 움직였다. 덜컹거리지도 않고 수평으로 멀어지는 마차는 달빛에 희게 젖어 부유하는 환상 같았다.

나는 시선을 거두고 아무도 없는 궁정 복도를 걸었다. 방금 전까지 그렇게 신났는데, 이렇게 혼자가 되니 비로소 잊었던 피로가 찾아왔다.

그간 파티에서 아이린에게 한 방 먹이겠다고 머리를 이리저리 굴리며 사소한 행동조차 의도적으로 조절했다. 긴장을 놓지 못하는 나날이었다.

그리고 오늘 있었던 그녀와의 설전. 계획은 그럭저럭 성공했지만 심적 소모가 컸다. 마무리하며 새롭게 생긴 의문도 신경 쓰였다.

그 상태에서 황태자와 단둘이 좁은 공간에 있는 것도 정신을 갉아먹었는데, 그 와중에 실랑이까지 벌였다.

그간 받았던 스트레스가 일시에 내 몸을 짓눌렀다.

나는 흐느적흐느적 걸었다. 허리를 압박하는 코르셋을 빨리 벗어던지고 편한 슬리퍼를 신고 싶었다. 아니, 갈아 신을 것도 없이 그대로 벗어 던진 채 침대로 직행하고 싶다.

겨우겨우 방에 도착해 문을 열었다.

“아가씨! 파티는 재미있으셨나요?”

유모가 반색하며 날 반겼다. 다른 시녀들은 다 퇴궁한 시간이다. 유모만 있다는 것이 더없이 날 편안하게 했다.

대충 고개를 끄덕이고 응접실을 지나 침실로 들어갔다. 유모가 졸졸 쫓아오며 유타바인에 대해 물었다. 샤티의 소꿉친구인 만큼 유모와 그 역시 가까운 사이였다.

“기사가 돼도 여전해. 언제 철이 들는지.”

“아가씨께서 하실 말씀은 아닌 것 같…… 흠흠, 요즘 아가씨가 좀 철이 드시긴 했죠. 공자께서도 곧 어엿한 기사님이 되실 거예요. 그러고 보니 기사가 되면 아가씨한테 맹세하겠다고 하셨는데."

내 뾰족한 눈빛에 유모가 말을 돌리며 호호호 웃었다. 나는 혀를 찼다.

"그거 유타 앞에서 말하면 경을 칠걸. 걘 그거 떠올리기도 싫어하던데."

"어렸을 때 일은 다 그런 법이죠."

유모가 옷 벗는 것을 도와주며 미소 지었다. 몸을 꽉 조이고 있던 코르셋을 풀자 살 것 같았다.

후우, 깊게 숨을 들이마시고 내쉬었다. 저걸 입고 있는 채로는 숨도 깊이 못 쉰다.

"이렇게 커서도 떠올리기 싫은 일이 생기던데, 대체 언제쯤이면 하늘을 우러러 한 점 부끄럼 없이 살 수 있을까."

이곳에 와서 몇 번이나 이불을 차고 베개를 때렸던가. 잎새에 이는 바람에도 나는 괴롭다.

"포기하세요. 제 나이가 돼도 생겨요."

유모의 해탈한 미소를 보자 질리면서 끔찍해졌다. 이불과 베개는 여러 채 장만해 놓는 걸로.

침대에 앉은 채 다리를 달랑거렸다. 발이 퉁퉁 부어 몇 번이나 허공을 차고 나서야 힐이 벗겨졌다. 서민 가정 한 달 식비는 될 법한 구두가 바닥을 굴렀다. 보석과 금장식이 날 원망하듯 번쩍였지만 다 귀찮았다.

……나는 주섬주섬 구두를 주워 올려 유모에게 조심히 건넸다. 이놈의 서민 정신!

그대로 털썩 뒤로 누웠다. 아, 화장 지우는 거 진짜 귀찮아. 화장 지워 주는 기계…… 아니지, 화장 지워 주는 마법은 없나? 기계보다는 훨씬 가능성 있을 것 같은데.

“씻고 누워야죠, 아가씨. 대체 어느 공녀님이 이렇게 게으르답니까.”

“유모 앞에 있는 공녀님이.”

내 대꾸에 유모가 팔을 잡아당겼다. 평소보다 손길이 우악스러웠다. 내가 공녀가 아니었다면 등짝이라도 얻어맞았을 것 같다. 신분에 감사하기로 했다.

결국 유모의 손에 이끌려 세수는 물론 샤워를 하고 머리까지 야무지게 말린 후 침대에 누웠다. 피곤해서 당장에라도 까무룩 잠들 것 같았는데 씻으면서 잠이 깨는 바람에 막상 누우니 눈이 말똥말똥했다.

내 실체를 알게 된 아이린이 앞으로 어떻게 나올지, 내가 떠난 후 파티장에서 어떤 말이 오갔을지, 케일라덴은 대체 왜 침묵했는지, 황태자는 또 왜 그랬는지.

오늘에서야 비로소 그간 고민해 오던 것을 털어 냈는데, 새로이 생각할 거리가 쌓였다. 머리가 아파 왔다.

일단 잠이나 자자. 일어나서 생각하자. 나는 지끈거리는 두통으로부터 도망치기 위해 눈을 감았다. 잠이 다 달아났다는 생각을 한 것이 우습게, 그대로 깊은 잠에 빠져들었다.

간만에 꿈도 안 꾸고 푹 잤다. 개운하게 일어난 것까지는 좋았으나 응접실로 나와 시녀들을 보는 순간 상쾌함이 단박에 날아갔다.

나는 모르는 척 단장을 하고 밥을 먹었다. 부러 시선을 식탁에서 떼지 않고 음식을 입으로 나르고 씹어 삼키는 것에 집중했다.

현재 시녀들의 주목을 가장 많이 받고 있는 사람은 그녀들이 모시는 내가 아니라 다른 사람이었다. 바로—.

"포웨트 백작 영애, 몸이 불편하면 저하께 말씀드리고 쉬는 게 어떻습니까."

에르마 말리너 포웨트, 아이린의 끄나풀이었다.

"아, 아닙니다."

라브엘의 부드러운 권유에 에르마가 황급히 고개를 저었다.

에르마는 지금 눈이 퉁퉁 부은 채 다크서클이 무릎까지 내려온 상태였다. 누가 봐도 나 밤새 울었소, 라고 외치는 꼴이었다. 신경 쓰지 않으려 했지만 한숨이 나오는 것은 어쩔 수 없었다.

나는 잘 발라져 있는 농어 살을 집어 입에 쏙 넣었다. 씹을수록 단단하고 탄력 있는 살에서 단맛이 배어 나오는 게 참 맛있다.

맛있다. 정말 맛있다.

너무 맛있어서 맛있다는 것 말고는 아무 생각도 나지 않을 정도야!

"에르마."

암시도 실패했다. 나는 참지 못하고 에르마를 불렀다.

맛있는 게 분명함에도 이래서야 아무 맛도 안 느껴진다. 도저히 식사에 집중을 할 수가 없었다. 내 갑작스러운 부름에 에르마가 화들짝 놀라 고개를 숙였다.

"예, 저하."

"몸이 안 좋은 것 같으니 오전엔 잠시 쉬다 오도록 해."

"아닙니다, 저하. 저는 괜찮…… 흑……!"

아니, 대체 왜 여기서 갑자기 우는 건데?

나는 짜게 식은 눈으로 그녀를 쳐다보았다. 주변 시녀들도 황당해하는 게 느껴졌다.

이런 기류를 느끼지도 못하는지, 에르마는 마치 비련의 여주인공인 양 입을 틀어막고 몸을 떨며 울음을 삼키려 애썼다. 그런 그녀의 모습에 다들 내 눈치를 보고 있었다. 아, 진짜 성가시다.

"에르마, 무슨 일인지 모르겠지만 감정을 추스르고 오도록 해. 이래서야 도움은커녕 방해야. 내 시녀가 이러면 곤란해."

"화, 황공……하옵니다, 저하."

에르마는 드레스 자락을 흩날리며 아련하게 사라졌다. 무슨 연기를 하는 것도 아니고, 아예 '비극적인 나'라는 콘셉트에 빠져 있는 것 같다.

어제 그 일이 있고 아이린이 에르마를 가만뒀을 리 없다. 눈물 흘릴 일이 있었나 보지.

나같이 못된 악녀 밑에서 궂은일을 마다하지 않으며 당차게 살았다고 생각했을 터다. 그런데 일이 이렇게 됐으니 얼마나 자기 자신이 불쌍하고 가여울까.

어휴, 그러게 애초에 첩자질 안 했으면 됐을 거 아냐. 멍청해서 누가 예쁘게 봐 줬을지는 모르겠다만.

아이린은 어떻게 했을까? 성녀 가면을 벗으며 화를 냈을까, 가면을 뒤집어쓴 채 교묘하게 쳐 냈을까.

어느 쪽이든 상관없다. 아이린이 버린 말이라면 내게도 필요 없다.

나는 아까보다 훨씬 안정된 분위기 속에서 식사를 마쳤다. 입가심으로 차를 마시며 시녀들과 곧 있을 피서 이야기를 나눴다.

본격적인 무더위가 시작되는 에스투스의 초순에는 황태자와 레지나가 함께 피서를 간다.

라브엘이 황녀를 모실 시절 갔던 여름 별궁이 얼마나 아름다웠는지 늘어놓았다.

"……래서 수정궁인데 이름 그대로 수정으로 만들어진 성이에요."

수정으로 만들어진 성이라…….

나는 사진으로 봤던 영국의 수정궁을 떠올렸다. 그 산업화 어쩌고 하면서 유리로 지어진 건물. 무슨 박람회를 했다고 했는데.

그 건축물의 가치는 차치하고서라도, 내 미적 기준으로는 그렇게 아름다워 보이지 않았다. 그냥 유리 온실 같은 느낌이었다.

더울 것 같은데 여긴 좀 다르려나. 경치가 시원하긴 하겠다만. 수정으로 만들어진 아름다운 성이라고 했을 때 머릿속에 그려지는 이미지가 그렇다 보니 라브엘의 설명에도 큰 감흥이 없었다.

청금석과 감람석으로 치장된 궁전 내부가 다각도로 커팅된 수정을 통해 들어오는 햇빛에 얼마나 아름답게 물드는지, 그 빛의 산란이 어찌나 환상적인지 눈부셨던 추억을 말하는데 너무 비현실적이라 되레 상상이 되지 않았다.

더위를 피하러 가는 건데 햇빛이 그대로 들어오면 어떡하나. 그런 생각만 들었다.

"더울 거 같은데."

"탁 트인 시야가 시원한데요."

기온 이야기는 없고 경치 얘기만 돌아왔다. 나는 조금 고개를 기울이다가 서늘한 방 안을 생각해 냈다.

하긴, 여긴 온도나 습도 조절이 마법으로 가능하지. 에어컨이나 제습기보다 훨씬 더 효과적이었다. 내 시큰둥한 반응을 보고 라브엘이 미소 지었다.

"얼마나 아름다운데요. 전하께 그곳으로 가자고 말씀드리세요. 아주 특별한 곳이랍니다."

나는 그녀 말에 숨은 뜻을 깨닫고 잠자코 고개를 끄덕였다.

아주 특별한 곳이라니 분명 무언가가 있다. 그저 아름답다고 해서 라브엘이 저리 권하지는 않을 것이다. 수정궁에 가는 건 분명 내게 도움이 되겠지.

"그렇게 아름다운 곳이라면 안 가 볼 수 없지."

나는 미소 지으며 찻잔을 들어 올렸다. 여러 베리류를 넣어 냉침한 차가 새콤달콤하게 혀를 적셨다.

그간 샤티 연기를 하느라 궁에서만 지냈으니 이젠 밖을 나돌며 본격적으로 내 편을 만들 때였다.

어제 파티로 그곳에 있던 귀족들은 아이린과 날 달리 보기 시작했을 거다. 하지만 파티에 참석하지 않은 귀족들은 소문이 과장됐다고 여겨 진실이라 생각하지 않을 게 뻔했다.

그도 그럴 것이 '그 아이린'과 '그 샤르티아나'였다. 다들 눈을 휘둥

그레 뜨고서 놀란 다음, 숨이 넘어갈 기세로 박장대소할 게 훤하다.

그러니 그동안 불참 의사만 밝혔던 초대장에 예스 사인을 보낼 때였다. 이제 안하무인으로 제멋대로 굴며 샤티처럼 행동할 필요는 없다.

그렇다고 해서 내가 악녀가 아닌 것은 아니었다. 오히려 더 악독한 것으로 변하는 것인지도 모른다.

앞으로 난 한소정이나 아이린을 모사하며 다른 이를 기만하고 함정을 팔 것이다.

그들과 같은 사람이 된다는 생각만으로도 속이 안 좋았다. 가만히 눈을 감았다. 머뭇거릴 이유도 없고 주저할 필요도 없다. 이미 나는 아이린의 실체를 알기 전부터 악녀가 되기로 했으니까. 그건 오롯한 내 결의였다. 그때 했던 다짐이 이제야 제대로 실현되는 것이다.

다시 눈을 뜨자 그간 왔던 초대장을 추리고 있는 시녀들의 모습이 보였다. 내 앞으로 온 초대장은 굉장히 많았기에 일단 그들의 손에서 한 번 걸러진 것을 고르는 게 효율적이었다.

준비는 착착 되고 있다. 앞으로 나아갈 때다.

어차피 난 아이린과도 한소정과도 다르다. 상대에게 천사처럼 다가가 방심하게 만들고 배에 칼을 꽂는 짓은 하지 않을 거다.

성녀 코스프레를 하며 제2의 아이린이 될 생각도 없다. 그동안의 일이 있는데 사람들이 믿어 줄지도 불분명하고, 믿어 준다 해도 시간이 너무 오래 걸리는 방법이었다.

무엇보다 나는 그보다 더 효과적인 방법을 알고 있다. 아이린을 추종하던 시녀들이 공포 앞에서 얼마나 빨리 일변했는지 보았다.

필요하다면 언제든지 그 누구보다 잔악하고 지독해질 준비가 되어 있다. 샤티가 떼를 쓰고 패악을 부리던 것, 아이린이 천사처럼 굴며 날 매장시킬 준비를 하던 것, 한소정이 우정을 가장하며 내 것을 앗아 간 것들과는 비교할 수 없을 정도로.

맑은 홍차에 비친 내 얼굴은 꽤 악녀다운 미소를 짓고 있었다.

초대장을 얼추 솎아 낸 뒤 이디스를 따로 부를 핑계를 생각했다. 어제 파티에서 내가 떠난 후 어떤 이야기가 오갔는지 듣기 위해서였다.

뭐가 좋을까.

그때 문이 열리고 에르마가 들어왔다. 계속 울었는지 얼굴이 아까보다 더 퉁퉁 부었고 눈가가 짓물러 있었다. 그 모습을 보고 있자니 기가 찼다. 진짜 왜 지가 우는데?

"송구합니다, 저하."

"몸은?"

"저하 덕에 많이 괜찮아졌습니다."

전혀 그렇게 보이지 않지만 일단 고개를 끄덕였다. 본인이 그렇다는데 스스로를 혹사시키건 말건 나랑 상관없다. 아침처럼 훌쩍대며 신경 쓰이게 하지만 않으면 된다. 그보다 지금은 이디스와 이야기를 하고 싶었다.

"저어, 저하. 잠시 따로 말씀드릴 게 있습니다."

난데없는 독대 요청에 나는 에르마를 쳐다봤다. 머뭇거리는 얼굴을 보자 무슨 일인지 짐작이 갔다.

나는 고개를 끄덕이고 다른 시녀들을 물렸다.

응접실에 단둘이 남으니, 예전 그녀를 시험하기 위해 따로 남겼던 일이 생각났다. 그때 첩자인 것을 밝혀냈기에 에르마의 프락치 짓에 특별히 배신감이 들진 않았다.

그렇다고 해서 기분이 나쁘지 않은 것은 절대 아니었다. 내 일거수일투족이 아이린의 귀에 들어갈 것을 생각해, 내 방에 있을 때조차 모든 것을 계산하고 행동해야 했다. 그 둘이 함께 뒷담화 깠을 때를 떠올리면 더 혈압이 솟았다.

그녀가 시녀를 그만두겠다고 해도 곱게 내보낼 생각은 전혀 없다.

"무슨 일이지?"

모르는 척 묻자 에르마가 고개를 숙였다. 그녀의 입에서 예상했던 말이 그대로 나왔다.

"그…… 송구하오나 저하, 시녀 일을 그만둘까 합니다."

얼굴을 보니 자의도 있지만 타의가 큰 것 같았다.

에르마의 지위를 생각해 보면 내 시녀로 있는 것이 이득이긴 했다. 특출한 가문인 것도 아니고 다른 재주를 갖춘 것도 아니다. 여러모로 나한테 빌붙어 좋은 혼처를 얻는 게 가장 좋다.

그만두고 싶어 하는 건 내 패악 때문이겠지만, 누군가 떠밀지 않았다면 그것만으로 관둔다고 하지 않았을 거다.

발칙하게도 나를 배신해 놓고, 내게서 단물을 빼 갈 생각이었겠지. 이건 아이린의 작품이었다. 필요 없는 장기짝이 내게 붙어 있다가 쓸데없는 사실까지 불어 버릴까 봐 빨리 제거하려는 수.

에르마가 첩자인 것을 아는지 모르는지 불명확하니까 들킬 싹을 잘라 버리려는 것이다.

비식 웃음이 나는 속마음과 달리 깜짝 놀란 양 눈을 동그랗게 떴다.

"이렇게 갑자기? 어째서?"

"그게…… 송구합니다."

"에르마, 시녀들 중 내 너를 특별히 여겼다는 것은 너도 잘 알고 있지?"

다정히 어르자 에르마가 고개를 들었다. 의례적인 감사 인사도 못할 정도로 그녀의 눈엔 감동의 물결이 일렁였다.

아, 정말. 염치도 없다. 제가 내게 한 짓은 하나도 생각 안 하나 봐.

"넌 내게 이 답답한 궁에서 낙이었건만."

특별히 여겼다는 것도, 내 낙이었다는 것도 거짓말은 아니었다. 물론 에르마가 생각하는 것과는 방향이 다르지만.

"흐흑…… 저하, 절 알아주시는 건 역시 저하뿐이십니다."

에르마가 결국 눈물을 보이며 내게 가까이 다가왔다.

이래서 백날 잘해 줘 봤자 소용없다. 그렇게 패악을 부려도 단 한 번 미소를 지어 주니 이리 납작 엎드린다. 나는 손을 내밀어 그녀의 손을 움켜쥐었다. 에르마의 얼굴에 기대가 퍼져 나갔다.

처음부터 날 배신할 생각으로 시녀가 됐으면서 대체 뭘 기대하는 걸까. 불쌍하고 멍청한 에르마.

"그래, 널 알아주는 건 나뿐이지."

나는 속으로만 짓고 있던 비릿한 웃음을 겉으로 끌어 올렸다. 불길함을 느낀 에르마가 움찔했지만 얼굴에서 기대가 사라지진 않았다.

"난 너의 모든 것을 알아."

"예, 저하."
"네가 스테나의 첩자라는 것도."
"……!"
에르마의 표정이 삽시간에 굳었다. 내게 잡힌 손을 빼려는 것을 힘을 줘 막았다.
나는 아주 즐겁게 웃었다. 옅은 진동이 잡고 있는 손에서 느껴졌지만 별 동정도 안 들었다. 오히려 괘씸했다. 내가 아무것도 모른 채였으면 지금쯤 울고 있는 건 나였겠지.
에르마가 물어다 준 정보로 어제 파티에서 아이린이 날 요리조리 뜯어먹었을 것이고, 전생에서 한소정한테 속은 것처럼 현생에서는 아이린한테 속았다며 바닥을 긁었겠지.
첩자에 대해서도 몰랐을 테니 내 주변 모든 사람을 의심하고 배신감에 몸서리쳤을 거다. 카일론의 위신도 땅에 떨어져 엄마, 아빠한테도 흠집이 생겼을 거고.
내 입장에서 에르마는 엄연히 가해자였다. 그런데 그녀가 피해자 행세를 하고 있으니 곱게 보일 리 없다.
"저, 저하! 오해……."
"오해란 말은 안 하는 게 좋을 거야. 내 너의 모든 것을 안다 하지 않았니?"
나긋나긋 이야기하며 잘게 떠는 손을 부드럽게 쓰다듬었다. 나는 이미 누구보다 잔악한 악녀가 되기로 했다. 거리낄 게 없었다.
"어찌 벌주는 게 좋을까. 예쁜 손을 가졌으니 이 손을 내게 주련? 잘라 방에 장식해 놓으면 참 어여쁠 것 같아."
에르마가 새파랗게 질렸다.

잘린 손 따위 돈과 함께 줘도 사양이다. 하지만 나는 진심으로 그럴 것처럼 그 손을 매만졌다. 시녀의 손을 자르는 짓을 하면 레지나궁에서 쫓겨날 게 분명했다. 그뿐만 아니라 귀족 사회에서 아예 매장될 것이다.

아니, 그전에 내가 자르라고 명한다 해서 그걸 따를 사람도 없다.

샤티가 아무리 악녀라 해도 그건 철부지 수준이었다. 누군가에게서 피를 본 적은 없다. 해 봐야 하녀들한테 매질을 시킨 정도? 이성적으로 생각하면 진짜 그럴 리 없는데도, 에르마는 겁을 집어먹고 부들부들 떨었다.

솔직히 그 꼴을 보니 속 시원했다. 정도가 지나치다는 생각이 머리 한구석에서 들었지만, 가볍게 무시했다. 새파랗게 질린 입술을 조금 유쾌한 기분으로 바라보았다.

"아니면 거짓을 고한 입을 자를까?"

"사, 사, 살려……."

"에르마, 어찌 생각해? 너를 특별히 여기니 네가 원하는 대로 해주마."

"자, 잘못했습니다, 저하."

에르마가 이마를 바닥에 박았다. 어찌나 강하게 박았는지 푹신한 융단이 깔려 있는데도 쿵, 소리가 울렸다.

"잘못했으면 벌을 받아야지."

"살려, 살려 주세요. 저하, 저는 그저 시키는 대로 했을 뿐입니다."

언제나 그렇듯, 공포 앞에서 얄팍한 의리는 깨져 나간다.

"시키는 대로?"

"스테나 영애가 제게 저하에 대해 알아오라고 시켜서……."

"그렇다고 해서 네가 날 속이고 배신한 게 사라지는 건 아니지."
딱 잘라 말하자, 에르마가 고개를 들었다. 진심으로 억울해하는 표정이었다.
아이린이 절 겁박해서 첩자로 온 것도 아니고, 날 배신한 건 순전히 에르마의 의지였다. 언젠가의 밤, 정원에서 신이 나 날 사지로 밀어 넣을 말을 속삭이던 그녀를 떠올렸다. 그런데 이렇게 억울한 표정이라니!
진정으로 모든 것을 꾸민 것은 아이린이고 자신은 선량하다는 얼굴이었다.
아까부터 피해자 행세를 하는 것만 해도 기가 막혔는데 이제는 그런 감상도 들지 않았다. 아이린도 싫었지만, 에르마는 혐오스러웠다.
나는 다정하게 그녀의 흐트러진 머리카락을 넘겨 주었다.
"걱정하지 마, 에르마. 너 혼자만 불구덩이 속에 빠지진 않을 거야. 스테나 역시 제가 한 일의 값을 치르게 될 거야."
"그런…… 저는—."
"네가 억울하다고 한다면 나는 참지 못하고 지금 당장 네 입술을 잘라 버릴 것 같아."
부드럽게 색을 잃은 입술을 쓸자, 에르마가 흠칫거렸다.
"에르마. 네가 억울할 것도 없지만, 억울하더라도 그건 나와 상관없어. 내가 왜 네 사정을 알아줘야 해? 내가 왜 널 이해하고 용서해야 하지?"
전생에서 난 항상 가족들의 사정을 생각하며 어쩔 수 없는 일이라 생각했다. 용서와는 다른 이유였다. 날 위한 것이다. 내가 편해지는 길이라고 생각했다.

하지만 내가 어쩔 수 없다고 덮어 둔 아래에서는 독이 쌓이고 쌓여 날 소모시켰다. 이렇게 죽어 다른 생을 사는데도 그 독기는 빠지지 않았다.

나는 더 이상 그렇게 살지 않기로 했다.

“네 입으로 악녀라 일컬은 자에게 아쉬우니 자비를 구하는구나. 근데 네 말이 맞아. 난 악녀야.”

에르마의 얼굴을 쓸던 손을 거두고 차갑게 일어섰다.

“한 번만 더 내 눈에 띄면 입술을 자르고 손을 자르는 정도로 끝나지 않을 거야. 어떻게 될지 궁금하다면 마음대로 해.”

“저, 절대 다시는, 공녀 저하의 앞에 나타나지 않겠습니다. 약조하겠습니다.”

그 말에 헛웃음을 지었다. 그녀의 약속 따위 믿을 리도 없다. 하등 쓸모없다.

“그런데 왜 아직도 내 앞에 있지?”

“이, 이만 물러가겠습니다, 저하.”

덜덜 떨면서도 재빨리 빠져나가는 뒷모습을 보고 소파에 앉았다.

그럴 배짱도 안 되겠지만 설령 이곳에서 일어난 일을 퍼뜨린다 해도 그녀의 말을 들어 줄 사람은 없다. 나는 등받이에 편히 기댔다.

앞으로 제도에서 에르마를 볼 일은 없을 거다. 사교계에 나오지도 않고 두문불출하겠지. 혼처를 찾기 힘들지도 모르겠다. 밖으로 안 나오면 안 나오는 대로 말이 도는 곳이니.

일단 이 정도에서 만족하기로 했다. 아이린의 첩자라는 걸 밝혀 그녀와 엮는 게 가장 좋겠지만 그건 불가능에 가까웠다.

막말로 아이린이 내 음식에 독을 탄 것도 아니고 어떤 물리적인 해를 끼친 것도 아니다. 아무런 피해도, 물증도 없다. 있어도 꼬리를 자르고 빠져나갔을 텐데 지금 이 상황에서 공론화해 봤자 내 꼴만 우스울 뿐이다.

아쉬운 것도 있고, 의문도 새로 생겼고, 앞으로가 더 문제지만 일단은 첫 승리였다.

한숨이 나왔지만 그리 무거운 건 아니었다.

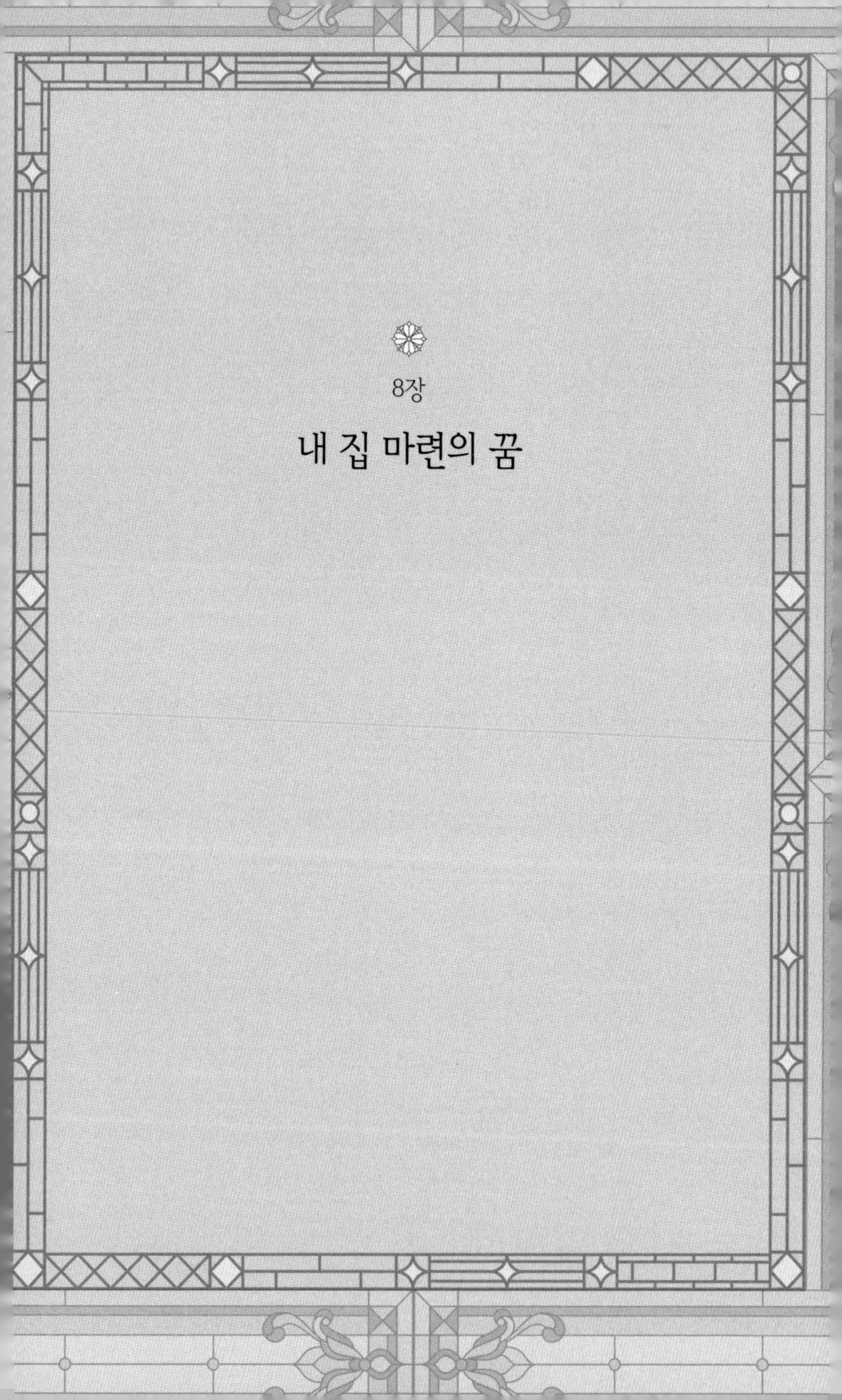

8장

내 집 마련의 꿈

내 집 마련의 꿈

황태자와의 식사는 어김없이 찾아왔다. 그의 얼굴은 그날 마차 안에서 본 것과 달리 아주 멀끔했다.

완벽하게 정제된 표정으로 식사하는 그를 보고 있자니 전과 다르게 웃음이 비집고 나오려 했다.

저렇게 카리스마 있는 척해도 그게 무너졌을 때 어떤지 알고 있으니 권위가 하나도 안 살았다. 오히려 그날 밤과의 괴리감 때문에 더 웃겼다.

한번 놀려 보고 싶긴 했으나 나도 생각이라는 게 있는 사람이다. 주변에 시종과 시녀가 가득인데, 그날처럼 함부로 입을 놀렸다가는 황태자가 괜찮다 해도 경을 칠 수 있다.

나는 속으로만 그날 그의 얼굴을 씹고 뜯고 맛보고 즐기기로 했다.

황태자는 그런 나를 무감한 표정으로 바라보았다. 그 표정과 달리 시선은 날 꿰뚫을 것 같았다. 뒤늦게 내게 고개 숙인 일에 화가 났을지도 모른다. 그게 아니라면 내가 남기고 간 의문 때문일 것 같았다.

그 의문이 계속 그를 괴롭혔을 걸 생각하니 또 흡족했다. 당신은 좀 당해 봐야 해. 나는 할 말 있으면 하라는 식으로 그를 마주 봤다.

저번에 그와 식사할 때보다 훨씬 마음이 편했다. 그때 난 그의 눈치를 보며 그의 저의가 뭔지 파악하려고 갖은 애를 썼다.

하지만 오늘 아쉬운 건 그였다. 내게 넘어온 주도권을 아직 꽉 틀어쥐고 있는 상황. 나는 이걸 놓을 생각이 없다.

드디어 황태자가 입을 열었다. 두근거리는 심정으로 그의 얼굴을 지켜봤다. 그날 일을 교묘히 언급하며 꾸짖을지, 아니면 내가 알아낸 것이 뭔지 물을지 궁금했다.

그게 뭐든 순순히 굴어 줄 생각은 없다. 이 파워게임에서 유리한 고지를 점하고 있는 사람은 나였다.

"그대에게 제대로 감사 인사를 하고 싶다."

"네?"

생각지 못했던 말에 눈을 동그랗게 떴다.

"그대의 혜안으로 가뭄을 해결할 수 있을 것 같아. 지금 귀족들은 물론 학계까지 감탄하고 있어."

당신을 위해 알려 준 것이 아니니 감사하지 말라니까요.

그 말이 튀어 올랐지만 입을 열지는 않았다. 시종과 시녀가 시립해 있는 와중에 그랬다가는 어떤 말이 돌지 모른다. 기껏 내 편으로 만든 이디스가 돌아설지도 모르고.

그렇다고 '아닙니다. 전하의 도움이 되어 그저 기쁠 따름입니다.'라고 모범 답안을 내놓기는 싫었다.

입을 꾹 다물었다. 내가 침묵하면 어색해질 게 분명하다. 사람들이 이상하게 생각할지도 모른다.

뭐라도 말해야 하나 싶어 입술을 깨물었다. 그런 내 난처함을 도와주기라도 하듯이, 황태자가 아무렇지 않게 말을 이었다.

“그대가 어찌 생각하든 감사를 전하고 싶었다. 날 위한 것이 아니라도 제국민을 위해 식견을 나눠 준 것에는 감사하지 않을 수 없어.”

나는 나를 진중히 바라보는 노란 눈동자를 쳐다봤다. 그의 단단한 시선이 이게 온전한 그의 진심임을 말해 주고 있었다.

솔직히 의외였다.

워낙 독선적인 사람이라 내게 감사하는 것보다는 자기 볼일이 우선일 거라고 생각했다. 뒤늦은 분노를 풀거나, 제 의문을 해결하는 것이 당연하다고.

이미 지나간 일을 굳이 다시 꺼내 인사할 줄은 전혀 몰랐다.

원래 황태자는 감사 같은 거 잘 안 하는 자리 아니었나? 감사를 안 해도, 미안해하지 않아도 되는 자리.

평범한 사람들도 고마운 걸 당연하다 생각하고 권리로 착각하는 경우가 왕왕 있는데……. 나는 순순히 그의 감사를 받아들이기로 했다.

“모자란 식견이었을 뿐입니다.”

내 미소에 그가 마주 미소 지었다. 나는 화들짝 놀라 시선을 접시로 떨어뜨렸다.

그가 언제나 짓던, 입꼬리 한쪽만 슬며시 올린 비릿한 웃음이 아니었다. 눈매가 살짝 휘고 입술 양 끝이 아주 조금 올라간 것만으로도 인상이 확 바뀌었다.

차가운 남자는 사라졌다. 노란 눈동자가 마치 봄볕 같았다.

식기 부딪치는 소리 하나 나지 않는 방 안에 묘한 침묵이 감돌았다. 스테이크를 썰면서도 접시 긁는 소리 하나 내지 않는 그에게 혀를 내둘렀다.

그러나 그건 나도 마찬가지였다. 내가 그런 예를 갖췄다기보다는 이 몸에 벤 습관이지만.

평소라면 책잡힐 일 없어 좋다고 생각할 텐데 지금은 어색함만 더했다.

나는 고개는 음식에 고정한 채 눈만 힐끗 들어 그를 쳐다봤다. 그러다 시선이 마주쳐 황급히 눈을 내렸다.

왜 저렇게 쳐다보는 거야. 아직 할 말이 남았나?

그러고 보니 라니냐에 대해 물어보지 않는 것이 의아했다. 궁금한 게 분명한데 왜 물어보지 않지? 아니면 그때 내가 질문한 것을 토대로 뭔가 알아냈나?

"안 궁금해요?"

"더할 수 없이."

나도 모르게 불쑥 묻자 즉답이 튀어나왔다.

뭔지 말도 안 했는데 바로 알아듣고 답할 정도면 정말 궁금했나 보다. 그런데도 안 물어보다니.

"안 물어봐요?"

"대답해 줄 건가?"

그럴 리가. 나는 조개처럼 입을 다물었다.

잠시 침묵이 훑고 지나가고, 그가 그럴 줄 알았다는 듯이 피식 웃었다. 조금 유쾌한 기색이었다.

“그대가 말하고 싶지 않은 걸 억지로 알아낼 순 없지.”

분명 명하면 답하겠노라 말했는데 왜. 내 시선에 담긴 의문을 느낀 것인지 그가 말했다.

“말했잖은가. 존중한다고.”

그 말을 받아치기 위해 입을 열었다. 하지만 정작 반론은 나오지 않았다. 그의 존중이 기만이라고 느껴지지 않았기 때문이다.

황태자로 책봉되기 전엔 황후의 아들로, 황손 중 가장 귀히 대접받으며 자랐다. 그 후 황태자가 되어 그야말로 무소불위의 권력을 휘두르며 살아왔다.

그가 누군가를 위해 제 호기심을 참은 적이 있을까? 그가 날 배려한다고는 전혀 생각하지 않지만, 지금 그가 내게 묻지 않는다고 해서 얻을 건 아무것도 없다.

말 그대로 그가 날 존중하고 있다는 걸 가까스로 인정했다.

그건 조금 미묘한 감정이었다. 이럴 거면 그 존중, 처음부터 해줄 것이지! 한번 멱살을 잡고 싶긴 했지만 주먹질할 정도는 아니었다. 기분이 나쁜데, 막 나쁘기만 한 것은 아니고 뭔가, 좀.

“그, 흠…… 서부 지역은 녹화사업, 그러니까 나무를 심기로 결정한 거예요?”

말 돌리려는 것도 있지만 실제로 궁금했다. 일단 내가 발의한 의견이다 보니 조마조마하기도 하고 잘될지 신경 쓰이기도 했다.

“그대의 말대로 나무에 대해 연구해 보았더니 확실히 그 효용이 대단하더군. 회의에서 만장일치로 안건이 통과됐어. 곧 나무를 심을 계획이야.”

“잘됐으면 좋겠네요.”

진심이었다. 긴 가뭄에 당장 종지부를 찍을 수는 없겠지만, 삶을 뺏긴 채 사는 사람들에게 다시 삶을 찾을 수 있다는 희망은 주고 싶었다.

말하고 보니 뭔가 그를 응원하는 것처럼 들려 미간이 모였지만, 딱히 내 의도를 오해하진 않은 것 같았다.

“지역민들의 반발은 꽤 클 것 같지만…… 최대한 잡음 없도록 해야겠지. 일단 나무를 심은 다음 마법으로 숲을 만들면 빨리 효과를 볼 것 같아.”

“비가 아예 안 오는 것은 아니니 점점 괜찮아지겠죠. 그래도 몇 년은 걸릴 거예요.”

얼마나 걸릴지는 나도 모르겠다. 그저 한국에선 오래 걸렸다는 것만 알고 있다. 그래도 마법이 있으니 그것보단 시간이 단축되지 않을까 싶었다.

“가장 좋은 건 그 직후에 비가 많이 내리는 건데…… 그게 마음대로 되는 건 아니니까요.”

“시간이 더 걸리더라도 이전보다 나아질 것은 분명해. 그대에게 감사해.”

아, 됐다니까 자꾸 왜 이러나. 얼굴로 열이 올랐다. 나는 허공으로 시선을 돌렸다. 아, 더워.

그래, 솔직히 인사받는 건 좀 쑥스러우면서도 기분 좋은 일이다. 내 생각이, 내 능력이 옳다고 인정받는 건데 싫어할 사람이 어디 있겠는가.

“곧 에스투스다. 어디 가고 싶은 곳이라도 있나? 보답이라고 하기엔 그대가 싫어할 것 같지만……."

그가 난처하게 웃었다. 참 어렵다고 말하는 것 같은 얼굴이었다. 이렇게 얼굴에 감정을 드러내는 사람이었던가. 그가 긴장을 풀고 있다는 게 느껴졌다. 아마 그 자신도 모를 것이다.

"그대가 가 보고 싶은 곳이라면 어디든 좋아."

안 그래도 어떻게 말을 할까 고민했는데, 이렇게 먼저 물어 주니 다행이었다. 답은 정해져 있다. 라브엘이 말한 여름 별궁 중 하나인 수정궁.

하지만…… 가 보고 싶은 곳이라는 말을 듣는 순간 서부 지역이 떠올랐다.

스스로조차 의문이었다. 얼마 전까지 그곳은 지도상에 존재하는 곳일 뿐, 내겐 별다른 감흥도 없는 곳이었다.

가뭄에 대해 알아보고 공부했던 것도 그저 심심풀이였을 뿐이다. 더불어 그렇게나 한결같은 황태자의 핑계, 내 앞에서까지 말하면 한 방 먹여 주겠다는 심보도 좀 있었고.

그러면서 다른 지역보다 관심을 가지게 되었지만 딱히 직접 가고 싶을 정도는 아니었다. 무엇보다 라브엘이 힌트를 준 수정궁에 가기로 이미 마음을 굳힌 후였다.

그런데 그와 말을 나누다 보니 서부 지역이 내 손을 거쳐 새로 움트게 될 곳이라는 실감이 났다.

전생에는 어떤 흔적도 남기지 않는 희미한 삶을 살았다. 이런 건 처음이었다.

앞으로는 더 많은 흔적을 남기게 될 것이지만, 내 첫 번째 숨결이 닿을 곳을 보고 싶었다.

"서부 지역에 가고 싶어요. 녹화사업도 그렇고 실태가 어떤지 직접 보고 싶어요. 워낙 넓은 지역이니 어디가 좋을지는 전하께서 택해 주세요."

황태자가 눈썹을 꿈틀거렸다. 의외라는 감정이 눈매에 깃들었다. 나 역시 내가 이럴 줄 몰랐으니. 어깨를 으쓱이며 그를 마주 보았다.

나와 눈을 맞춘 그는 내 진심을 읽었는지 되묻지 않았다. 그저 한숨처럼 말할 뿐.

"위험할 텐데……."

"분명 제가 가 보고 싶은 곳이라면……."

"안 된다는 말은 하지 않았다."

그가 말을 자르며 어린아이처럼 불퉁하게 말했다.

"서부 지역에 있는 별궁으로 가는 건 싫어할 테고. 사람들 틈에 섞여 들겠다는 건데…… 대체 어느 레지나가……."

혀를 찰 듯이 말했지만 그의 음성에는 유쾌한 기색이 섞여 있었다. 뭐, 그도 시찰을 나가야 했으니 쓸데없이 휴양으로 시간을 보내는 것보다 이렇게 한꺼번에 처리하는 게 좋긴 하겠지.

그에게 좋은 일을 해 준 거 같아 좀 심술이 생겼다. 나는 절대 여행에 좋은 동반자가 돼 줄 생각이 없다. 그러려면 우선 따라올 사람을 줄이는 게 좋다.

"사람들 틈에 섞이려면 일행은 최소한이 좋을 것 같아요. 행궁 가는 게 아니니까요."

화사하게 웃으며 말하자 황태자가 입 끝을 올렸다. 내 의도가 뭔지 바로 알아챈 듯했다. 호위 문제를 들어 안 된다고 하면 어쩌나 싫었는데 그가 고개를 끄덕였다.

"아예 잠행하듯 준비하도록 하지."

오히려 한술 더 뜬다. 눈을 가늘게 뜨고 그를 쳐다봤지만 알 수 있는 건 없었다.

나는 포기하고 시선을 돌렸다. 커스터드 크림이 잔뜩 올라간 밀푀유 케이크를 작게 잘라 입에 넣었다. 페이스트리는 바삭하고 크림은 촉촉해서 궁합이 잘 맞는다. 맛있다.

처음 그와 식사할 때는 맛도 못 느꼈는데 이젠 나름 여유롭다. 그가 달라져서인지, 내가 달라져서인지는 모르겠지만 뭐든 전보다 내게 나은 상황인 것은 분명했다.

식사를 마치고 인사하려는데, 그가 손을 내밀었다.

의아하게 쳐다봐도 되돌아오는 건 없다. 나는 가만히 그가 내민 손에 손을 얹었다.

그러자 그가 발걸음을 옮겼다. 황태자궁과는 반대 방향, 내 방으로 가는 방향이었다.

설마 데려다주려고?

한쪽 눈썹을 치켜세우며 그를 올려다봤지만 묵묵부답이었다. 장갑을 끼고 있지 않아 맨손이 닿았다. 그 뜨거운 감촉이 언젠가의 도서관을 떠올리게 했다.

겹쳐진 손과 내 허리를 틀어잡던 그. 서로의 숨결이 느껴질 정도로 가까웠던 거리.

거기까지만 떠올렸으면 참 좋은데…… 잠시 이불을 찰 기억까지 생각나는 바람에 손이 움찔거렸다.

"……."

손을 빼려고 한 것은 아닌데 그가 강하게 내 손을 붙잡았다.

그의 손바닥에 박인 굳은살이 확연하게 느껴졌다. 피아니스트의 손처럼 길쭉하니 모양 좋게 뻗어 있지만, 남자의 손이라는 게 실감났다.

창으로 들어오는 바람이 부드럽게 스쳤다. 이제 모퉁이를 돌면 내 방으로 이어지는 회랑이 나온다. 그리고 모퉁이를 돌자 생각지도 못한, 그러나 마주칠 법한 사람과 맞닥뜨렸다.

"아……."

짙은 밤색 머리카락이 바람에 날렸다. 아이린이 놀란 표정으로 우리를 쳐다보았다. 그와 나를 훑던 초록색 눈동자가 서로 맞잡은 손에서 멈췄다. 그녀의 얼굴이 희게 질렸다.

"황태자 전하를 뵙습니다."

인사를 마치고 다시 고개를 든 아이린의 얼굴에선 아까와 같은 충격은 찾아볼 수 없었다. 그녀는 살갑게 웃으며 날 보았다.

"안녕하세요, 공녀."

챈들럼가의 파티에서도 느꼈지만 참 대단한 여자였다. 금세 아무렇지 않은 척하는 것도 그렇고, 내게 다정히 웃는 것도 그렇고.

파티 이후로 처음 보는 것인데 그날의 치욕은 이미 찾아볼 수 없었다.

"함께 식사를 하셨나 봐요."

"그렇습니다."

"레지나라면 의무적으로나마 황태자 전하와 함께 식사를 할 수 있으니까요. 참 영광된 일이죠. 저도 벌써부터 다음 식사가 기대되는군요."

내가 특별해서 그와 식사한 게 아니라는 말이었다.

나는 똑같이 따지는 대신 여유롭게 미소 지었다. 그리고 황태자 쪽으로 고개를 살짝 기울였다. 제법 그럴듯하게 보이도록.

솔직히 말하자면 식사를 하면서도, 하고 나서도 아이린이 질투할 법한 일은 없었다. 서로 애틋한 눈으로 마주 보지도 않았고 밀어를 속삭이지도 않았다. 우리 사이에 로맨스란 있을 수 없다.

사실이 어떠하든 아이린이 두 손을 꽉 틀어쥔 걸 보니 즐거웠다. 나는 눈매를 가늘게 접으며 보란 듯이 입꼬리를 더 끌어올렸다.

아이린의 입술이 아주 살짝, 가늘게 떨렸다. 유심히 살피지 않았다면 보지 못했을 찰나의 흔들림이었다.

다시 입을 열었을 때, 그녀는 밝은 목소리로 현숙하게 이야기했다.

“참, 전하. 저번에 두통이 있다 하셔서 그랑웰 차를 준비했답니다. 아침 이슬을 머금은 찻잎으로 만들어 질이 좋아요. 마침 식사 후니 제 방에서 한잔하시는 게 어떻겠습니까?”

사르르 녹을 듯이 애교 있으면서도 단정한 어조였다. 순식간에 난 병풍이 되고 이곳은 두 연인만 있는 꽃밭이 되어 버렸다.

별로 닭살 돋는 짓을 한 것도 아닌데, 아이린에게서 풍기는 분위기 때문에 벌써부터 몸에 거부 반응이 일었다.

으아아, 난 여기서 나가야겠어!

……안 되잖아? 심지어 이 꼴을 앞으로도 계속 봐야 하잖아?!

내 멘붕과는 전혀 상관없이 꽃밭을 소환해 낸 아이린이 날 쳐다보며 눈을 깜빡였다. 꼭 내 시선을 느끼고 그제야 내 존재를 깨달았다는 듯이.

아무리 둘만의 세계로 갔다고 해도 불과 몇 분 전까지 나랑 이야기를 나눴다. 머리가 에르마만큼 나쁜 게 아니라면 다분히 의도적인 행동이다.

"아, 공녀도 함께하시죠."

아이린의 말은 꼭 질투하는 엑스트라에게 자비를 베푸는 것 같았다. 황태자가 자기 말에 고개를 끄덕일 게 당연하고 자긴 언제든지 그와 함께할 수 있으니, 내게 잠시나마 그와 있을 기회를 주겠다는 어투.

애초에 질투 따위 하지도 않았거늘. 아이린은 참 사람 열 받게 하는 재주를 타고났다.

"난 괜찮아요. 요즘 머리 아플 일도 없어서."

인상을 찌푸리는 대신 나는 교태를 섞어 웃으며 황태자에게 더 가까이 붙어 섰다. 어쨌거나 지금 그의 손을 잡고 있는 건 나였다.

나는 눈매를 휘면서도 눈알에 힘을 준 채 그녀를 내려다봤다. 넌 저번 파티부터 시작해서 머리 아플 일이 많겠지만 난 지금 아주 잘 먹고 잘 살고 있단다.

아이린이 눈치 빠른 게 참 다행이었다. 그녀는 내 뜻을 단박에 알아듣고 웃는 얼굴 그대로 굳었다. 하지만 곧 감정을 갈무리하고 황태자를 다정하게 쳐다봤다.

안 그런 척했지만 조금 긴장했다. 여기서 황태자가 아이린을 따라가면 내 꼴이 정말 우스워진다. 아니, 우스워지는 걸로 끝나면 다행이지.

하지만 황태자와 아이린은 연인 사이니 내 앞에서 하트 빔을 흩뿌리며 사라질 가능성이 다분했다.

날 에스코트하는 중이니 예의가 있다면 방까지는 데려다주고 오붓하게 사라지겠지만, 예의가 있었다면 처음부터 날 냉대하진 않았겠지! 젠장!

가장 좋은 건 황태자가 아이린의 제안을 거절하는 것이나 그것까진 바라지도 않는다. 그냥 바래다주기만 해라. 300원 줄게. 30분 전만 해도 나 존중한다고 했던 거 기억하지? 누난 너 믿는다.

나는 두근두근 조마조마한 심정을 애써 여유로운 웃음으로 감추며 황태자를 쳐다봤다.

그때 아이린이 나긋하게 입을 열었다.

"그러면 전하……."

"함께하고 싶지만 회의가 있어 안 될 것 같군. 아이린, 날 생각해주는 그대의 마음만 받도록 하지."

생각지도 못한 황태자의 거절에 나는 놀라움을 감추지 못했다. 진짜 회의가 있다면야 티타임을 가질 시간이 안 되겠지만…….

아이린이 아무렇지 않게 웃으며 답했다.

"바쁘신 분을 붙잡을 순 없지요. 제 마음을 알아주신 것만으로 황송합니다."

황태자는 고개를 끄덕이고 나를 이끌었다. 나는 아이린을 스치며 그녀가 입술을 깨무는 것을 보았다. 치맛자락을 움켜쥔 손이 부들부들 떨렸다.

고것 참 쌤통이다! 쌤통이긴 한데…….

나는 황태자를 흘낏 올려다보았다. 정말 회의가 있어서 저러는 건지 아님 무심한 건지. 이런 상황에서는 회의가 있더라도 없는 척한 뒤, 둘만 남았을 때 회의 얘길 꺼내는 게 바가지 안 긁히는 법이다.

하긴 그런 건 황태자씩이나 되시는 분이 신경 쓸 일이 아니었다.

원래 부인을 여럿 둘 사람인데 지금부터 이런 일에 간섭하면 앞으로 어쩌겠는가. 또 어느 누가 감히 그에게 바가지를 긁을까.

그러고 보면 샤티가 아이린을 괴롭힐 때도 딱히 황태자가 나선 적은 없던 것 같다.

자기 여친이 괴롭힘을 당하면 좀 나설 만도 한데……. 무심해도 이리 무심할 수 없다. 이런 남자랑 연애하는 아이린이 불쌍…… 하진 않았다. 흥이다!

뭐가 어찌 됐든 내겐 참 좋은 일이었다.

나와 아이린의 시녀는 물론 황태자의 시종, 하물며 레지나궁의 하녀까지 보는 앞이었다. 이런 건 보는 눈이 많을수록, 그리고 그 자의 입이 쌀수록 좋았다.

나는 종달새처럼 지저귀는 우리 하녀들을 믿었다. 귀족들이 가십거리를 좋아하는 거야 당연한 거고.

지금 심정으로는 황태자의 턱을 간질이며 '우쭈쭈, 잘해쪄염!' 하면서 쓰담쓰담 해 주고 싶을 정도였다. 물론 실제로 하면 내가 쓰다듬어지겠지. 칼로.

목숨은 소중했으므로 나는 고이 그 충동을 억눌렀다. 그래도 발걸음이 팔랑팔랑 가벼웠다.

방까지는 금방이었다. 데려다줬으니 들어오라고 해야 하나 망설였지만, 어차피 그에겐 회의가 있다. 나는 방문 앞에서 깔끔하게 뒤돌아섰다.

"데려다주셔서 감사합니다, 전하."

"공녀와 함께할 수 있어 영광이었소."

의례적인 인사가 오간 다음에도 황태자는 발걸음을 옮기지 않았다. 노란 눈동자가 내 얼굴에 박혔다. 그가 가는 것을 배웅하기 위해 멀뚱히 서 있던 나는 어색함을 참지 못하고 무릎을 굽혔다.

“저는 이만 물러가겠습니다. 부디 옥체 보존하시며 정무 보시기를.”

그가 느릿하게 눈을 깜빡였다. 내 시선에 그가 고개를 끄덕이곤 뒤를 돌았다. 나는 멀어져 가는 그의 뒷모습을 잠시 지켜보다가 방 안으로 들어왔다.

“저하, 스테나 영애의 표정을 보셨나요? 얘기 중일 때는 태연하더니 저하께서 지나가니까 완전 굳더라고요. 저흰 뒤에 있다 보니 다 봤는데. 아, 스테나 영애의 그런 표정 첨 봤어요.”

세실리아가 재잘거렸다. 아무리 지금 방 안에 나와 내 시녀들밖에 없다고 하나 누구의 첩자가 있을지 모르는 법이다. 말을 가리라고 해야 하나, 걱정이 들었다.

하지만 어차피 아이린과 나는 황후 자리를 놓고 경쟁하는 사이였다. 이 정도 말이 시녀 사이에 안 나오는 것도 수상했다. 이디스하고만 사이 안 좋은 척하면 된다.

“안 그래도 저번 챈들럼가 파티 때 두 분 사이에 일이 있었다고 말이 돌더라고요.”

에스더가 차분하게 말을 받았다.

“저도 듣고 놀랐어요. 그런…….”

세실리아가 날 슬쩍 보았다. 사실이냐고 묻고 싶어 하는 게 빤히 보였다. 나는 모르는 척 웃었다.

아무리 시녀들이 소란을 떨어도 나만 품위를 지키면 된다. 사실 그럴수록 더 좋았다. 얌전을 떨면서 원하는 대로 주무를 수 있으니까.

"주목을 받는 위치에 있으면 소문이 많이 돌기 마련이야. 어떤 말이 어떻게 도는지는 모르겠지만…… 스테나 영애가 표정이 안 좋았다니 미안한걸. 앞에서는 이해심 많게 대답해서 그럴 줄 생각도 못했는데."

"그러게요. 저도 스테나 영애가 그럴 줄은 몰랐는데……."

세실리아가 말끝을 흐렸다. 의문이 남은 상태에서 상황을 끝내야 한다. 라브엘에게 눈짓하니 그녀가 상황을 정리했다.

"저하 앞에서 그런 소문 이야기를 하다니, 심려만 끼치지 않았습니까."

"죄송합니다."

부드럽게 에스더와 세실리아를 꾸짖은 라브엘이 날 쳐다보며 고개를 숙였다.

"별일 아니니 저하께서는 신경 쓰지 마십시오."

나는 고개를 끄덕였다. 챈들럼가 파티 이후로 패악을 벗어 던지고 시녀들한테 유하게 구는 중이었다. 한순간에 사람이 변하면 그것도 이상하니 조금씩 짜증을 줄였다.

그랬더니 이제 내가 많이 편해졌는지, 아니면 날 가깝게 느끼는 것인지 시녀들이 긴장을 놓는 게 느껴졌다. 의도한 것이었기에 흡족했다. 역시 잘하다가 못해 주는 것보다 못하다가 잘해 주는 게 최고다.

나는 일부러 하품을 했다.

"온몸이 찌뿌둥한 게 목욕을 해야겠어. 탕에 오래 있고 싶으니 그동안 좀 쉬고 있도록 해."

쉬는 동안 시녀들은 서로 해결 못한 의문을 풀려고 할 것이다. 굳이 내가 아니어도 그날 파티에 참석한 사람이 있으니 이디스가 알아서 잘 말해 주겠지.

"목욕 준비를 서두르겠습니다."

라브엘이 고개를 숙이고, 시녀들이 종종걸음으로 욕실로 들어갔다. 나는 그들을 따라 욕실로 향하려는 라브엘의 소매를 잡고는 소리를 낮춰 물었다.

"수정궁이 특별한 이유가 있나요?"

"대대로 황후의 재산으로 내려오는 곳입니다. 태후가 황후에게 하사하죠. 황후가 직접 관리하는 곳이기에 의미가 크지요."

차기 황후에게 내릴 별궁을 미리 선보여 줬다는 식으로 이야기가 돌 수 있다. 나는 입술을 깨물었다.

"스테나는 무슨 수를 써서라도 수정궁으로 가려 하겠군요."

황태자의 연인인 만큼 어려운 일은 아닐 것이다.

라브엘의 눈은 대체 왜 그 기회를 날려 먹었냐고 묻고 있었다. 책망하는 시선에 눈을 돌렸다. 솔직히 알면서도 그랬으니 뭐라 할 말이 없다.

"황태자 전하와 저하 간에 무슨 일이 있었던 것 같으니…… 두 분 사이에 감히 제가 끼어들 건 아니나 귀족들에겐 그렇지 않을 것입니다."

"카일론과 스테나입니다. 행궁 가지고 감히 누가……."

"그렇기에, 문제입니다."

그렇기에 문제라고?

내가 의아하게 눈을 깜빡이자 라브엘이 부언하기 위해 입을 열었다. 하지만 그것은 욕실 쪽에서 들려오는 목소리에 끊겼다.

"저하, 향유는 어떤 걸로 하시겠습니까."

문 앞에서 에스더가 물었다.

"……달콤하지 않은 걸로. 시원하고 맑은 향. 정신 좀 차리게."

"카망뜨 향유가 좋겠습니다."

라브엘의 제안에 고개를 끄덕였다. 이야기를 더 나누긴 애매하다. 라브엘이 에스더와 함께 욕실로 들어갔다.

절로 한숨이 나왔다. 내 결정에 후회하지는 않는다.

이곳에 와서 처음으로 하고 싶은 일이면서 바로 할 수 있는 일이었다. 그것마저 못하면 나는 바짝 말라 버릴지도 모른다.

수정궁이 특별한 이유를 몰랐을 때도 내가 서부 지역으로 가는 것에 대해 말이 돌 수 있다고 생각했다.

휴양이 아니라 시찰이라는 느낌이 강하니, 황태자가 나와 시간을 보내는 게 아까워서 겸사겸사 시찰을 하는 것이라는 소문이 생길 법했다. 안 생기더라도 아이린이 만들어 낼 것이다.

저번 챈들럼가 파티 이후로 나와 황태자의 불화설은 잠잠해졌겠지만, 그래도 아이린과 황태자가 연인 사이라는 것은 변함없다.

아이린이 수정궁으로 피서를 간다면 더더욱 저 소문이 날개를 달 것이다. 하지만 뒤집을 수 있다고 생각했다. 고작해야 피서다. 황태자와의 친목을 위해 마련된 휴양이었다. 중요한 것은 그 이후다.

에스투스가 끝나면 곧 라하딘이 시작된다. 제국의 황후로서 군림할 만한지 레지나의 자질을 시험하는 기간. 즉, 본 게임의 시작이었다.

그러니 행궁을 가든 시찰을 가든 별 상관없으리라 여겼다.

그런데.

'그렇기에, 문제입니다.'

라브엘의 말이 머릿속에서 반복되었다. 그건 대체 무슨 뜻이지.

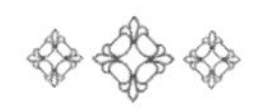

아이린과 황태자가 수정궁으로 피서를 갈 거라는 소문이 파다했다. 기세등등하던 시녀들의 얼굴이 의기소침해졌다. 물론 여느 때와 같은 사람들도 있지만.

예상했던 일이기에 나는 크게 신경 쓰지 않았다. 그보다 더 큰 문제는 라브엘에게 휴가를 줘야 한다는 거다.

시녀를 통솔하는 위치인 데다가 나 역시 적잖이 그녀에게 의지하고 있는 터라 빈자리가 클 것이 분명했다. 하지만 다른 이유도 아니고 손자를 봤다는데 휴가를 주지 않을 수도 없었다.

시녀들 중 가장 열심히 일했기 때문에 응당 더 챙겨 줘야 하는데, 그 때문에 휴가를 주기 싫다니. 내 이기심에 질려 웃음이 나왔다.

어쨌든 축하할 일은 분명했고, 보내야 하는 것도 확실했다. 나는 아쉬운 마음을 털어 내고 순수하게 기뻐해 주기로 했다.

"피오겔 경을 닮아 아주 똑 부러진 남자아이라고 들었어요."

"과찬이십니다, 저하."

기쁜 기색을 숨기지 못하고 눈을 내리까는 라브엘의 얼굴은 아무리 봐도 손자를 둔 할머니로는 보이지 않았다. 나이도 40대로 손자를 보기엔 젊은 나이였다.

이곳에서 조혼은 흔한 편이 아니었다. 정말 빠른 경우 10대 후반인 걸 고려하면, 라브엘은 결혼을 빨리한 편이었다.

"그래서 준비했어요. 힐라시드한테 잘 어울렸으면 좋겠어요."

나는 아이가 클 때까지 건강을 빌어 주는 행운석이 박힌 목걸이를 내밀었다.

남자아이라 화려하지 않은 것으로 골랐지만, 붉은 행운석 주변을 가지처럼 얽은 백금 장식은 한눈에 봐도 손이 많이 간 작품이었다.

무엇보다 중앙에 자리한 보석은 행운석 중에서도 가장 귀하고 구하기 힘들다는 용의 피였다.

영롱한 붉은빛을 보자마자 라브엘이 탄성을 질렀다.

"저하, 이건……."

"신룡의 둥지 아카락트리아에서 채굴한 행운석입니다. 항상 라브엘에게 감사한 걸 어찌 보답할지 고민했는데, 부족할지 모르겠네요."

"부족하다니요. 과분합니다."

고개 숙이는 그녀에게 생긋 웃었다.

"영지까지 내려가려면 먼 길이 되겠군요. 여긴 걱정하지 말고 여독이 풀리고 난 다음 돌아오세요."

"감사합니다, 저하."

이제 떠나면 한동안 보지 못한다. 나는 그전에 그녀가 남긴 의문을 풀기 위해 입을 열었다.

"그런데 라브엘……."

똑똑, 내 말을 끊는 노크 소리가 들렸다. 들어오라 답하니 이디스가 문을 열었다.

"저하, 5황자 전하께서 오셨습니다."

케일라덴이?

예상치 못한 방문에 나와 라브엘은 이디스를 쳐다봤다. 그녀 역시 의아한 표정이었다. 나는 일단 알았다고 고개를 끄덕였다.

"그럼 라브엘, 이만 가 보도록 해."

"네, 저하. 다녀오겠습니다."

이미 떠날 준비를 마친 사람에게 케일라덴과 대화가 끝날 때까지 무작정 기다려 달라고 할 순 없었다.

라브엘이 떠나기 전, 하사품을 내린다는 명목으로 일부러 내실에 단둘이 있을 자리를 마련했는데 헛수고가 되었다. 이럴 줄 알았으면 아까 물어보는 건데…… 어차피 독대할 기회가 있을 테니 그때 물어보자고 생각한 게 이렇게 될 줄이야.

나는 아쉬운 마음을 접고 응접실로 나갔다.

"케일라덴 전하를 뵙습니다."

"연락도 없이 방문해서 미안합니다, 공녀."

웃는 낯으로 고개를 저었지만 조금 짜증이 났다. 케일라덴이 부러 타이밍을 맞춘 건 아니겠지만 그의 방문 때문에 계획이 틀어졌다.

시녀들이 차와 다과를 내놓을 때까지 케일라덴은 말이 없었다.

나는 따뜻한 김이 올라오는 차를 머금으며 천천히 그가 입을 열길 기다리다가, 듣는 귀가 있어 말이 없나 싶어 시녀들을 죄 물렸다. 그러고서도 한참 동안 그는 말이 없었다.

솔직한 심정으로는 나도 묻고 싶은 게 많았다. 그날 왜 아이린의 말에 부정도 안 하고 가만히 듣고만 있었는지. 황태자가 나서지 않았으면 우리 둘 다 곤경에 처했을 거라는 건 알고 있는지.

그 후로 많은 생각을 해 보았지만 다 어딘가 빈약했다. 아이린의 말처럼 정말 나와 손을 잡고 황태자위 찬탈을 꿈꿨다면 그 자리에서 단박에 부정했을 것이다.

사냥하기 전에는 먼저 자세를 낮춰야 하는 법이다. 능청스레 부정할 재간도 안 되는 자가 반정을 일으킬 거라곤 생각하기 힘들었다.

아이린과 손을 잡고 날 몰아내는 것이라고 보기엔 그에게 그럴 이유가 전혀 없다. 아이린과 한 배를 타려면 얻을 것이 있어야 하는데, 그는 이미 모든 것을 갖추고 있었다.

황자로 태어나 부족함 없는 위치에 있고 형제들 중에서도 탁월했다. 기사로서도 명망이 높아 많은 이들의 선망을 받았다. 아이린이 그에게 줄 수 있는 건 없다.

그에 반해 그가 아이린을 도와줌으로써 잃을 건 많았다. 나와 추문으로 엮이면 그 역시 함께 추락할 테니까.

또 하나 생각했던 것은 황태자가 날 몰아내기 위해 그에게 부탁했다는 가설이었다. 하지만 그렇다면 애초에 황태자가 날 도와주지 않았을 거다.

아무리 머리를 굴려도 이렇다 할 답이 나오지 않았다. 나는 그에게 묻고 싶은 것을 애써 참았다.

어느새 차 한 잔을 다 마셨다. 나는 티포트를 들어 차를 따랐다. 쪼르륵, 맑은 소리가 침묵을 밀어낸다.

그가 입을 연 것은 바로 그때였다.

"그날 공녀를 난처하게 만들었습니다."

거두절미하고 바로 본론으로 들어갔다. 그것은 내가 원하던 주제이기도 했다.

나는 아니라며 입바른 말을 하진 못했다. 최대한 예의에 어긋나지 않게 미소를 지으며 그에게 묻는 게 할 수 있는 최선이었다.

“어찌 그러셨는지 여쭈어 봐도 될는지요.”

“그건…… 미안합니다.”

나는 그를 빤히 쳐다봤다. 상대가 아무리 황자라도 내게 그 이유를 물을 권리는 있다고 생각한다.

그날 그의 침묵에 피해를 입을 뻔했다. 황태자 때처럼 화가 난 것은 아니지만 어이가 없었다.

여기 남자들은 잘못한 거에 변명도 안 하는 게 미덕이야? 어? 당사자가 변명이라도 요구하는데!

내 시선에 그가 고개를 돌렸다. 반듯한 콧날과 턱 선이 드러났다. 귀가 조금 붉다.

시선을 피하는 모습을 보고 아차 했다. 내가 무례했던 건지도 모른다. 불손한 눈을 숨기지 않았으니.

나는 자책하며 시선을 내리깔았다. 최근 황태자와 자주 있다 보니 나도 모르게 불손한 시선이 패시브로 장착됐다.

그러고 보면 참 아이러니했다. 내가 만나 본 사람 중 가장 신분이 높은 자에게 가장 서슴없이 굴고 있었다. 여타 귀족처럼 속내를 감추며 탐색하던 처음과 달리, 지금은 돌직구를 거침없이 날리고 있다.

케일라덴이 고개를 바로 하고 날 쳐다봤다. 옅은 한숨과 함께 변명이 나왔다.

"조금, 당황했습니다."

토막 난 말이었다.

저는 무엇이 어떻게 되어 왜 때문에 당황했는지가 궁금한 건데요.

나는 최대한 불손한 마음을 감추며 케일라덴을 바라보았다. 단단하고 무뚝뚝한 입매. 나는 그가 더 이상 아무런 변명도 꺼내지 않을 것임을 직감했다.

"앞으로 그런 일은 절대 없을 것입니다. 약속합니다."

마주친 검은 눈동자가 푸르게 침잠한다. 그의 눈동자는 심해처럼 깊고 짙은 빛을 띠고 있었다.

그 깊은 바다에서는 아무것도 보이지 않아 무엇도 찾아낼 수 없었다. 다만 그가 진심이라는 것만은 알 수 있었다.

그럼 되었다. 지나간 일이고 반복되지만 않으면 된다.

그 일로 황태자가 나선 덕에 불화설이 종식되었으니 결과적으로도 이득이었다. 그래서 유한 마음이 들었다.

좋은 게 좋은 거지. 어쨌든 케일라덴이 아이린의 우방일 확률은 거의 없는 거나 마찬가지였다.

이 무뚝뚝한 남자의 속셈이 무엇일지 의심하는 것은 예전이나 지금이나 다름없다. 어쨌든 그는 이 궁에서 내게 처음으로 손을 내민 사람이었다.

"전하의 약속을 믿습니다."

"용서하는 겁니까?"

여전히 무뚝뚝한 얼굴엔 표정이 거의 없지만 왠지 안도한 기색이 느껴졌다. 이전에는 귀가 추욱 늘어져 있었다면 지금은 바짝 선 느낌.

실없는 상상에 속으로 웃었다. 표정 변화가 없는 얼굴에 귀가 쫑긋쫑긋거릴 것을 생각하니까 재밌었다.

"제가 감히 황자 전하를 용서할 주제나 되겠습니까."

아직 남아 있는 앙금 반 장난 반으로 새침을 떨었다.

"당연히."

단호한 대답에 놀라 그를 바라보았다. 무뚝뚝한 얼굴이 내게 대답을 종용하고 있었다. 아니, 호소한다는 게 옳으리라.

"저 역시 당연히."

비로소 그가 미소를 지었다. 날카롭던 눈매가 한층 부드러워진다. 그걸로 끝이었지만 마음에서 우러나왔다는 것을 알 수 있었다.

"그렇다면 됐습니다."

그가 일어섰다. 나 역시 마주 일어서면서도 얼떨떨했다.

와서 딱 저번 파티 일만 말하고 해결되자마자 바로 일어서다니. 볼일만 보고 가는 것은 귀족 사교계와 영 맞지 않았다.

아니, 일반 사람들도 그러지 않아? 이게 카톡이나 전화 통화도 아니고! 아니, 통화할 때도 보통 잘 지내냐 어떠냐 하다가 용건 말하고 마무리하고 끊는데.

"그럼 다음에 또."

"살펴 가세요, 전하."

그를 배웅하면서도 진짜 가나 싶었는데, 정말로 갔다. 그의 뒷모습이 점점 작아지더니 모퉁이를 돌아 더 이상 보이지 않는다.

딱히 아쉬운 건 아니지만.

나는 빈 복도를 바라보다가 방으로 들어왔다. 어쩐지 그 뒷모습을 보니 이제야 그를 알 거 같았다.

언제나 본론만. 정중하면서도 간단하고 직설적인 말. 무뚝뚝한 표정과 진지한 얼굴. 그야말로 천생 기사와 어울리는 자였다.

대장장이가 불꽃으로 검을 제련하듯, 자기 자신을 검으로 연마한 사람. 오직 목표만을 정확히 꿰뚫는 검처럼 돌아갈 줄 모른다. 사교계나 정치 알력을 모르고 요령도 없다.

'……정말 이게 사실이라면 참 좋을 텐데.'

확신은 할 수 없다. 모든 것은 그저 느낌이었다.

나는 내 느낌이 진실이길 바라는 것으로 끝내기로 했다. 무조건 의심하는 것은 안 좋은 일이지만 이곳에서 나는 모든 상황에 최악을 가정하는 게 좋다는 것을 배웠다.

확실한 건, 케일라덴이 제대로 된 대답을 피했다는 것. 나는 그 사실을 꼼꼼하게 뇌에 새겼다.

문을 닫고 소파로 다가가는데 곁방에서 목소리가 들렸다. 조곤조곤한 대화가 아니라 신경질이 섞인 날카로운 소리였다.

아무래도 시녀들의 다툼 같았다. 케일라덴과 내가 같이 방을 나서는 걸 보고 아무도 없다고 생각한 모양이다.

벌써부터 라브엘의 빈자리가 사무쳤다. 부시녀장인 유모가 잘해줘야 하는데…….

나는 발소리를 죽이고 곁방 문 가까이 붙어 섰다.

"……하니 매우 불쾌합니다!"

세실리아?

앙칼진 목소리는 분명 세실리아였다. 가끔 당찬 면모를 보이긴 하지만 기본적으로 숫기 없는 모습을 보였기에 굉장히 의외였다.

대체 무슨 일이기에 그녀가 큰 소리를 내는 거지?

"엘시터 영애가 불쾌한 것은 이해합니다."

유모의 목소리가 이어서 들렸다. 중재하는 것인가 싶어서 귀를 바짝 붙였다. 유모가 잘해 줘야지 앞으로 편할 것이다.

유모, 힘내!

유모의 목소리가 이어졌다.

"하지만 저는 얼마 전 서작……."

"그래요. 말씀하셨듯이 고작 얼마 전에 서작을 받으셨지요. 하지만 저는 평생을 귀족으로 살아왔습니다."

……듣자 하니 유모가 중재하는 게 아니라 세실리아와 싸우는 것 같다.

텃세가 있을 거라곤 예상했지만 이렇게 가시적으로 드러날 줄은 몰랐다. 처음 유모가 왔을 때 유독 예민하던 세실리아의 반응이 떠올랐다.

쟨 그때 나한테 잘 보이면 콩고물 떨어질 거라고 힌트까지 줬는데 왜 엄한 데다 화풀이하고 있지. 차라리 유모한테 잘 보여서 내 귀에 좋은 소리라도 들어가게 하지.

사람 마음이란 게 그리 간단한 건 아니긴 하다. 세실리아가 화를 내는 근원은 아마 열등감일 텐데, 그게 그렇게 단순한 감정도 아니고.

나는 일단 지켜보기로 했다.

"영애께서 평생 귀족으로 사셨다는 건 저도 잘 알고 있습니다. 그렇기에 대우를 해 드리는 겁니다."

"하! 대우라고요? 이게? 모양뿐인 귀족으로 살았다고 절 비웃는다는 걸 잘 알겠네요."

아이고…… 세실리아, 이 아가씨야.

흥분해서 자신의 치부를 다 드러내는 그녀에게 동정 반, 조롱 반인 심정으로 이마를 짚었다.

가세가 기울고 몰락 일로를 걷는 것과 별개로 그녀 스스로가 제 얼굴에 먹칠을 하고 있었다. 어디로 보나 귀족 아가씨와는 거리가 먼 행태였다.

"하지만 똑똑히 알아 두세요. 저는 평민 따위와 쉬이 말 섞을 신분이 아닙니다."

나는 한숨을 쉬었다. 세실리아는 선을 넘었다. 유모를 만만하게 본 거 같은데, 유모가 평소 온화해서 그렇지 성격이 보통이 아니다. 그 샤티의 패악을 다 견딘 사람이다.

심지어 샤티조차 유모한테는 함부로 하지 못했다. 유모에 대한 애정도 한몫했지만, 그것만일 리가.

"영애께서도 똑똑히 아셔야겠습니다."

"무슨……!"

"나는 평민이 아닙니다. 카일론 공작 각하께 정식 서임을 받은 남작 부인입니다."

"얼마나 됐다고 그리 유세인가요?"

"얼마나 됐는지는 상관없습니다. 몇백 년이든 하루든 내가 귀족인 것은 변함없지요. 나를 평민이라 칭하는 것은 카일론 공작 각하의 권한을 무시하는 처사입니다. 영애는 지금 카일론 공작 각하께서 손수 내리신 작위를 부정하는 것인가요?"

"그, 그건……!"

세실리아는 말을 잇지 못했다. 당연하다. 그렇다고 하는 순간 카일론을 적으로 돌리는 것이니까.

지금 그녀의 행동은 카일론의 입장에서 충분히 모욕적이라고 받아들일 만했다. 그뿐만이 아니다. 이곳에서 귀족들은 유모를 친어미보다 더 가깝게 여긴다.

샤티야 유독 화목한 가정에서 자라 엄마 아빠를 제일 좋아하지만, 그렇다고 유모를 특별하게 여기지 않는 것은 아니었다. 물론 내게도 유모는 소중했다.

내가 난입해서 세실리아를 꾸짖고 그게 널리 퍼지더라도 날 나무랄 사람은 없다.

“나는 남작 부인이며 동시에 이곳의 부시녀장입니다. 영애는 어떤가요?”

“……자작 영애이며 시녀입니다.”

주제를 알라는 단호한 말. 변한 현실을 받아들이지 못하는 그녀에게 가하는 일침이었다.

“분명히 하죠. 지금처럼 서로 난처한 일 없도록.”

“……죄송합니다, 부인.”

목소리엔 아직 갈무리하지 못한 치욕스러움이 남아 있었다. 그녀가 이해되는 한편, 갑갑했다.

엘시터는 이제 다 스러져 옛 명예만 남은 집안이었다. 자기보다 아래라고 생각했던 이가 치고 올라오는 것에 숨이 턱턱 막히는 것은 알겠지만, 그렇다고 상대의 목을 조르는 것은 어리석은 짓이다. 그 상대는 이미 저보다 훨씬 강해졌으니까.

현명한 사람이라면 적대시하기보단 상대가 잡은 동아줄을 저도 잡으려 할 것이다. 자존심 따위 세워 봤자 그게 가문을 다시 일으켜 세워 주진 않는다. 어떻게 잘 이용해 먹을까 고민해야지.

한숨을 쉬고 문에서 멀어졌다.

내 시녀가 된 것으로 회생 기회는 이미 주어졌다. 나는 아예 훌륭한 성공 사례를 그녀의 눈앞에 들이밀어 줬다.

꽤 괜찮은 윈윈win-win 관계가 될 거라고 생각했는데……. 하지만 아무리 서로에게 득이 되는 관계라고 해도 그녀가 택하지 않으면 소용없다. 더불어 이리 어리석게 구는 것을 보면 과연 우수한 장기짝으로 쓸 수 있을지 점점 회의감이 들었다.

이렇게 된 거 유모에게 왕창 깨지고 현실을 돌아보면 좋겠는데. 어떻게 될지는 조금 더 지켜봐야겠지.

그것보다 더 신경 쓰이는 것은 일전에 라브엘이 한 말이었다. 대체 뭐가 문제란 말인가. 내가 카일론이고 아이린이 스테나라는 건 절대적으로 내게 유리한 상황이었다.

여기에서 변수는 황태자의 총애라고 생각했는데, 왜 귀족들 사이에서 가문이 문제가 되는 거지? 고민을 해 봤으나 알 수 없었다.

그사이 시녀들이 나와 나를 보고 놀랐다.

"아가씨, 오셨으면 부르시지 그러셨어요."

"좀 생각할 게 있어서."

"5황자 전하는 가셨나요?"

고개를 끄덕이니 유모가 작은 봉투 하나를 건넸다.

"이건……?"

"황태자 전하의 시종이 전해 주고 갔습니다."

그녀의 말대로 봉투에는 황태자의 인장이 찍혀 있었다. 무슨 일이지? 내 손짓에 에스더가 레터 나이프를 가져왔다. 나는 봉투를

뜯으면서도 고개를 갸웃했다.

그가 내게 편지를 보낼 일은 없는데. 식사 일정 취소라면 그냥 시종이 구두로 전하고 가면 되는 일이고. 게다가 다음 주면 벌써 에스투스의 시작이었다. 피서를 가니 정해진 식사 일정도 없었다.

아, 혹시 가뭄에 대한 건가?

내가 제안했고 그 후로도 계속 관심을 보였으니 그가 연락할 일이라면 그 일일 가능성이 컸다. 이렇게 신경 써 줄 줄은 몰랐는데.

나는 서둘러 편지 봉투를 열었다.

알싸하면서 어딘지 시원한 향이 종이 끝에서 감돌았다. 그와 가까이 설 때면 항상 맡던 향이었다.

차가운 종이에서 날 붙들던 그의 열기가 느껴지는 듯했다. 나는 그 느낌을 털어 내듯 편지지를 펼쳤다. 그 움직임에 향이 옅게 퍼졌다. 유려한 필체가 단번에 눈길을 사로잡았다.

『카일론 공녀,

오늘은 바람이 상쾌하오.

서부 지역에는 이제 녹화사업이 시작됐소. 세베리다부터 시범적으로 진행할 예정이오.

그대가 원하는 것을 보기 위해선 조금 더 시일이 걸릴 거 같소. 하여 그대보다 먼저 스테나 영애와 행궁을 떠나려 하오.

그대와는 고단한 여행이 될 것 같으니 단단히 준비하길.

—레오프리드 에피라 페레칼로닌—』

다시 편지지를 접고 고개를 드니 시녀들이 한껏 기대에 찬 눈으로 날 바라보고 있었다. 그녀들이 기대하는 게 뭐든 실망만 안겨 줄 텐데.

이건 연서 같은 게 아니었다. 진짜 연서였어도 문제였을 거고.

"전하께서 뭐라 하십니까."

결국 참다못한 유모가 입을 열었다. 특별한 내용도 없고 어차피 다 알게 될 것이니 말하지 않을 이유도 없다.

"에스투스에 가는 피서 일정을 잡았다고."

"누구와 먼저 가신다고 합니까."

"당연히 저하 아니겠습니까. 보통 이 일은 궁내인이 전하기 마련입니다. 직접 친서를 쓰신 것을 보면 공녀 저하와 먼저 가는 것이 당연하지요. 특별히 생각하신다는 증거 아니겠습니까."

흥분해서 재잘거리는 시녀들을 보고 옅은 한숨을 쉬었다. 이 여자들은 아이린이랑 황태자가 어떤 사이인지 까먹었나 보다.

행복한 상상을 하고 있기에 그걸 깨부수는 게 참 미안했지만, 매도 먼저 맞는 게 나은 법. 나는 차가운 현실을 알려 주기로 했다.

"스테나 영애랑 먼저 간대. 그 후에 나랑 갈 거라고."

"네?"

"그럴 거면 왜 친서까지 보내시면서……."

그러게. 왜 친서까지 보내면서 내게 그 이유를 설명했을까.

나와 먼저 행궁을 갈 거라고는 생각도 안 했고, 설사 그러길 기대했어도 전달된 일정에 고개를 끄덕였을 텐데. 왜 굳이 구구절절.

나는 그냥 입을 다물고 의문을 삼켰다.

황태자가 왜 아이린과 먼저 행궁을 가는지 이유를 말해 봤자 내게 아무런 도움도 되지 않는다.

소문이라도 나면 시찰이라는 데 무게만 더해 줄 뿐이다. 아무도 내가 먼저 서부 지역에 가고 싶다고 했을 거라곤 생각도 안 하니.

설사 식사 자리에 있던 시녀와 시종이 내가 먼저 제안했던 거라고 말해도, 몇 다리를 건너는 순간 헛소문으로 치부될 것이다.

'오늘은 바람이 상쾌하오.'

나는 창밖을 보았다. 햇빛이 찬란하다. 마법으로 정화된 방 안 공기는 날씨가 좋든 나쁘든 항상 청량했다. 창으로 다가가 문을 열었다. 시원한 바람과 함께 싱그러운 풀 내음이 가슴에 들어찼다.

새가 지저귀는 소리와 찌르르, 풀벌레가 우는 소리와 부드러운 꽃향기. 순식간에 쨍한 여름의 생명력이 방 안으로 몰려왔다.

정말로, 바람이 상쾌했다.

산책을 나간 것은 당연한 수순이었다. 짙푸른 나뭇잎이 바닥에 얼기설기 그늘을 만들어 냈다. 무더위가 목전인데도 시원했다.

나는 햇빛과 그늘의 경계를 사뿐사뿐 넘나들었다. 여름 꽃이 바람에 흔들릴 때마다 향내가 코끝을 간질였다.

기분 좋은 나들이였다. 정원 안쪽에 마련된 테이블을 보기 전까지는.

"안녕하세요, 공녀."

나를 발견한 아이린이 고개를 숙였다. 나는 가만히 서 있다가 그녀 곁으로 다가갔다.

"산책을 나오셨나 봐요."

"네. 전하께서 오늘 날이 좋다고 하셔서요."

일부러 황태자를 껴서 말했다. 편지의 인사치레였을 뿐이지만 틀린 말은 아니니까. 그가 인사치레라도 한 게 좀 의외이긴 했다.

생긋 웃자 아이린이 마주 미소 짓는다. 그러나 난 그녀의 눈가가 잘게 경련한 것을 놓치지 않았다.

"저도 날이 좋아 야외에서 차를 마시고 있답니다. 같이하시겠어요?"

어떻게 할까. 나는 잠시 고민하다가 고개를 끄덕이고 자리에 앉았다.

행궁 일로 아이린은 지금 기분이 좋을 것이다. 챈들럼가 파티와 저번에 마주친 일로 구겨졌던 자존심을 이 일로 회복했겠지. 내게 한 방 먹인 거라고 생각할 거다.

아이린이 기분 좋을 것을 생각하니 절로 배알이 뒤틀렸다. 달리 악녀겠는가. 나는 그녀의 행복을 마음껏 깨부수기로 했다.

하녀가 새로운 찻잔과 다과를 가져오는 동안 아이린이 웃으며 운을 띄웠다.

"다음 주가 벌써 에스투스라는 게 믿기지 않네요. 수정궁으로 떠날 날이 얼마 안 남아 설레면서도 걱정이 많답니다."

본인이 나보다 먼저 황태자와 피서를 간다는 것과 수정궁으로 간다는 것을 한껏 강조한 말이었다.

나는 고개를 끄덕이면서 미소를 지었다.

내가 서부 지역으로 가길 원했다는 것과 황태자가 구구절절 아이린과 먼저 가는 이유를 설명해 줬다는 걸 알면 어떤 표정이 될지 궁금했다.

거기다 그녀의 착각과 달리 황태자의 총애로 피서 순서가 정해진 게 아니라는 것까지 더해지면 꽤 볼 만한 그림이 나올 거다.

모든 전말을 아는 사람으로서 그녀의 공격이 귀엽게만 느껴졌다.

"수정궁의 아름다움은 여름 별궁 중에서도 유명하죠."

"네. 그래서 무척 기대된답니다."

녹색 눈을 깜빡이며 조신하게 미소 짓는 그녀를 향해 한쪽 입꼬리를 올렸다. 지금 여기선 저번 파티처럼 내숭을 떨 필요가 없다. 보는 눈은 하녀들과 시녀들뿐.

하녀들이야 워낙 손바닥 뒤집듯 태도를 바꿨고, 시녀들은 모시는 주인에 따라 말을 바꿨다. 내가 패악을 안 부려도 아이린의 시녀들은 나서서 내 욕을 흘릴 자들이었다.

"그러시겠죠. 스테나가에는 여름 별궁이 따로 없으니까요. 여름 나들이가 처음이시니 기대하실 만도 해요. 아, 별장은 있으셨지요?"

실례. 그런 건 우리 집 멍멍이가 여름 나는 용이라서 사람이 묵을 줄은 몰랐네.

내가 생각해도 퍽 재수 없는 표정을 띄웠다.

찻잔을 쥔 아이린의 손이 떨리는 것을 흥미롭게 바라보며 나는 웃음을 더 진하게 만들었다. 내 눈길에 아이린이 찻잔을 내려놓고 선하게 웃었다.

"후후, 그래도 이번에 가는 곳이 수정궁이니 그간의 보상을 받는 기분이랍니다."

수정궁. 내가 거길 못 가는 거라면 참 열 받았을 텐데. 안 가는 거라 하나도 타격이 없다.

초록색 눈동자에 담긴 조소가 가소로웠다.

네 남친이 황태자면서 사랑밖에 모르는 얼간이…… 아니, 로맨티시스트라고 생각했는데, 꼭 그런 것만은 아닌 것 같더라. 너 어떻게 하니?

“그래요. 영애에겐 특별한 보상이겠죠.”

나는 차를 한 모금 마시며 오만하게 미소 지었다.

“원한다면 질리도록 갈 수 있는 곳이라 내게는 별 의미가 없지만.”

아이린의 표정이 순식간에 굳었다.

질리도록 갈 수 있다는 것에는 여러 의미가 함축되어 있다.

수정궁에 가려면 황태자와 함께 가거나 소유주인 황후의 허락을 맡아야 한다. 어느 경우나 원하는 때 마음대로 갈 수 없다. 황태자의 총애를 받더라도 그의 일정을 고려해야 하니까.

아이린의 얼굴에 경악과 의심이 떠올랐다. 나는 그녀에게 쐐기를 박았다.

“어차피 제 것이 될 곳이니 궁금하긴 하네요. 다녀오시고 어떤지 말씀해 주세요.”

원래라면 이쯤에서 나더러 오만하다고 외치는 아이린의 추종자가 있고 아이린은 난처한 듯 말리며 날 감싸는 성녀다운 면모를 보여야 한다. 하지만 지금 그녀와 나의 대화에 끼어들 사람은 없다.

나는 당당한 미소를 지은 채 그녀를 똑바로 응시했다. 내 호언이 치기 어린 허풍으로 들리지 않게끔.

내가 변한 것을 누구보다 뼈저리게 실감한 사람이 아이린이니 진심이라는 것을 알 것이다.

호인처럼 웃기만 하며 내 말에 얻어맞아도 좋고, 위협을 느끼고 본색을 드러내면 더 좋다. 내가 패악을 부리는 것에 놀랄 사람은 없지만 아이린은 다르다.

"하하, 공녀께서는 본인의 미래를 확신하시나 봅니다. 제국을 품고, 더 나은 미래를 잉태할 황후가 될 것이라고요."

상냥한 음색과 달리 아이린의 눈동자는 겨우 네까짓 게 그럴 자격이나 된다고 생각하느냐, 묻고 있었다.

황후의 자격이나 자질? 그런 것은 당연히 없다. 나는 나 살기도 벅찬 사람이다. 남들 생각하고 챙겨 줄 여유는 없다.

먼 훗날 여유를 찾고 남을 돌아볼 수 있는 날이 오더라도, 내가 나라를 통치할 주제가 못 되는 건 잘 알고 있다.

나는 순전히 내 이기심으로 황후가 되려는 것이다. 하지만 그건 아이린 역시 마찬가지 아니던가?

그녀에게도 어떤 나라를 만들겠다는 비전은 없다. 내가 그녀보다 나은 것은 없다. 하지만 못한 것도 없다.

그렇기에 나는 서슴없이 고개를 끄덕일 수 있었다. 다른 누구도 아닌 아이린의 물음이라면 나는 떳떳하다. 물론 진짜 생각을 입 밖으로 내진 않았다. 이건 어디까지나 아이린을 비꼬기 위한 거니까.

"음, 그야…… 나는 샤르티아나 알티제 카일론인걸. 뭐가 더 필요해요? 내 존재 자체로 충분한데."

게다가 유일한 라이벌이라고 할 수 있는 다른 레지나가 고작 너인걸.

부러 무시하듯 아이린을 위에서 아래로 훑었다.

"스테나 영애도 나 응원하죠? 영애는 그런 자리에 욕심도 없는 데다가 항상 본인은 황후가 될 그릇이 아니라고 했잖아요."

"……물론이에요. 하지만—."

황태자나 황실이 원할지, 백성이나 귀족이 원할지, 공녀가 과연 황후의 자질이 있는지. 아이린의 '하지만' 다음에 예쁘게 포장되어 붙을 반론은 많았다. 내 속을 득득 긁을 말들.

나는 가볍게 그 말을 끊었다.

"그러면 앞으로 나 많이 도와줘요."

아이린의 대답을 기다리지도 않고 싱긋 웃고 일어났다.

"잘 마셨어요."

은세공이 섬세한 찻잔을 톡, 치곤 돌아섰다.

아이린의 장점과 단점은 참 명확하다.

"살펴 가시길."

초록색 눈동자가 분노로 일렁이면서도 마주 일어나 인사를 하는 것처럼. 그녀의 일관성은 약이면서 동시에 독이었다.

황후를 건 기나긴 싸움에서 아이린은 날 이길 수도 있다. 날 곤경에 빠뜨릴 수도 있고, 위험에 처하게 만들 수도 있다. 하지만 내게 화내진 못한다. 명백히 비꼬는 것도, 말꼬리를 물고 늘어지는 것도, 조롱도 하지 못한다. 그녀가 성녀 가면을 계속 쓰고 있는 이상.

그것이 누구든, 사람 앞이라면 아이린은 어쩔 수 없이 온건해진다. 그게 그녀의 강점이자 약점이었다.

여태까지 아이린은 뛰어난 연기력과 인내심 그리고 언변으로 주변 사람들의 환심을 샀다. 누구나 그녀에게 호감을 가졌고, 사람들은 손쉽게 그녀의 뜻에 따라 움직였다.

샤티같이 아이린을 괴롭히는 사람은 오히려 그녀를 돋보이게 했다. 아이린은 단 한 번도 벽을 만난 적이 없었을 것이다.

모든 것에는 상성이 있다. 샤티처럼 악을 쓰며 물을 뿌리는 사람은 아이린한테 놀아날 수밖에 없다. 하지만 나같이 교활하고 약은 사람에게는 눈 뜨고 당할 수밖에 없다. 뒷공작으로 날 벼랑으로 몰 수는 있지만, 앞에서는 상냥한 웃음을 지어야 하니까.

가면이라고 생각도 못할 정도로 한결같던 일관성이 지금의 굳건한 성녀를 만들었지만, 또한 그것이 그녀의 발목을 잡았다. 내가 수단과 방법을 가리지 않는 것에 비해 아이린이 고를 수 있는 패는 적다. 자승자박이다.

나에 대한 정보가 부족하다는 것 역시 그녀의 팔다리를 묶었다.

아이린은 날 손안의 생쥐라고 생각했다. 질릴 때까지 발톱을 숨긴 채 툭툭 치며 놀려 했지만, 그 생쥐가 갑자기 일변한 것이다.

여태까지의 나—샤티—에 대한 선입견 때문에 더더욱 판단하기 힘들 것이다.

'하지만…….'

지금은 눈 뜨고 당하는 게 최선일 수도 있다. 챈들럼가에서 있었던 일로 귀족들이 아이린에 대해 아닌 척하면서도 의문을 가진 상태였다.

사실을 루머라 생각하고 고개를 저었지만, 그 루머는 지금까지 생각지도 못했던 가능성을 제시했다.

아이린 루폰 스테나는 성녀가 아닐지도 모른다. 뿐만 아니라 모두를 속인 기만자일 수도 있다.

아직 싹도 나지 않은 작은 씨앗일 뿐이나, 한 번 심은 이상 뿌리 내리는 것은 금방이다. 볕과 물만 있으면.

순간 욱하는 걸 못 참아서 내 말을 받아친다거나 가면을 벗어 버리는 순간 그 씨앗에 물을 주는 꼴이다.

쌓는 것은 오랜 시간이 걸리지만, 쌓아 왔던 것을 잃는 건 순식간이다. 떠받드는 만큼, 사람들은 아이린에게 완전무결을 원하니까.

어찌 됐든 현시점에서 귀족들의 호감을 사고 있는 사람은 아이린이었다. 황태자의 연인인 사람도 아이린.

유일하게 세력 다툼에서 내가 유리했지만, 라브엘이 가문이 문제라고 한 것을 보면 그것 역시 썩 믿음직스럽진 못했다. 아무리 아이린의 면전에서 엿을 날려도 실제로 불리한 것은 나였다.

황후 선언 때문인지, 에스더와 세실리아는 조금 놀란 표정으로 날 따랐다.

저 성격—굳이 성격 문제가 아니더라도 레지나가 된 이상 황후를 꿈꾸는 것은 당연했다—에 어련히 황후가 될 작정이겠거니 하면서도, 직접 말하는 것을 눈앞에서 보니 새삼스러운 모양이었다.

하긴, 황후가 되겠다고 선언하는 레지나는 없다. 그것도 자신의 라이벌에게.

말조심해야 할 때야 말을 가리겠지만 평소에도 아이린처럼 아닌 척하는 것은 내 성미에 맞질 않았다. 그 덕에 오늘 한 방 먹였기도 하고.

방으로 돌아와 나는 몸이 안 좋다는 것을 핑계로 시녀들을 물리고 침실로 들어갔다.

유모는 벌써 꾀병인 걸 알아채고 책망하는 눈초리를 보냈다. 언제부터 그녀에게 텔레파시 능력이 생겼는지 머릿속에 유모의 목소리가 울려 퍼졌다.

'아가씨, 꾀병인 거 다 압니다. 선수끼리 이러지 맙시다.'

나는 초능력자가 아니므로 가뿐히 모르는 척했다. 다른 시녀들을 의식해서인지 유모는 별말 없이 물러갔다.

음, 이따 깨우러 올 때 잔소리 좀 듣겠군.

하지만 나도 낮잠이나 자겠다고 꾀병을 부린 건 아니다. 낮잠 잔다고 해서 내게 뭐라 할 사람도 없고. 뒤에서 저렇게 게으른 레지나가 감히 황후가 되겠다고 나댔다며 욕할 사람이 있을지는 몰라도.

나는 침대에 잠시 누워 있다가 협탁 서랍에서 종이를 꺼냈다.

아이린이 행궁을 가면 레지나궁에는 나밖에 남지 않는다. 황태자도 찾아올 일 없으니 궁을 비우기 가장 좋은 때였다.

아빠에게 집에 가겠다고 짧게 편지를 쓰고 종이를 접었다. 나중에 이디스한테 쥐여 줄 생각이었다. 퇴궁하는 길에 아빠한테 전해 주라고 하면 되겠지.

다시 침대에 누워 뒹굴었다. 나는 아파서 저녁 식사도 못 먹을 작정이었다. 그 생각을 하니 갑자기 울적해졌다.

아까 아이린이랑 얘기할 때 차만 마시지 말고 다과도 좀 먹을걸. 눈앞에 손도 안 댄 치즈케이크와 티라미수가 스쳤다. 이게 다 먹고 살자고 하는 짓인데. 훌쩍.

내가 이런 비극을 무릅쓰고 꾀병을 부리는 이유는 간단하다.

그간 황태자의 눈치를 보느라 가문과 연락을 거의 끊은 채 살았지만, 언제까지 연락을 안 할 수는 없는 노릇이다. 앓아누워 요양차 집으로 가겠다고 하면 누가 말리겠는가.

아이린이 없는 동안 파티나 모임도 열심히 다닐 생각이었기에 많이 아플 생각은 아니었다. 향수병 정도면 되겠지. 그러면 집에 가자마자 씻은 듯이 낫고 뿔뿔거리며 돌아다녀도 아무 상관 없다. 나는 병명을 정하고 고개를 끄덕였다.

아빠에게 편지를 쓴 건 내가 아프단 말을 전해 듣고 놀랄 것을 염려해서였다. 아빠도 그렇지만 전에 엄마의 식사량이 줄었단 말을 들어 마음이 쓰였다.

걱정할 필요 없으니 안심하길 바라는 마음 반, 소란이 없길 바라는 마음 반이었다.

일단 시간을 허투루 보낼 수 없으니 집에 가서 뭘 할지 정리하고 앞으로의 계획을 세워 보자. 나는 집중하기 위해 눈을 감았다.

그리고 그대로 잠들었다.

나 진짜 낮잠 자려고 꾀병 부린 거 아닌데. 진짜로. 나한테 뭐라 할 사람도 없고…… 는 유모가 있구나.

어쨌든 낮잠은 꿀잠이었다.

이틀째 난 시름시름 앓는 중이었다. 억지로 열을 나게 할 수는 없었기에 그냥 무기력하고 힘이 없는 연기를 하는 정도였다.

파리한 안색으로 침대 밖으로 나오지 못하는, 어딘지 몽환적인 표정의 미소녀. 그게 이번 콘셉트였다.

나는 곧장 연기에 심취했다. 창에 비치는 나뭇잎을 보며 슬픈 눈을 했다. 아아, 저 잎새마저 떨어지는 그날이 바로 내 숨이 다하는 날!

……여름이라 나뭇잎이 너무 많은 게 문제였을까. 너무 생생해 보인다며 유모가 내 입술을 분으로 톡톡 두드려 줬다.

건강한 게 좋긴 한데 왜 씁쓸할까? 다시 태어났는데도 병약 미소녀는 절대 못 되는구나.

내가 꾀병 부리는 이유를 아는 유모와 이디스의 도움으로 어찌어찌 잘 아플 수 있었다.

어…… 말이 좀 이상한데, 아무튼 나는 그럭저럭 병자 행세를 할 수 있었다.

내 병환에 대한 말이 레지나궁에 파다할 무렵, 나는 황태자에게 사람을 보냈다. 그와 아이린이 떠나기 바로 전날 저녁. 한동안 보지 못할 집무를 미리 처리하느라 그가 바쁠 시간이었다.

이건 내 요양에 대해 그가 깊게 생각하지 않고 바로 승인을 내리게 하기 위한 방법이었다. 요즘 나한테 하는 걸로 봐서는 그냥 쉽게 오케이 해 줄 듯도 하지만, 사람 일은 모르는 법.

향수병이라는 진단명까지 확실히 전하라 했으니 집에 가는 것을 반대할 가능성은 희박했다.

나는 완전히 마음 놓은 채 널따란 침대 위를 뒹굴었다. 이틀 내내 자리보전하고 있는 것도 일이었다. 온몸이 찌뿌둥했다.

황태자가 일이 많아서인지, 말을 전하러 갔던 에스더는 꽤 오랜 시간이 지나도 돌아오지 않았다. 안심하고 있던 마음에 슬쩍 불안이 섞여 들었다.

아, 요즘 좀 역학 관계가 바뀐 것 같아서 마음 놓았는데. 설마 이 상황에서 빅 엿 투척은 아니겠지? 아닐 거야.

부정하면서도 내 눈동자는 신명 나게 탭댄스를 췄다. 어찌나 흥이 올랐는지 시야가 흐릿할 정도였다.

황태자가 아기 멍멍이라는 건 알고 있었는데 방심했다.

불안이 의심이 되고 의심이 확신으로 굳어졌을 무렵 에스더가 돌아왔다.

나는 곧장 이불 속으로 파고들어 그녀를 맞았다. 굳이 수척한 연기를 할 필요 없이 황태자가 거절할 거란 생각에 정신이 피폐해졌다.

에스더가 빨리 말을 전하고 나갔으면 했다. 당장 베개를 패고 싶었다.

평소처럼 쪽팔림을 못 이겨 때리는 게 아니라 오늘은 황태…… 아니, 샌드백을 대신해 주먹을 날리고 싶었다.

하, 황태자 너란 남자…… 내 안의 나조차 몰랐던 폭력적인 욕망을 불러일으켜.

에스더를 뒤따라온 하인 하나를 보고 안색이 절로 파리해졌다. 레지나궁이 딱히 금남 구역인 것은 아니지만 대다수의 사용인은 하인이 아니라 하녀였다.

허락도 없이 내 거처에 들어오는 하인이란 뻔했다. 황태자가 보낸 사람이겠지.

하인은 차마 침실 안까지는 들어오지 못하고 고개를 숙인 채 문간에 서 있었다.

바쁜 와중에도 내가 정말 아픈지 확인하기 위해 사람까지 보낸 것을 보고 기가 찼다. 그것도 시종을 보내는 게 아니라 하인을 보내다니, 이거야말로 날 무시하는 처사가 아닌가.

나는 단번에 분개했다.

하지만 에스더의 행동은 내 예상과 전혀 달랐다.

내게 인사를 한 후 그녀는 하인으로부터 무언가를 건네받았다. 이때부터 내 생각과 다른 방향으로 일이 흘러가고 있다는 걸 직감했다.

그도 그럴 것이, 그녀가 받은 게…… 꽃다발이었으니까.

병문안 선물로는 어울리지 않는 피처럼 붉은 장미꽃 다발이었다.

"황태자 전하로부터의 선물입니다. 빨리 쾌유하시길 바란다고 하셨습니다."

에스더가 말하며 캐노피 안으로 들어왔다.

나는 손을 뻗어 만개한 붉은 꽃다발을 받았다. 큰 꽃송이가 함박 벌어져 진한 향기를 피워 올렸다.

내가 장미를 보고 있는 사이 에스더는 다시 문간으로 갔다. 시야가 가려 몰랐는데 하인이 더 있었던 듯하다.

다시 내게 다가오는 에스더의 손에는 고아한 자태를 자랑하는 화병이 들려 있었다. 하인들은 선물을 나르기 위해 동행했나 보다. 날 감시하며 모욕 주기 위해서가 아니라. 음……. 쪽팔려.

다시금 베개에 손이 가려 했다. 이번에는 아까와 다른 이유로 베개에게 손맛을 보여 주고 싶었다.

용무를 마친 하인들이 물러가고 문이 닫혔다. 에스더가 화병을 협탁 위에 내려놓으며 내게 물었다.

"바로 화병에 꽂을까요?"

고개를 끄덕이자 그녀가 화병을 들고 다시 나갔다. 다시 혼자가 되었다. 다른 점은 딱 하나였다.

나는 내 품에서 강렬한 존재감을 내뿜는 장미를 내려다보았다. 정원을 산책하며 장미를 많이 보긴 했지만 누군가에게 받은 것은 참 오랜만이었다.

마지막으로 장미를 받았던 게 성년의 날이던가. 동기들이랑 선후배로부터 장미꽃 한 송이씩, 그리고 박태준한테 꽃다발을 받았었다. 물론 그 동기 중에는 한소정도 껴 있었다.

……좀 안 좋은 기억이 떠올랐다.

어쨌든 그때 받은 장미는 내 손가락 세 개 정도를 합한 것만 한 크기였다. 하지만 지금 내 손에 있는 장미는 내 주먹보다도 더 큰 데다가 향도 훨씬 진했다.

하나하나가 미녀와 야수에서나 나올 법한 장미로 그게 무려 스무 송이나 되었다.

진짜 예쁘긴 한데…… 너무 빨갛다. 보자마자 피를 떠올린 것도 무리가 아니다.

병문안 선물로 장미를 주는 게 실례는 아니지만, 보통은 주더라도 다른 꽃과 섞어 한두 송이 주지 않나?

너무 장미만 있으니 무슨 뜻이라도 있는 것 같았다. 통상적인 장미에 담긴 뜻은 절대 아닐 테니 열심히 샤티 사전을 뒤졌다.

하지만 병문안 시 주는 장미에 '님 꾀병인 거 다 앎'이나 '더 이상 아프지 않도록 빨리 주거랑' 같은 뜻은 없었다.

"어머나, 루비안 로즈네요."

유모가 에스더와 함께 들어오며 탄성을 질렀다.

내가 꽃다발을 건네자 에스더가 정리해 화병에 꽂았다. 그러는 동안에도 유모의 감탄은 계속됐다.

“이 영롱한 빛깔 좀 보세요. 루비안 로즈를 본 적은 몇 번 안 되지만 이렇게 맑은 빛은 처음 봐요.”

저게 루비안 로즈구나.

나는 조금 새삼스러운 기분으로 장미를 쳐다보았다. 생각보다 훨씬 비싸고 희귀한 장미님이셨다.

루비안 로즈는 루비처럼 투명한 색으로도 널리 알려졌지만, 시들지 않는 꽃으로 더 유명했다. 꽃을 꺾으면 시들기 마련인데 루비안 로즈는 꺾이고도 100일을 만개해 있다. 100일이면 꺾지 않아도 보통 장미는 시들기 마련이다. 보석처럼 세월에 지지 않는다 하여 루비안 로즈라는 이름을 갖게 되었다.

마법으로 보존 처리를 하면 일반 꽃들도 깃든 마력이 다할 때까지 원래 상태로 보존된다. 하지만 루비안 로즈는 자연적이라는 게 그 가치를 더 특별하게 만들었다.

“분명 전하께서는 아가씨가 이 생명력 넘치는 루비안 로즈처럼 어서 자리를 털고 일어나길 바라는 마음에서 보내신 걸 거예요.”

그럴 리가.

대답할 가치도 없는 유모의 소설—이건 의도를 해석하는 게 아니라 거의 창조하는 수준이었다—을 한 귀로 흘리며 에스더를 불렀다.

“전하께서는 뭐라 하셨어?”

“……별말씀 없으셨는데요.”

에스더는 조금 망설인 끝에 대답했다. 내가 상처받지 않기 위해 말을 고르다가 결국 포기한 모양새였다. 대체 뭘 기대하는 거냐는 시선이 느껴졌다.

절로 얼굴이 홧홧해졌다.

아니, 지금 내가 뭐 황태자가 '저런! 나의 공녀가 아프다니……! 루비안 로즈처럼 아름답고 화려한 공녀이니 그처럼 시들지 않고 병상에서 일어나리라 믿는다. 이 꽃다발을 전해 나의 마음을 전하도록 하여라!' 같은 말—유모의 머릿속 소설에서 발췌. 나도 유모처럼 초능력자가 된 모양이다—이라도 했을 거라 기대하는 줄 아나! 그딴 거 필요 없어!

"아니! 그게 아니라! 나 집에 가는 거 말이야."

"아…… 마음대로 하라고 하셨습니다."

그제야 에스더가 그 불손한 시선을 거뒀다. 항상 조용하던 얼굴에 살짝 홍조가 올랐다. 착각한 게 부끄러운 모양이다.

근데 마음대로라니 뭐 그런 애매한 대답이. 기면 기다, 아니면 아니다 이렇게 말해야지.

"그 외에 다른 말씀은 없으셨고?"

"네."

"흠, 그래. 알겠어."

나는 고개를 끄덕이면서 손을 홰홰 저었다. 이제 나가 보라는 만국 공통 보디랭귀지였다.

유모는 내게 더 하고 싶은 말이 남았는지 입을 달싹였지만, 나는 살짝 열렸던 캐노피를 다시 꽉 여밈으로써 그에 대한 대답을 했다.

어차피 들어 봐야 방금 유모가 공상으로 집필한 소설 내용일 게 뻔했다.

곧 두 사람이 방을 나서는 기척이 들렸다. 방문이 닫히는 소리를 들으며 나는 상념에 잠겼다.

내 마음대로 하라는 건 진짜 내 마음대로 해도 된다는 거겠지? '난 몰라! 오빠 맘대로 해!'의 '마음대로 해!'가 아니겠지? 나 진짜 마음대로 한다?

돌아오는 대답은 없었지만 침묵은 곧 긍정인 법. 나는 편하게 생각하기로 했다.

애초에 황태자가 불허하지 않을 상황이었으니까 승인했다고 받아들이는 게 옳을 것이다.

좀 찜찜한 건 저 꽃 때문인데.

베일에다가 커튼까지 친 이중 캐노피인데도 코끝에 장미향이 맴돌았다.

나는 슬쩍 캐노피를 열었다. 하얀 화병에 붉은 장미가 만발해 있었다. 꽃병은 이곳에서 흔히 볼 수 없는 디자인으로, 굳이 말하자면 백자와 조금 닮았다. 표면에 무슨 처리를 했는지 찬란한 빛이 맴돌았다.

잘 모르지만 척 봐도 존칭을 붙여야 할 화병님이셨다. 전체적으로 단아한 디자인이 화려한 장미와 썩 괜찮은 조화를 이루었다.

충분히 눈을 즐겁게 할 법했지만, 나는 탐탁지 않은 시선으로 장미를 바라봤다.

위로의 선물로 줬을 리는 없고. 꾀병인 거 알아서 찔리라고 이러는 건가?

그러고 보면 황태자가 준 꽃을 놔두고 집에 가면 구설수에 오를 수도 있으려나? 루비안 로즈니 내가 떠나 있는 동안 시들지는 않겠지만…….

오히려 그 귀한 걸 줬는데 버려 뒀다면서 짱알거릴 사람들이 있을 수도. 마음대로 하라는 건 이걸 계산해 둔 전략?

"아, 몰라."

나는 캐노피를 다시 여미고 침대에 털썩 누웠다. 이런들, 저런들 어떠하리.

그런 구설수야 꼬투리 잡으려고 혈안이 된 사람…… 이를테면 '아'로 시작해 '린'으로 끝나는 이름을 가진 사람이나 뭐라고 할 일이다. 아니어도 욕먹는 거엔 이골이 났다.

어쨌든 황태자가 마음대로 하라고 했으니 내 마음대로 하면 된다.

그의 의중 따위 알아도, 몰라도 내가 집으로 돌아간다는 것은 변함없다.

"집……."

엄마와 아빠가 있고 고개를 돌리면 익숙한 사람들이 가득한 공간.

그곳으로 돌아간다.

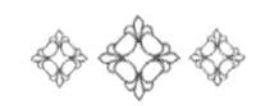

몸이 아파 황태자와 아이린을 배웅하지 않아도 된다는 건 아주 잘된 일이었다.

저번에 아이린과 마주쳤을 때 내가 그랬듯, 이번에는 아이린이 황태자 곁에 꼭 달라붙어 상냥한 척 속을 긁었을 테니까.

나야 뭐, 황태자랑 그렇고 그런 사이도 아니니 질투 날 것도 없지만 아이린이 고소해하는 것을 보는 건 생각만으로도 정말 짜증이 났다.

그 꼴을 안 봐도 되니 참 좋은 하루의 시작이었다.

나는 아주 기초적인 단장만 끝낸 채였다. 간만에 부모님을 뵙는 거니 조금 더 예쁘게 꾸며서 잘 지내고 있다고 안심시켜 드리고 싶었지만, 일단은 병자였다. 집에 가서 비글처럼 지내면 되니까 아쉬움은 접어 두기로 했다.

시녀들도 모처럼 들뜬 얼굴이었다. 내가 집에 가 있는 동안 그녀들도 휴가이니 당연했다. 심지어 유급 휴가. 돈 받으면서 노는데 싫을 리가. 물론 그녀들이 돈 때문에 시녀로 일하는 것은 아니지만.

"자, 이건 내 선물."

나는 그들에게 마일러트 남작의 신상 코르사주를 하나씩 선물해 줬다.

세실리아를 제외하면 다들 잘사는 집안의 영애들이니 코르사주 하나 가지고는 별 감흥 없겠지만, 마일러트 남작의 작품이라는 게 중요했다.

그의 작품은 돈이 있다고 해서 다 살 수 있는 게 아니었다. 이디스 정도라면 모를까.

게다가 이미 나온 제품도 아니고 마일러트 남작이 그들을 위해 디자인한 코르사주였다. 하나하나 색과 모양이 다 다르다. 그녀들의 얼굴에 옅은 화색이 도는 게 보였다.

"감사합니다, 저하."

날 보는 눈빛이 조금 새롭다. 첫 만남에서 그렇게 막 대하던 애가 점점 괜찮아지나 싶더니 이런 섬세한 깜짝 선물까지 준비했으니 당연하지. 훗, 더 감동하도록 해.

나는 흐뭇하게 그녀들을 바라보았다. 이제 집에 가서 '우리 공녀님이 달라졌어요' 한편 찍고 오려무나.

여태까지 다들 출퇴근하며 집에 내 욕을 한 바가지씩 했겠지만, 최근 들어 그게 잦아들고 있을 거다. 근데 사람이 그렇잖아. 욕할 때는 나서서 욕해도, 괜찮아졌다는 말은 꺼낼 일 없으면 안 한다.

휴가 동안 집에 있으면 가족들과 대화할 일도 많고, 사교계에 얼굴 비칠 일도 많으니 자랑할 거리를 만들어 준 것이다.

자기 딸을 대접해 주는데 싫어할 부모는 없고, 황실 장인의 작품을 부러워하지 않을 귀족 영애도 없다.

"자, 그럼."

나는 가뿐하게 시녀들과 방을 나섰다. 챙겨야 할 짐도 없어 몸만 가면 돼서 편했다.

딱 하나.

나는 레지나궁에서는 꽤 드문 하인을 힐끔 쳐다보았다. 건장한 그의 품에는 화병이 마치 갓난아이처럼 소중히 안겨 있다. 화병에는 물론 어제 받은 장미꽃이 꽂혀 있다.

두고 갈 생각이었는데, 나갈 채비를 하면서도 계속 눈에 밟혀서 결국 들고 가기로 했다. 저 새빨간색이 웬만한 시선 강탈자여야지.

레지나궁 앞에는 이미 마차가 대기하고 있었다. 일반 마차보다 훨씬 더 컸다. 아픈 날 위한 배려였다.

너무 쌩쌩하다 보니 오히려 죄책감이 드는데…….

나는 침대같이 넓은 좌석에 어색하게 엉덩이를 댔다. 진짜 황태자가 나 꾀병인 거 알고 찔리라고 이러는 건가?

"역시 황태자 전하께서는 아가씨를 신경 쓰시는 게 분명합니다. 이리 배려하시다니요."

같이 탄 유모가 또다시 소설 집필에 열을 올리고 있었다. 역시 대꾸할 가치가 없었기에 나는 창밖을 보고 무릎을 굽힌 시녀들에게 고개를 끄덕였다.

마차가 소리도, 진동도 없이 미끄러지듯 출발했다. 여전히 놀라운 승차감이었다. 빨리 집에 가고 싶은 마음에 얼마 안 되는 거리도 길게 느껴졌다.

나는 안절부절못했다. 창밖을 내다보며 조금이라도 더 속히 닿기를 바라며 조급하게 굴었다. 이미 바람에 머리카락이 날릴 정도로 빠르게 달리고 있는데도.

낯선 풍경이 내 뒤로 사라지고 점차 눈에 익은 거리가 나왔다. 이제 정말 금방이다. 저 초록 지붕을 지나 모퉁이를 돌면.

카일론 공가의 타운하우스, 제도의 공작저.

우리 집.

새하얀 담벼락이 보이기 시작했을 때부터 두근두근 심장이 요동치는 소리가 귓가에 울렸다.

서울에서 대학을 다니며 오랜 타지 생활을 하다가 집에 내려갈 때조차 이런 기분이 들진 않았다.

아니, 그때는 떨어지지 않는 발걸음을 억지로 이끌어 집에 돌아갔다. 그리고 가족들이 언제나와 같이 변함없다는 끔찍한 사실을 확인하고 쫓기듯 다시 상경했었다.

사실 이곳에 와서 카일론 공작저에서 산 것은 두 달도 채 되지 않는다. 황궁에서 산 것도 한 계절을 못 채웠다.

그럼에도 전생에서 스무 해를 살던 집에 1년 만에 돌아갈 때보다 지금이 더 떨렸다.

카일론의 문양이 새겨진 문이 열렸다. 바로 보이는 푸른 분수대, 그 뒤로 보이는 저택, 파릇한 정원수의 곁가지까지 그립지 않은 곳이 없다. 마차가 저택 앞에서 멈춰 서자마자 나는 서둘러 일어섰다.

“아가씨, 그러다 넘어져요!”

유모가 기겁했지만 난 거침없었다. 파티에서 신는 무거운 힐도, 파니에로 잔뜩 부풀린 드레스도 아니었다.

문을 열어 주는 것을 기다리지 못하고 직접 열기 위해 손을 뻗는 순간, 문이 열렸다.

마부도, 하인도, 하다못해 집사도 아니었다.

“아빠!”

뭔가를 생각하거나 인지할 틈도 없었다. 나는 오랜만에 보는 아빠의 품에 그대로 뛰어들었다.

“세상에, 샤르티아나! 우리 딸.”

아빠는 휘청이지도 않고 여유롭게 날 받아 냈다.

따뜻한 팔이 내 등을 부드럽게 감싸더니 이내 숨이 막힐 정도로 꽉 붙든다. 나 역시 아빠의 목을 끌어안은 팔에 더 힘을 줬다.

한바탕 서로를 도닥이고 고개를 들어 마주 봤다. 아빠의 푸른 눈동자가 어루만지듯 다정하게 나를 바라봤다.

“많이 수척해졌구나. 정말 아픈 건 아니라더니.”

“진짜 아픈 건 아니에요.”

나는 배시시 웃으며 아빠의 염려를 털어 냈다.

품에서 빠져나와 지면에 발을 디디니 흐뭇한 미소를 머금고 나와 아빠를 쳐다보는 미인이 보였다.

가슴이 먹먹했다. 수척해졌다는 말은 내가 아니라 그녀에게 해야 할 말 같았다.

"엄마……."

저번에 외궁에서 아빠를 만났을 때 엄마의 식사량이 줄었다고 듣긴 했지만 몸이 마를 정도일 줄은 몰랐다. 몸이 상할 정도는 아닌 듯 보여 다행인 한편, 가슴이 아팠다.

내가 입궁한 지 얼마나 됐다고 이리 마르셨는지. 안 그래도 날렵하던 턱 선이 더더욱 도드라지는 것을 보니 속상했다. 말을 잇지 못하고 있자 엄마가 팔을 살짝 벌리며 속삭이듯 말했다.

"샤티, 어서 오렴."

어서 오렴, 어서 와. 그 말을 들으니 비로소 돌아왔다는 실감이 났다.

우리 집에 돌아왔다. 집에 있는 동안은 그저 행복해하고 싶다. 나는 슬픔을 지우고 만면에 웃음을 띤 채 엄마한테 마주 인사했다. 집에 돌아오면 꼭 하는 말.

"다녀왔습니다."

엄마가 따스하게 날 감쌌다. 품에서는 햇볕 냄새와 잔꽃 향기가 났다. 나는 숨을 잔뜩 들이켜 그 향내를 내 가슴 가득 채웠다.

긴장이 탁 풀렸다. 몸속 깊은 곳에서부터 숨결이 올라왔다. 깊은 날숨을 내뱉고 나서야 내가 얼마나 짓눌려 지냈는지 깨달았다.

아이린과의 다툼과 황태자와의 파워게임뿐만 아니라, 궁에서의 모든 사람과 상황이 내 어깨를 내리누르고 발목을 붙잡고 늘어졌다.

처음보단 낫다고 생각하고 그럭저럭 잘 적응해 간다고 느꼈지만, 늘 피곤했다. 말 한마디나 부딪치는 시선, 맴도는 분위기. 그런 것에 하나하나 의미를 부여하고 해석하는 것은 정말이지 기가 빨리는 일이었다.

이번만 해도 그렇다. 황태자가 그냥 꽃 하나 준 게 뭐가 그리 대수라고 그 의중을 고민해야 할까.

시녀들에게 선물을 준 것도 마찬가지다. 그간 날 도와주고 내 패악을 견딘 것에 대한 고마움의 표시 하나쯤 할 수 있는 건데, 어느새 선물로 얻을 수 있는 것들을 계산하는 내가 있었다.

싸움에서 승리하기 위해선 그래야 한다고 생각했고, 실제로 계산한 내 자신이 뿌듯했다. 그러면서도 질려 버렸다.

하지만 이곳에서만큼은 모든 것을 놓아도 되는 것이다.

"어머나, 이 꽃은?"

"전하께서 주신 선물이에요."

엄마의 물음에 답하자 아빠가 눈을 가늘게 뜨고 화병을 보았다. 약간의 의심이 그 얼굴에 깃들었다.

"루비안 로즈구나. 화병도 칭리엔에서 건너온 것 같고."

"귀한 걸 주셨구나."

엄마의 말에는 안도감이 묻어 있었다. 레지나 축하연부터 시작해서 날 냉대하는 그의 태도에 그간 속앓이를 많이 하셨던 모양이다.

하나뿐인 딸이 낯선 곳에서 의지할 곳 없이 괄시받으면 어쩌나, 잠도 못 이루고 밥도 못 넘겼을 그녀의 마음이 짐작됐다.

나는 환하게 웃으며 고개를 끄덕였다.

"그럼요. 절 얼마나 아끼시는데요."

내 말에 엄마는 마주 웃었다. 부드러운 겉과 달리 단단한 속을 지닌 그녀가 내 말을 곧이곧대로 믿진 않겠지만, 밝은 모습을 보이면 조금이나마 안심하실 거다.

"그래, 샤티. 전하께서 네가 어떤 아이인지 알아보신다면 당연히 널 아끼실 테지. 하지만 만약 널 못 알아본다면……."

엄마의 상냥하고 부드러운 얼굴이 한층 더 가까이 다가왔다.

"고간을 차 버려."

"……."

나는 벙 쪄서 입을 벌린 채 엄마를 바라보았다. 어느새 내게서 한 발짝 물러난 그녀는 언제나처럼 자애로운 얼굴이었다.

저 얼굴로 방금 고자킥이라고…… 내가 잘못 들은 게 아닐까? 환청?

현실 부정과 인지 부조화가 오기 시작했다.

내 동공이 신명 나게 춤추기 시작하는 것을 인자하게 바라보며 엄마는 온화하게 미소 지었다. 무슨 일이 일어났는지 모르는 아빠가 환히 웃으며 다가왔다.

"그럼 꽃은 방에 갖다 놓기로 하고. 그간 있었던 얘기 좀 해 주렴. 우리 샤티가 좋아하는 디저트를 많이 준비해 놨단다."

안 그래도 그간 아픈 척하느라 많이 못 먹어서 그 말이 엄청 반가웠다. 하지만 먹을 것에 대한 욕망보다 걱정이 앞섰다.

아빠…… 결혼 사기당한 건 아니겠죠……? 물론 우리 엄마만 한 사람이 없긴 하지만…….

이후 다과를 들며 이야기하다 알게 된 사실인데, 고상하고 우아한 미모와 달리 소싯적 엄마의 성격은 보통이 아니었다고 한다.

몇 번을 거절해도 쫓아다니며 구애를 펼치는 남자들이 귀찮았던 그녀는 흔한 거절이 아닌 이색적인 방법을 터득했는데…….

그것이 바로 고자킥이었다.

달빛처럼 고아한 금발을 늘어뜨린 채 우미한 미소를 머금고 있는 엄마와 고자킥이라는 어마무지한 살상 무력—2세에 대한 살상—과의 상관관계를 도저히 찾을 수 없었다.

이야기를 듣는 내내 내 동공은 진도 9의 강진이 일어난 것처럼 떨렸다. 다른 집안에서 고소 안 들어왔나? 그 집안 족보를 끊어 먹을 수도 있는 공격이거늘!

하지만 철옹성보다도 더 단단하고, 심지어 공격력까지 S랭을 찍은 철벽녀가 아빠 앞에서는 언제 철벽을 쳤냐는 듯 단 한 번에 오픈마인드가 되었다고 한다. 입국 심사도 필요 없는 개방국 수준이었다나.

물론 울 아빠가 매력 쩔긴 하지만 단 한 번 만에? 공작가의 장남이라 막 대할 순 없었나?

내 의문 어린 시선에 엄마는 우아하게 답했다.

"얼굴."

나는 고개를 끄덕였다. 과연. 얼굴이면 어쩔 수 없지.

나는 은발에 푸른 눈동자가 인상적인, 살아 있는 조각상을 바라보며 다시 한 번 고개를 끄덕였다.

이렇게 한 번에 와 닿는 말은 또 처음이야.

눈을 떴을 때 본 것은 화려한 장식이었다. 나는 눈을 깜빡였다. 존칭을 써야 할 것만 같다.

이러고 있으니 이곳에서 처음 눈 떴을 때가 생각났다. 그때도 캐노피 받침님을 보며 딱 저렇게 감탄했었는데.

생경하고 낯설었던 것들이 이렇게나 익숙하고 그리운 것들로 변했다.

황궁에 있는 내 침대에서도 누우면 화려한 장식이 보였지만, 그걸 볼 때는 아무런 감흥도 안 들었다.

그것도 언젠가 익숙해지고 그리워질까?

나는 회의적으로 고개를 저었다. 익숙해지는 거야 어쩔 수 없고 이미 지금도 익숙해진 상태지만, 절대 그리워질 일은 없을 것 같다.

간만에 하녀들의 시중을 받으며 준비했다. 아무 신경도 안 쓰고 편안하게 수발을 받으니 마음도, 몸도 가벼웠다.

유모는 내 어벙한 얼굴을 보고서 미소를 지었다. 궁에서라면 눈짓으로 잔소리를 하고도 남았을 텐데. 그녀 역시 이곳에서라도 편히 있길 바라는 모양이다.

나는 그 기대에 부응하고자 슬리퍼만 신고 식당에 내려가기로 했다.

"아가씨!"

물론 문을 나서기 전에 유모가 빽 소리를 질렀다. 왜! 나 편히 있길 바라는 거 아니었어? 억울한 눈으로 쳐다봐도 돌아오는 것은 엄포 어린 시선이다.

결국 나는 발을 조이는 구두로 갈아 신고서야 방을 나설 수 있었다. 저녁 만찬처럼 성대하게 차려진 아침 식사를 한 후 엄마와 차를 마셨다.

그런 뒤 엄마가 같이 쇼핑하자고 하는 걸 오후로 미루고 아빠의 집무실을 찾아갔다. 순간 어디선가 '공녀님! 옷 사실 땐 절 부르기로 하셨잖아요!'라는 마일러트 남작의 절규가 들리는 듯했다.

똑똑, 문을 두드리자 들어오라는 부드러운 목소리가 들렸다.

"오늘은 궁에 안 가시나 봐요."

"우리 샤티가 있는 동안은 계속 집에 있을 거야. 앉으렴."

집무실에 마련된 소파에 앉자 집사가 차를 내왔다. 내가 방금 차를 마신 것을 알아서인지 홍차가 아닌 칭리엔에서 들여왔다는 발효차였다.

나는 눈짓으로 그에게 감사를 전했다.

"휴가 내셨어요? 용케도 그게 가능했군요."

하루에도 셀 수 없이 쏟아지는 일의 양도 그랬지만…… 아빠의 보좌관이 말이지…….

나는 상사 앞에서 상사를 씹던 미하일 셰드먼 경을 떠올리고 혀를 내둘렀다. 간이 대체 얼마나 큰 거야. 그러고 보니 저번에 아빠와 외궁에서 만났을 때도 미하일한테 혼날 것 같다며 자리를 뜨셨지.

"일감을 집으로 가져오는 걸로 타협을 봤단다."

"그래도 허락하지 않았을 것 같은데……."

재상의 휴가는 원래 황제에게 허락받는 거지만 나도, 아빠도 미하일을 생각하면서 말하고 있다.

……어쩌면 이 나라의 실질적인 권력자는 미하일일지도 모른다.

"엄청 내켜하진 않았지만, 샤티 네가 아프다는 걸 알고 네가 다 나을 때까지 쉬는 것을 허락했단다."

"셰드먼 경이요?"

그와 면식이 몇 번 있긴 했지만 특별한 연은 없다.

예전에 파티에서 아빠가 소개해 줬는데, 첫 만남부터 자기가 아빠 때문에 얼마나 고생인지, 혹시 집에서도 그러냐는 둥 늘어놓던 게 인상적이었을 뿐이었다.

보통은 딸 앞에서 상사를 치켜세워서 점수 따려고 하지 않나?

"미하일이 평소에는 좀 무섭…… 아니, 칼 같지만 사실은 굉장히 다정하단다."

"그렇군요."

나는 고개를 끄덕이면서도 아빠의 책상을 슬쩍 쳐다봤다. 서류가 어찌나 많은지 탑을 쌓았다.

그래요, 다정해서 휴가 낸 사람한테 일거리를 저렇게…….

나는 영혼 없이 수긍했다. 아빠, 이미 그 사람한테 길들여진 거 같아요. 나는 짠하게 아빠를 쳐다봤다.

"그건 그렇고…… 궁금한 게 있어 보이는구나."

과연, 재상. 날카로운 질문에 자세를 바로 했다.

"일전에 외궁에서 뵈었을 때 여쭤 봤던 것 말이에요. 전하께서 우리 가문을 냉대하시는 이유가 따로 있다 하셨잖아요."

내 말에 아빠가 살짝 한숨을 내쉬었다.

"그랬지."

낮게 긍정한 아빠는 한동안 말이 없었다. 나는 그를 채근하지 않고 가만히 기다렸다.

"아빠가 황태자가 황위를 이을 재목이 아니라고 생각하는 게 이유란다."

가볍게 나와 공기 중에 흩어진 말은, 그 뜻을 이해하는 순간 무게를 갖고 공기를 짓눌렀다. 머릿속이 하얘졌다.

차기 황제의 자질에 관한 문제. 아빠는 당신의 생각을 혼자서만 갖고 계시지 않았을 거다. 그럴 위치도 아니고. 어떤 형태든 결국 공론화가 되었겠지.

찻잔을 떨어트릴 뻔한 것을 겨우 수습하고 찻잔 받침인 소서에 내려놓았다. 손끝에 바짝 힘을 줬음에도 손이 덜덜 떨렸다. 달그락거리는 소리가 요란하게 울렸다.

"아빠……."

황제가 정한 후계를 부정하다니…… 대체 언제부터 반정을? 카일론은 폐하의 집행자로서 충실하지 않았나.

수많은 국제를 논의하며 의견이 갈릴 때는 있었지만, 더 나은 결과를 위한 토의였을 뿐이다. 천 년의 역사 중 카일론이 충신이 아니었을 때는 없다.

정말 만약에, 차기 황제로 달리 미는 황자가 있다면 그에 대한 정보가 있을 법도 한데 그런 건 들어본 적이 없다.

나는 이해할 수 없는 눈으로 그를 보았다.

"과거의 일이란다. 네가 어렸을 적, 전하께서 아직 황태자로 책봉되시기 전의."

과거? 그렇다면 정말 카일론이 과거 황태자로 미는 황자가 따로 있었다는 건가.

카일론의 지지를 받지 않고 황태자위를 차지하다니, 나는 새삼 황태자의 능력에 경악했다.

카일론을 필두로 한 황제파 또한 다른 황자를 지지했을 텐데…… 과연 내가 그와 결착을 낼 수 있을까?

"전하께서는 어릴 적부터 뛰어나셨지. 문무 모두 출중하시고 다양한 분야에서 두각을 나타내셨어."

"유명한 이야기지요."

"그래, 모두 제국의 복이라고 생각했단다. 황후의 소생이기까지 하니 황태자로 책봉되는 건 거의 기정사실이나 다름없었지."

펠론 제국은 소생과 상관없이 황제의 자식이면 후계 싸움에서 모두 동등한 위치에 선다.

하지만 뒷배가 든든하다는 것의 메리트마저 사라지는 것은 아니다. 다른 황자가 스스로의 능력을 인정받아 세력을 만드는 것에 반해, 권세가 소생의 황자는 태어날 때부터 세력을 쥐고 있으니.

능력도 뛰어나고 배경도 든든하다. 레오프리드 황자가 황태자가 되는 것은 당연한 미래였을 거다.

"하지만 현명하진 않으셨단다. 너도 전하를 겪어 봤으니 알겠지만…… 품을 줄을 모르셔."

나를, 카일론을 적대시하던 그가 생각났다. 난 조용히 입을 다물었다.

그의 일방적인 냉대라고 생각했는데 배경을 알게 되니 머리가 복잡해졌다.

나는 아빠처럼 그가 못나서 그렇다고만은 할 수 없었다. 나 역시 똑같은 사람이기에.

"그래도 전하만 한 분이 없었지. 타고난 성정이라 변하는 게 쉽지 않겠지만 처음부터 완벽한 제왕이 어디 있겠느냐. 차차 나아지리라고 생각했고, 아빠도 황태자 전하를 지지했단다."

"그렇다면 왜……."

"간단하단다. 샤티, 펠론 제국의 황위 계승은 누구에게 이뤄지지?"

아빠의 물음에 나는 잠시 침묵했다. 황후의 소생이나 첫째 아들 같은 건 중요하지 않다. 제국의 천 년 치세를 가능하게 한 것은 계승의 단순한 논리다.

"가장 그 자리에 걸맞은 분께 계승되지요."

대답을 하고 나니 이어질 아빠의 말이 예상됐다. 내 시선에 아빠가 고개를 끄덕였다.

"그래, 그때 지금의 황태자 전하보다 더 그 자리에 걸맞은 분이 나타나셨지."

그런 사람이 있다고?

나는 놀라움을 감추지 못했다. 케일라덴을 비롯한 몇몇 황자들이 머릿속을 스쳤지만 아빠가 이렇게까지 말할 사람은 없었다.

"그분은?"

"7황자 전하시다."

"7황자 전하께서는……."

"이미 명을 달리하셨지."

7황자는 나처럼 실족해 익사했다고 들었다.

남 일 같지 않아 숨이 턱 막혀 왔다. 익사당한 자만이 그 고통을 온전히 이해할 것이다. 하지만 7황자의 죽음은 사고사로 알려졌는데. 그렇다는 건 황태자파에 의해 죽임을 당했다는 건가.

"혹 세간에 알려진 것과 다른 이유라도……."

조심스러운 질문에 아빠가 고개를 저었다.

"목격자도 많았다. 실족이 확실했어. 하지만 그분의 비극이 흔들렸던 레오프리드 황자의 위치를 공고히 한 것은 사실이다. 그 결과, 다음 해에 바로 황태자로 책봉되셨지."

나는 조금 안도했다. 어쨌든 그가 제 형제를 죽이고 황태자가 된 건 아니라니.

황위를 건 계승 싸움에 골육상잔은 흔하다지만 나는 도저히 그걸 받아들일 순 없을 것 같았다. 당장 다음 주면 그와 함께 여행을 가야 하는데 그자가 살인자였다면, 그것도 혈육을 죽인 자라면…….

나는 끝끝내 버티지 못했을 것이다.

"7황자 전하께서는 어떤 분이셨나요?"

"솔직히 말해 7황자 전하는 능력만 따지면 황태자 전하보다 못한 분이셨단다. 문무 어느 한쪽도. 그렇기에 황태자 전하께서는 더 납득을 못하셨겠지. 그냥 우리가 변절했다 여기셨을 거야."

그의 입장에선 충분히 그렇게 생각할 만했다. 멀쩡하게 자기를 지지하던 세력 축이 한순간에 돌아선 것이다. 그것도 그보다 못하다고 생각한 황자를 지지하기 위해.

사실상 다음 대의 황권을 쥐고 흔들기 위해서 카일론이 농간을 부린 것이라 판단해도 이상할 것 없다.

게다가 카일론이 지금 그에게 고개를 숙이는 것도, 7황자가 죽어 계책이 실패로 돌아갔으니 엎드리는 걸로 보이기에 충분했다.

"그냥 귀족이었다면 응당 황태자 전하께서 후계를 잇는 것이 맞다. 하지만 전하께서는 황족이시지. 샤르티아나, 너는 어떤 이가 황제가 되어야 한다고 생각하니?"

황제라…… 차기 황제의 약혼녀나 다름없는 위치에 있음에도 황제란 말은 멀게 느껴졌다. 여전히 역사 속에서나 나오는 말 같다.

당연히 황제의 자질 같은 것은 한 번도 생각해 본 적이 없다.

대신 대통령을 생각했다. 내가 투표할 때 원한 것. 나는 조금 더 살기 편한 나라가 되길 바랐다. 그렇다면 백성을 위하는 사람이 되려나?

황태자 역시 충분히 백성을 위하는 것 같았다. 나는 서부 지역 가뭄에 대해 이야기할 때 그가 얼마나 절박했는지 떠올렸다.

"음, 글쎄요. 백성을 위하는 자는 균형을 못 잡을 수도 있고, 강한 신념을 지닌 자는 그 신념이 도리어 독이 될 수도 있죠."

아빠는 곰곰이 생각하는 날 뿌듯하게 바라보았다. 철부지였던 열여덟 살짜리 딸내미가 이리 고심하는 걸 보니 새삼 감격스러운가 보다. 그 모습을 보니 꼭 맞히고 싶었다.

아빠와의 대화에서 유추하자면, 귀족 가문의 가주로서는 중요하지 않고 유독 황제에게 강하게 요구되는 덕목 같았다.

이 나라에서 귀족은 못하고 황제만이 할 수 있는 것, 또 황태자가 부족한 것. 그건 사람에 관한 거였다. 그렇다면…….

"사람을 잘 키우고 뽑는 자인가요?"

인재 등용뿐이다.

아빠가 놀란 듯이 날 바라보았다.

솔직히 온전히 내가 생각한 것이 아니라 대화를 통해 유추하고 지식을 조합해 나온 대답이지만, 그런 시선을 받으니 어깨가 으쓱했다. 아빠가 내 머리를 자상하게 쓰다듬었다.

"잘 아는구나. 제국은 넓고 황제가 모든 것을 살필 수는 없지. 황제가 될 사람은 가장 똑똑한 사람도, 가장 강한 사람도 아니란다. 그건 그 아래에 있는 사람이면 족해. 황제가 하는 일은 자기 아래에 모이는 인재를 적재적소에 배치하는 것이지. 그 합당한 안배가 인재를 더 끌어모으고 보다 부강한 나라를 만든단다."

"황태자 전하께서는 출중하시지만, 사람을 품을 줄 모르니 자질이 부족하다 하신 거군요. 그에 반해 7황자께서는 비록 스스로의 능력은 부족할지언정 그릇이 넓었고요."

"그렇단다. 오히려 본인이 부족하기에 다른 이의 목소리에 귀를 기울이고 스스로를 점검하셨지. 폐하께서도 그 사실을 아시기에 고심이 크셨단다. 이미 후계를 정해 두셨는데 더 걸맞는 자가 나왔으니. 하지만 결국 폐하께서도 결단을 내리셨어. 펠론 제국의 계승법에 따라."

가장 걸맞는 자가 황제가 된다. 내정되어 있던 그 대신 7황자를 황태자로 책봉하기로 한 것이다.

하지만 현 황제 치세에서 황태자위가 바뀐 적은 없다.

"책봉 전에 7황자 전하께서 유명을 달리하셨군요."

아빠가 고개를 끄덕였다.

무거운 침묵이 찾아왔다. 아까부터 복잡하던 머리가 더 엉키고 꼬였다. 내 표정을 본 아빠가 미소를 지었다. 한숨이 나오는 씁쓸한 미소였다.

"어쨌든 그런 일이 있어 황태자 전하께서 우리 가문을 냉대하시는 거란다. ……그래도 아빠는 단 한 번도 7황자 전하를 지지한 것에 후회는 없단다. 그분이 운명하시고 책봉된 황태자 전하께서 카일론을 적대시하더라도 옳은 일을 했다고 생각했어."

아빠의 커다란 손이 내 얼굴을 부드럽게 감싸 쥐었다. 매끈한 손이 볼을 쓰다듬고 흘러내린 머리카락을 귀 뒤로 넘겨 주었다.

"하지만 샤티, 네가 전하께 냉대받는 모습을 보니 처음으로 후회가 되더구나."

샤티의 기억에서 레지나가 되는 것에 반대하던 아빠의 모습이 떠올랐다.

그저 천방지축인 딸을 걱정하는 것과 제 딸이지만 황후감이 아닌 것 때문이라고 생각했는데. 그것만이 아니었던 모양이다.

나는 아빠의 손에 내 손을 겹쳤다. 따스했다.

"후회하지 마세요. 저도 아빠가 옳은 일을 하셨다고 생각해요. 황제의 집행자로서, 제국의 재상으로서 가장 바른 일을 하신 거예요."

멀쩡한 황후 소생 내정자를 두고 별 볼 일 없던 후궁 출생의 7황자를 지지하는 것은 위험부담이 큰일이다. 나는 아빠가 자랑스러웠다.

"그래도……."

"그리고 전하께서도 전처럼 저를 냉대하시지만은 않으세요."

안심하라는 듯 생긋 웃었다. 솔직히 알콩달콩하며 깨 볶는 건 절대 아니고—앞으로도 없을 일이다— 여전히 서로 아옹다옹하고 있지만, 전처럼 무시당하진 않는다.

오히려 내가 그를 한 방 먹이기까지 했다. 그리고 확실히 그는 나를 존중한다. 최근의 일이지만.

"그래, 그런 것 같더구나. 장미를 선물하신 것도 그렇고……."

아빠는 말끝을 흐렸다. 그는 조금 생각하더니 내게 물었다.

"샤티, 서부 지역의 녹화사업에 대해 네가 전하께 조언한 거니?"

나는 깜짝 놀랐다.

아빠는 딸을 무척 사랑하지만 딸의 능력이 어느 정도인지 잘 아는 사람이었다. 녹화사업은 그의 딸이 생각할 수 없는 일이다. 그렇기에 아빠가 묻는 게 이해됐다.

내가 놀란 것은 다른 이유였다.

"그걸 전하께서 말씀하셨어요?"

정무를 보며 관리들 앞에서까지 내 이야기를 할 줄은 몰랐다. 이건 내게 개인적으로 감사를 표하는 것과는 또 다른 문제였다.

특히, 오늘 그가 카일론을 적대하는 이유를 알게 되고 나서는 그가 공적으로 날 치하할 일은 없다고 생각했다.

레지나인 날 회의장에서 칭찬하는 것은 차기 황후로서 내 자질을 인정하는 것과 다름없다. 이는 그의 정적인 카일론에게 힘을 실어주는 것이 된다.

"정말 네가 제안한 것이었구나. 전하께서 네 칭찬을 많이 하셨다. 덕분에 그 자리에 있던 스테나 백의 얼굴이 볼만했지."

"그 얼굴을 보지 못한 것은 아쉽네요."

복잡한 마음을 감추고 농을 치며 웃었다.

정말 아쉽긴 했다. 황태자와 아이린과 더불어 백작의 얼굴도 내 소장 욕구를 자극했을 텐데.

"최근 들어 전하께서 조금 변하셨어. 전처럼 무조건 적대시하지 않고 조금은 부드러운 느낌이야. 카일론에게도, 전하의 의견에 반하는 자에게도."

그건 나도 느낀 거였다. 가만히 고개를 끄덕이자 아빠가 말을 이었다.

"그게 네 덕이란 생각이 들었지만, 솔직히 팔은 안으로 굽는다고 내 딸이라 더 크게 보인다고 생각했단다. 하지만 오늘 보니 이 아빠가 널 크게 보기는커녕 작게 보았구나."

"아니에요."

나는 그렇게 대단한 사람이 아니다. 누군가를 변화시키는 것은커녕 나 자신을 살피는 데 급급한 사람이다.

"7황자 전하께서 그리되시고 황태자 전하께서 바로 옹위된 것을 보면 알겠지만, 황자들 중 가장 제왕의 재목에 가까운 분이라고 생각은 했다. 하지만 아쉬움은 어쩔 수 없었지."

"……."

"하지만 최근 들어 성정이 나아지고 계셔. 그것도 아주 단기간에."

"그건 정말 다행이네요."

내 말에 아빠가 불안한 얼굴로 내 두 손을 잡았다.

"샤티, 전하를 잘 보필하라는 말은 아니야. 이 아빠는 제국의 차기 황제보다 네가 더 잘되길 바란단다."

"저도 그래요. 무엇보다 아빠와 엄마가 행복하길 바라요."

배시시 웃자, 아빠가 내 손을 끌어당겨 입술을 꾹 눌렀다. 손등에 따스한 감촉이 맴돈다.

"우리 딸이 행복하고 항상 웃는 게 제일 중요하단다. 그러니 샤티 너도……."

"무슨 말씀인지 알아요."

나는 아빠의 염려를 끊어 냈다.

애초에 황태자가 나 때문에 변했다고 생각하지 않는다. 나이가 몇인데, 중2병에서 탈출할 때도 됐지.

서부 지역 가뭄에 대해 내가 도움을 주었던 일이 그에게 방향을 제시했을 순 있지만, 그게 전부였다. 황태자와 내가 무슨 특별한 관계도 아니고 서로 영향을 주고받기엔 좀.

그러니 내가 그를 더 나은 사람으로 변하게 했고, 앞으로 노력하면 더 변화할 거라는 생각도 안 한다. 나는 내 주제를 잘 알고 있다. 나는 남을 성장시킬 정도로 대단한 사람이 아니다.

아빠가 걱정하는 것처럼 황태자를 변화시키기 위해 내 마음 다치는 것도 상관 안 하고 뛰어들 일은 없다.

“저도 아빠랑 엄마가 가장 소중해요. 두 분이 슬퍼하실 일은 하지 않을 거예요. 그리고 저 자신도 너무너무 소중한걸요?”

어깨를 으쓱이자 아빠가 웃었다. 근심이 걷힌 미소였다. 난 안도했다.

“그래. 항상 자신을 소중히 하렴. 그거면 됐다.”

아빠가 날 끌어당겨 품에 안았다. 든든한 가슴팍과 일정한 심장 박동이 날 안온하게 감쌌다.

절로 눈이 감겼다. 이대로 쭉 영원히 있었으면 좋겠다는 생각이 들었다.

하지만 이건 기간이 한정된 평화다. 이 이후를 생각하지 않을 수 없다. 감기는 눈꺼풀을 애써 들어 올리고 몸을 일으켰다.

“그리고 또 궁금한 게 있어요.”

“말해 보렴.”

“라브엘이 제가 카일론이기 때문에 귀족들 사이에서 문제가 된다고 했어요. 그게 무슨 뜻이죠? 스테나 백보다 우리 가문을 지지하는 자가 많을 텐데…….”

“물론 그랬지.”

아빠의 얼굴에 짙은 탄식이 어렸다. 그는 쓰게 웃었다.

“하지만 사람들은 새로운 가능성을 본 거야.”

“새로운 가능성이요?”

“300년 전 나프타리안의 숙청 이후로 귀족파는 점점 세력이 약화되었지. 결국 최근 5세대 동안 황후는 모두 황제파에서 나왔고, 이번 레지나에 귀족파 여식은 포함되지도 못했어.”

스테나가는 어느 계파에도 속하지 못하는 한미한 가문이었다. 근래 들어 스테나를 중심으로 신흥 세력이 생겨나는 중이었다.

“펠론 제국에 남은 두 공작 가문은 원래도 막강한 세력을 가졌지만, 시대가 지나며 구름 위의 존재가 되었다.”

“새로운 가능성이 생겼다는 건…… 귀족들이 카일론을 같은 하늘 아래의 존재로 보기 시작했다는 거군요.”

오르지 못할 나무라 여기고 오를 생각조차 못했는데, 황태자가 카일론을 냉대함으로써 가능성이 열린 것이다.

그전까지는 카일론에 붙어 공생하려 했다면 이제는 카일론이 가지고 있는 것을 뺏을 생각을 하게 된 것이다. 카일론의 권세가 축소되는 만큼 누릴 수 있는 것이 새로 생겨나니까.

감탄이 나왔다. 황태자는 자신의 황태자 옹위를 반대한 정적을 이리 깔끔하게 해결할 생각이었다. 내 얕은수로는 도저히 당해 낼 수 없다.

처음부터 황태자는 카일론을 완전히 밀어 낼 생각이 아니었다.

그러니 내가 레지나로 간택된 것도 받아들인 것이다.

당장 카일론을 대체할 세력을 찾는 것은 힘들다. 카일론이 무너지면 제국은 필연적으로 진통을 앓게 될 것이다.

대신 카일론의 세를 떨어뜨리고 신흥 세력을 키우면 훨씬 부드럽게 권력 교체가 일어난다.

과연 이게 품을 줄 모르는 자인가?

그는 자신을 배신하고 반역한 카일론을 끌어안고 갈 생각이다. 오로지 백성들의 안위를 위해.

그의 그릇이 크지 않다는 것에는 동의한다. 그가 큰 사람이라면 애초에 아무런 오해도 없었을 것이다. 하지만 그의 그릇은 결코 작지 않다.

"걱정 말거라. 아직 대부분 지켜보는 중이란다. 섣부르게 움직이는 자들은 욕심이 과한 자들이지. 아빠는 그리 호락호락하지 않단다."

부드럽게 미소 짓는 아빠의 얼굴에서 날카롭게 서린 예기를 보았다. 나는 고개를 끄덕였다. 사실 귀족들보다는 황태자 때문에 머릿속이 곤죽이었다.

"그리고 말했잖니? 최근 전하께서 많이 달라지셨다고."

"……그렇죠."

그 점이 이해가 되지 않았다. 날 공석에서 치하하다니 무슨 생각일까.

카일론의 세를 낮추려면 지금 이 기세를 타서 스테나에 힘을 실어 주고 계속해서 날 냉대해야 할 텐데…….

최근 그의 행동은 도저히 날 냉대한다고 말할 수 없었다. 아무리

탈중2병이라지만 그런 큰 계획까지 접을 정도일까.

의문은 해결됐지만 머릿속은 되레 더 혼란스러워졌다. 생각에 생각이 꼬리를 물었다. 앞에 아빠가 있는 것도 잊고 생각에 잠기려는데 알림음이 울렸다.

화들짝 놀라 소리의 근원지를 바라보니 통신구가 있었다. 아빠가 통신구를 조작하자 허공에 사람의 모습이 떠올랐다. 기억에 있는 얼굴이었다.

"각하, 오전 결재는 다……."

연결되자마자 인사도 안 한 채 자기 할 말부터 하던 미하일이 날 보고 말을 멈추었다.

"안녕하세요, 셰드먼 경."

부드럽게 인사를 하자 미하일이 고개를 숙였다.

"안녕하십니까, 카일론 공녀. 생각보다 얼굴이 좋아 보이시는군요."

"네, 경 덕분에."

"아주 잘됐군요. 이로써 각하께서도 일에 집중하실 수 있겠습니다. 궁으로 다시 나오셔도 되겠어요."

잘됐다며 웃는 얼굴이 왜 이렇게 살벌해 보일까? 아무런 유감 없이 진심을 담아 기쁘게 웃는 얼굴이 지옥에서 온 사자 같았다.

자신을 소중히 하라는 아빠의 말씀에 따라 나는 어서 이 자리를 뜨기로 했다. 나 정말 효녀인 듯.

"하하, 저는 그럼 이만 나가 볼 테니 두 분 이야기 나누세요."

"이런, 제가 공녀를 쫓아내는 건 아닌지. 죄송합니다."

하나도 안 미안한 표정으로 미하일이 말했다. 미안하기는커녕 내가 안 나간다고 하면 본인이 쫓아낼 기세였다.

"아니에요. 그럼 다음에 또 뵙겠습니다, 셰드먼 경."

"네, 항상 건강하시길."

"아빠, 이따 식사할 때 뵈어요."

아빠에게 시선을 돌리니 물안개가 잔뜩 낀 호수 같은 눈으로 날 바라보고 있었다.

차갑다고 불리는 시린 눈동자가 저렇게 되다니…… 아빠의 눈에선 원망과 함께 일말의 배신감마저 느껴졌다.

역시 제국의 최고 권력자 미하일. 나는 경외의 시선으로 사람 좋게 웃고 있는 미하일을 쳐다봤다.

아빠한테는 죄송한 일이지만, 그 권력자의 눈 밖에 나고 싶지는 않았다. 나는 서둘러 집무실에서 빠져나왔다.

아빠, 사랑해요. 내 맘 알죠?

대답이 없기에 아빠가 긍정한 것이라 생각하기로 했다.

방으로 돌아오니 책상 위에는 초대장이 한가득이었다. 유모가 일차적으로 추린 건데도 양이 많았다.

초대장을 가져다 놓으라고 명한 건 나였지만, 막상 실제로 보니 가슴이 답답해졌다.

황태자와 우리 집과의 관계를 알게 되니 속이 꽉 막혔다. 아빠의 말을 떠올렸다. 아랫사람을 품을 줄 모르는 그 성격 때문에 황제의 자질이 없다고 판단했고, 그리 판단한 카일론을 품을 줄 모르는 것이 또다시 그가 부족하다는 것을 증명한다고 했다.

하지만 나는 인간적으로 황태자가 이해됐다.

자신을 배신한 사람을 품는 게 과연 쉬운 일인가.

나는 한 번 죽어 다른 생을 살면서도 아직까지 한소정과 박태준을 용서하지 못했다.

그가 내 가문에 내비치는 증오를 이해하지 못했고, 일방적인 냉대에 나 역시 분을 삭였다.

처음에는 모든 것이 아이린을 사랑하기 때문에 그런 거라 생각했다. 최근 들어서 그것만이 아니라는 생각이 들었지만, 매번 여자 때문에 망할 우군이라 비웃었다.

그러나 드러난 사실은 다른 것을 말해 주고 있었다.

그의 입장에서는 너무나 당연한 반응이 아닐까?

이전까지는 사랑에 미쳐서 개국공신 재상 가문을 냉대하는 멍청이인 줄 알았는데, 사실 그는 굉장히 이성적이었고 더불어 탁월한 정치가였다.

—그대의 그 잘난 가문을 잠시 잊고 있었군. 카일론의 피가 어디 가는 게 아니거늘. 그렇게나 가문의 영달이 중한가? 지금 제국민이 굶어 죽는 판국에!

챈들럼가의 파티에서 귀궁하는 도중 마차 안에서 그가 했던 말이 떠올랐다.

그때는 와 닿지 않았는데, 지금은 알겠다.

황태자의 입장에서 카일론은 가문의 영달을 위해 하루아침에 저를 배신한 것이다.

자기보다 못한 7황자를 지지하는 것은 권력 욕심이 나서 허수아비 황제를 만들고자 모략한 것과 같다. 나 같아도 그리 생각할 거다. 게다가 7황자는 한미한 후궁의 소생. 외척 세력이 약하니 더더욱 황태자의 생각을 뒷받침해 주었을 것이다.

다방면에서 두각을 나타냈던 황태자와 그렇지 못했던 7황자. 그릇의 크기 같은 건 다른 것처럼 자로 정확히 잴 수 없고 가시적이지도 않다.

자신이 황제가 되었을 때 걸림돌이 될 정적, 그것도 제국보다 제 가문만을 위하는 신하의 세를 약화시키는 게 과연 잘못일까?

조금 허탈해졌다. 그저 아무것도 안 하고 충성을 바쳤는데 주먹이 돌아왔다고 생각했다. 하지만 모든 것을 알고 보니 정당방위였다.

물론 아빠의 결정이 잘못되었다는 것은 아니다. 황제에 걸맞은 자가 옹위되어야 한다. 또 7황자가 죽을지 누가 알았을까.

모든 것은 오해에서 비롯되었다.

황태자의 마음이 조금 더 열렸다면 하지 않았을 오해이며 그릇이 더 컸다면 카일론을 온전히 품었겠지만, 단순히 황태자만을 탓할 순 없다.

적어도, 나는 그렇다. 나 역시 옹졸하고 이기적인 인간이기에.

눈을 감자 아빠와 나눴던 대화가 하나둘 스쳐 지나갔다.

—하지만 최근 들어 성정이 나아지고 계셔.

완벽한 사람은 없다. 모두 다 부족하게 태어난다. 만약 그가 변하는 것이라면, 그 방향이 성장과 맞닿아 있다면 조금 부러웠다.

—그대를 존중해.

날 보던 노란 눈동자가 떠올랐다.

그와의 관계가 특별히 좋아지길 바라는 것은 아니다.

그냥 서로에게, 제국에서 사는 사람들에게 조금 더 나은 미래가 오길 바라는 마음에 그의 그릇이 더 넓어졌으면, 또 나의 그릇이 더 넓어졌으면, 하고 바랐다.

"아가씨."

상념에 빠진 날 깨운 것은 유모의 부름이었다.

점심시간인가? 시계를 확인하는데 유모가 봉투를 내밀었다. 오톨도톨한 양각이 되어 있는 고급지였다.

새로 온 초대장인가 싶어 받아 들고 봉투를 뒤집자 실seal이 보였다. 금분이 뿌려진 빨간 실에 황실 문양이 새겨져 있었다.

"황궁에서?"

심장이 빨리 뛰었다. 집에 돌아온 지 아직 하루밖에 안 지났는데, 설마 벌써 환궁하라는 건가? 황태자는 어제 아침 여행을 떠났을 텐데?

나는 입술을 깨물고 조급한 손길로 실을 뜯었다. 실이 쪼개지며 조각이 튀었다. 레터 나이프를 사용한다는 생각도 안 들었다.

"5황자 전하의 시종이 다녀갔습니다."

뒤늦은 유모의 부언에 손을 멈췄다. 안도의 한숨이 나왔다.

"진작 말하지."

괜히 유모를 한번 흘겨보고 한결 차분하게 봉투에서 메시지 카드를 꺼냈다.

케일라덴이 편지를 보낼 줄은 몰랐다. 내용을 짐작할 수 없어 호기심이 일었다. 메시지 카드를 열자 단단하고 직선적인 필체가 눈에 들어왔다. 메시지는 단 두 줄밖에 되지 않아 굉장히 간결했다.

내 병문안을 위해 공저를 방문하고 싶다는 내용이었다.

무뚝뚝한 필체에 그다운 문장이었다. 조금 웃음이 났다. 유모가 기웃거리는 걸 모른 척하자 결국 참지 못하고 먼저 물어본다.

"5황자 전하께서는 무슨 일로 편지를 보내신 겁니까?"

"음, 연애편지……."

"네?!"

유모가 화들짝 놀라 날 쳐다보았다. 눈이 송아지만큼 커다래졌다.

"……일 리는 없고."

실실 웃자 놀림당한 걸 깨달은 그녀가 입술을 꾹 다물었다.

"아가씨, 정말 이 늙은이 간 떨어지게 좀 하지 마십시오. 이제 건강관리에 신경 써야 하는 나이란 말입니다."

"유모가 뭘 늙었다고 그래. 아직 탱탱한데!"

"정말요?!"

"……."

너무 격한 반응에 할 말을 잃었다. 나도 모르게 아연한 표정으로 쳐다보자 유모의 얼굴이 순식간에 흐려졌다. 이미 늦은 느낌이지만 수습을 위해 서둘러 입을 열었다.

"으응! 당연하지! 완전 탱탱해. 보톡스 맞고 필러까지 빵빵하게 넣은 거 같아!"

"보톡…… 그건 뭐랍니까. 됐어요. 흥입니다."

유모가 고개를 팩 돌렸다. 그게 나이에 맞지 않게 너무 귀여워서 나는 어린아이 어르듯 그녀를 달랬다.

비죽 새어 나오는 웃음을 들키면 큰일 날 게 분명하니 짐짓 진지하게 얼굴을 굳혔다.

"농담이야. 유모 얼굴만 보면 40대 초반 같은걸? 그냥 장난친 거야."
"됐어요."
"진짜라니까? 어느 50대가 이렇게 눈가가 팽팽해!"
"아직 40대예요!"
마흔아홉이나 쉰이나……. 나는 짠한 눈으로 유모를 바라보았다.
물론 스물셋은 20대 중반이 아니라 초반이라고 외치던 과거의 내가 기억 속에서 사라졌기에 가능한 일이었다.
스무 살 신입생들이 그런 날 짠한 눈으로 봤었는데……. 으음, 갑자기 유모에게 동질감이 들었다.
"내 실수야. 마흔아홉과 쉰은 넘을 수 없는 벽이 있지. 그럼, 그럼. 완전히 달라!"
"제가 곧 벽을 넘어갈 거라고 말씀하시는 거예욧?"
날카로운 외침에 나는 식은땀을 흘렸다. 억세지만 부드럽던 유모가 이렇게 날을 세울 줄은 몰랐다.
혹시 이게 바로 말로만 듣던 그…… 개, 갱년기? 그렇다면 무조건 비위를 맞춰야 한다.
"그럴 리가. 말했잖아. 유모 얼굴만 보면 다들 40대 초반이라고 생각할 거라구!"
"안 믿어요."
다시 앵돌아지는 유모를 붙들고 한참을 씨름해야 했다. 귀엽다고 생각했던 감상이 지겹다로 바뀌는 것은 순식간이었다.
나는 다시는 유모를 놀리지 않기로 다짐했다. 적어도 나이와 주름 관련으로는.
"여하간 무슨 내용입니까?"

언제 앙탈을 부렸냐는 듯 유모가 점잔을 빼며 물었다.

그 모습을 보니 놀리지 않겠다는 다짐은 흔적도 없이 사라지고 또다시 놀리고 싶어졌다. 입이 간질거렸지만 한바탕 진땀을 흘리고 난 뒤였기에 꾹 참았다.

아, 나 원래 이렇게 장난기 많은 사람 아니었는데 저번에 황태자를 놀리고 나서부터 아주 맛 들렸다.

"공저로 병문안을 오시겠다고 하네."

"전하께서 직접이요?"

"응."

유모는 복잡한 얼굴이었다. 아무래도 이전에 아이린이 난리쳤던 것 때문에 영 불안한 모양이었다.

황태자가 나서서 무마시키긴 했지만, 한번 관계를 의심받은 이상 너무 가깝게 지내서 좋을 건 없다.

그렇다고 거절하자니 그것도 쉽지 않다. 제국의 황자가 친히 왕림하는 것은 영광이다. 향수병이 전염되는 것도 아닌 만큼 병을 핑계 대기도 어렵다.

처음부터 거절할 생각은 없었지만.

내가 레지나인 이상 케일라덴의 에스코트는 필수였다.

황태자가 아이린을 버리고 날 에스코트해 줄 리는 없고, 그렇다고 이제 와 다른 황자와 친분을 쌓기도 애매하다. 새로 연이 닿은 황자와 비슷한 소문이 나지 않으리란 보장도 없으니. 그와 관계가 멀어져 손해 보는 것은 나다.

"……감사할 일이네요. 그러면 다음 주쯤으로……."

"다음 주면 어차피 귀궁하는걸."

"시간이 너무 빠듯한데요."

공저에서 황족을 접대하려면 만만찮은 일거리가 생긴다. 정원 손질부터 시작해 만찬 준비까지 소홀함이 없어야 하기 때문이다. 하지만 일정을 미룰 생각은 없다.

"그래도 별수 없지. 어차피 오래 아플 생각도 아니었고 계속 파티나 살롱에 나가야 하니까."

"그러면 언제 모실까요?"

"내일."

"네? 내일이요?"

유모가 당황한 표정으로 날 빤히 쳐다봤다. 내 생각이 확고하다는 걸 깨닫고는 설득하기 시작했다.

"아가씨, 황족을 맞는 것은 다른 귀족을 맞는 것과 다릅니다."

"알아. 집에 황족이 안 왔던 것도 아니고."

"그러면 준비하는 데 얼마나 오래 걸리는지도 아시겠죠. 공작 내외분의 일정도 확인해야 해요. 각하께서야 휴가 중이라 집에 계시겠지만 부인께선 내일 챈들럼가에서 열리는 독서 클럽에 가실 테고…… 물론 5황자께서 오신다면 일정을 취소하시겠죠. ……어쨌든 내일은 너무 촉박합니다!"

속사포처럼 쏟아져 나오던 유모의 말이 강한 외침으로 끝났다. 유모의 말을 이해 못하는 건 아니다. 하지만 내게도 이유가 있다.

"나도 알아. 하지만 더 늦출 순 없어. 집에 왔다고 아무것도 안 하고 놀고 있을 순 없잖아? 스테나가 없을 때 분위기를 만들어 놔야 해. 다음 주엔 내가 제도를 비워. 그때 과연 스테나가 가만있을까?"

내 물음에 유모가 입을 다물었다. 한층 누그러진 태도로 입을 연다.

"당연히 이곳저곳에서 공작을 펼치겠지요. 아가씨께서 약을 올려놓은 만큼 이번에는 방심하지 않을 것입니다."

그 말에 고개를 끄덕였다. 내가 챈들럼가 파티에서 이를 드러내기 전까지 아이린은 느긋하게 움직였지만, 이제는 다를 것이다. 그쯤 되면 태세도 가다듬었을 테고 반격을 위해 일을 꾸미겠지.

"원래는 내일 낮부터 살롱에 갈 생각이었어. 자리보전할 정도로 아픈 건 오늘로 끝이어야 해. 이미 다 나았으니 병문안 올 필요 없다고 답을 하는 게 더 문제 될 거야."

"하지만……."

"오히려 잘됐어. 살롱에는 에스코트가 필요 없지만 파티에 갈 때는 케일라덴 전하의 도움이 필요해. 오신 김에 부탁드리면 되니까."

"아가씨께서 그렇게까지 말씀하시니…… 알겠습니다."

유모는 영 불안한 얼굴로 고개를 끄덕였다. 수긍하면서도 탐탁지 않은 눈치였다. 허술하게 준비해 흠 잡힐까 걱정되는 것이겠지.

"전하께서도 공적인 방문이 아니라 사적인 용무라고 하셨어. 그러니까 그냥 맞으면 돼."

마지막으로 달랜 후 유모에게서 고개를 돌렸다. 이야기는 여기서 끝이다. 내 태도에 유모는 물러나 생각에 잠겼다. 어떻게 접대할지 고민하는 듯했다.

나는 서랍에서 메시지 카드를 꺼내 펜을 들었다. 만찬이 아니라 그냥 티타임을 갖는 거라면 그리 많은 준비는 필요 없을 것이다.

나는 감사 인사와 시간을 적고 카드를 봉투에 집어넣었다. 인장을 찍은 다음 유모에게 건넸다.

아직까지도 걱정이 많아 보이는 얼굴에 어깨를 으쓱였다.

"다른 것도 아니고 병문안이야. 화려한 환대는 애초에 기대하지 않을걸? 엄마하고 아빠도 그냥 얼굴만 비치면 되지 굳이 응접할 필요는 없을 거야."

케일라덴은 예의가 바른 사람이었지만, 격식과는 거리가 멀었다. 나는 그가 찻잔을 내려놓을 때마다 달그락거리며 식기가 부딪치던 것을 떠올렸다. 흠이 될 정도는 아니나 투박했던 손놀림도.

다른 귀족가의 공자를 맞을 때처럼 무난히 맞아도 될 것이다. 그와 함께 보냈던 시간이 내게 그렇게 속삭였다.

그에 반해 황태자는 아무런 흠도 없이 맞고 싶었다. 그가 흠을 발견하고 책할 것이 걱정돼서가 아니라, 그냥 내 마음이 그랬다.

나는 편지를 전해 받고도 움직일 생각이 없는 유모를 재촉했다.

"아직 밑에서 시종이 기다리고 있을 테니까 빨리 가서 전해 줘. 너무 오래 기다리게 하는 것도 실례잖아."

"하아, 알겠습니다."

유모가 방문을 닫고 나간 뒤, 나는 책상 위에 놓여 있는 초대장으로 눈길을 돌렸다.

내일 케일라덴이 오면 파티 이야기를 꺼내야 하니 미리 골라 놔야 한다. 귀궁하기 전까지 갈 수 있는 모임은 다 참석해서 귀족들에게 그 샤르티아나가 변했다는 사실을 주지시킬 생각이었다.

그러면 자연적으로 챈들럼가에서 일어난 일에 대해 신빙성이 생길 것이다.

헛소문이라고 코웃음 치던 사람들은 입을 다물고, 호기심이 많은 사람들은 직접 그 일에 대해 물어보겠지. 그렇게 되면 흐름을 바꾸는 것도 어려운 일은 아니다.

나는 주최 가문과 규모를 보며 참석할 파티와 살롱을 추렸다.

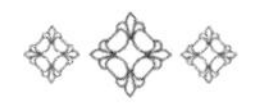

“케일라덴 전하를 뵙습니다.”

“안녕하십니까, 샤르티아나 공녀.”

돌아오는 인사에 굽혔던 무릎을 펴고 케일라덴을 쳐다보았다.

“어서 오세요.”

빙긋 웃으며 그를 방 안으로 이끌었다. 응접실에는 모닝 티세트치고 과한 티 테이블이 준비되어 있었다.

케이크 스탠드에는 층마다 에클레어, 스콘, 미니 컵케이크와 타르트가 먹음직스럽게 놓여 있었다. 거의 하이티high tea 수준이었다.

케일라덴의 시선이 한차례 테이블 위를 훑는 것을 보고 나는 속으로 한숨을 쉬었다. 그와 몇 차례 차를 마셨지만, 단 한 번도 디저트에 손을 대는 것을 본 적이 없다. 사용인에게 말을 전했지만 아무 소용이 없었다.

황자를 대접하겠다고 애썼는데 손도 대지 않으면 사람들이 아쉬워…… 하긴 무슨, 신나서 남은 것들 나눠 먹겠는걸.

이거 자기네들이 먹으려고 일부러 많이 준비한 거 아냐? 다과는 정갈하면 된다고 몇 번이나 말했는데도 이런 걸 보면 거의 확실하다.

잠시 사용인들의 진의를 의심하는 사이 케일라덴이 자리에 앉았다. 유모가 차를 따르고 물러설 때를 기다려 입을 열었다.

"전하를 맞기엔 한없이 부족한 자리라 죄송합니다."

"아닙니다."

내 인사치레에 적당히 대꾸한 그가 차를 한 모금 마셨다.

손님으로서 차향과 맛이 어떻다는 말이 나올 법도 한데, 별말이 없다. 그게 그답기도 해서 나는 속으로 작게 웃었다.

"몸은 괜찮으십니까?"

"네, 전하 덕분입니다."

가볍게 고개를 숙였다 들자 그가 나와 눈을 맞췄다. 실내등이 어두워서 그런지 그의 눈동자는 평소보다 더 어두워 보였다. 푸른 기가 완전히 사라진 밤같이 까만 눈동자 속에 내가 담겼다.

"걱정했습니다."

그 낮은 울림에 눈을 내리깔고 수줍은 듯이 미소를 지었다.

"향수병일 뿐입니다. 심약해 부끄럽습니다."

그는 말이 없었다. 나는 의아함에 눈을 들었다. 케일라덴은 물끄러미 날 바라만 보고 있었다.

왜 그러지?

원체 표정이 없는 사람이라 무슨 생각을 하는지 읽기 힘들다. 내 대답을 되짚어 봐도 이상한 건 없다. 과하지 않고 적당히 모범적인 언행이었다.

한참 날 보던 그가 입을 열었다.

"공녀께서는 강인합니다."

생각지도 못한 말에 나는 입을 살짝 열었다가 이내 다물었다. 할 말을 찾지 못했다.

"누구나 항상 단단할 수는 없습니다. 계속 단단하기만 하면 쉽게 깨집니다."

이어진 케일라덴의 말은 선뜻 이해하기 어려웠다. 나는 눈을 한 번 깜빡이곤 그 말을 다시 생각했다.

그러니까, 내가 지금 약한 모습을 보이는 건 강인하지 못해서가 아니다? 깨지지 않기 위해 잠시 단단함을 버린 것뿐이란 건가.

나는 이게 저 무뚝뚝한 남자 나름의 위로라는 것을 깨달았다. 향수병에 걸리지 않은 사람으로서 양심이 콕콕 쑤셨지만 기분이 나쁘진 않았다.

"전하께서도 이럴 때가 있나요?"

단단하지 못하고 무른 상태가 되어 밖에서 누르는 대로 찌그러지는 때가. 본래의 모양을 잃어버리는 때가.

내 말에 그가 입을 꾹 다물었다. 시선이 날카롭다. 혹시 기분이 나빴던 걸까. 질문 자체가 실례였던 것인지도 모르겠다.

말을 정정하려는데 그의 시선이 낮게 깔렸다는 것을 알아차렸다. 기분 나쁘다기보다는 생각에 잠긴 눈이었다.

"……나는 항상 그렇습니다."

숙고 끝에 그의 입에서 나온 말은 무척 의외였다. 누구보다 단단해 보이는 그가 그리 말하니 쉽사리 이해가 되지 않았다.

궁금해서 더 물어보려고 했지만 그는 이미 내게서 시선을 돌린 후였다. 단단히 잠긴 얼굴에서 나는 그가 더 말하지 않으리란 것을 깨달았다.

"……."

나는 말을 꺼내는 대신 가만히 차를 마셨다. 이쯤 되면 그가 이곳에 찾아온 이유를 밝힐 거라고 생각해서였다.

그가 정말 병문안으로 카일론 공저까지 찾아왔을 리는 없다. 같은 황궁에 있다 해도 그의 병문안이 무척 뜻밖이었을 텐데, 궁 밖에 있는 사저까지 직접 올 정도면 다른 이유가 있는 게 분명했다.

그러고 보면 내게 병문안 올 만한 사람은 거의 없었다. 나도 인간관계를 잘못 쌓았지만 샤티도 만만찮았다.

카일론에게 잘 보이려는 생각으로 찾아오는 사람이 아니라, 정말 친분으로 찾아올 사람은 딱 한 명뿐이다. 샤티와 함께 둘이서 한 쌍의 비글이었던 유타바인.

그러고 보니 앤 왜 연락도 없대.

유타랑 나는 딱 한 번 만났을 뿐이고 정말 아픈 것도 아니지만 괜히 서운했다. 이런저런 생각을 하는 사이 침묵이 흘렀다. 하지만 케일라덴은 아무 말도 꺼내지 않았다. 더 이상 할 만한 딴생각거리도 없다.

공기가 불편해지기 시작했으나 부드러운 표정을 유지하기 위해 애를 썼다.

그러다 문득 궁에서 봤던 케일라덴의 마지막 모습이 떠올랐다. 궁 회랑을 가로지르는 뒷모습을 보며 나는 그가 요령 없는 직설적인 사람이라고 생각했다. 천생 기사라고.

정말로 아무 용건도 없이, 순수하게 병문안을 온 건가? 그와 내가 그럴 만한 사이인가, 하는 의문이 떠올랐지만 그걸 그대로 묻었다.

용건이 있다면 재촉하지 않아도 그가 먼저 말할 것이다. 방문에 다른 의도가 있어도 상관없다. 어차피 나도 의도가 있어 그의 방문을 반긴 것이니 피차 마찬가지였다.

나는 이쯤에서 먼저 용건을 꺼내 보이기로 했다.

"워낙 파티를 좋아하는데 요즘 누워만 있어서 그런지 우울하더라고요. 이제 몸도 나았으니 가고 싶은 곳이 많아요. 혹시……."

"공녀께서 괜찮으시다면 함께하고 싶습니다."

말끝을 흐리자 케일라덴이 내 말을 받았다. 이런 데서 눈치 빠른 건 좋다. 그런데 왜 그때 아이린의 말에는 답답하게 굴었을까.

나는 모이는 미간을 애써 폈다. 어찌 되었든 오늘의 목적은 달성이다. 나는 생긋 웃으며 고개를 숙였다.

"저야 영광입니다."

내 감사에 케일라덴은 가만히 날 응시했다. 무언가 주저하는 얼굴이었다.

"하실 말씀이 있어 보이네요."

"그런 일이 있었는데 공녀께선 저와 함께 파티에 가는 것에 스스럼이 없으시군요."

의외로 의식하고 있었구나. 병문안을 온다고 하길래 아무 생각도 없는 줄 알았다. 그럼 의식하면서도 찾아왔다는 건데…….

속마음과 달리 나는 부드럽게 말했다.

"제가 어울리고 싶은 사람과 함께하는 것인데 남의 눈치를 볼 필요가 있을까요?"

물론 눈치를 볼 필요는 엄청 많다. 진짜 많다. 그렇다고 사실대로 말할 수는 없는 법. 나는 해사하게 웃었다.

"게다가 우리가 떳떳한데 무슨 상관이죠? 오히려 그 일이 있었다고 서먹한 모습을 보이면 반대로 뭐가 있다고 생각할 거예요."

어차피 나는 이 기회를 이용할 생각이었다. 황태자가 본인이 없는 동안 5황자에게 나를 부탁했다고 소문을 흘릴 것이다.

그러면 챈들럼가에서 황태자가 나를 옹호했던 것까지 더해 아무도 이상하게 보지 않을 것이다. 이상하게 보기는커녕 내 위치를 공고히 하게 되겠지.

"그렇…… 군요."

케일라덴은 조금 생각에 잠겼다. 다시 고개를 든 그는 후련해 보이기도 했고, 아쉬워 보이기도 했다.

호기심이 일었으나 나는 입을 다무는 쪽을 택했다. 질문에 그가 대답을 해 주면, 그와 나 사이가 정말 친근하다고 여길 것 같았기 때문이다. 진짜 친구처럼.

그 후로 조금 더 한담—주로 내가 대화를 이끌고 그가 대답하는 식이었다—을 나누다가 케일라덴이 일어섰다.

그를 배웅하고 나니 벌써 점심시간이 가까웠다. 점심을 먹고 나면 살롱에 갈 생각이었다. 손님을 맞느라 치장한 상태였기 때문에 따로 외출 준비를 하지 않아도 돼서 편했다.

나는 식전에 살롱에 참여하는 주요 인물의 배경을 복습하기 위해 책상에 앉았다.

황태자와 아이린이 돌아오기까지 앞으로 나흘.

이제 시작이었다.

—악녀의 정의 2권에서 계속—

BLACK LABEL CLUB 030
악녀의 정의 1

1판 1쇄 발행 2017년 4월 27일
1판 4쇄 발행 2020년 2월 5일

지은이 주해온
펴낸이 신현호
편집부장 예숙영
책임편집 박상희
편집디자인 한방울
영업·관리 김민원 조은걸 조인희
물류 이순우 최준혁 박찬수

펴낸곳 ㈜디앤씨미디어
출판등록 2002년 5월 1일 제117-90-51792호
주소 서울시 구로구 디지털로 26길 111 JnK디지털타워 503호
대표전화 (02)333-2513 팩스 (02)333-2514
전자우편 dncbooks@dncmedia.co.kr
디앤씨북스 블로그 http://blog.naver.com/dncbooks

ISBN 979-11-264-4075-7 (04810)
ISBN 979-11-264-4074-0 (세트)